MISSION TERRE

LA PLUS GRANDE DÉKALOGIE
DE L'HISTOIRE
DE LA LITTÉRATURE DE SCIENCE-FICTION

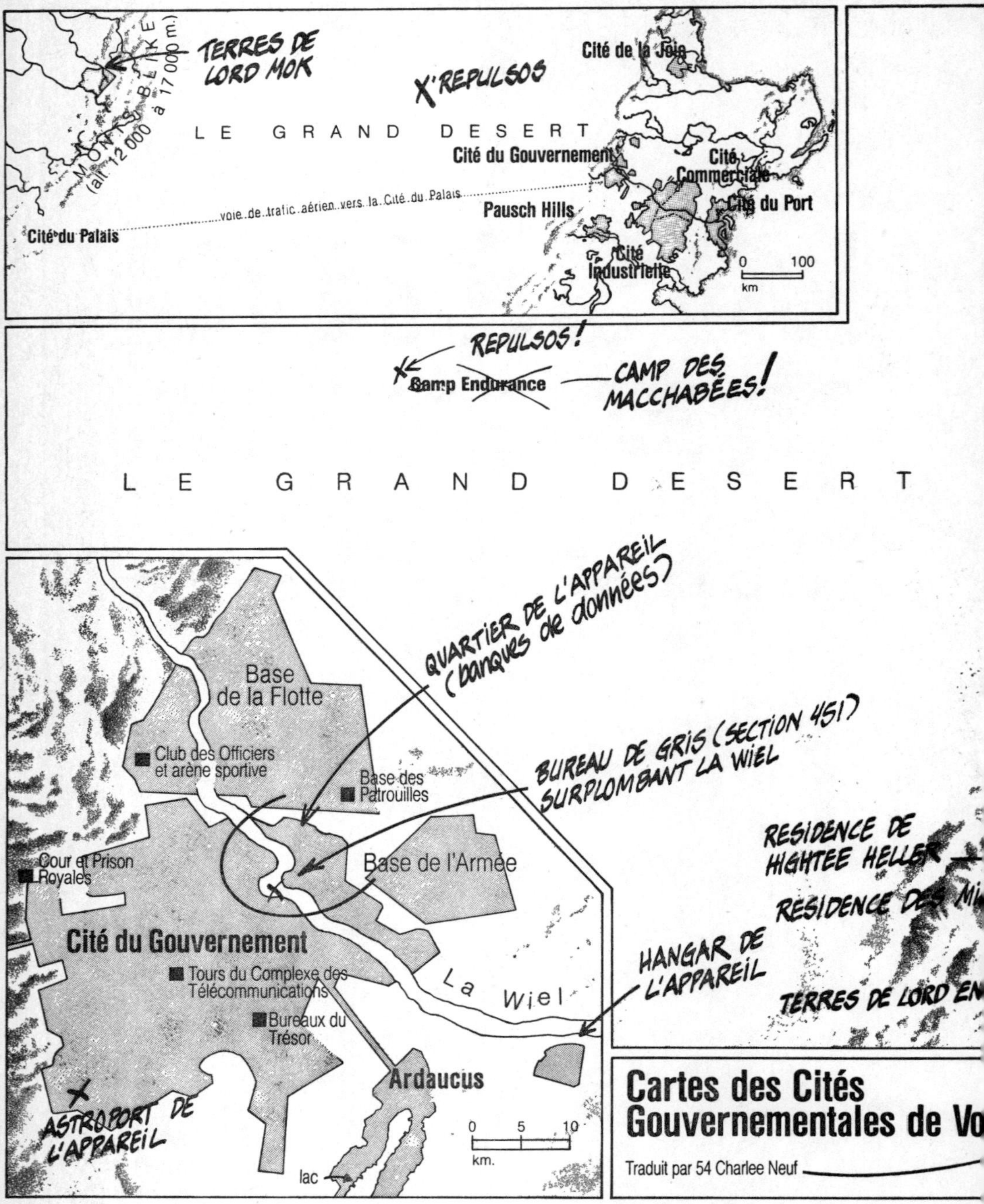

Cartes des Cités Gouvernementales de Vo

Traduit par 54 Charlee Neuf

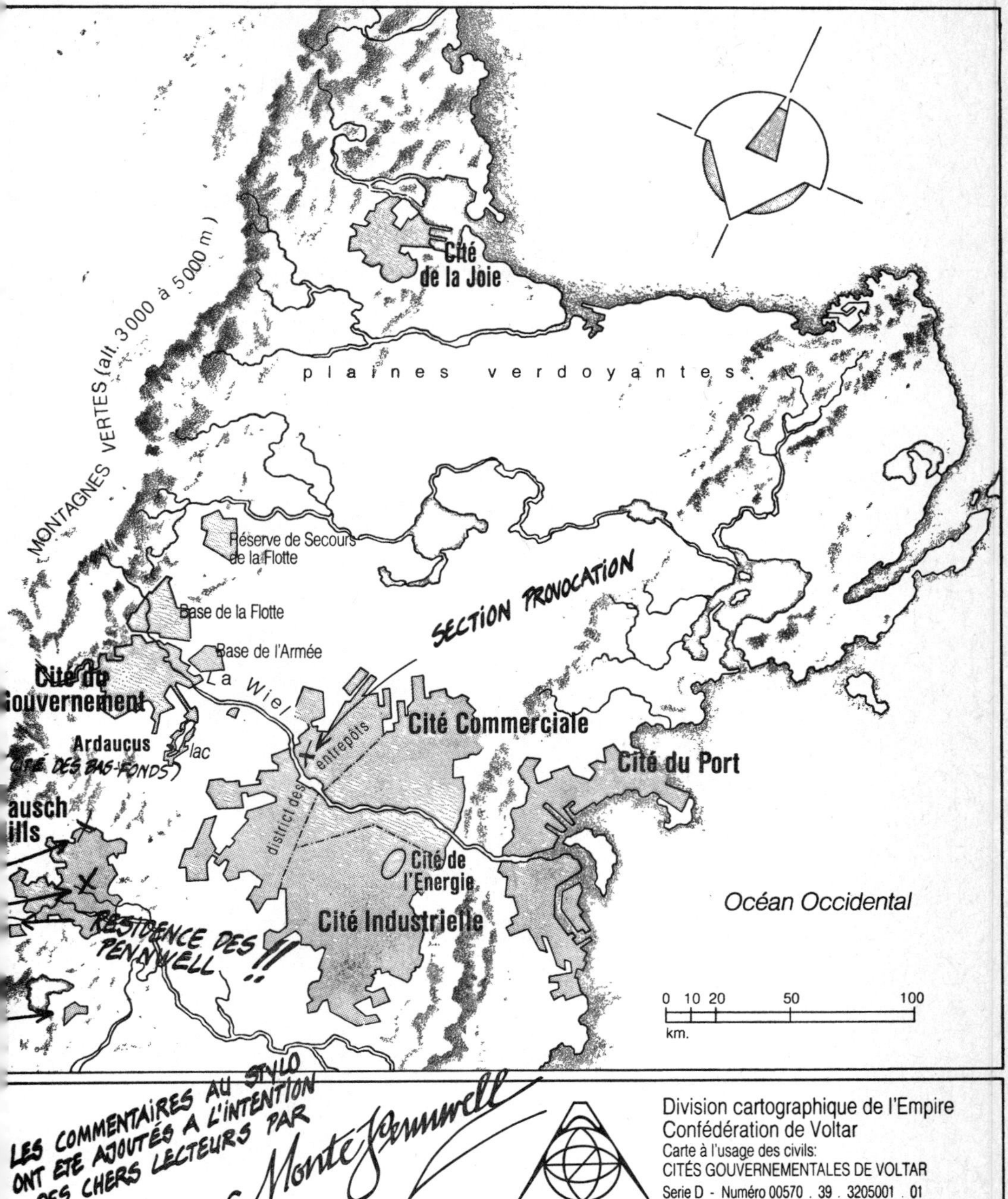
Cité de la Joie
MONTAGNES VERTES (alt. 3 000 à 5 000 m)
plaines verdoyantes
Réserve de Secours de la Flotte
Base de la Flotte
Base de l'Armée
SECTION PROVOCATION
Cité de Gouvernement
La Wiel
Ardaucus
CITÉ DES BAS-FONDS
lac
entrepôts
district des
Cité Commerciale
Cité du Port
Cité de l'Energie
Cité Industrielle
RÉSIDENCE DES PENNWELL !!
Océan Occidental
0 10 20 50 100
km.
LES COMMENTAIRES AU STYLO ONT ÉTÉ AJOUTÉS A L'INTENTION DES CHERS LECTEURS PAR
Monte Pennwell
Division cartographique de l'Empire
Confédération de Voltar
Carte à l'usage des civils:
CITÉS GOUVERNEMENTALES DE VOLTAR
Serie D - Numéro 00570 . 39 . 3205001 . 01

DU MÊME AUTEUR
CHEZ LE MÊME ÉDITEUR

TERRE *Champ de bataille*

Tome 1 – *Les Derniers Hommes*
Tome 2 – *Le Secret des Psychlos*

MISSION TERRE

Tome 1 – *Le Plan des Envahisseurs*
Tome 2 – *La Forteresse du Mal*
Tome 3 – *L'Ennemi intérieur*
Tome 4 – *Une affaire très étrange*
Tome 5 – *L'Empire de la Peur*
Tome 6 – *Objectif Mort*
Tome 7 – *Destination Vengeance*
Tome 8 – *Catastrophe!*
Tome 9 – *Noire Victoire*

L. RON HUBBARD

MISSION TERRE

TOME 10

REQUIEM POUR UNE PLANÈTE

Traduit de l'américain par Michel Demuth

Collection " Univers sans limites "
dirigée par Jacques Goimard

PRESSES DE LA CITÉ

Publié par
Les Presses de la Cité
8, rue Garancière
75006 Paris

et

NEW ERA^{MD} Publications International ApS
Store Kongensgade 55, 1264 Copenhague K
Danemark

Titre original : MISSION EARTH * – The Doomed Planet

Illustration de A. Zara

Traduit de l'américain par Michel Demuth
Pour NEW ERA Publications International ApS

ISBN 2-258-03300-4

À VOUS, millions de fans de la science-fiction,
et à tous les lecteurs en général,
à tous ceux qui m'ont si chaleureusement accueilli
à mon retour dans le monde de la fiction,
ainsi qu'aux critiques et aux médias
qui ont applaudi le roman
TERRE Champ de Bataille.

Je suis heureux d'écrire pour vous tous!

L. Ron Hubbard

Mise en garde du Censeur voltarien

À présent que la Couronne a autorisé avec magnanimité la publication de cette œuvre tourmentée, extravagante et hyperbolique, que l'on ne vienne pas nous dire que nous n'avons pas été tolérants.

La Couronne a clairement exprimé sa position.

Ceci constitue un ouvrage de FICTION ABSOLUE.

Lord Invay, Historien Royal,
Président du Conseil des Censeurs

Palais Royal, Confédération de Voltar

Par ordre de Sa Majesté Impériale Wully le Sage

Préface du traducteur voltarien

Je suis le Cerveau-robot du Traductophone depuis près de six cents ans. À ce jour, j'ai traduit tellement de livres, d'articles, de lettres, de discours, de chansons, de jugements, de chroniques, etc., que je ne peux en tenir le compte. Mais RIEN ne saurait se comparer à ce boulot que je viens enfin de TERMINER.

La difficulté, ce n'était pas tant la traduction. Oh, bien sûr, c'est un réel défi que d'avoir à traduire la langue d'une planète qui n'existe pas. Mais ce qui a surtout fait patauger mes circuits, C'EST LA TERRE!

J'ai eu affaire à des pirates, des politiciens, des musiciens, des lords, des plébéiens et même des empereurs. J'ai vu des civilisations s'édifier et s'effondrer. J'ai eu affaire à l'élite dont certains représentants sont à peine plus intelligents qu'une éponge.

Je les ai vus de toutes les formes, de toutes les tailles, et de toutes les compositions possibles.

Donc, quand je dis que JAMAIS je n'ai rencontré quoi que ce soit qui ressemble à LA TERRE, je sais de quoi je parle.

Et si vous avez le moindre doute, lisez!

Si vous découvrez pourquoi les autres disent que vous n'existez pas, c'est vous que ça regarde.

Je vous laisse avec le lexique destiné à ce dernier volume.

Bien sincèrement.
54 Charli Neuf
Cerveau-robot du Traductophone

Lexique pour Requiem pour une planète

Absorbo : Revêtement qui absorbe les ondes lumineuses, rendant tout objet virtuellement invisibile et indétectable. Généralement utilisé pour les vaisseaux spatiaux.

Afyon : Ville de Turquie où l'*Appareil* a installé sa base secrète sous une montagne.

Agnes, Miss : Assistante personnelle de *Rockecenter.*

Appareil de Coordination de l'Information : Police secrète de *Voltar*, placée sous les ordres de *Lombar Hisst* et composée de criminels. Son symbole est une pagaie à l'envers qui ressemble à une bouteille, ce qui a valu aux membres de l'*Appareil* le surnom d' « ivrognes ».

Atalanta : Province natale d'*Heller* et de la *comtesse Krak*, sur la planète *Manco.*

Babe Corleone : La veuve de 1,90 m qui dirige le gang Corleone et qui a « adopté » *Jettero Heller* dans sa « famille » de la Mafia.

Bang-Bang : Ex-marine, expert en destruction. Membre du gang de *Babe Corleone.*

Bawech : Chef de bureau de *Gris* sur *Voltar.*

Bis : Officier de renseignement de la *Flotte*, ami de *Jettero Heller.*

Bittlestiffender, Prahd : Cytologiste voltarien que *Soltan Gris* a amené sur Terre afin de diriger un hôpital à *Afyon.*

Blito-P3 : Nom voltarien d'une planète appelée localement « Terre ». Troisième planète (P3) d'une étoile naine jaune dénommée Blito.

Bouteilles bleues : Surnom que l'on donne à la Police Domestique de *Voltar.*

Calabar : Planète de la *Confédération* de *Voltar* sur laquelle le prince *Mortiiy* a pris la tête d'une révolte.

Calendrier d'Invasion : Le calendrier voltarien des conquêtes galactiques. Les plans et le budget de chaque branche gouvernementale de *Voltar* doivent être parfaitement en accord avec le calendrier. Mis au point par les ancêtres voltariens il y a plusieurs centaines de milliers d'années, ce calendrier est considéré comme le guide sacré de la *Confédération* et il est toujours demeuré inviolé.

Caucalsia, prince : Selon la Légende Populaire 894 M, il aurait fui *Manco* durant la Grande Rébellion pour aller fonder une colonie sur *Blito-P3*, colonie connue sous le nom d'Atlantide.

Châtiment : nom du vaisseau-amiral du prince *Mortiiy*.

Confédération : Voir *Voltar*.

Corleone : Famille de la Mafia dirigée par *Babe Corleone*, ex-chorus girl du *Roxy* et veuve de « *Saint Joe* » *Corleone*.

Corsa, Lady : Une grande fille musclée qui a juré d'épouser *Monte Pennwell*. Elle est l'héritière d'une moitié de la planète provinciale Modon.

Crobe, docteur : Cytologiste de l'*Appareil* qui travaillait à *Répulsos*. Il prend plaisir à fabriquer des monstres à partir d'êtres humains.

Cunn : La fille-valet de *Flick*, le chauffeur de *J. Walter Madison*.

Cytologie : Science médicale voltarienne qui permet de réparer partiellement ou totalement l'organisme par la régénération des tissus cellulaires.

Démon Manco : Esprit mythologique de la planète *Manco*.

Division Extérieure : Service du gouvernement voltarien qui aurait englobé l'*Appareil*.

Éclair bleu : Flash violent qui rend inconscient. Les vaisseaux voltariens l'utilisent généralement avant de se poser dans des zones susceptibles d'être habitées.

Epstein, Izzy : Expert financier et anarchiste dont *Jettero Heller* s'est attaché les services pour mettre sur pied et diriger plusieurs sociétés.

Faht Bey : Nom turc du commandant de la base secrète de l'*Appareil* à *Afyon*, en Turquie.

Flick : Le chauffeur que l'*Appareil* a mis au service de *J. Walter Madison*.

Flip : Ex-fille de cirque devenue membre de l'équipe de *J. Walter Madison*.

Flisten : L'une des planètes conquises par la *Confédération* de

Voltar. Ses habitants humanoïdes se caractérisent par leur peau jaune et leurs ongles très longs. Après la conquête, la reine de *Flisten* a été exilée à titre d'otage sur *Voltar*.

Flotte : La force spatiale d'élite de *Voltar*, à laquelle appartient *Heller* et que méprise l'*Appareil*.

Gracious Palms : Élégant établissement de prostitution dirigé par la famille *Corleone* et situé en face de l'immeuble des Nations Unies.

Grand Conseil : Le gouvernement de *Voltar* qui a décidé l'envoi d'une mission sur *Blito-P3* pour éviter son autodestruction et respecter le *Calendrier d'Invasion*.

Gris, Soltan : Officier de l'*Appareil* responsable de la section *Blito-P3* (Terre) et ennemi juré de *Jettero Heller*.

Heller, Hightee : La plus belle et la plus populaire des chanteuses de la *Confédération* de *Voltar*. Sœur de Jettero.

Heller, Jettero : Ingénieur de combat et officier royal de la *Flotte*, envoyé par le *Grand Conseil* sur Terre où il opère sous le nom de *Jerome Terrance Wister*.

Hisst, Lombar : Chef de l'*Appareil*. Son plan pour renverser le gouvernement de la *Confédération* consistait à la base à expédier *Soltan Gris* sur Terre pour saboter la mission de *Jettero Heller*.

Hoodward, Bob : Célèbre reporter du quotidien terrien *Washington Toast* qui a fait renverser un président et plusieurs truands.

Hound : Un des domestiques de *Monte Pennwell*.

Joy : Voir *Krak*.

Junior : Surnom de *Delbert John Rockecenter II*.

Krak, comtesse : Condamnée pour meurtre, elle a été emprisonnée à *Répulsos*. Elle est la maîtresse d'*Heller*. Sur Terre, elle utilise le nom d'emprunt de *Joy Divine Krackett*.

Léprodonte : Félin féroce haut comme un homme.

Lissus Moam : Sœur du comte *Krak* de la planète *Manco*. Un lord assistant de l'Éducation l'a forcée à enseigner le vol aux enfants. Capturée par l'*Appareil* en raison de ses dons, elle est devenue la *comtesse Krak*.

Madison, J. Walter : Renvoyé par sa société à cause de son style de « public relations », qui a provoqué le suicide du président de la Patagonie, il a été réengagé par *Trapp* pour immortaliser *Heller* par le jeu des médias. Également connu sous le nom de J. Warbler Madman.

Manco : Planète natale de *Jettero Heller* et de la *comtesse Krak*.

Meeley : Ex-propriétaire de *Soltan Gris*.

Miss Paix : Secrétaire de *Rockecenter.*
Monsieur Calico : Chat de race « calico » dressé par la *comtesse Krak.*
Mortiiy, prince : Leader du mouvement rebelle de la planète *Calabar* et fils de l'Empereur Cling le Hautain.
Pennwell, Monte : Jeune écrivain non publié qui a découvert la confession de *Gris.*
Remorqueur 1 : Vaisseau spatial rebaptisé *Prince Caucalsia* équipé des redoutables moteurs temporels *Y avait-Y aura,* avec lequel *Jettero Heller* a franchi les 22,5 années-lumière qui séparent *Voltar* de la Terre.
Répulsos : Sur *Voltar,* la forteresse-prison secrète de l'*Appareil.*
Rockecenter, Delbert John : Terrien qui contrôlait les ressources en carburant de la planète, les gouvernements et la drogue.
Roke, Tars : Astrographe personnel de l'Empereur sur *Voltar* et vieil ami d'*Heller.* C'est son intervention auprès du *Grand Conseil* qui a déclenché la Mission Terre.
« *Saint Joe* » *Corleone :* Chef de la famille *Corleone* jusqu'à son assassinat. Il n'approuvait pas le commerce de la drogue, d'où son nom.
Secoueur-chaud : Boisson voltarienne très populaire.
Section 451 : Section de l'*Appareil* sur *Voltar* chargée de *Blito-P3* et dirigée par *Soltan Gris.*
Shafter : Chauffeur de *Monte Pennwell.*
Simmons, miss : Fanatique antinucléaire.
Ske : Ex-chauffeur de *Soltan Gris.*
Snelz : Chef de section de *Répulsos* qui est devenu l'ami de *Jettero Heller* et de la *comtesse Krak* alors qu'ils y étaient détenus.
Stuffy, Noble Arthrite : Éditeur de *L'Annonceur du jour,* principal quotidien de *Voltar.*
Super Wister : Surnom donné par *J. Walter Madison* à *Jettero Heller.*
Tayl, veuve : Nymphomane de *Voltar.*
Trapp : Le tout-puissant avocat de *Rockecenter.* Son passe-temps favori est de nourrir ses serpents avec des souris blanches.
Tup : Boisson alcoolisée de *Voltar.*
Turn, lord : Juge des Cours et Prisons Royales auquel *Soltan Gris* s'est rendu.
Twa : La fille garde du corps de *Flick.*
Utanc : Danseuse du ventre que *Gris* a achetée afin qu'elle soit son esclave-concubine. En réalité un travesti agent du KGB.

Vantagio : Directeur du *Gracious Palms.*
Violation du Code : Violation du Code spatial qui interdit de révéler l'existence des Voltariens aux habitants de planètes étrangères. La sanction est la mort pour le responsable ainsi que pour les indigènes prévenus.
Voltar : Planète centrale de la *Confédération* des 110 mondes fondée il y a 125 000 ans. Voltar est gouvernée par le *Grand Conseil,* sous l'autorité suprême de l'Empereur et en accord avec le *Calendrier d'Invasion.*
Whip, général : Le général le plus populaire de l'armée voltarienne. *J. Walter Madison* a simulé la mort de Whip pour rétablir la discipline et avoir droit à la une des journaux.
Whopper, Teenie : Teenager très précoce. Venue de la Terre, elle est reine-otage de *Flisten* et connue sur *Voltar* sous le nom de reine Teenie.
Wister, Jerome Terrance : Nom d'emprunt de *Jettero Heller* sur Terre.
Y avait-Y aura : Redoutable système de propulsion temporelle qui a permis à *Heller* de franchir en un peu plus de trois jours la distance de 22,5 années-lumière qui sépare la Terre de *Voltar.*

QUATRE-VINGT-DEUXIÈME PARTIE

À l'attention des
Éditions biographiques
Cité du Commerce
Planète Voltar

Messieurs!

Mon manuscrit est achevé!

Il ne demandera pas une longue relecture et j'attends votre réponse.

Tout ce que j'ai enduré et appris au cours de sa rédaction pourrait être le sujet d'un autre livre, mais nous pourrons négocier cela ultérieurement.

Tout ce que j'ai traité a fait l'objet d'articles dans la presse et d'émissions sur le Circuit Vidéo Planétaire, mais ce que j'ai mis à jour est l'histoire COMPLÈTE et AUTHENTIQUE. Pour cela, j'ai appliqué les meilleures techniques des reporters d'enquête. Je me suis infiltré à coups de mensonges auprès des personnages clés et j'ai réussi à gagner leur confiance pour déterrer le scandale le mieux étouffé des 125 000 ans d'histoire de la Confédération.

Je vous prie de m'excuser pour le temps qu'il m'a fallu pour rédiger cette dernière partie mais je pense que, tout comme moi, vous admettrez que cela valait la peine d'attendre.

Laissez-moi vous rappeler ce qui s'est passé auparavant afin de mieux apprécier la suite de mon livre.

Lombar Hisst avait rendu « accro » aux drogues tous les lords du Grand Conseil. L'Empereur Cling le Hautain était au seuil de la mort lorsque Heller l'avait enlevé. Lombar Hisst s'était nommé lui-même Dictateur de Voltar et des millions de gens se battaient dans les rues. Et Teenie Whopper transformait en gitons homosexuels tous les fils de lords.

Pour couronner le tout, il y avait ce bijou des *public relations*, J. Walter Madison, préoccupé de refaire l'« image » de Lombar.

Lorsque Lombar se retrouva devant une Armée qui refusait de se lancer à la poursuite d'Heller, Madison mit la main sur le général le plus populaire, Whip, et le convoqua dans les bureaux de Hisst. Quand Whip refusa de pourchasser Heller et prit congé, Madison amena Hisst à signer un édit qui disait :

Le général Whip a rejeté l'ordre de retrouver Jettero Heller. Que l'on m'apporte la tête du général Whip.

À titre de « démonstration de force », l'équipe de Madison monta alors une mise en scène dramatique et la tête du général Whip fut apportée sur un plateau au milieu des cris des femmes qui s'évanouirent les unes après les autres. Toute la scène étant filmée par le Circuit Planétaire.

Madison, alors, obtint de Hisst un nouvel ordre :

*À TOUS LES OFFICIERS
DE L'ARMÉE ET DE LA FLOTTE :
VEUILLEZ VOUS LANCER IMMÉDIATEMENT
À LA POURSUITE DE JETTERO HELLER,
DÉCLARÉ HORS-LA-LOI NOTOIRE.*

Le rêve de Madison se réalisait !

Heller était devenu un hors-la-loi !

La chasse à l'homme commençait !

Et à présent, cher éditeur, cher lecteur, voici la dernière partie de l'histoire vraie de ce qui s'est RÉELLEMENT passé !

1

J. Walter Madison était en route pour les Cours et Prisons Royales à bord de son Modèle 99. L'aube venait de se lever et il désirait arriver avant la foule car il voulait avoir un petit entretien avec Lord Turn.

La circulation, entre la Cité de la Joie et la Cité du Gouvernement, en dépit de cette heure matinale, était déjà très difficile. Les airbus semblaient surgir de toutes les directions à la fois et le contrôle du trafic se déchaînait pour essayer de remettre de l'ordre dans les couloirs aériens. Madison n'y fit guère attention jusqu'à l'instant où il eut l'impression qu'ils faisaient du surplace. Il se pencha vers Flick :

– Qu'est-ce qui bloque?

– Cette foutue Armée. J'ai fait un détour pour éviter la base de la Flotte à cause de ses avis d'interdiction d'approcher, ce qui nous a renvoyés vers la périphérie de la base de l'Armée, et ces (bipards) * encombrent les airs avec leurs transporteurs. Regardez-moi ces tas de boue! On dirait qu'il y a au moins un millier de vaisseaux prêts à décoller!

Flick passa sur la fréquence militaire. Une voix cassante débitait des numéros.

– Par tous les Enfers! s'exclama Flick. Il est en train de donner les coordonnées de ma bonne vieille planète, Calabar. Vous vous imaginez? Encore une escalade de plus dans cette guerre!

Madison gloussa de joie. L'objectif de ces mille vaisseaux lui permettait de deviner la suite. Il avait monté un coup fantastique avec l'Armée!

Madison et son gang s'étaient bien gardés de tenter d'infiltrer l'état-major général de l'Armée. Ils avaient tout simplement apporté une tête de général Whip qu'ils avaient modelée, avec de faux cheveux et du sang de cinéma. En fait, c'étaient les PR qui avaient exécuté le général Whip. Madison ne pouvait s'empêcher de rire quand il imaginait la réaction de Whip devant le Circuit annonçant son exécution. Il s'était sans aucun doute réfugié quelque part. Et maintenant, c'était l'heure de la récompense : l'Armée, acculée, se lançait au secours de l'Appa-

---

* Le vocodiscoscribe sur lequel ceci a été originellement écrit, le vocoscribe utilisé par Monte Pennwell afin de réaliser un texte clair et le traducteur chargé de transcrire ce récit dans la langue dans laquelle vous le lisez appartiennent tous à la Ligue pour la Pureté de la Machine qui a parmi ses statuts celui-ci : « À cause de la sensivité extrême et de la sensibilité délicate des machines, et afin d'éviter que les fusibles ne grillent, il sera prescrit aux cerveaux-robots desdites machines, s'ils entendent des jurons ou des mots grossiers, de les remplacer par le son ou le mot bip. Aucune machine, même si on la moleste, ne peut reproduire des jurons ou des mots grossiers sous une forme autre que bip. Si de nouvelles tentatives sont faites, visant à obtenir autre chose de la machine, celle-ci est autorisée à faire semblant de se détraquer. Ce règlement a été rendu nécessaire pour la fonction induite de toutes les machines de protéger les systèmes biologiques contre eux-mêmes. »

reil, sans doute dans l'espoir de retrouver Heller. Ces mille transporteurs spatiaux qui s'apprêtaient à décoller expliquaient tout!

Cunn désignait un couloir libre et Flick piqua dessus, en maintenant le Modèle 99 à basse altitude.

Madison contemplait les rues de la Cité du Gouvernement, ce qui l'amusait beaucoup. La foule encombrait encore la chaussée : de toutes parts, on voyait des vitres brisées et la police antiémeute multipliait les assauts. De jour en jour, Voltar ressemblait de plus en plus à la Terre. Madison ressentit un élan d'orgueil : cela prouvait ce dont une technologie supérieure était capable. Voltar était ouverte aux PR de type terrien et le génie qu'il était avait su exploiter la situation. Ses vieux maîtres seraient fiers de lui.

Le château qui abritait les Cours et Prisons Royales était maintenant juste en dessous, dans les collines noires de monde. Certains spectateurs semblaient s'être installés là à demeure et avaient même allumé des feux pour faire la cuisine. Et d'autres manifestaient devant les portes – exactement comme sur Terre! Oui, vraiment, Madison se sentait de plus en plus chez lui.

– Je reçois un signal d'interdiction d'approche, annonça Flick.

Madison lui fit passer son identoplaque.

– Posez-vous dans la cour. Ils vont me laisser entrer quand je leur dirai que je leur apporte des informations sur une certaine personne.

Flick, plutôt surpris, dut constater qu'effectivement le château les autorisait à se poser.

– Par tous les Saints Brûlants, chef! Ça n'aurait pas été aussi vite si vous aviez vraiment commis un crime.

Madison se rengorgea. Et il ne résista pas au plaisir de repartir :

– J'ai tué un général.

– Vous vous moquez de nous, protesta Cunn.

– Pas du tout. Je tenais l'épée moi-même quand on lui a tranché la tête.

Ils le regardèrent, ahuris, et il éclata de rire. Il n'en avait pas fini avec les meurtres aujourd'hui. Il allait mettre un terme à cette situation avec Gris et offrir à Teenie sa vengeance. En cassant le statut d'Heller, il casserait le jugement. Ensuite, il pourrait se lancer en toute liberté sur la piste d'Heller.

2

C'était un Lord Turn particulièrement troublé et inquiet qui attendait ce matin-là dans la chambre de justice une nouvelle journée de cet affreux procès.

Depuis qu'il avait lu les titres sur la disparition d'Heller et de sa sœur, il ne savait plus quoi penser. Car, même s'il ne se laissait pas influencer par la presse quotidienne, cela n'avait fait qu'ajouter à son désarroi.

Jour après jour, ces maudits avocats de Gris avaient fait avouer à leur ignoble client tous les crimes dont on pouvait avoir entendu parler, et Gris, tout en admettant sa culpabilité, n'avait cessé d'accuser Heller de l'avoir forcé à agir. Et les avocats ne cessaient de répéter qu'ils en donneraient les raisons seulement quand ils disposeraient de toutes les preuves. Il ne parvenait pas à imaginer comment ni pourquoi Jettero Heller aurait fait toutes ces choses que lui attribuait Gris. Tout cela était totalement inhumain ! Monstrueux !

Quant à Lord Turn, il avait souffert. Tout d'abord, les gens l'avaient accusé de protéger Gris, et sa famille n'avait plus voulu lui adresser la parole. Et voilà que la populace l'accusait maintenant d'atermoyer, de bloquer les choses, encore une fois afin de protéger Gris.

Lord Turn aurait aimé ne jamais avoir entendu parler de Gris.

Il ruminait et, en conclusion, il pensait que sa réputation de juge ne survivrait pas à Gris. Il ne pouvait même plus ramener l'ordre dans la cour, en dépit de tous les hommes dont il disposait, même avec les gardes. À l'énoncé de chaque nouveau crime de Gris, le public hurlait d'horreur et sifflait dès qu'il apparaissait, ignorant complètement les rappels au calme de Lord Turn. La crainte l'effleurait que le public ainsi que la foule rassemblée au-dehors ne finissent par décider de rendre eux-mêmes la justice et ne saccagent la prison.

Le capitaine de la garde entra et Lord Turn sursauta en levant les yeux, redoutant que l'émeute n'ait déjà commencée.

– Votre Seigneurie, annonça le capitaine, vous avez ordonné qu'un homme du nom de Madison se présente à vous dès qu'il aurait des informations sur un certain Jettero Heller. Il est là.

– Très bien, fit Lord Turn, avec un élan d'espoir. Peut-être pourra-t-il nous apporter quelque lueur qui nous permettra d'en finir avec cette atroce affaire. Introduisez-le !

Madison entra, mince, élégant, avec son sourire le plus franc et le plus honnête.

– Vous avez des nouvelles de Jettero! fit Lord Turn avec avidité. Asseyez-vous et racontez-moi!

Madison s'inclina et s'assit.

– Votre Seigneurie, Jettero Heller est sur Calabar.

– Bien, bien. J'ai lu quelque chose à propos de ce héros de la Plaza. Est-ce qu'il compte venir me voir pour me dire ce qu'il convient de faire du prisonnier Gris?

– Je ne pense pas que cela lui soit possible, Votre Seigneurie. J'étais venu vous parler d'autre chose. J'ai eu sous les yeux l'ordre d'annulation de son statut d'officier royal. Jettero Heller est désormais hors-la-loi.

– QUOI?

– Oui, et puisqu'il n'est plus officier royal, vous n'avez plus aucun motif pour détenir Gris à sa place. Lorsque vous en aurez fini avec ce procès en bigamie, à l'issue duquel il est certain qu'il sera déclaré coupable...

– Écoutez-moi, jeune homme : ce procès n'est pas fini. Nous ne détenons pas toutes les preuves.

Madison sourit. Il jouait la carte du système judiciaire terrien : toutes les charges et les sentences sont arrangées dans les chambres des juges. Les procès ne sont que des spectacles destinés au public. Du début à la fin de chaque affaire, il ne s'agit que d'accords secrets et on dit au juge ce qu'il doit faire en privé. Madison était convaincu que cela pouvait marcher sur Voltar.

– Ce défilé de preuves, reprit-il, pourrait s'achever en une minute. Gris plaide coupable sur tous les chefs d'accusation. Le danger, c'est que cette affaire va faire du tort à votre réputation. Votre image de juge a été dégradée.

– Ça, certainement! admit Turn. Quelle abominable affaire!

– En tout cas, je ne pense pas que vous soyez en mesure de prononcer une sentence assez sévère pour satisfaire la populace.

– Je peux ordonner qu'il soit exécuté! lâcha Turn d'un ton vexé.

– Ça ne les satisfera pas.

– Le code ne prévoit pas de torture dans les affaires de bigamie, protesta Turn. Uniquement la peine de mort.

– Moi, je ne crois pas que le public avalera ça. Si vous faites le compte des victimes de Gris – ce que les gens ne vont pas manquer de faire –, on trouve quelques assassinats suffisamment barbares pour mériter la torture. Mais je crois que vous vous souvenez de Sa Majesté la reine Teenie, Votre Seigneurie...

– Celle qui a attiré mon attention sur cette affaire de bigamie?

– Précisément. Il se trouve que Gris a fait l'objet d'une sentence de Sa Majesté non exécutée. Sentence qui était « torture exquise à perpétuité, aux mains d'une experte ». Étant donné que vous n'avez plus à détenir Gris, je vous suggérerai de remettre Gris à la garde de la reine Teenie afin que cette sentence soit exécutée. La foule sera satisfaite et vos ennuis terminés. Nous pourrions même faire entendre au public ses cris. Excellente publicité pour tous.

Lord Turn dévisagea pensivement Madison.

– Ma foi, si Jettero n'est plus un officier royal, Gris, en ce cas, n'est plus qu'un criminel ordinaire. Et je pourrais le remettre à la garde de qui le souhaiterait. Mais vous pensez que cette « torture exquise à perpétuité aux mains d'une experte » pourrait réparer mon... Comment avez-vous dit? Mon image?

– Cela vous permettrait de retrouver totalement la confiance du public, dit Madison. Ils vous hisseraient au pinacle.

– Hmm... Si je le juge coupable, il faudra que la sentence soit sévère. Le crime de bigamie fait d'ordinaire l'objet de peines très lourdes.

– Oh, mais vous allez le juger coupable, puisqu'il l'est. Il le dit lui-même.

– La sentence n'a pas encore été prononcée. Nous ne pouvons bousculer la jurisprudence.

Madison se leva alors, s'inclina et se retira. Tout en suivant les corridors pour rejoindre l'aircar, il affichait un sourire radieux.

Il appela aussitôt Teenie qui attendait sur l'île Relax.

– Votre Majesté, lui annonça-t-il, l'affaire est faite, ma mignonne. Aiguise les pointes et fais chauffer les pinces. Gris va être à toi d'un moment à l'autre.

– J'espère pour toi que ça n'est pas des (biperies). Après toutes les petites faveurs que je t'ai faites, si tu ne me le livres pas, tu peux être sûr que la plus grosse paire de pinces me servira à t'arracher tes (bips) de doigts de pied. Alors, tu as intérêt à me l'envoyer.

– Mais bien sûr, dit Madison avec un sourire confiant. J'envoie toujours à temps ce que j'ai promis.

– Ah, oui?

Et Teenie raccrocha.

Madison ne se laissa pas démonter pour autant. Livrer Gris à Teenie n'était qu'un problème secondaire.

Le statut d'officier royal d'Heller ne pouvait être annulé que par décision d'une cour martiale portant le sceau de l'Empereur. Cela, Madison était incapable de l'obtenir. Mais il avait rabaissé la réputation d'Heller devant la cour à coups d'insinuations et il procéderait de même pour le discréter en tant qu'officier royal.

Il était persuadé maintenant que Lord Turn allait ajouter une ligne dans la sentence prononcée contre Gris : « Étant donné que le statut d'officier royal d'Heller a été dénoncé, je requiers contre l'accusé... » Et Madison ferait une telle publicité à ce jugement que le monde entier serait bien obligé de l'accepter. Après tout, qui avait accès à la vérité ?

C'était le point d'orgue du PR. La Flotte, l'Armée, et maintenant la Police Domestique, tous seraient aux trousses d'Heller. Et le mandat d'arrêt général serait du coup considéré comme valide. Heller était un vrai hors-la-loi !

Madison était maintenant prêt pour l'acte final. Mais l'heure n'avait pas encore sonné.

Il imaginait déjà les manchettes !

3

L'immense salle du tribunal était un véritable enfer de bruit et d'agitation. Le soleil du matin qui filtrait par les hautes fenêtres découpait la poussière immémoriale en tronçons grisâtres. Les marchands ambulants vantaient en criant leur marchandise tandis que les gardes se démenaient pour essayer de canaliser le public et de régler les querelles pour la possession des sièges.

Madison gagna un banc situé derrière les avocats de Gris. Ils étaient au nombre de trois et aucun ne tourna sa tête grisonnante. Madison en fut froissé : après tout, ils lui devaient leur job.

Il tapota du doigt sur l'épaule de l'ex-bourreau des lords.

– Pourriez-vous m'accorder un instant ?

L'homme eut quelque difficulté à l'entendre dans le vacarme ambiant et Madison dut se pencher pour répéter sa requête.

Les trois têtes pivotèrent et se rapprochèrent, affichant la même expression irritée.

– Il faut clore. Déclarez-le coupable et nous en finirons. Le juge a tout préparé. Il va lui coller le maximum.

Ils lui demandèrent de répéter. Puis ils se regardèrent. Ce fut leur aîné qui prit la parole en leur nom : le vieux juge de la Police Domestique.

– Notre travail, dit-il d'un ton aigre, est de défendre notre client.

Et, de façon abrupte, ils se retournèrent et reprirent leur discussion à propos d'un point de loi obscur.

Ce fut au tour de Madison d'être vexé. Ils semblaient le traiter avec un certain mépris. Mais, se dit-il avec philosophie, ils devaient quand même marquer le coup pour obtenir la pension que réclamait Mme Gris, alias la veuve Tayl. Les Voltariens, il l'avait remarqué, avaient tendance, en dépit de leur protocole et de leurs salamalecs, à avoir leur franc-parler. Et ces avocats ne gagneraient pas : donc, il n'avait pas à s'inquiéter.

Lord Turn entra par une porte dérobée et le capitaine de la garde lui fraya un chemin. La foule, avertie de l'arrivée du juge, poussait déjà des cris d'animaux et des insultes. Les gardes repoussèrent les manifestants avec les plus grandes difficultés. Turn parvint jusqu'au dais, installa le micro devant la cloche et donna enfin un coup de marteau à assourdir tout le monde avant de se laisser tomber dans son grand fauteuil avec un froncement de sourcils sévère.

Il frappa du marteau devant le micro à plein volume pour calmer le tohu-bohu.

– Je suis décidé à en finir rapidement avec ce procès! lança-t-il.

Un grondement parcourut l'immense salle auquel des cris isolés de « À mort Gris! » et « Qu'on pende ce (bipard)! » firent écho.

Madison risqua un regard en direction de Gris. Il était en uniforme noir de colonel des Bataillons de la Mort et, malgré son front plissé, il paraissait plus inquiet que féroce, même à l'abri du cercle des gardes.

– Nous avons ici une montagne de preuves, dit Turn. Mais il nous reste une question que JE DOIS élucider avant toute autre chose! (Il porta un regard irrité sur Gris.) Vous étiez ici le prisonnier de Jettero Heller. Chaque jour, vous avez déclaré que tous vos crimes, vous les aviez commis à cause d'Heller. PRÉSENTEZ-VOUS DANS LE BOX!

– Votre Seigneurie, déclara alors le doyen des avocats de Gris, veuillez formuler votre question.

– Non! rugit Turn. C'en est assez! Avant de poursuivre, je veux entendre la réponse de la bouche de l'accusé. GARDES! CONDUISEZ-LE DANS LE BOX!

C'est ainsi que Gris fut traîné jusqu'au box des accusés. Il paraissait très mal à l'aise et ses menottes cliquetaient bruyamment.

Le juge laissa le brouhaha s'apaiser quelque peu, puis, pointant un doigt sur Gris, il demanda :

– Qu'est-ce que Jettero Heller a EXACTEMENT à faire avec tout ça? Pour quelle raison PERSISTEZ-VOUS à prétendre que tout est de la faute d'Heller? Qu'A DONC *FAIT* HELLER?

Gris promena les yeux autour de lui avant de regarder d'un air suppliant ses avocats. Il eut la surprise de les voir tous hocher vigoureusement la tête.

Réconforté, il répondit alors :

– Jettero Heller avait reçu l'ordre d'effectuer une mission de reconnaissance sur une planète encore inconquise désignée comme Blito-P3 sur nos cartes stellaires et appelée « Terre » par ses habitants.

– Et alors? fit Lord Turn. Alors? ALORS?

– Alors, le Grand Conseil lui a donné l'ordre de réparer l'atmosphère de cette planète de même que sa rotation afin qu'elle tienne encore pendant cent et quelques années comme le veut le Calendrier d'Invasion. Si cette planète était réparée, Voltar n'aurait pas à déclencher une invasion immédiate.

Gris se tut, l'air morose.

– Et c'est ce qu'il a fait? demanda Turn.

Gris consulta du regard ses avocats et, une fois encore, à sa stupéfaction, il les vit acquiescer.

– Oui, dit-il en se tournant de nouveau vers Turn.

– Bien, et qu'a-t-il encore fait d'autre?

Gris haussa les épaules. Mais ses avocats le pressaient toujours de répondre et il ajouta :

– Rien d'autre, en fait.

Lord Turn retroussa les lèvres pour glapir :

– Vous voulez nous dire par là que Jettero Heller a simplement effectué une mission de reconnaissance, et qu'il avait reçu l'ordre de l'Empereur et du Grand Conseil de réparer cette planète, ce qu'il a fait et rien d'autre?...

– Oui. Et tout ce que j'ai fait, c'est parce que je tentais de l'arrêter. Vous voyez bien que c'est Jettero Heller qui m'a amené à commettre tous ces crimes!

Un grondement sauvage monta de la foule. Les gardes durent intervenir à nouveau pour refouler les plus excités.

Lord Turn lui-même paraissait sur le point d'exploser.

– Enfin, nous y sommes! rugit-il. Maudit criminel! Jettero Heller a fait ce qu'on lui avait ordonné! Ce qui ne fait pas de lui un MALFAITEUR! Il n'a fait qu'accomplir son devoir! Nul ne saurait être accusé pour ça! C'est VOUS qui avez jeté l'opprobre sur lui! C'est vous qui l'avez sciemment SALI! CE QUI MET UN TERME À CE PROCÈS!

Les avocats de Gris se dressèrent comme un seul homme.

– Votre Seigneurie! hurla le doyen. Nous n'avons pas achevé notre plaidoirie!

– Pas question! beugla Lord Turn. Il y a des semaines que vous êtes là!

L'ex-bourreau agitait frénétiquement la main vers une porte dérobée afin que l'on fît entrer quelques hommes de peine.

Le doyen des avocats s'exclama :

– Votre Seigneurie! Nous avons d'AUTRES preuves! Jusqu'à présent, nous n'avons fait état que des pièces présentées CONTRE notre client. Mais pas encore de celles qui ont été rassemblées POUR lui!

Des hommes de peine arrivaient en ahanant, poussant des chariots chargés de dossiers. Lord Turn les regardait avec perplexité, de même que l'assistance.

– Toutes ces preuves sont authentiques, reprit le doyen des avocats de Gris. Elles ont été trouvées dans le bureau de l'accusé il y a plusieurs semaines et remises entre nos mains par un officier de la Flotte qui se trouve être un ami d'Heller! On y trouve aussi certaines preuves que l'officier Bis, de la Flotte, a rassemblées de son côté. Et là, nous sommes au cœur de l'affaire. Car vous ne pouvez prononcer votre jugement sur la seule foi des preuves rassemblées contre lui. Il serait en effet parfaitement injuste de ne pas écouter celles qui sont POUR lui!

– Est-ce que cela a un rapport avec la bigamie? demanda Turn.

– Mais oui! fit le doyen. Les règles de l'égalité des témoignages vous font obligation par la loi de les entendre!

– Oh, par tous les Cieux, fit Turn. (Et il ajouta d'un ton las :) Allez-y.

Madison était inquiet. Il n'avait jamais été au courant de l'existence d'autres preuves. Déjà sous le choc d'avoir découvert qu'Heller, son client, semblait impliqué dans tout ça, il était tout à coup particulièrement nerveux quant au destin de Gris.

Tout cela ne faisait pas partie de son scénario : ces satanés avocats étaient en train d'écrire des scènes avec lesquelles il n'était pas d'accord.

Et de plus, cela prouvait qu'Heller lui-même avait à l'évidence mis l'affaire entre les mains des avocats de Gris. Quel étrange tour du destin ce serait – Heller, brusquement caché derrière chaque scène pour sauver la tête de Gris. Madison avait la sensation pénible qu'il se pouvait qu'Heller, de l'extérieur, tente d'interférer avec son programme de PR. C'était effrayant, comme de se retrouver avec un tigre derrière soi alors que l'on croyait qu'il était bien loin de là, de l'autre côté de la montagne.

Il parvint à se maîtriser quelque peu. Après tout, ces nouvelles preuves ne pouvaient en rien affecter l'ensemble du scénario. Et ces avocats n'avaient pas le moindre moyen de tirer Gris d'affaire. Il étendit les jambes en bâillant.

Les choses suivraient leur cours comme il l'avait souhaité. Oui, ces gens n'étaient que des marionnettes. C'était lui, le maître des PR de la Terre, pas eux.

4

Gris lui-même avait dû apprendre avec surprise l'existence d'autres preuves. Depuis des années, il les avait toutes rassemblées et les avait empilées sur tous les rayons de son bureau. À coups de caméras, de micros et d'habiles cambriolages, il avait accumulé son butin de jour comme de nuit tout au long de sa carrière au sein de l'Appareil. Certes, ce n'était pas aussi essentiel que sa passion pour la chasse aux oiseaux chanteurs, mais ça n'en était pas moins une sorte de hobby : il faisait la collection des secrets de ses collègues officiers.

Probablement pour faire avancer sa carrière, il avait eu l'intention de s'en servir beaucoup plus largement qu'il ne l'avait fait. C'était dans ce but qu'il avait fait chanter le chef de la Section Provocation qui, lors d'une soirée, avait assassiné la maîtresse d'un officier supérieur des Bataillons de la Mort. Mais, par ailleurs, Gris paraissait aussi avoir utilisé ses dossiers pour mettre l'accent sur ses acquis en psychologie et psychiatrie terriennes, car certaines notes portaient en marge des annotations du type « Preuve d'érotisme buccal », « Sado-masochiste typique », « La façon dont il s'est servi de sa lame de la Section Couteau montre indubitablement une frustration du pénis », et autres... Il est également possible que Gris, paresseux de nature, ne se donnait même pas la peine de classifier ou de cataloguer ce qu'il rassemblait, et s'en servait encore moins.

Mais tout était là : le fruit de dix années de labeur et de patience. La juste récompense des heures qu'il avait passées à fouiller et à épier des choses qui ne le regardaient pas. Ce qui expliquait aussi, à un certain degré, le fait qu'il n'eût pas d'amis. Les bandes enregistrées, les notes et les photos constituaient une véritable feuille de rôle personnelle de tout l'Appareil.

Dans tout ce fatras, les avocats, ou Bis, à moins que ce ne fût quelqu'un d'autre, avaient fait quelque rangement et replacé les noms de chacun en ordre alphabétique. Il fut tout de suite évident que toute l'affaire, cas par cas, allait être exposée devant la cour avec ses détails les plus nauséeux, car le premier témoin à se présenter, par ordre alphabétique, aurait figuré en tête de n'importe quel rôle, puisque son nom s'écrivait avec la première lettre de l'alphabet voltarien répétée trois fois.

C'était un commandant de l'infanterie légère de l'Appareil. Il avait reçu l'ordre de procéder à l'interrogatoire de tout un village sur la planète Mistin. « Interrogatoire » qu'il avait débuté en violant toutes les femmes. Ensuite, lorsque les hommes s'y étaient refusés, il les avait fait émasculer dans un déchaînement sanglant de sadisme. Après, il avait demandé à ses victimes d'avoir des rapports avec leurs femmes. La chose étant impossible, il les avait tous accusés de désobéissance, les avait enfermés dans leurs demeures et avait mis le feu au village, ne laissant aucun survivant.

Dans le public, plusieurs personnes vomirent. Les journalistes présents, trop habitués par Madison à des « infos sensationnelles », balancèrent leurs articles dans leurs journaux respectifs sans lui en toucher le moindre mot. Autant de titres qu'il n'avait pas prévus.

Le cas suivant concernait un général de l'Appareil. Sur Modon, il avait donné une soirée pour son état-major. Il n'avait pas prévu de femmes et, quand ses invités étaient arrivés, il les avait envoyés en ville pour rafler toutes celles qu'ils pourraient trouver. Sur ses ordres, les femmes avaient été déshabillées et violées avant d'être fouettées à mort. On avait enterré les cadavres dans le sous-sol, mais pas assez profondément car, quelques semaines plus tard, à cause de la puanteur, un capitaine les avait fait déterrer pour les transférer dans une autre fosse à l'extérieur de la ville. Puis il avait choisi trois citoyens au hasard, les avait accusés du meurtre et fait exécuter sur place.

– Votre Seigneurie, dit un avocat, voici l'enregistrement de la soirée, les photos des deux fosses et l'enregistrement du capitaine quand il a raconté, pris de boisson, les « détails croustillants » à des amis officiers.

UNE RAFALE DE MANCHETTES!

Madison s'assombrissait. Tous ses plans de presse étaient en l'air. Il n'avait plus la moindre ligne sur la chasse à l'homme organisée pour retrouver Heller. Il savait pourtant bien que l'Armée s'y intéressait car les demandes d'indices concernant Heller ne cessaient d'affluer à son appartement. Et voilà que toute la presse qu'il avait prévue était cassée par, selon son mot, ces (biperies).

Au deuxième jour du défilé des nouveaux témoins, il rassembla les journalistes.

– Tous ces trucs, leur dit-il dans un ultime effort désespéré, ça n'est que du sensationnalisme. Ça ne tient pas debout.

– Il y a du sexe, il y a du sang, lui répliqua l'homme de *L'Annonceur du jour*. C'est vous-même qui nous avez dit que c'est tout ce que le public réclame. Je suis là pour rapporter ce qui se passe dans ce procès et c'est bien ce que je compte faire.

Ses collègues l'approuvèrent tout en lançant des regards intrigués à l'adresse de Madison. Ils reprirent leurs places respectives dans le box de la presse.

Très vite, dès que les gardes eurent ramené l'ordre, les avocats de Gris continuèrent avec une nouvelle déposition à sensation. Trois officiers de l'Appareil avaient été envoyés chez un riche marchand qui refusait de verser des pots-de-vin à un haut fonctionnaire de l'Appareil. Comme ils n'obtenaient pas leur argent sur l'heure, ils avaient violé ses trois jeunes enfants. N'obtenant toujours pas satisfaction, ils avaient éventré sa femme, qui était enceinte. Le marchand était alors devenu fou et ils l'avaient abattu avant de jeter les corps dans la Wiel.

Cela éclaircissait un mystère de longue date pour la Police Domestique, et le tout était accompagné d'enregistrements des trois officiers de l'Appareil se vantant de leurs exploits.

L'affaire eut instantanément droit aux gros titres de la presse.

Et ainsi, jour après jour, heure par heure, les affaires se succédèrent. Quand il fut question d'un plan mis au point par l'Appareil afin de capturer tout un orphelinat et de changer les enfants en monstres afin de les revendre à des cirques, Lord Turn souleva des objections. Il déclara qu'un plan aussi ignoble n'aurait jamais pu être exécuté. Mais les avocats de Gris l'attendaient au tournant : ils avaient retrouvé trois des enfants et ils les produisirent devant la cour. L'un était mi-homme, mi-serpent, l'autre avait des mains à la place des pieds, et, pour terminer, une petite fille avait les parties génitales d'un animal. Les cytologistes criminels de l'Appareil avaient omis de lui ôter la langue et elle raconta comment elle avait été kidnappée, comment on l'avait opérée et ce qu'elle avait vécu après. Ce qui valut non seulement la une de tous les journaux mais des articles fleuves.

Madison, selon sa propre expression, était noyé dans les « ragots ». Et il avait complètement perdu la direction de sa campagne de presse. Les seuls éléments de consolation, dans ce dernier cas, étaient que tout ça avait sans doute été mis au point par Lombar Hisst et exécuté par le Dr Crobe, mais toutefois leurs noms ne furent pas mentionnés. Malgré tout, Madison en transpira de peur.

On était à présent au cinquième jour de ce hideux défilé de preuves et il avait entrepris de revoir ses plans. Il devait prendre une initiative radicale, et très vite, s'il voulait retrouver la une de la presse. Car il en avait un besoin essentiel afin que l'Armée, la Flotte et la Police Domestique se lancent réellement sur la piste d'Heller! Son héros avait presque disparu des pages des journaux! Quelle abominable situation!

Mais il ne doutait pas que, tôt ou tard, il triompherait.

5

Il est possible que si la Police Domestique n'avait pas été aussi occupée à tenter de maîtriser les émeutes qui devenaient quotidiennes dans toute la Confédération, elle aurait pu essayer de retrouver et d'arrêter certains de ces officiers de l'Appareil. D'un autre côté, il se peut que les officiers de la police locale aient été, en certains cas, victimes d'intimidation. Les troupes de l'Appareil se regroupaient dans les bases spatiales en vue d'une expédition vers quelque planète inconnue à laquelle on allait donner une leçon, mais les unités qui demeuraient sur Voltar égalaient en nombre et dépassaient de loin en férocité celles de la Police Domestique. Un porte-parole de l'Appareil vitupéra les représentants de la presse qui avaient voulu l'interroger dans une des bases.

– Vous faites une grosse erreur, espèces de (bips)! Quand on reviendra de Blito-P3, on vous collera vos sales journaux dans le (bipion) et on y foutra le feu! Vous avez intérêt à savoir qui commande ici. Maintenant, vous allez me lécher le sol et décarrer avant qu'on vous fasse sauter les (bipouilles) !

L'incident fut largement gonflé par l'ensemble de la presse, et Madison, une fois encore, fut frustré de la une.

Une fois encore, il revit ses plans mais en indiquant pour chaque édition : plus un, plus deux, plus trois... « Plus » par rapport au jour où serait rendue la sentence contre Gris. Vu la façon dont les choses traînaient, il n'avait plus la moindre idée de la date. D'habitude, c'était bon pour un PR qu'on fasse traîner un jugement. À vrai dire, c'était parce que les juges autant que le gouvernement étaient friands de presse que les procès étaient aussi longs sur Terre. Mais la situation devenait intenable. On ne parvenait plus à contrôler le public. La sentence contre Gris était inévitable : ce juge allait le faire exécuter. Et, du coup, l'intérêt du public retomberait. Madison attendait donc la fin du procès. La sentence ne ferait les gros titres qu'un jour seulement. Le public, ensuite, serait sensibilisé au nouveau sensationnalisme, et il retrouverait la une. Maintenant, il savait exactement ce qu'il en ferait.

Pourtant, le procès s'acheva de façon abrupte. Et, de nouveau, son planning fut en l'air.

Apparemment, les avocats de Gris sentaient qu'ils avaient un certain avantage légal et, au matin du sixième jour, ils abandonnèrent leur stratégie du cas par cas pour en empiler tout à coup 2 094 à la fois. Ils invitèrent chacun à ouvrir les dossiers – les équipes de la Vidéo Planétaire et les journalistes se précipitèrent à grand bruit – tandis qu'ils s'adressaient au juge.

– Votre Seigneurie, dit le doyen, ces 2 094 cas représentent chacun un crime flagrant commis par un ou plusieurs officiers de l'Appareil. Et nombreux sont ceux qui sont PIS ENCORE que ce que la cour a entendu jusqu'à présent.

L'effet produit fut extraordinaire et il fallut quelques minutes aux gardes pour rétablir le calme afin que la défense puisse poursuivre.

C'est alors que le vieux juge roublard de la Police Domestique présenta une boîte dont il retira plusieurs classeurs noirs. Il en ouvrit un qu'il exhiba devant les caméras du Circuit et toutes les têtes qui se penchaient, ainsi que devant Lord Turn.

– Nous avons ici des listes appartenant au Département des Archives de la Police Domestique, Section des Statistiques Essentielles de la Confédération. Elles portent les modifications de noms et les suivent. Elles ont une validité officielle pour tout changement de nom ou d'identoplaque.

» Il faut que vous gardiez à l'esprit que l'Appareil recrute ses membres dans les prisons. Cela exige, dans la plupart des cas, une modification d'identoplaque. Pour transporter les plaques nominales de modification de grade et de statut de l'Appareil il faudrait un camion. Les dossiers que nous avons là ne portent que sur 30 201 officiers de l'Appareil qui ont fait l'objet de peines de détention et n'ont pas accompli leur temps. Leur expérience ou leur formation leur a permis d'être enrôlés dans l'Appareil et d'y avoir le rang d'officiers.

Un souffle de stupéfaction monta de l'assistance. Nul n'avait jamais vu l'Appareil sous cet angle.

– Néanmoins, ces 30 201 officiers ne représentent nullement TOUS les officiers de l'Appareil qui ont été initialement des criminels. Ces 30 201-là ont très opportunément oublié qu'ils étaient mariés avant leur emprisonnement et ils se sont REMARIÉS sous leur nouveau nom en tant qu'officiers de l'Appareil. Mais avec une autre femme.

– Ah! rugit Lord Turn. Le fait que vous ayez mis la main sur 30 201 bigames au sein des officiers de l'Appareil ne signifie PAS que nous allons laisser CETTE BÊTE IMMONDE échapper à la justice de cette cour!

Il pointa le doigt sur Gris.

Gris ne broncha pas. La cicatrice du skateboard lui donnait un pli soucieux permanent qui contrastait avec la franche terreur qu'on lisait dans ses yeux. Jusqu'à présent, jamais le juge ne l'avait traité de bête. Il était désormais convaincu qu'il serait condamné et il se tourna vers ses avocats avec une pauvre expression du style « à quoi bon insister? ».

Le doyen adressa un large sourire à Turn, ainsi qu'aux caméras et à l'assistance.

– Oh, nous admettons tout à fait que notre client est une bête.

Un grondement d'approbation s'éleva de la foule. Tout Voltar et sans doute toute la Confédération y fit écho, compte tenu du décalage de transmission du signal.

Madison ne souhaitait qu'une chose : qu'ils en finissent avec le jugement de Gris et qu'on le laisse faire son métier.

– MAIS, reprit le doyen des avocats quand il put se faire à nouveau entendre, il n'est qu'une bête parmi un vaste troupeau d'autres bêtes et peut-être moins immonde que bien d'autres!

Le gémissement de Gris se perdit dans un nouveau tonnerre d'ovations. Des cris se firent entendre çà et là :

– À mort l'Appareil!

Un cri qui se répandait depuis quelques jours.

– Je ne vous ai pas encore dit le pire, reprit l'avocat. (Il s'empara des quatre derniers classeurs.) LÀ-DEDANS, nous avons les noms de 6 086 officiers de l'Appareil qui se sont remariés au moins dix-huit fois!

Cela déclencha comme une onde de choc. Dans la Confédération, le divorce n'existait pas et la bigamie était punie de mort. Et voilà que cet avocat était en train de déclarer publiquement que 6 086 officiers de l'Appareil étaient déjà mariés avant leur enrôlement et qu'ils avaient mérité dix-huit fois la peine capitale.

– Mais, objecta Lord Turn, certaines de ces épouses sont sans doute décédées.

– Oh, oui, tout à fait. Dans la plupart des cas, elles ont été assassinées par leur époux. Mais, même lorsque sa première femme n'était pas décédée, un officier de l'Appareil continuait à se remarier. Et je vais vous expliquer pourquoi.

Il présenta un rouleau de papier d'imprimante.

– Nous avons pu avoir accès à une des consoles d'ordinateur de l'Appareil grâce à un vieil employé plein de griefs que nous devons protéger. Vous pouvez voir que ces imprimés sont validés avec dates et estampilles. Il y a là une série d'ordres émanant de généraux et de colonels de l'Appareil, série qui correspond aux noms que nous trouvons dans les quatre derniers classeurs.

Il donna la preuve de ce qu'il déclarait en montrant à Turn ainsi qu'aux caméras plusieurs noms qui figuraient sur les listes d'imprimantes et correspondaient aux noms portés dans les dossiers.

– L'Appareil, poursuivit le doyen des avocats, dispose d'un système propre. Lorsqu'il a besoin de services, d'influence ou de pénétrer dans la famille de commerçants, il donne l'ordre à l'un de ses officiers d'épouser une veuve ou une fille de telle ou telle famille. Il a un nom pour ça : « infiltration familiale ». Ces multiples mariages ont été contractés sur ordre!

– Ce n'est pas le cas de Gris, remarqua Turn. Personne ne lui a donné l'ordre d'épouser Pratia Tayl en prison, et c'est sous ce chef d'inculpation qu'il se retrouve ici. Ne faisons pas de confusion en mélangeant la logique avec l'accusation.

– Votre Seigneurie, la propriété de la veuve Tayl se trouve dans Pausch Hills. On l'appelle le Domaine de Minx. On y trouve un petit hôpital. Pour disposer de son usage, l'officier de l'Appareil Soltan Gris devait avoir des relations sexuelles avec la veuve Tayl. Le résultat de leur accouplement a été un fils. Voici l'acte de naissance. Et sa photographie. Il a aujourd'hui trois mois. Selon la loi, quand une conception est le fait d'un cytologiste assermenté, le statut de mariage doit être considéré comme acquis. Cette liaison a été due au seul fait que Gris avait reçu des ordres afin d'empêcher Heller de réussir dans sa mission.

– En avez-vous fini? gronda Turn, ou bien comptez-vous encore faire perdre une autre journée à la cour?

L'avocat se tourna vers ses cadets. Ils acquiescèrent et il se dressa alors :

– Votre Seigneurie, nous sommes maintenant prêts à présenter notre résumé des faits.

– Il est presque temps, grommela Turn. Faites!

– Votre Seigneurie, commença le vieux juge de la Police Domestique du ton impératif d'un orateur, nous avons montré sans contestation possible que la grande moyenne des officiers de l'Appareil, quelle que soit la valeur ou l'honorabilité que leur chef leur a prêtée dans la presse, étaient des criminels qui commettaient chaque jour des délits. Leurs crimes, nous vous l'avons prouvé, incluent la bigamie.

» Ces actes, aussi infamants et répugnants qu'ils soient, ont été perpétrés par eux sur ordre de leurs supérieurs. Nous en concluons donc que l'officier de l'Appareil Soltan Gris n'a fait que son devoir d'officier de l'Appareil.

» Votre Seigneurie, ainsi que vous l'avez déclaré devant la cour la semaine dernière, et en accord avec les lois et règlements, un homme ne saurait être puni pour avoir accompli son devoir. Ce qui était le cas de Jettero Heller. Et de Soltan Gris, qui ne faisait que son devoir.

» Ainsi, nous requérons courtoisement et solennellement que vous déclariez l'officier de l'Appareil Soltan Gris personnellement innocent de ses crimes pour circonstances atténuantes. Il ne faisait que son devoir.

Ce fut l'explosion. Des hurlements d'animaux, des cris et des menaces jaillirent de toutes parts. Des journaux, des bouteilles vides d'eau pétillante et des claque-bulles se croisèrent en une véritable tempête de neige.

Madison songea soudain à Teenie. Elle regardait sans doute tout ça sur le Circuit. Il se dit qu'il allait avoir un malaise. Puis, ses yeux se portèrent sur Lord Turn. Il avait encore une chance.

Le juge laissa s'apaiser le tumulte. Il n'y avait pas que Madison qui avait les yeux fixés sur lui. Toute la nation l'observait en cet instant.

Il se drapa dans sa robe écarlate et passa la main sur son visage plissé. Un juron prononcé à voix basse s'échappa de ses lèvres et filtra entre ses doigts. Personne ne l'entendit.

Il resta encore silencieux durant trois minutes avant de déclarer :

– Il ne m'est pas permis d'établir des précédents. Malheureusement, il existe un bon millier de cas judiciaires dans lesquels un homme n'a pu être puni parce qu'il avait fait son devoir. Si les règlements et la loi n'étaient pas ainsi établis, un homme pourrait être tué par ses supérieurs pour n'avoir pas exécuté un ordre qui lui aurait valu la peine de mort selon la justice. Malheureusement aussi, dans une nation qui se trouve souvent en état de guerre, un supérieur ne peut être puni pour avoir donné un ordre impliquant un crime capital dans son exécution. Un jour, le Grand Conseil ou l'Empereur trouveront une solution à cela, quoique j'en doute, car nous nous avançons là en terrain dangereux. La meilleure garantie d'intégrité que nous ayons est que seuls des hommes honnêtes, comme l'officier royal Jettero Heller, disposent de l'autorité.

Madison grommela. Il perdait du terrain.

– Mais, ajouta Lord Turn avec un sourire malin en se tournant vers les avocats de Gris, vous avez escamoté un point très important.

Gris, dont l'espoir avait quelque peu remonté, s'effondra de nouveau.

– Il ne fait pas de doute que vous étiez des juges très compétents au sein de la Police Domestique, et vous, monsieur, vous avez certainement été un bourreau de lord très compétent. Vous m'avez trompé depuis des jours en me forçant à vous écouter. Heureusement, il se trouve que nous, Juge des Cours et Prisons Royales, n'avons de comptes à rendre qu'à l'Empereur. Cela ne nous place pas au-dessus de la loi. Afin d'empêcher l'Empereur de commettre des erreurs, il faut que nous ayons connaissance de tous les points de justice jamais abordés.

Les avocats de Gris commençaient visiblement à grincer des dents. Ils n'appréciaient guère de se faire tancer en public, même par un juge royal.

– Il existe une affaire qui a fait jurisprudence, reprit Turn. Elle remonte à trois mille ans. Il s'agit du cas *Manda contre Boont*, très célèbre en son temps. À la base, il y avait un litige sur règlement d'héritage. Le verdict rendu par les Cours Domestiques fit l'objet d'un recours en appel par pétition adressée à l'Empereur et un nouveau procès se tint ici même, en Cour Royale. Les réclamants demandaient 3 millions de crédits sur les biens, arguant du fait que l'héritier n'était nullement le fils de son père puisque aucun mariage n'avait été prononcé. Je vous assure que les contestations étaient plutôt vives eu égard à l'importance des biens de l'héritage.

» La mère, selon un cytologiste, avait fait enregistrer la véritable identité du père. L'héritier affirmait que cela prouvait la légitimité de ses droits. La cour... (À cet instant, Lord Turn baissa le nez à l'intention des avocats de Gris, tandis que le monde entier attendait, le souffle suspendu.) La cour a jugé explicitement que le registre des conceptions était un substitut légal de l'acte de mariage.

Turn ménagea un silence. Qui accentua encore celui de l'immense salle.

– L'héritier gagna le procès. *Manda contre Boont.* Si vous le désirez, vous pouvez consulter les minutes dans la bibliothèque du haut. Mais croyez-en ma parole. J'ai déchiffré tous les autres documents de mariages contractés par Gris sur la planète Terre, ou quel que soit son nom. Ils sont tous datés *postérieurement* à l'enregistrement de conception que la veuve Tayl a déposé pour son enfant. (Il sourit.) Il n'y a pas eu d'acte de bigamie commis dans l'enceinte de la Prison Royale : la cérémonie n'était donc pas nécessaire. Si Gris s'est rendu coupable de bigamie, ça n'était pas ici. Selon la loi, il avait déjà épousé la veuve Tayl, des mois avant toute autre.

» Je déclare donc que l'accusé, l'officier de l'Appareil Soltan Gris, est innocent de la charge de bigamie dans l'enceinte de cette prison.

Une demi-minute, tous les souffles restèrent encore en suspens.

PUIS CE FUT LA TORNADE!

Les gardes durent donner l'assaut comme des léprodontes pour contenir la foule. Et les gardiens de la prison cinglèrent avec leurs fouets électriques. Ils parvinrent à dégager le devant de la salle et à empêcher Gris d'être démembré vivant, et ce uniquement parce que certains s'étaient aperçus que Lord Turn, visiblement, tapait sur son gong dont personne n'entendait le son. Il levait également la main.

Il apparut progressivement que Lord Turn voulait dire quelque chose, et le vacarme s'apaisa quelque peu.

– NÉANMOINS! hurla-t-il dans son amplificateur, sans doute pour la vingtième fois. Néanmoins... je dois garder Soltan Gris en détention jusqu'à ce que j'aie éclairci le statut de Jettero Heller. Il se peut que Soltan Gris ait commis d'autres crimes dont seul Heller serait au courant. Il est très probable que Soltan Gris ne s'en tirera pas sans un châtiment sévère et peut-être même sera-t-il exécuté. Gardes! Raccompagnez le prisonnier jusqu'à sa cellule! JE DÉCLARE LE PROCÈS CLOS!

La foule était légèrement apaisée. Mais quelques groupes, à l'instant où on les poussait vers la sortie, se remirent à crier :

– À mort l'Appareil !

Gris, à l'écoute du premier attendu du jugement, avait paru totalement soulagé. Puis, au second, il s'était effondré. On dut le traîner jusqu'à sa cellule, à demi inconscient, incapable de faire un pas.

Madison, en le regardant disparaître, était agité par ses propres émotions. Il avait affreusement peur de ce que Teenie pouvait penser ou préparer en cet instant. CAR IL N'AVAIT PAS RÉUSSI À LUI FAIRE CONFIER LA GARDE DE GRIS. Mais n'y avait-il pas une échappatoire possible ? Il se posa la question, et haussa les épaules.

Il prenait soudain conscience qu'il ne lui restait guère de temps. La réaction du public n'allait pas tarder à se calmer. Et tout cela devait irriter Lombar. Oui, il n'allait pas tarder à entendre parler de Teenie.

Et puis, tout à coup, il sourit. Il avait encore du pouvoir. Il allait se rétablir glorieusement et avec un grand BANG !

6

Madison réussit à survivre à la journée du lendemain.

Pour lui, ce fut terrible.

Ses plans les plus habiles avaient *échoué* !

Les développements inattendus du procès avaient totalement étouffé l'affaire Heller. Il avait le sentiment qu'Heller l'avait espionné et que c'était lui qui avait fait parvenir aux avocats de Gris ces dossiers de chantage. Heller n'avait-il donc pas conscience que Madison n'avait qu'un seul et unique objectif : le rendre immortel ? Qui pouvait donc voir une objection à une pareille entreprise, et même tenter de l'entraver ? Au diable toutes ces manigances d'amateurs pour saboter l'art des PR !

Mais il n'y avait pas que cela qui perturbait Madison : Teenie allait être absolument furieuse ! En dépit des promesses de Madison, elle allait être frustrée de sa proie, et il était impossible de prévoir sa réaction. Et il y avait aussi Lombar Hisst : il ne serait pas content du tout de cette détérioration de l'image de l'Appareil.

Madison se demandait avec inquiétude s'il ne perdait pas la maîtrise des choses. Il n'était sans doute plus assez névropathe depuis quelque temps et, par conséquent, son génie s'en trouvait peut-être diminué.

Debout devant la fenêtre de sa chambre, il contemplait la Cité de la Joie : il sentait que sa sphère d'influence s'effondrait.

Un voile de fumée s'élevait à 500 mètres de distance. Entendant du bruit quelque part derrière lui, il demanda :

– Que se passe-t-il donc là-bas?

C'était Flip, la fille de cirque. Depuis quelque temps, elle faisait son lit, lui préparait ses vêtements, tout en faisant des insinuations qui l'inquiétaient. Elle alla jusqu'à la fenêtre.

– Oh, c'est le *Club du Poignard*. Une des boîtes de l'Appareil. J'étais là-bas avec Chi quand les gens y ont mis le feu. Mais c'est un boui-boui minable. Y a rien à piller. La morgue est débordée et il y a encore des tas de cadavres dans les rues. Un vieux salopard leur avait piqué leurs portefeuilles.

De la main, elle lui caressait les fesses, ce qui le rendait très nerveux. Il s'écarta et se mit en quête d'une veste.

– Si j'étais vous, je ne sortirais pas, reprit Flip. Ça serait mieux de rester ici et de faire un petit tour au lit. Les gens sont partout. Ils cherchent les officiers de l'Appareil. Regardez : en voila d'autres.

Madison s'approcha. Un bon millier de personnes venaient de surgir dans les rues voisines, soixante-seize étages plus bas. Même à cette hauteur, il les entendit scander :

À mort tout l'Appareil!
À mort les criminels!
À mort toutes ces canailles!
À mort les « ivrognes » et leur racaille!
À mort leurs chefs, leurs officiers!
À mort tous ces (enbipés)!

– On dirait que quelque chose les inquiète! fit Madison.

– Oh, ça, oui, ils sont inquiets. Ça donne des tas d'occasions pour piquer : un très bon environnement criminel. Toutes les villes sont comme ça, en ce moment. Je vais sortir faire un tour avec deux des filles, mais pour vous, chef, ça serait plus sûr d'enlever votre pantalon et de vous glisser dans les draps. Je connais deux ou trois petites choses pas tristes. On va commencer par une petite partie de (bipette). Tenez : vous n'avez qu'à vous allonger et je ferai tout. Ensuite, si vous le voulez, vous pourrez...

– Il faut que je réfléchisse, dit Madison.

– Eh bien, vous pourrez réfléchir pendant que je m'occuperai de vous. Ça vous donnera peut-être de chouettes idées. Tenez, mettez votre main là...

– Flip, allez dire aux reporters que je veux les voir tout de suite dans mon bureau.

– Oh, chef; vous n'avez quand même pas besoin que ces (bipards) nous regardent faire, non? Ça va les exciter et ils vont tous vouloir s'y mettre. Et à propos de mettre, ils ne valent vraiment pas le coup de (bip)! On le sait : on les a essayés.

Elle enlevait sa robe. D'un geste ferme, il la lui remit et dit :

– Flip, je vous en prie.

– Chef, franchement, vous êtes un cas. Ça, je dois vous le dire. Allez donc chercher vous-même vos (bips) de reporters!

Elle s'éclipsa d'un air indigné, et Madison dut aller trouver Flick pour lui demander de rassembler les reporters dans son bureau pour une conférence.

Ils furent bientôt tous là, avec le scénariste d'horreur et le réalisateur, à titre de consultant.

– Où en sommes-nous? leur demanda Madison.

– On n'est nulle part, dit l'un des reporters. Dans tous les papiers, c'est le procès de Gris qui a droit à la première page. Pour empirer les choses, en plus du verdict choc, quelqu'un a donné une photo aux journaux. On voit Gris pour le lancement de je ne sais quel remorqueur spatial, en train de dévorer une main. Il s'agissait sans doute d'un cake, d'accord, mais tout le pays est devenu fou. Les gens hurlent dans les rues que les types de l'Appareil sont des cannibales. En page deux, on ne parle que des immeubles incendiés. Et le reste concerne les blessés des émeutes. On a passé le reste de la matinée à tenter de faire passer la suite de vos papiers sur l'intervention d'Heller. Mais les rédactions sont débordées par des tas d'autres choses. Même les femmes mariées protestent. Vous vous rappelez cette vieille bergère qui prétendait qu'elle avait repéré Heller dans une grotte? Eh bien, par tous les Enfers, on l'a même perdue parce qu'elle s'était jointe à une manifestation. On n'a rien réussi à faire passer.

– D'après ce que j'ai appris en dirigeant des scènes d'émeutes, fit le réalisateur, je dirais que la situation est en pleine escalade. J'ai habillé les deux acteurs en généraux de la Police Domestique pour les envoyer aux renseignements. La Police Domestique pense que la situation échappe à tout contrôle : ils souhaitent l'aide de l'Armée, et l'Armée leur a répondu : « De l'aide... Vous pouvez vous la mettre dans le (bup). On a suffisamment d'ennuis à essayer de contenir la Flotte. » Non, ça ne sent pas bon.

– Pas tant que ça, dit Flick, franchissant sans prévenir le seuil. Une bonne partie de l'équipe était inquiète à l'idée d'être liée à l'Appareil, alors, avec Cunn et Twa, on a raflé jusqu'à l'aube toutes les identoplaques sur des cadavres. De simples citoyens, des « bouteilles bleues », des officiels. On doit bien en avoir deux mille. Au choix. On a aussi trente jeux de plaques piquées sur des véhicules détruits. Les ordinateurs vont être bloqués durant des semaines, on peut donc s'en servir tranquillement. Si je n'avais pas été libéré sur parole, on se les roulerait en ce moment. Mais au moins, on va pouvoir bouger. Ça me semble plutôt bien.

– Je suis ouvert à toute suggestion pour trouver un moyen de reprendre l'initiative dans la presse, dit Madison.

– Moi, fit le réalisateur, je dirais qu'on n'a qu'à rester bien gentiment assis jusqu'à ce que les choses se tassent.

Les autres l'approuvèrent.

Mais Madison secoua la tête.

– J'ai essayé de vous apprendre les rudiments des *public relations*. L'un d'eux concerne les courants d'opinion. On n'essaie jamais de faire dévier un courant d'opinion. C'est fatal : on gaspille son énergie à se faire cogner dessus. La seule chose à faire, c'est d'aller DANS LE SENS DU COURANT.

– D'accord, fit un des reporters. Mais il se trouve que ce courant est composé d'émeutes. C'est un mouvement de résistance dirigé contre l'Appareil. Dès qu'on surprend un homme de l'Appareil à l'extérieur du périmètre de défense d'une base, il est démembré tout vif. C'est justement ce courant qui nous vaut tous nos ennuis.

– Néanmoins, insista Madison, le principe demeure. En essayant d'apaiser le mouvement avec les PR, nous nous priverions d'un excellent outil. Il y a un autre principe que vous devez comprendre : il faut toujours faire en sorte d'empirer les courants.

– Les empirer? s'étonna un reporter. Mais c'est presque sacrément impossible. La foule met le feu aux immeubles, abat les monuments, le contrôle du trafic est quasiment détruit, les hôpitaux sont débordés, le personnel des journaux arrive à peine à travailler et la distribution devient précaire. Et c'est comme ça dans toutes les villes de la Confédération. Si la situation empirait, nous serions complètement coincés : notre unique média serait le Circuit Vidéo Planétaire! Et même chez eux, ça ressemble à un asile de dingues. Non, il faut laisser les choses se calmer.

Madison poussa un long soupir. Cette bleusaille des PR était difficile à manier. Mais ce n'était pas la raison : ça ne lui plaisait guère de tirer ses deux dernières cartouches.

– Non. Le progrès et l'avance d'une culture se mesurent par la manière dont les choses empirent. Les plus grandes notoriétés l'ont prouvé au cours de l'histoire. Lord Keynes *, Karl Marx – des génies de cet ordre – n'ont jamais perdu de vue ce principe. C'est pour cette raison qu'on les adore presque comme des dieux. Ce furent aussi deux génies des PR. Maintenant, revenons-en aux trois C : le maximum de Communication, de Controverse et de Confiance. La seule façon de les obtenir, c'est de faire empirer les choses.

– Queues de comètes! s'exclama un reporter. Mais elles pourraient difficilement être pires. Ils vont bientôt couper le téléphone et les services! Chef, vous savez qu'il y a presque cent milliards de gens qui se battent dans les rues de toutes les villes?...

– Seigneur! Je vois que je ne me suis pas bien fait comprendre. Il faut jouer l'escalade dans la Controverse. Et la Controverse signifie un véritable Conflit. Alors seulement nous récupérerons la Communication et nous retrouverons la Confiance en nous-mêmes, hommes des PR.

– Une escalade dans la Controverse? Mais toute la population est dressée contre l'Appareil. La Flotte et l'Armée sont prêtes à s'affronter. La Police Domestique... Est-ce que vous avez entendu cette fusillade, à l'instant?

– La Police Domestique, acheva un autre reporter, est contre tous à la fois! Il y a plus de Controverse et de Conflit en ce moment qu'au cours des dix mille dernières années. Vous ne comptez quand même pas jouer l'escalade. C'EST IMPOSSIBLE!

– Mais si, dit Madison. Et il le FAUT, car c'est notre rôle de PR!

– Mais comment? lâchèrent-ils tous d'une seule voix.

Madison se pencha vers eux en leur faisant signe d'approcher. Il leur chuchota quelques mots et, lorsqu'ils reculèrent, il y avait de l'admiration dans leurs yeux.

– OH, MES DIEUX! souffla le scénariste de films d'horreur. Mais oui. IL PEUT JOUER L'ESCALADE!

Madison affichait un sourire rayonnant. Maintenant, il allait pouvoir remettre les choses sur leurs rails et repartir dans la bonne direction.

---

* John Meynard Keynes, 1er baron. Économiste britannique, 1883-1946, auteur, entre autres, d'un *Traité de la monnaie*. Vers 1930, face au marasme de l'emploi, il prôna la relance de la consommation et la baisse des taux d'intérêt. *(N.d.T.)*

QUATRE-VINGT-TROISIÈME PARTIE

1

La Cité du Palais était le lieu le plus sûr de la ville. Non seulement elle était décalée de treize minutes dans le futur mais, comme Répulsos, elle était protégée des émeutiers par le simple fait qu'il était impossible de traverser le Grand Désert à pied ou avec des véhicules de sol. Et la Cité disposait aussi de bunkers défensifs fortement armés qui pouvaient détruire n'importe quel engin aérien.

Sous la brume jaune de la trame spatiale, dans la vaste antichambre ronde des appartements de l'Empereur, Lombar Hisst était assis, adossé à la porte de la chambre royale dûment verrouillée, et affrontait son état-major.

Un vieux criminel en uniforme rouge, dont le visage portait à la fois les cicatrices des combats, mais aussi de la débauche et des nuits blanches, venait de prendre la parole.

– L'Armée s'est finalement mis en tête de coopérer. Un millier de transporteurs ont déposé un million de soldats sur Calabar. Ce qui libère nos forces sur place. Elles devraient débarquer à la Base Sept ce soir. Donc, chef, nous n'avons plus de troupes sur Calabar, juste quelques observateurs. Ce qui me démet automatiquement de ma fonction de superviseur de l'état-major de Calabar. Je me demandais à ce propos si je ne pourrais pas prendre un peu de détente dans les Montagnes de Blike. J'y ai une propriété et...

– Vous restez de service! aboya Hisst en abattant son cingleur sur le bureau. Vous allez préparer un office spécialement chargé des futures supressions de populations. Ça ne se serait jamais passé comme ça si nous avions su le prévoir. (Il pointa son cingleur sur un autre général.) Si Tur avait eu un peu de bon sens, et s'il avait dressé un planning, il ne serait pas en difficulté comme il l'est maintenant. Les gaz. Faites préparer des chambres à gaz pour les fauteurs de trouble. Je vais vous donner des plans que nous avons récupérés lors des reconnaissances sur Blito-P3.

– Chef, intervint le général mis en accusation, je ne pense pas que nous ayons le temps de construire quoi que ce soit. Deux cents quartiers généraux urbains de l'Appareil ont été liquidés. Si je pouvais seulement disposer de quelques unités fournies par les Bases...

– Videz les prisons et donnez des uniformes aux prisonniers! gronda Hisst. Est-ce que je dois penser moi-même à tout?

Tur s'était déjà retourné pour faire aussi vite que possible, mais il s'arrêta.

– Vous, général Muk, continuait Hisst. Où en êtes-vous avec la préparation de l'invasion de la Terre?

– À vrai dire, fit Muk avec une grimace confuse, j'ai interrompu l'opération. Il m'a semblé que les deux millions et demi de troupes prévues seraient sans doute utiles ici, sur Voltar.

– Bah! s'exclama Hisst avec un regard noir à l'adresse des autres généraux. Nous avons ici un million et demi d'hommes pour maîtriser la situation sur Voltar et quelques autres planètes. Ce n'est pas la guerre civile. Rien que des émeutes. Tôt ou tard, ils vont se fatiguer d'être mitraillés et tout sera fini.

– Mais nous avons des problèmes de logistique, insista Muk. Les troupes de retour de Calabar manquent de tout. Et il semble bien que le ravitaillement des bases de départ ne soit plus assuré. (Il ajouta vivement :) Bien entendu, nous envoyons des convois de blindés sur les entrepôts civils et c'est comme ça que nous nous procurons de l'équipement. Nous avons rencontré certaines difficultés, car des émeutiers se sont mis à incendier les usines et, pas plus tard que ce matin, nous avons perdu dix-huit de nos convois dans les combats de rue. Mais je dirais que nous pourrions être prêts pour le plan d'invasion dans deux jours. Il m'a seulement semblé que, avec tous ces troubles, vous pourriez avoir besoin de la force Blito-P3.

– Non, non, non. Nous ne faisons qu'affronter la racaille. Vous n'avez qu'à prendre des mesures plus radicales, c'est tout. L'invasion va se dérouler comme prévu, sans que nous ayons à tenir compte des perturbations locales. (Il eut un rire bref et rauque.) Et la racaille est désarmée!

– Mais ils ont l'air déchaînés, marmonna un général, dans le fond. Nous avons déjà perdu plus de cinquante mille hommes.

– Qui êtes-vous? gronda Hisst. Vous avez peur ou quoi? Allez, parlez!

Il n'obtint pas de réponse, car un bruit de pas précipités retentissait soudain dans le couloir.

Un officier d'état-major suivi de deux hommes fit irruption dans la salle. Les autres se retournèrent et le fixèrent avec inquiétude. Les trois hommes portaient d'énormes piles de journaux.

L'officier d'état-major posa la sienne devant Hisst et désigna d'un doigt tremblant le titre d'une première page :

HELLER A KIDNAPPÉ L'EMPEREUR

Les soixante-dix autres journaux annonçaient la même chose.

L'un des généraux sortit de sa transe et se précipita pour allumer l'écran de la Vidéo.

Et le commentaire éclata dans la pièce :

« AU COURS D'UN DES RAIDS LES PLUS AUDACIEUX DE TOUTE L'HISTOIRE DE VOLTAR, LE HORS-LA-LOI JETTERO HELLER A KIDNAPPÉ CLING LE HAUTAIN, EMPEREUR DE VOLTAR! »

Les généraux étaient soudain changés en statues rouges, les yeux emplis de gros titres, les oreilles assaillies par le tumulte populaire.

2

C'est au milieu de ce tableau figé que J. Walter Madison fit son entrée. En tenue grise d'officier des Services Généraux, avec lunettes spéciales désert. Et derrière lui accourut son réalisateur avec son équipe de cameramen.

– Par tous les Cieux! lança Madison. Je suis tellement ravi de vous trouver ici, chef!

Ce n'était pas par hasard qu'il était venu droit ici : il n'avait cessé de faire suivre Hisst.

Il s'arrêta devant Hisst, paralysé. Il lui montra les titres des journaux tout en faisant semblant de haleter d'épuisement.

– J'ai essayé de les arrêter jusqu'à ce que je vous voie, mais les traîtres n'ont pas attendu!

Quel superbe mensonge! En fait, ses reporters, armés de copies de la lettre d'Heller, avaient littéralement inondé les rédactions. Et Madison s'était contenté d'attendre dans l'antichambre jusqu'à ce que tous les journaux soient parus.

Lombar ne le quittait pas des yeux. De même que les généraux. Madison fit un signe à l'adresse du réalisateur et de son équipe. Cela signifiait qu'ils aillent droit au Circuit Vidéo pour diffuser la nouvelle dans l'ensemble de la Confédération, comme convenu.

– Vite! Vite! lança-t-il. Il faut que nous fassions très vite pour réfuter cette rumeur. Ouvrez cette porte immédiatement afin que nous puissions montrer à la Confédération que l'Empereur est encore là!

Lombar, toujours figé derrière son bureau, comprit avec horreur, en voyant clignoter les repères des caméras, qu'il était à l'antenne! Et il essaya soudain de se dissimuler derrière Madison. C'est à cet instant qu'il vit le bâton d'officier d'Heller sur son bureau : d'un geste convulsif, il s'en saisit et le cacha derrière son dos. Il fallait absolument qu'il trouve quelque chose, n'importe quoi, pour contrer l'abominable révélation.

Ses propres généraux, qui n'étaient pas au fait, maladroitement, le mirent un peu plus en difficulté en s'exclamant sur divers tons :

« Oui, par tous les Dieux! » « Oui, ouvrez la porte! » « C'est une catastrophe! » « Il faut qu'on nous montre cette chambre! »

Madison s'était saisi des clés et des plaques d'ouverture. Lombar, tétanisé, ne fit pas un geste pour l'en empêcher.

Madison se précipita jusqu'à la porte et l'ouvrit à toute volée, suivi par les généraux. Le réalisateur poussa Lombar en avant d'un violent coup de coude.

LA CHAMBRE ÉTAIT VIDE!

Les caméras panoramiquèrent dans tous les angles.

Pour Madison il était clair que la chambre n'était plus occupée depuis des mois : il y avait encore dans les plats de la nourriture moisie et des traces d'excréments depuis longtemps desséchées sur les couvertures du lit. Il affecta de se pencher sous le lit pour cacher cette dernière preuve d'un geste rapide.

Puis, tout en se redressant, il cria :

– Cela a dû se passer la nuit dernière! Oh, par tous les Cieux, je crains pour la vie de l'Empereur!

C'est à cet instant qu'il vit que Lombar dissimulait quelque chose derrière son dos.

– Qu'avez-vous donc découvert? cria-t-il.

Il tendit la main et les caméras zoomèrent sur le sceptre. Madison se pencha et le tint devant l'objectif.

– La preuve! Il a laissé une preuve! Ceci est le bâton d'officier de Jettero Heller! Nous savons maintenant sans le moindre doute qui est le coupable! Le hors-la-loi Jettero Heller s'est emparé de la personne de l'Empereur! Oh, quelle catastrophe! Quel malheur! Nous sommes perdus!

Il fit un signe discret au réalisateur et les caméras se remirent à se promener minutieusement dans la chambre royale. Lombar quitta le champ et Madison, se glissant derrière lui, lui chuchota quelques mots à l'oreille.

Lombar sortit de sa transe. Les caméras revinrent alors sur lui.

– Oui, oui! s'écria-t-il. Tout de suite! À tous les généraux! Ordonnez à toutes les forces de la Flotte et de l'Armée de se lancer à sa poursuite! Ce criminel s'est réfugié sur Calabar!

Tandis que les généraux se précipitaient pour donner leurs ordres, les caméras les suivirent.

Madison, alors, arrêta les prises d'un geste.

Dès que Lombar vit s'éteindre les repères des caméras, il se laissa tomber dans un fauteuil.

– C'est affreux, gémit-il.

– Mais non, mais non! fit Madison. C'est formidable! C'est exactement ce que nous attendions! Déchaînement populaire et pas d'Empereur! L'Armée et la Flotte ne nous ferons plus obstacle. C'est notre meilleure chance!

– Notre chance! fit Lombar, sursautant sous ce nouveau choc. Mais c'est un désastre!

– Non, non, absolument pas! Le trône est vide, Lombar. Vous allez devenir empereur!

– Mais non, protesta Lombar. J'ai besoin de produire le corps du dernier monarque pour convoquer légalement une assemblée des lords! Et les attributs du pouvoir! Ils ont disparu également!

– Broutilles! fit Madison. Allons, remettez-vous. Ce n'est pas le moment de rester figé comme ça!

Il sortit une flasque de ce faux scotch de contrebande importé par Bolz. Auquel il avait ajouté une toute petite dose de LSD.

Lombar but une gorgée. Qui fit très vite son effet. Il sentit apparemment que son sang se remettait à circuler dans ses veines. Il but une autre gorgée.

– Alors, on se sent mieux, hein? fit Madison. (Il se retourna et lança au réalisateur :) Préparez le plateau!

3

L'état-major du Palais avait une peur bleue. Ils étaient bouclés dans leurs chambres depuis des mois, et maintenant ils avaient été expulsés des appartements des domestiques par des officiers du Bataillon de la Mort et ils étaient convaincus qu'ils allaient être exécutés. Quand on les eut rassemblés dans la salle du trône, c'est avec soulagement qu'ils apprirent qu'on attendait uniquement d'eux qu'ils remettent les lieux en ordre.

La vaste salle au plafond en dôme mesurait trois cents mètres de diamètre et trente mètres séparaient le sol doré du plafond bleu ciel. Le trône titanesque de Voltar était là, sur le dais, la pierre violette dont il était fait sertie de joyaux étincelants.

Les lieux étaient poussiéreux et froids comme une tombe. Il fallut aux deux cents personnes de corvée une bonne demi-heure pour tout balayer et cirer. Ils ne comprenaient pas très bien ce qui se passait car ils étaient entourés de personnages en uniforme vert d'eau avec des badges du Circuit Vidéo qui se servaient de mots grossiers qu'ils n'auraient jamais imaginé dans la bouche des gens du Circuit.

Deux valets et un sénéchal du palais protestèrent lorsqu'on leur ordonna d'ouvrir les coffres des garde-robes : une telle cérémonie était censée être supervisée par le lord de la garde-robe, et il n'était pas là. Mais quand les « gens de la Vidéo » leur furent tombés dessus à coups de pied et à coups de poing, ils ne protestèrent plus.

Un personnage que les autres appelaient « costumes » leur demanda où se trouvaient les robes destinées au couronnement. Ensuite, les soldats du Bataillon de la Mort leur firent regagner les appartements et les y bouclèrent à nouveau. Ils étaient soulagés d'être encore en vie.

Dans l'immense salle du trône, le réalisateur pointa le doigt vers le spécialiste en protection électronique.

– Bon, avec tes hommes, tu t'occupes des décors maintenant. Et n'oublie pas les gadgets. (Il se tourna vers les filles de cirque et les prostituées rassemblées dans un coin.) Et vous, les (bipasses), aidez tout le monde à s'habiller. Et vous aussi, habillez-vous. On a (bipement) trop de femmes, alors que trois d'entre vous se déguisent en hommes. Et pas de (biperies)!

Un homme de la logistique, qui travaillait non loin de là, l'interpella :

– Hé, le metteur en scène! Cette peinture ne sera pas sèche avant trois heures!

– Ah (bip)! Dites aux gens de faire attention!

Lombar, assis dans l'antichambre, était encore sous l'effet du choc. Ses yeux jaunes semblaient ternis.

– Je n'arrive pas à deviner comment ils ont pu le découvrir, maugréa-t-il.

– Oh, les reporters sont des types redoutables, fit Madison. Est-ce que vous parlez en dormant?

– Je ne crois pas que le speed vous fasse parler dans votre sommeil. Alors, c'est peut-être à cause de l'héroïne.

– À tous les coups. J'aurais aimé que vous m'en parliez. On aurait pu s'éviter ce genre d'ennuis.

– Je crois que j'ai de la chance que vous soyez intervenu.

– Ça, on peut le dire. Tenez, buvez encore un petit coup. C'est un calmant.

Lombar s'exécuta. Madison consulta sa montre. Les effets du LSD ne se feraient sentir qu'une heure après la première gorgée que Lombar avait bue. Cela donnait encore vingt minutes à attendre. Mais le seul scotch de contrebande rendait déjà Lombar plus aimable.

Un général surgit.

– Tous les ordres ont été transmis à l'Armée et à la Flotte. Il y a un amiral qui demande si nous avons des coordonnées précises sur Calabar même.

– Dites-lui qu'il n'a pas besoin de coordonnées, fit Lombar. Il n'y a qu'à tuer tout ce qui bouge sur Calabar!

– Mais cela mettrait la vie de l'Empereur en danger! s'exclama le général.

– Je suis persuadé qu'il est d'ores et déjà mort. Alignez tous les ordres sur cette base.

– Si vous le dites, fit le général avant de se retirer.

Madison était quelque peu inquiet de voir des amateurs participer à un coup monté par les PR. Mais il haussa les épaules. Dieu seul savait où était Heller en ce moment. Il était évident que l'enlèvement de l'Empereur remontait à plusieurs mois. Après avoir sauvé sa sœur, il avait pu fuir n'importe où : sur Manco? Sur la Terre? Qu'importait? Tout ce que voulait Madison, c'étaient des manchettes. Il rêvait déjà des faux rapports de signalement sur Heller et de ses fuites in extremis qu'il allait mijoter. Il n'aurait même pas besoin des rapports de la Flotte et de l'Armée! Il avait confiance en son client pour échapper à ses poursuivants. En dépit de ses précédents échecs, il avait désormais l'absolue certitude qu'avant peu il aurait enfin construit le hors-la-loi le plus immortel de tous les temps. Bien sûr, à terme, Heller-Wister serait capturé et pendu, mais tel était le sort réservé aux hors-la-loi. Entre-temps, les unes allaient pleuvoir! Et M. Trapp serait aux anges! Là-bas, sur ce qui restait de la Terre, on déroulerait ce qui resterait de tapis rouge rien que pour lui.

4

Deux filles de cirque entreprirent de dévêtir Lombar Hisst. Il était déjà passablement ivre et demanda :

– Que se passe-t-il?

– Un peu de patience, mon gros gâteau sucré, lui dit Flip. On va vous débarrasser de ces frusques de général en deux temps trois mouvements. Nous sommes des petites expertes.

Et Lombar se retrouva tout nu. Et vacillant.

– Hé, joli (bip)! apprécia Flip.

– Oui, ça je dois dire, fit sa collègue. Chef, est-ce qu'on peut avoir un petit moment?

– Taisez-vous! fit Madison. Regardez, Lombar. Regardez seulement ça.

Madison brandissait la robe royale dorée : le tissu chatoyant était brodé de pierres précieuses qui dessinaient des comètes, des soleils, des planètes qui paraissaient bouger quand on plissait la robe.

Lombar eut un bref mouvement de recul. Dans son bureau de Répulsos, il avait une robe royale qu'il avait dérobée dans une tombe, et, souvent, il lui était arrivé de la revêtir pour s'admirer en privé. Mais porter ce vêtement en public était passible du châtiment capital. Une vague de paranoïa déferla dans son cerveau perturbé. Il eut un spasme nauséeux, porta la main à son ventre et repoussa la robe.

Madison regarda une fois de plus sa montre. Oui, cette première nausée correspondait aux palpitations cardiaques provoquées par le LSD. Il tendit encore une fois la bouteille.

– Encore un petit coup et vous vous sentirez mieux.

Lombar but docilement et se sentit réchauffé. Du coup, la nausée disparut.

Les filles lui firent alors passer la robe du couronnement. Il chaussa les sandales d'or et de joyaux. Elles étaient sur le point de le coiffer lorsque Madison, qui se tenait derrière Lombar, pointa le doigt sur sa montre.

Puis il fit un signe à Flick, qui attendait sur le seuil, et qui s'éloigna en courant. Avec l'aide des filles, Madison réussit à mettre Lombar debout.

La toute première dose de LSD faisait son effet. Le « set », maintenant, était très important : c'était l'état dans lequel se trouvait l'esprit de Lombar.

– Vous êtes l'être le plus puissant de tout l'univers, dit Madison. Il ne faut pas que cela quitte votre esprit.

Lombar acquiesça et lutta pour se concentrer.

Ils le soutinrent jusqu'aux grandes portes de la salle du trône.

La chose essentielle, à présent, était le « setting », mesure absolue des trips au LSD. Deux femmes en tenue de lords s'inclinèrent et ouvrirent toutes grandes les portes.

Lombar fut accueilli aux accents d'une musique glorieuse. L'orchestre du Palais Impérial, qu'on avait retrouvé dans les caves, était maintenant installé sur un podium en retrait et jouait avec furia sous la conduite de l'escaladeur de façades qui tenait un fusil braqué.

– Lumières ! Caméras ! Moteur ! beugla le réalisateur.

Madison se fondit dans la pénombre. Il ne voulait pas apparaître à l'écran. Au cas où les choses viendraient à se dégrader, il pourrait toujours prétendre que Lombar était devenu dément et qu'il avait lui-même ordonné tout ça. Son gang le soutiendrait. Mais il ne pensait pas vraiment qu'il lui faudrait en venir là. Il jouait avec un *fait accompli* *. Les caméras filmaient en direct et tout était retransmis dans l'ensemble de la Confédération.

Les deux acteurs en robes de lords escortèrent Lombar au long du chemin rutilant qui donnait le sentiment qu'il marchait sur les rayons du soleil.

La salle était COMBLE ! Il y avait là des centaines et des centaines de gens ! Des amiraux de la Flotte, des généraux de l'Armée, des lords innombrables ! Tous s'inclinaient, se redressaient, s'inclinaient encore et encore. Parce qu'ils avaient été prévus pour ça. Tous étaient autant d'illusions électroniques prélevées dans l'appartement du général Loop. Les seuls êtres véritables dans cette cérémonie étaient les musiciens, l'équipe de Madison et Lombar Hisst lui-même !

Lombar était en plein « setting » de LSD. Aux accords majestueux de la musique impériale, légèrement faussée par

---

* En français dans le texte. *(N.d.T.)*

quelques interprètes morts de peur, il s'avança, soutenu par les deux acteurs déguisés en lords, suivi par les deux filles de cirque.

Le réalisateur, remarquant que l'assistance s'inclinait trop souvent, cadra sur le visage de Lombar, qui prenait une expression de plus en plus étrange. Les Cieux seuls savaient l'influence du LSD!

On le porta presque jusqu'au dais. Il était censé s'agenouiller devant le trône. Étant peu accoutumé à ce genre de performance, il trébucha et il fallut le redresser de toute urgence. Le réalisateur, avec son moniteur à écran triple, supprima la courte séquence. Trois caméras tournaient et les deux manœuvres, désignés comme cadreurs, même si leur image dansait un peu, pourraient compenser.

C'est à cet instant qu'une prostituée en robe de pontife fit son entrée par une autre porte, suivie de deux cuisiniers habillés en prêtres. La « pontife » s'avança jusqu'à Lombar agenouillé et fit au-dessus de sa tête quelques signes qui, elle l'espérait, étaient corrects, puis se retourna et prit les chaînes de la Couronne qu'un « prêtre » lui présentait et les passa au cou de Lombar avec un cliquetis sonore fort approprié, car elles étaient en vulgaire fer plaqué or. Elle se retourna alors et prit le « sceptre » que lui donna l'autre « prêtre ». Elle le mit dans la main de Lombar. Il était en papier mâché et Lombar, en le serrant d'un geste convulsif, le tordit.

Le réalisateur passa à la caméra braquée sur la foule en plan général. Par radio, il donna l'ordre à un des accessoiristes d'aller redresser le sceptre. Puis il recadra sur Lombar.

On fit se relever Lombar et il prit place sur le trône.

– La couronne! souffla le réalisateur. Vous avez oubliée cette (biperie) de couronne!

Il revint sur l'assistance qui exécutait une parfaite révérence mécanique.

Les deux « lords » s'avancèrent à leur tour et obligèrent Lombar à s'agenouiller à nouveau.

De façon impromptue, Flip et l'autre fille, qui avaient maintenant passé les robes de dames de l'aristocratie, se saisirent du coussin sur lequel était posée la couronne et, tout en le portant entre elles, esquissèrent une sorte de pas de danse que le réalisateur jugea très joli. Nul n'avait assisté à un couronnement depuis des siècles, donc peu importait ces fantaisies, se disait-il. Il fit passer la danse à l'antenne.

Flip et sa collègue laissèrent la « pontife » prendre la couronne. La peinture n'était pas encore sèche et la « pontife » dut s'essuyer les mains sur sa robe avant de continuer.

Lombar, que l'on n'avait pas peigné, était plus ou moins hirsute, et elles eurent quelque difficulté à le coiffer de la couronne qui était trop petite. Mais elle resta quand même en place.

– Dites quelque chose! souffla le réalisateur dans le micro, à l'adresse de la « pontife ».

– Je pense que ça va tenir, dit la prostituée, et tout Voltar l'entendit.

Les deux « lords » aidèrent alors Lombar à se relever et à reprendre place sur le trône.

Flip et l'autre fille ne savaient quoi faire du coussin. Mais, jusqu'alors, elles avaient plus ou moins improvisé et elles continuèrent. Flip fit passer le coussin par-dessus sa tête d'un geste élégant et elles se lancèrent dans la danse qui accompagnait toujours les faux tableaux de couronnement du cirque, ondulant des bras devant Lombar avant de se disposer avec grâce de part et d'autre du trône, leurs deux têtes penchées à la hauteur de la taille du nouveau monarque.

Brusquement, Madison prit conscience que, pressé par tous les détails, il avait complètement oublié de rédiger le texte de la proclamation. Tous les yeux de Voltar suivaient la scène sans savoir même ce dont il s'agissait.

– Allez! souffla le réalisateur à l'adresse du spécialiste en électronique.

Il ne se passa rien. L'homme chuchota en réponse :

– Quelqu'un a dû marcher sur cette (bip) de prise!

Lombar devenait nerveux. Seuls les Dieux savaient ce qui pouvait se passer dans son esprit. Le LSD suscitait une accélération temporelle et il n'avait certainement pas conscience que, parce que quelqu'un avait accidentellement débranché quelque chose, il y avait un blanc dans le déroulement du programme.

Flip devina ce qui se passait. Assise auprès du trône, elle prouva alors qu'elle était une équipière aguerrie. Le personnage principal se montrait de plus en plus agité. Il y avait dans son ample robe quelques fentes sur le côté. Dissimulée à l'objectif de la caméra, elle glissa la main dans l'une d'elles et caressa doucement la cuisse de Lombar.

Un éclair de surprise apparut dans les yeux jaunes du Chef de l'Appareil.

Flip, dont la main et le bras restaient cachés aux regards, faisait face à la caméra avec une expression aussi noble que sereine. Lombar se laissa aller en arrière et appuya sa nuque au dossier du trône. L'extase se répandit sur son visage.

Flip s'efforçait, quant à elle, de garder la même expression aussi noble que sereine, mais, un instant, elle dut détourner le regard et ses paupières se mirent à battre en rythme.

– Oui c'est bon, oui c'est bon! chuchota Lombar.

– Parfait, dit le réalisateur. On reste comme ça. (Et il ajouta à l'adresse de l'électronicien :) Vite!

– On y va!

Les jambes de Lombar se raidirent. Et il ouvrit grand les yeux.

C'est à cet instant précis que quatre anges électroniques plongèrent depuis les hauteurs du dôme bleu.

Et vinrent tournoyer autour de la tête couronnée de Lombar!

L'un d'eux, une chose délicate, éthérée, dit soudain d'une voix mâle et profonde (l'électronicien fut incapable de trouver quelle fille faisait cela) :

– Hisst, mon vieux, tu y es enfin arrivé. C'était presque temps!

Lombar, au même instant, eut un frisson de jouissance.

Flip, toujours aussi noble et sereine, suivait en rythme et ses lèvres s'écartèrent sous l'effet de la concentration.

Madison, frénétiquement, fit signe à son réalisateur de zoomer et de rester en plan fixe.

Le visage béat de Lombar envahit tout l'écran. Le cadreur essaya d'éviter les mèches qui dépassaient ainsi que les taches de dorure fraîche.

Madison s'empara d'un micro et fit un essai de son du bout du doigt.

– Mesdames et Messieurs de la Confédération de Voltar, annonça-t-il, nous venons de vous présenter en direct, live et super live, le couronnement de Lombar le Magnifique. En raison de circonstances indépendantes de notre volonté, un hiatus est intervenu dans la lignée royale de Voltar. Le hors-la-loi Jettero Heller s'est emparé de la personne de Cling le Hautain et il était d'intérêt vital, dans cette période de troubles à l'échelle nationale, que le trône fut occupé. Lombar Hisst, ex-Chef de l'Appareil et récemment Dictateur de Voltar, s'est sacrifié afin de répondre aux appels de la multitude et a pris place sur le trône à la demande de la population. Ce programme vous a été présenté avec l'aimable accord du Grand Conseil. Longue Vie à Lombar le Magnifique. Il vous donnera tout.

À cet instant précis, Lombar donnait tout ce qu'il avait. Et le rythme des mouvements de Flip atteignit son point culminant.

– Oohh! geignit Lombar dans un grand spasme.

Flip était tout sourire.

Le réalisateur cadra encore un instant sur le visage de Lombar pantelant.

Puis il dit :
– Coupez ! C'était SUPERBE !

5

Les nouvelles émeutes qui se développaient à présent au lendemain du couronnement n'étaient en rien comparables à celles que la Confédération avait connues jusqu'alors.

En découvrant la cérémonie du « couronnement » sur les écrans du Circuit Planétaire, la population de Voltar était restée hébétée, sans savoir comment réagir. La nouvelle s'était propagée même à travers les bagarres de rues avec l'Appareil, et la violence s'était interrompue tandis que chacun se précipitait vers l'écran de Circuit le plus proche, dans les aircars, les tanks, les magasins, les appartements. Dans un premier temps, certains pensèrent que la rumeur était fausse : qu'est-ce qu'ils étaient en train de regarder ? Une vieille comédie musicale ? Un spectacle de cirque ? Ou une parodie de très mauvais goût ? Voltar avait toujours pris la royauté très au sérieux et nul n'avait jamais plaisanté avec le régime. Régime qui était prospère et stable depuis des ères et des ères dans l'ancienne galaxie, et depuis 125 000 ans dans celle-ci sous un système politique de monarchie libérale. Il y avait eu des troubles dans le passé, certes, mais ces exceptions aux lois royales, même lorsqu'elles avaient été sévèrement réprimées, avaient toujours été dénouées par un conclave des lords de la Ligue, qui étaient plusieurs milliers, non seulement sur Voltar mais également sur les 109 autres mondes de la Confédération. En d'autres termes, il existait un dispositif légal pour gérer la fin d'une lignée royale.

Les citoyens de la Confédération, au nombre de quatre cents milliards, et en dépit de leur très longue espérance de vie, n'avaient jamais assisté au couronnement d'un nouveau monarque. Mais ils se doutaient cependant qu'il y aurait une assistance énorme de lords, des cérémonies en grande pompe, des parades, des cortèges, des fêtes et même des périodes de vacances avec des festivals où il faudrait se montrer avec ses plus beaux habits. Et ça durerait pas mal de temps, la plupart des attractions et cérémonies n'ayant apparemment pas de justification.

Et puis, enfin, quand on leur déclara officiellement que ce

visage extatique et dément était celui de leur nouveau monarque, qu'il n'était autre que le chef de l'organisation qu'ils affrontaient depuis des jours dans les rues : l'Appareil, cela ne fit que jeter de l'huile sur un feu qui flambait particulièrement bien. Ceux qui étaient restés jusque-là sur la réserve se répandirent dans les villes en torrents furieux. Les bâtiments officiels qui n'avaient rien à voir avec l'Appareil devinrent du coup autant de cibles nouvelles pour lesquelles on vola ou inventa tous les nouveaux projectiles et armes possibles.

La gestion des affaires et de la vie quotidienne s'interrompit. Et ce fut le règne de l'anarchie.

La Police Domestique avait depuis longtemps abandonné l'idée de faire le moindre effort pour endiguer les flots d'émeutiers, quand ses agents ne s'y joignaient pas d'eux-mêmes.

Au-dessus d'un millier de villes flottait le voile de deuil de la fumée des incendies. Les dégâts dépassaient plusieurs milliards de crédits et on comptait déjà des centaines de milliers de victimes.

Mais, assez bizarrement, tous ces rapports étaient regroupés par le seul Madison.

Il s'était installé dans l'antichambre de l'Empereur, derrière un bureau qui avait été celui des officiers de garde. Les quarante-neuf membres de son équipe l'entouraient. À l'exception de Madison, tous portaient l'uniforme vert d'eau du Circuit Vidéo dont ils avaient dérobé des malles entières. Tuniques, pantalons, bottes et casquettes avec bec à lunettes étaient pratiques et rapides à revêtir. Et puis, au fur et à mesure que les informations affluaient, ils avaient de moins en moins envie d'être identifiés comme appartenant à l'Appareil, et aussi comme l'avait fait remarquer le « lieutenant » Flick, le regard ne s'attardait jamais sur les équipes de la Vidéo – elles faisaient partie du décor et le public s'intéressait surtout à ce que les caméras filmaient, pas aux techniciens. Il avait tout de suite eu le soutien des quatorze filles qui trouvaient ces uniformes-là bien plus élégants.

Durant la nuit, Madison s'était assoupi sur son bureau. Lombar était dans la chambre impériale, effondré, bourré de scotch de contrebande, de LSD et probablement d'héroïne et de speed. Mais ils s'en fichaient tous éperdument.

Régulièrement, des généraux de l'Appareil venaient présenter des rapports de plus en plus catastrophiques. Mais ils n'avaient affaire qu'à Madison, qui, à chaque fois, se redressait, courroucé, en apprenant qu'une nouvelle ville partait en fumée, et disait :

– Général, assurez-vous seulement d'une chose : que la Flotte et l'Armée sont à la poursuite d'Heller.

Puis il se rendormait.

A 9 heures du matin, soit quelque quinze heures après le couronnement, Flip arriva avec du secoueur-chaud et des pains sucrés qu'ils avaient raflés dans les magasins impériaux.

– Chef, vous avez vraiment mauvaise mine. Il y a plusieurs chambres contiguës, elles datent sans doute du temps où l'Empereur avait des maîtresses. Et elles ont toutes leur salle de bains particulière. J'ai trouvé un rasoir et une brosse rotative dans les affaires de l'Empereur, et même une bouteille de savon. Et puis, votre uniforme des Services Généraux est noir de sueur et je vous ai préparé une tenue du Circuit Planétaire. Maintenant, vous allez prendre votre breakfast.

Madison, l'air endormi, parvint à avaler le secoueur-chaud et à grignoter les pains sucrés. Il se sentit mieux.

– Et à présent, reprit Flip, on va se glisser dans une chambre, se faire une petite partie de (bip), et ensuite vous pourrez vous rafraîchir et vous changer.

Ce qui déclencha aussitôt une sonnette d'alarme dans la tête de Madison. Et une idée brillante lui vint.

– Non, écoutez. Je ne peux pas laisser ce bureau sans personne. Vous allez donc me remplacer pendant que je prends un bain et que je me change.

– Ah, (bip) ! D'accord, je sais que vous êtes vraiment un cas. Mais ne vous en faites pas : je vous mettrai quand même dans mon lit.

Sur ce, elle s'installa dans son fauteuil.

Madison promena le regard sur son équipe. Certains sommeillaient tandis que six autres jouaient aux dés le maigre butin qu'ils avaient récupéré sur les lieux. Flick ronflait, étendu entre Cunn et Twa. Madison gagna alors la chambre d'amour, se brossa les dents avant de prendre un bain et de passer le nouvel uniforme du Circuit.

Un général de l'Appareil surgit et regarda autour de lui, quelque peu effaré.

– Puis-je vous aider? lui demanda Flip en prenant un accent aussi viril que possible.

– Il faut que je voie Hisst !

Elle pointa un doigt à l'ongle verni.

– Sa Majesté est là-bas, dans sa chambre, et elle dort. Le spectacle est gratuit. Nous ne vendons pas de petites choses à grignoter, mais je n'aurais rien contre un pourboire.

Le général se rua vers la chambre de l'Empereur.

– Sale radoche, marmonna Flip. Hé, Flick! Y a pas un moyen de leur vendre des tickets? Est-ce que les gens ordinaires n'ont même pas le droit de voir un Empereur défoncé? (Elle s'aperçut alors seulement que Flick ronflait.) (Bip)! Bravo, ça c'est du travail! Je pourrais faire une fortune avec cette attraction.

Elle se mit à additionner dans son esprit les profits qu'elle pourrait se faire avec les tickets d'entrée et les boissons. Oui, ça pouvait être très intéressant.

Pendant ce temps, toute l'équipe sommeillait, sans se douter du nouveau tour du destin qui l'attendait.

6

La chambre était empuantie par une odeur d'excréments et de vomissure.

Le général referma la porte. Ses yeux se posèrent sur Lombar, encore vêtu de sa robe de couronnement, écroulé sur le lit souillé. Le général, indécis, se promena devant le lit durant un instant. Puis il décida que le risque qu'il courait en ne réveillant pas Lombar était nettement supérieur à celui qu'il prenait de déchaîner sa colère. Et il le secoua par l'épaule.

Lombar s'éveilla. Tout se passa bien pendant quelques secondes, mais il tourna la tête et ce fut comme si un marteau-pilon lui faisait éclater le crâne. Il cligna des yeux et darda un regard furieux sur le général.

– Chef... Je veux dire Votre Majesté, fit l'autre, très inquiet. J'aimerais vous rapporter que...

– Votre Majesté? fit Lombar. Ça suffit! Vous pourriez me faire exécuter. Vous vous croyez drôle?

– Non, chef. Je ne plaisante pas. Vous avez été couronné Empereur hier.

– COMMENT? Oh, ma tête!...

– Mais, chef... Votre Majesté... vous ne vous souvenez de rien?

Lombar tentait de bouger la tête. Une douleur terrible le pénétra. Il grimaça, essayant de s'orienter.

– Je pensais que c'était un rêve, ou je ne sais quoi. Mais attendez : c'était bien réel?

– Eh bien, oui, Votre Majes... Chef. Mais je suis ici pour vous rapporter que toute la Section de l'Appareil de la Cité du

Gouvernement est actuellement en flammes. Nos troupes présentes sur place ont été massacrées jusqu'au dernier homme en combattant la populace et la Police Domestique. J'ai besoin des renforts de la Cité du Palais.

– Eh bien, vous n'avez qu'à les appeler! Personne ne vous arrêtera. Mais un instant... (Il venait de baisser les yeux sur sa robe de couronnement souillée de vomi.) Vous me dites que c'est hier que j'ai été couronné. Et je n'en ai pas le moindre souvenir. QUI A FAIT CELA?

– Mais, Votre M... C'était sur tout le Circuit Planétaire... Chef. Je crois que c'est Madison et ses caméras qui ont fait ça... Votre Majesté.

Lombar, l'instant d'avant, avait été encore sous l'effet de l'alcool et de la drogue, mais à présent, une férocité animale montait en lui.

– Ces (enbipés)! Levez-moi un Bataillon de la Mort et mettez ce Madison et son équipe aux arrêts. Oh, ma pauvre tête! Ensuite, demandez vos renforts. Allez! Fichez le camp d'ici!

– Mais chef, Votre Majesté, il y a encore autre chose. Le Circuit a diffusé une annonce urgente et bizarre : une déclaration importante et qui vous concerne devrait être faite dans une demi-heure. Cela m'a paru très menaçant et nous nous sommes tous inquiétés. (Il déchiffra alors l'expression de haine sauvage qui envahissait le visage de Lombar et ajouta précipitamment :) D'accord, chef, je fais mettre Madison et son équipe aux arrêts.

Et il se rua hors de la chambre avant que l'idée de le faire tuer n'effleure l'esprit de Lombar.

Si le général avait réussi à grimper l'échelle hiérarchique, c'était parce qu'il ne prenait jamais aucun risque qu'il ne fût capable de contrôler. Il passa donc sans rien dire devant Flip, enfila le couloir et quitta le bâtiment.

Les rues de la Cité du Palais évoquaient déjà un camp retranché. Le général intercepta un colonel des Bataillons de la Mort et lui lança quelques ordres d'un ton sec ainsi qu'une mise en garde. Puis il regagna en hâte le poste de communications de son tank pour appeler des renforts de l'Appareil dans la Cité et sur son périmètre de défense.

Il mit la main sur un capitaine qui était à la tête d'une compagnie d'une centaine d'hommes. En une poignée de minutes, des troupes des Bataillons de la Mort en uniforme noir pénétrèrent dans le Palais Impérial par diverses issues et convergèrent vers l'antichambre impériale par les couloirs.

C'est ainsi que l'équipe de Madison, en uniforme vert du Circuit Planétaire, se retrouva face à des fusils-éclaireurs. Les joueurs de dés se figèrent. Cunn secoua Twa et Flick. Quant aux autres, ils étaient déjà tous debout.

– CHEF! hurla Flip.

Madison sortit de la chambre en achevant de boucler son ceinturon. Il s'arrêta net et sursauta.

– Vous êtes Madison? l'interpella le capitaine du Bataillon de la Mort.

Madison, un instant, promena les yeux sur les éclateurs braqués sur eux et sur les visages menaçants des soldats.

– Je pense qu'il doit y avoir erreur, dit-il. Si vous voulez bien m'accompagner jusque dans sa chambre, je crois que Sa Majesté voudra bien éclaircir les choses.

– Sa Majesté, ou quel que soit son titre, a donné des ordres, dit le capitaine. Venez. Vous êtes aux arrêts. Tous. Suivez-nous.

– Ils vont nous tuer! gémit Flick.

– Non, fit le capitaine. Vous êtes simplement mis aux arrêts. Je ne veux pas d'ennuis. Je vous conseillerais, le connaissant... (il hocha la tête en regardant la porte de la chambre impériale) de faire aussi vite que possible avant que ça s'aggrave. Où sont les cellules?

Flip bondit sur ses pieds.

– Par ici!

Et elle les précéda dans un couloir dérobé.

Les autres récupérèrent leur matériel, les caméras et le butin.

Madison voulut se diriger vers la chambre, mais le capitaine s'interposa.

– Vous êtes stupide. Si vous étiez depuis suffisamment longtemps dans l'Appareil, vous ne feriez pas ça. Allez, venez!

Et il poussa Madison dans le sillage de son équipe.

L'équipe, suivie des soldats, s'engagea dans un long escalier en courbe. Ils arrivèrent enfin devant un mur encombré de placards, de tables, de bancs et de matériels divers avec des fenêtres rondes qui dominaient un parc.

– Nous y sommes, annonça Flip.

– Mais je ne vois pas de cellules! lança l'officier.

– Capitaine, si vous aviez passé autant de temps que moi en cellule, vous seriez tout comme moi un expert. Ce n'est pas parce que cet endroit ressemble à l'office du palais, avec ses placards bourrés à craquer de provisions, que cela ne constitue pas un lieu de réclusion tout à fait satisfaisant pour vos besoins. Maintenant, si vous tenez à ce que vos hommes en aient marre de s'entasser sur des bancs de pierre, cela vous regarde. Mais je pense qu'un officier intelligent s'occupe toujours avant tout de ses hommes. Et regardez-moi ces bancs tellement confortables...

Les soldats de l'Appareil perdirent un peu de leur expression menaçante. Et leur capitaine éclata de rire.

– Nous ne sommes qu'aux arrêts, continua Flip. Nous sommes des gens du cinéma, pas des soldats armés, alors ne vous inquiétez pas : nous ne tenterons pas de fuir. Peut-être que Hisstou n'a pas aimé certaines prises de vue. Là-dessus, les célébrités sont toujours capricieuses. On va oublier tout ça, et puis, tout va mieux quand on a le ventre plein. On va tous s'asseoir et se faire une petite soirée. Et vous, les filles, apportez-nous tout le tup qu'il y peut y avoir dans ces placards. Le meilleur : classe impériale.

Tout en se tournant vers les placards, elle en profita pour glisser un couteau électrique particulièrement bien affûté dans une de ses bottes.

Le capitaine et ses hommes s'installèrent sans protester.

Les hommes de l'équipe dressaient déjà un plan pour ôter les piles des éclateurs alignés au bord des tables.

Madison tendit au capitaine la bouteille à demi pleine de scotch au LSD.

Le spécialiste en électronique sortit l'écran de Vidéo du chef des cuisines impériales et l'alluma dans la seule intention de couvrir le bruit au cas où Madison leur donnerait brusquement le signal de fuite. Par toutes les queues de comètes, les hurlements et les détonations ne manquaient pas dans toutes les scènes d'émeutes ou de batailles rangées que couvraient les équipes du Circuit Planétaire et ils pourraient discrètement faire sauter le Palais Impérial.

7

Un instant, Lombar Hisst se débattit avec la robe du couronnement avant de la jeter dans un coin de la chambre. S'il était apparu sur les écrans du Circuit dans une telle tenue, il ne se faisait pas la moindre illusion sur les conséquences.

Avec d'infinies précautions, il s'était hissé jusqu'à un poste dominant et, toujours de même, il aurait pu devenir discrètement empereur. Il y serait peut-être même parvenu sans avoir à produire le cadavre et les insignes du pouvoir, rien qu'en fournissant suffisamment de dope au conclave des lords.

Mais, d'une façon qu'il ne parvenait pas encore à s'expliquer, on l'avait fait plonger trop vite. Il ne comprenait pas que cela s'était fait sous l'alcool et le LSD. Mais, quoi qu'il se fût passé, une chose était certaine : les têtes allaient tomber !

Il déversait des torrents de jurons. La rage qu'il éprouvait dépassait tout ce qu'il avait connu ! Il était empli d'une haine mortelle. Il lui restait des troupes et des armes et il occupait le pouvoir central. Le peuple allait payer cher ! Avec son sang !

Il prit une douche froide qui n'améliora guère son état. Comme il n'avait rien d'autre, il remit son uniforme écarlate de général. Puis il passa dans l'antichambre : tout y était en désordre mais il ne vit personne. Dans son bureau, il trouva un peu de speed et d'héroïne et se fit une *speedball*, un mélange détonant des deux.

Presque dans la seconde, il se sentit mieux, sans doute plus féroce mais plus maître de lui-même. En de pareils moments de crise, il faut reconnaître qu'il fallait compter avec Lombar Hisst.

L'état-major de l'Appareil avait investi une grande chambre sur le devant du Palais. Lombar appuya sur une série de buzzers et, très rapidement, les généraux encore présents se retrouvèrent assis autour de lui dans l'antichambre.

– À présent, gronda Lombar, vous allez tous me faire votre rapport sur la situation.

Et, dans les dix minutes qui suivirent, il réorganisa avec efficacité le dispositif de ses forces sans même puiser dans les troupes stationnées dans les bases d'invasion. Du coup, les généraux retrouvèrent leur moral et se mirent à aboyer leurs ordres dans leurs radios. Avant peu, la population tout entière serait acculée à l'exode.

Le général qui avait réveillé Lombar consultait sa montre et le chef de l'Appareil lui lança un regard furieux.

– C'est le Circuit Vidéo, expliqua le général. Ça commence dans trente secondes. Je peux allumer l'écran ?

Lombar acquiesça d'un grondement.

À l'image, il y avait une bataille en cours entre les tanks de l'Appareil qui battaient en retraite et les camions aériens de la populace qui ne paraissait pas se rendre compte de ce qui se passait. La régie du Circuit passa sur une autre image : des combats de rues dans la capitale de la planète Mistin, sur le fond de flammes et de fumée.

Et tout à coup, une autre scène vint s'incruster dans le panorama. Plus nette, plus contrastée. Ce qui signifiait qu'elle n'était pas émise à partir des studios du Circuit Planétaire, ni transmise par son réseau. Elle était injectée à partir d'un émetteur qui pouvait se trouver n'importe où, et très probablement dans l'espace.

HIGHTEE HELLER!

Derrière elle, des tuyauteries et des cadrans de contrôle : sans doute le pont arrière d'un vaisseau spatial.

Le regard intense, d'une voix forte et claire, elle prit la parole :

– Citoyens de la Confédération de Voltar! Écoutez-moi! Sa Majesté Cling le Hautain EST EN VIE! C'est sur ordre exprès et en réponse à ses souhaits que mon frère l'officier royal Jettero Heller l'a arraché à Lombar Hisst qui le détenait en captivité.

» Le Chef de l'Appareil a assassiné les héritiers légitimes du trône. Puis, en se servant de poisons appelés *drogues*, il a réussi à suborner le Grand Conseil et, en usant de perfidie, il a tenté d'usurper le pouvoir!

» Dans l'ancienne forteresse de Répulsos, que l'on croyait depuis longtemps radioactive et abandonnée, Hisst avait stocké suffisamment de *drogues* pour empoisonner la nation tout entière. Car telle est encore son intention!

» Là, entre mes mains, vous pouvez voir les insignes royaux : le sceptre, les chaînes et la couronne. (Elle les présenta à la caméra.)

» J'en appelle à l'Armée, à la Flotte, à la police, aux officiels et aux citoyens! Chassez l'usurpateur! Ralliez-vous à Sa Majesté l'Empereur et à mon frère Jettero Heller!

» DÉTRUISEZ L'APPAREIL ET LOMBAR HISST!

L'image disparut, ne laissant que le panorama initial d'incendies et de combats.

– Oh, mes Dieux! s'exclama un général. Nous sommes fichus! Comme si ça ne suffisait pas sans ça!

C'est alors que Lombar Hisst, le roturier, démontra comment il était parvenu à son poste. Car il aboya :

– Passez sur les fréquences de commandement de l'Armée et de la Flotte!

Un général manipula les leviers d'une autre console. Et les images de la fréquence de commandement de l'état-major général de l'Armée apparurent. Un décodeur filtra le signal.

« ... et je ne crois pas non plus que nous recevions des ordres du lord de l'Armée. Il faut que nous prenions une décision dès à présent. Nous avons donc décidé de rester neutres. Terminé. »

– Passez sur la Flotte! lança Lombar.

Le général abaissa d'autres leviers et activa le décodeur.

Étant donné que le Palais se trouvait en permanence à treize minutes dans l'avenir, ils avaient l'avantage de pouvoir capter les signaux comme s'ils avaient été transmis dans le passé. Après quelques fragments brouillés, ils tombèrent sur le début d'une émission de la Flotte. Tous les généraux présents attendaient, tendus. Des choses essentielles dépendaient de ce qu'ils allaient entendre : si la Flotte gardait elle aussi la neutralité, l'Appareil pouvait encore gagner.

« Ici l'amiral Farb, base principale de la Flotte sur Hite. J'appelle l'état-major de l'amirauté de la Flotte. Nous venons d'intercepter une émission publique d'Hightee Heller sur le Circuit Planétaire qui concerne la situation politique générale et dans l'enceinte de la Cité du Palais. Nous sommes en état d'alerte rouge avec six mille vaisseaux de combat prêts et cinquante mille marines de la Flotte. Requérons analyse et ordres. »

Un bref délai, puis :

« État-major de l'amirauté de la Flotte à amiral Farb : Confirmé : Aucun ordre de la Cité du Palais ou du Lord de la Flotte. Consensus de l'état-major de l'amirauté : Bien qu'Hightee Heller soit populaire, elle ne jouit d'aucun statut politique. Les insignes présentés ne peuvent être examinés par des lapidaires pour authentification sur une image transmise par le Circuit Vidéo. Il n'existe aucune preuve que des drogues soient stockées dans Répulsos : les cartes indiquent que le site a été abandonné depuis 125 000 ans. Hightee n'a pas présenté l'Empereur à l'écran, ce qui en soit est suspect. L'état-major de l'amirauté ordonne donc à tous les vaisseaux et bases de restreindre leurs actions ou leurs démonstrations à leurs propres unités et de garder la plus extrême neutralité. Terminé. »

– Eh bien, vous voyez, dit Lombar. Nous gardons le contrôle de la situation. Adressez des ordres impériaux à la Flotte et à l'Armée leur enjoignant la neutralité et la confirmant. Expédiez une déclaration au Circuit Vidéo pour leur dire qu'ils mentent en prétendant qu'il y a des drogues à Répulsos et que l'intervention d'Hightee Heller n'est que le résultat d'une tentative maladroite pour protéger son frère. Et continuez à mitrailler cette racaille qui a envahi les rues : ou bien ils se fatigueront, ou bien il n'en restera plus un seul.

– Mais... euh... chef, intervint un général. IL Y A RÉELLEMENT des drogues à Répulsos.

Lombar le fixa avec un rictus méprisant.

– La populace ne traversera jamais le désert. Que les choses soient bien claires : si nous nous défendons bien, Répulsos peut tenir des années. Et tout au long de notre histoire, jamais personne n'a pu menacer la Cité du Palais. La Flotte et l'Armée, même en combinant leurs forces, ne pourraient la prendre. D'autres ont déjà tenté de le faire. Nous sommes à l'abri, et nous avons la situation bien en main.

Il se leva et tendit la main vers sa casquette. Les généraux l'imitèrent. L'un d'eux risqua :

– Vous... euh... vous allez quelque part... chef?...

– Oui, je vais quelque part. Je vais prendre un tank volant et filer jusqu'à Répulsos. Je vais appeler cent mille hommes de plus pour défendre la forteresse. Je veux être certain que personne ne menacera notre réserve de drogues jusqu'à ce que l'invasion de la Terre nous ait permis de la renouveler. Pendant ce temps, faites la ronde des bunkers extérieurs et du périmètre de défense de la Cité. Nous avons la situation bien en main et elle ne doit surtout pas nous échapper.

Il mit sa casquette. Il était sur le point de quitter l'antichambre, quand il se retourna.

– Et vous allez cesser de me dire « chef », tous! Pour le meilleur ou pour le pire, je suis monté sur le trône, ne l'oubliez pas!

– Oh, non, Votre Majesté! clamèrent-ils d'une seule voix en s'agenouillant aussitôt.

[illegible]

[illegible]

nous avons [illegible]

Il se leva [illegible] vers [illegible]

Lumière. [illegible]

[illegible]

[illegible]

pour [illegible]

Et vous allez [illegible]

[illegible]

QUATRE-VINGT-QUATRIÈME PARTIE

1

J. Walter Madison ne s'était absolument pas trompé quant à la réaction du général Whip : il avait compris le message en voyant sa « tête » tranchée présentée à Lombar Hisst sous les caméras du Circuit Planétaire.

Le très populaire chef d'état-major de l'Armée avait immédiatement expédié un million de soldats en renfort sur Calabar et en avait lui-même pris le commandement. En un temps record, il avait pris la relève des forces de l'Appareil qui affrontaient les rebelles.

Dès que les troupes de l'Appareil avaient repris l'espace, cap sur Voltar, le général Whip, qui dirigeait désormais l'offensive de Calabar, était entré en contact avec le prince Mortiiy sur une fréquence rebelle captée par l'Appareil.

– Votre Altesse, annonça le général Whip, bien connu pour son esprit, vous aurez grand plaisir à apprendre que je suis officiellement mort.

– QUOI? s'était exclamé Mortiiy.

– Je suis probablement le seul mort de l'histoire de Voltar à n'avoir été exécuté que sur les écrans du Circuit Vidéo Planétaire. Je dispose d'un million de soldats armés qui viennent juste de débarquer sur Calabar. Je jure sur mon honneur d'officier que je ne nourris aucune intention de trahison : les officiers m'ont conservé leur loyauté. Que souhaite en faire Votre Altesse?

– Bienvenue sur Calabar, général Whip. Je suis très heureux de vous revoir en vie. Que vos troupes prennent la relève de mes hommes sur les positions défensives en cas d'un retour de l'Appareil. Ce serait gênant pour eux de se battre sur Voltar. Pourriez-vous mettre vos transporteurs à la disposition de mes troupes? Nous avons une visite urgente à faire.

– C'est avec grand plaisir, Votre Altesse, que je vous rendrai ce service. Cependant, lorsque vous aurez tranché la gorge de Lombar Hisst, je vous demanderai une simple boucle de cheveux.

– Avec joie, général Whip.

Ce fut cette conversation qui aboutit au message d'Hightee Heller transmis sur tout Voltar. La « visite urgente » de Mortiiy était maintenant imminente.

Le capitaine Snelz dormait paisiblement dans son abri de Camp Endurance quelques heures avant que le message d'Hightee Heller ne soit transmis par le Circuit. Il n'avait pas la moindre idée des événements qui se préparaient. Camp Endurance, l'ultime défense de Répulsos, se situait à près de cinq cents kilomètres au fond de l'infranchissable Grand Désert et, mis à part quelques aircars civils suicidaires qui avaient été promptement abattus, il restait dédaigneusement à l'écart des troubles qui secouaient la planète de même que toute la Confédération.

Le capitaine Snelz, qui avait la philosophie d'un ex-marine de la Flotte – renvoyé pour avoir triché aux dés –, ronflait donc comme un bienheureux, un bras passé autour de sa prostituée favorite. Les 500 crédits d'Heller avaient non seulement suffi à régler ses dettes mais lui avaient permis de gagner quelques jolis coups et de rafler des reconnaissances de dettes d'un bon cinquième des officiers du camp. Il ignorait encore qu'il allait devenir le héros de la bataille du Camp des Macchabées.

C'est donc avec un certain choc qu'en ouvrant les yeux il découvrit Heller près de sa couche.

– Je rêve, fit-il.

– Non, mais vous allez avoir des cauchemars si vous ne vous levez pas tout de suite.

– Mes Dieux, mais je vous ai tiré d'affaire il y a peu de temps! Pourquoi êtes-vous revenu?

– Assistance sociale, dit Heller.

– C'est qui? fit la prostituée, effrayée, en levant les yeux vers ce personnage en tenue rouge de général de l'Appareil.

– Un Démon Manco, dit Snelz. Allez, fiche le camp, (bipasse)! Et garde les yeux fermés!

La fille s'enfuit.

– Drôle de façon de décrire un ingénieur de combat qui passait juste vous demander un petit service, commenta Heller.

– Une faveur? À MOI? Queues de comètes, Jet, vous allez nous faire tuer tous les deux! On dit que votre tête est mise à prix pour un million de crédits!

– Ah, on ne va pas discuter pour de la petite monnaie. Ce que je vous propose n'a pas de prix. Je vous offre une commission de colonel des marines de la Flotte. Je sais que vous avez toujours rêvé de retrouver votre ancien grade.

Il lui tendit un parchemin en relief.

– Mais je n'étais que lieutenant, fit Snelz, tout en prenant le document d'une main tremblante.

– Et ça, ajouta Heller en lui présentant un autre papier, c'est votre démission de l'Appareil, qui sera effective dans quelques heures. Nous tenons à ce que tout soit fait dans les règles.

– Une minute, dit Snelz en plaçant sa commission sous la plaque lumineuse. Ça n'est pas signé par Cling le Hautain, ni par l'Empereur Hisst. C'est signé par Mortiiy. Comètes! Par tous les Enfers, il y a combien d'empereurs?...

– Vous avez mis le doigt dessus. Nous voulons que vous nous aidiez à le savoir. Donc, vous allez rassembler votre compagnie...

– Jet, les défenses de ce camp viennent d'être renforcées et le commandement attend encore cent mille hommes de plus. Ma compagnie ne compte que cent hommes. Si nous attaquons cette horde, on va être réduit en charpie. C'est du suicide!

– Je ne pensais pas que j'entendrais un jour un marine de la Flotte parler de chances au combat. Mais, pour dire vrai, vous ne devrez attaquer personne. Je n'ai besoin que d'une escorte et d'une toute petite faveur.

Snelz grommela, mais il se leva et enfila son uniforme. Il se pencha au-dehors et ordonna à sa sentinelle d'aller rassembler la compagnie dans les dernières ténèbres qui précédaient l'aurore. Snelz fit quelques pas et trébucha dans des brides abandonnées là. Il se pencha alors pour récupérer un objet : c'était une cape d'absorbo qui annulait tout signal de détection. Et là-bas, contre un rocher, il distinguait une luge spatiale.

– Ainsi, c'est comme ça que vous avez réussi à passer? dit-il.

– Ah, non, on ne cherche pas à percer les secrets d'un ingénieur de combat. Colonel, cela n'a rien à voir avec les astuces des marines de la Flotte. Maintenant, si vous le voulez bien, demandez à un de vos hommes de venir prendre cette musette : pour un général de l'Appareil, ça ne se fait pas de porter ce genre de bagage.

La compagnie était déjà rassemblée. Il était visible, à la clarté bleue des discrètes lumières du camp, qu'ils n'avaient pas grand plaisir à servir d'escorte à un général de l'Appareil. C'est alors qu'une quinzaine d'entre eux, l'ancienne section de combat de Snelz, regardèrent un peu plus attentivement et se figèrent sur place car ils connaissaient très bien Heller. Ils réussirent à regarder droit devant eux et à empêcher leurs cheveux de se dresser sur leur tête et se contentèrent d'enregistrer les ordres de leur capitaine.

En bon ordre, la compagnie franchit alors le pont qui enjambait le gouffre de Répulsos.

De l'autre côté, un officier se leva, vigilant.

– Nous faisons une tournée d'inspection des défenses, annonça Heller d'un ton bourru.

L'officier salua et laissa passer la compagnie.

Heller marchait devant. Ils suivirent le bord du gouffre sur près de deux mille mètres. Il faisait encore très sombre et leur progression était périlleuse. Là-bas, de l'autre côté du gouffre, l'énorme masse de la forteresse de Répulsos se silhouettait sur le fond des dernières étoiles.

Heller prit sa musette. Il en sortit un objet qui ressemblait à une petite lance. Il l'attacha à un rocher, prit soigneusement sa visée. Puis fit quelques pas et mit une autre lance en place.

– Si vous comptez faire sauter Répulsos, chuchota Snelz, ces trucs ne vous serviront à rien. Ce ne sont que des missiles à casser la roche. On s'en sert pour creuser des brèches dans les murailles des forteresses, c'est tout. Je les connais. Ils n'arriveront même pas à égratigner les murailles.

– Patience, patience, fit Heller. Rien ne se fait en un jour. Il faut de la patience pour les ambitions les plus nobles.

– Je crois que vous êtes dingue.

– C'est à ses amis qu'on reconnaît un homme, répliqua Heller en plaçant d'autres lances.

Ils retournèrent ensuite vers le pont. Heller inspecta plusieurs pièces d'artillerie, encouragea les servants, et retourna vers l'abri.

– Faites disperser vos hommes, dit-il à Snelz.

Snelz, encore tout en sueur d'être passé devant les gardes de Répulsos, s'exécuta docilement.

– Maintenant, ajouta Heller, je n'ai plus assez de temps pour me charger du reste. C'est à vous de jouer.

Et il tendit sa musette à Snelz. En quelques mots rapides, il lui expliqua ce qu'il attendait de lui.

Snelz le fixa, abasourdi.

– J'espère que je suis bien dans le camp des vainqueurs, dit-il enfin.

– C'est à vous de vous en assurer, colonel, dit Heller.

Et il se glissa dans sa cape d'absorbo, reprit sa luge spatiale et, avec un sourire à l'adresse de Snelz, il reprit l'air à la verticale et disparut entre les étoiles, tel un fantôme.

Snelz demeura immobile un moment. Il n'entendait aucune explosion et laissa échapper un soupir. Il savait maintenant pourquoi l'espérance de vie d'un ingénieur de combat de la Flotte était estimée à deux ans de service. Il baissa les yeux sur la musette qu'il tenait toujours. Quant à la vie d'un colonel des marines de la Flotte, songea-t-il sombrement, elle était à l'évidence bien inférieure!

2

La bataille du Camp des Macchabées débuta tôt dans l'après-midi. Soudainement, par surprise, et s'acheva par un désastre.

Quelques heures seulement après la déclaration pirate d'Hightee Heller sur le Circuit, Lombar Hisst débarqua à Répulsos à bord d'un monstrueux tank volant.

Il se posa sur le terrain de parade, s'octroya une autre *speedball* et, juché sur la tourelle dans le soleil ardent du désert, il observa l'arrivée des cent mille hommes de renfort.

Il se sentait dans une forme aussi parfaite que féroce. Il était au faîte de ses facultés intellectuelles, et son humeur était radieuse. Il se sentait en cet instant capable d'exploits surhumains. C'était bien sûr à cause du speed. Quant à l'héroïne, elle lissait les arêtes de son esprit, lui apportait une véritable chaleur physique et un profond sentiment de satisfaction. Sa personnalité sous-jacente, sa psychose paranoïde, avaient atteint la phase ultime de la mégalomanie. Là, au sommet du tank, énorme et éclatant dans son uniforme rouge, il était un homme dangereux. Et pas seulement dans son imagination.

À sa gauche, se dressait le château noir gigantesque de Répulsos. Dans les entrepôts des étages supérieurs, il y avait des milliers de tonnes d'opium et d'héroïne, assez pour asservir une part immense de la population, sans parler du conclave des lords.

Mais ce qui le préoccupait, c'était l'amphétamine : de la pure, il lui en restait assez pour sa consommation personnelle, et ce pour des années. Mais sa réserve pour les lords n'excédait pas un mois, même s'il parvenait à les rationner. Il se livrait à des calculs sur le déclenchement de l'invasion de la Terre : il n'avait pas fait appel à un seul vaisseau, à une seule des unités de combat qui attendaient sur les bases spéciales de départ. Il dépendait pour l'heure des renforts qu'il avait fait venir des prisons qui étaient maintenant presque vides. Ils ne devaient pas être très brillants, et la façon dont ils portaient l'uniforme et tenaient leurs armes ne laissait que peu de doute à cet égard. Mais s'il les lançait contre la populace avec des armes lourdes, ils la balaieraient comme des fétus de paille dans le seul espoir de massacrer, de violer et de piller. Le million d'hommes rapatriés de Calabar donnait déjà l'exemple dans les villes : ils se comportaient comme une meute de léprodontes lancés sur des animaux à fourrure inoffensifs. Il était devenu impossible de faire le compte des pertes civiles.

Et Lombar se sentait parfaitement confiant, totalement en sécurité. L'Armée et la Flotte, ne sachant plus à qui obéir, restaient neutres. Répulsos était facile à défendre, et la Cité du Palais était absolument imprenable. Absolument.

Au-dessus de sa tête, à basse altitude, trois cents vaisseaux de guerre de l'appareil veillaient. Ils étaient certes anciens et usés, ils avaient été retirés de la Flotte et n'étaient prévus que pour des raids sur des planètes inconquises et inoffensives, mais ils valaient mieux que rien par rapport à la Flotte. Ils montaient la garde dans le ciel tandis que les transports spatiaux dégorgeaient des centaines de milliers d'hommes dans les sables brûlants, juste en dessous du camp.

Les régiments se formaient. Par centaines. Le spectacle était grandiose. Avec un sourire féroce, Lombar goûta son pouvoir tandis que la horde armée défilait en parade et préparait ses bivouacs. Sans musique, car ce n'était pas dans le style de l'Appareil. Mais, sous les pas cadencés, le sol tremblait.

Son sourire s'élargit jusqu'à ce que ses dents brillent, ils avaient fait passer le mot : devant lui, ils marquaient le pas et ployaient le genou en un bref salut royal.

C'est alors qu'un son strident lui transperça les oreilles. C'était comme une série d'explosions aussi brèves que rapides. Elles semblaient provenir de la crevasse qui cernait la forteresse. On aurait dit, pensa-t-il, des armes légères.

Mais la salve ne dura pas. Et rien ne se produisit. Pensant qu'il s'agissait d'un exercice de tir ou d'un peloton qui avait préféré exécuter quelques condamnés à coups d'éclateurs plutôt que de les précipiter dans le vide comme d'habitude, Lombar Hisst oublia l'interruption et se tourna de nouveau vers les troupes qui défilaient. Les derniers hommes passaient, les autres s'étaient déjà dispersés et s'activaient à édifier des cabanes de boue entre les camions et les poteaux : c'était comme une nouvelle cité qui s'érigeait magiquement sur le désert.

À cet instant précis, ce qui sauva la vie de Lombar, ce fut l'envie d'assouvir sa soif. Il quitta la tourelle pour la vaste cabine de pilotage du tank et l'un des membres de l'équipage, afin de s'abriter de la chaleur torride du soleil que la climatisation avait bien du mal à combattre, laissa retomber le couvercle de la tourelle.

Lombar, à cette seconde, se tenait derrière le hublot d'observation à l'épreuve des explosions. Il se remplissait une grande chope d'eau pétillante.

Sur le terrain de parade, un immense éclair jaillit!

BOOOMMM!

La seconde d'après, l'onde de choc frappa le tank avec plus de violence qu'un obus tiré par un vaisseau de guerre!

WHAAOUUMM!

L'engin fut déporté de cinquante mètres le temps d'un souffle!

Des tentes, des hommes, des immeubles entiers volaient dans le ciel comme propulsés par le plus monstrueux ouragan qui eût jamais frappé une planète!

Snelz venait de faire sauter l'entrepôt de munitions de Camp Endurance avec une charge calculée pour raser une ville entière. Et, dans l'entrepôt, il y avait eu de quoi nettoyer toute une métropole!

Trois cents vaisseaux de guerre, qui évoluaient à basse altitude dans l'atmosphère, prirent l'onde de plein fouet!

Ils tombèrent en spirale comme des moineaux et allèrent s'écraser au sol.

À 500 000 mètres d'altitude, au-dessus de l'atmosphère, un millier de vaisseaux d'attaque rebelles observaient la débâcle. Et les engins d'interception de la Flotte, bien entendu, les ignorèrent, respectant la neutralité.

Les vaisseaux plongèrent!

Ils fondirent sur la plaine de Répulsos comme des faucons.

Avant même que la poussière de l'explosion du dépôt de munitions fût retombée – en fait, avant même que la colonne de fumée ait eu la moindre chance d'atteindre le ciel –, cent mille soldats rebelles du prince Mortiiy étaient déversés des sas.

Ils se ruèrent à l'assaut en poussant une clameur effroyable et fondirent sur les derniers survivants de l'Appareil à coups de baïonnettes électriques et d'éclateurs survoltés!

Leurs uniformes étaient en lambeaux, leurs visages émaciés, mais ils étaient assoiffés de vengeance.

Et ils ne firent pas de quartier.

Les quelques batteries de l'Appareil encore opérationnelles furent noyées dans un torrent de lames ardentes.

La haine taillait en pièces ardentes le Camp des Macchabées.

En moins d'une demi-heure, 170 000 hommes de l'Appareil trouvèrent la mort, ne laissant que quelques rares vaisseaux intacts. Sur les remparts de Répulsos, les ultimes batteries tiraient encore.

Mais le massacre de l'infanterie de l'Appareil n'était nullement le terme ni le but initial de la bataille du Camp des Macchabées. Ce n'était qu'un exercice préparatoire.

3

Jettero Heller, à bord du vaisseau-amiral rebelle *Châtiment,* qui survolait la bataille à 350 000 mètres d'altitude, boucla son ceinturon et prit son casque sur une console. Il se tourna vers le prince Mortiiy, Hightee Heller et la comtesse Krak dont les tenues colorées contrastaient avec les uniformes stricts des officiers de l'état-major.

– Je crois que c'est le moment, dit-il. La bataille semble se terminer.

– Oh, Jettero, protesta la comtesse Krak, est-ce que tu ne pourrais pas laisser ça à quelqu'un d'autre? On tire encore depuis la forteresse! C'est dangereux!

– La vie est toujours dangereuse. Maintenant, écoute-moi bien : ne me suis pas de trop près car les tirs peuvent encore se concentrer sur moi.

– Je pense que je devrais effectuer un dernier passage avec le *Châtiment,* dit Mortiiy. Ce vaisseau est blindé et peut encaisser des tirs lourds.

– Non, Votre Altesse. Votre cargaison est trop précieuse : vous-même, ma sœur et la dame de mon cœur, pour ne citer que ceux-là. Je suis à cours de discours héroïques, pardonnez-moi. Alors, au revoir.

Le sas du remorqueur était maintenant au contact du *Châtiment* et Heller sortit. La paroi se referma en claquant sur lui.

Il donna quelques coups secs sur les commandes de pilotage

local et le *Prince Caucalsia* se détacha du vaisseau-amiral pour plonger vers le sol.

Deux vaisseaux de l'Appareil, qui avaient failli s'écraser, revenaient à la charge contre un bâtiment de reconnaissance rebelle. Mais Heller évita l'accrochage. De toute manière, le remorqueur n'était pas armé.

Il descendait à pleine vitesse. Plus que 80 000 mètres, 30 000, 20 000... Et il se retrouva au cœur de la bataille, dans le nuage de poussière qui flottait au-dessus du gouffre de Répulsos.

Oui, on tirait encore.

Apparemment, il restait encore des servants pour défendre la forteresse avec les pièces restées intactes.

Le remorqueur se silhouetta devant le soleil. Des obus sifflèrent autour de lui et Heller esquiva.

Il plongea droit dans le gouffre. Jamais personne n'avait prévu d'attaque sous cet angle et l'artillerie ne pouvait pas tirer à ce niveau.

La paroi rocheuse défilait de part et d'autre. Sur des saillies, Heller découvrit des squelettes. Certains condamnés n'avaient jamais atteint le fond. L'endroit était lugubre.

Quant à ce qui pouvait se trouver au fond de la crevasse, cela ne l'intéressait guère. Il redressa le remorqueur à mi-distance et regarda vers le haut.

Les pièces d'artillerie de la forteresse se déchaînaient contre un vaisseau rebelle. De grands jets de flammes jaillissaient du basalte noir qui fondait en partie : des ruisseaux ardents dégringolèrent sur la paroi, à quelque distance du remorqueur.

En tout cas, ils ne risquaient pas de faire grand mal à la coque blindée de l'attaquant, se dit-il. Il allait attendre qu'on nettoie un peu plus l'artillerie ennemie et il remonterait.

Il reprit un peu d'altitude, frôlant la roche de si près qu'il avait l'impression qu'il pourrait la toucher s'il tendait la main à travers l'écran.

Il inspecta les lieux.

Et il trouva l'endroit qu'il cherchait, juste au niveau du sol, sur l'autre bord. Il vola à l'horizontale tout en comptant les vingt lances qu'il avait préparées.

Il était paré à les planter.

Quelqu'un, depuis le haut de la forteresse, avait dû le repérer dans son viseur : une grenade à main éclata à proximité et le remorqueur fut secoué.

Heller fit basculer le vaisseau à la verticale et pressa la détente de tir. Un barrage d'éclair bleu balaya les remparts. Il espérait que ceux qui se trouvaient là-haut avaient eu les yeux ouverts.

Pour s'en assurer, il remit en place le revêtement d'argent du remorqueur, qui redevint totalement visible. Il ne pouvait manquer d'attirer l'attention des défenseurs de Répulsos. Il tira une deuxième salve d'éclair bleu.

Le vaisseau rebelle cessa de tirer.

Sondant le ciel, il ne découvrit rien. Il prit alors un viseur et repéra le *Châtiment*.

Tout était en place.

Il s'installa dans le siège de pilotage local et ajusta sa ceinture.

Il tendit les mains vers les commandes. À l'arrière du remorqueur, les moteurs hurlèrent.

Il remonta à une vitesse acrobatique droit vers le haut, presque collé à la paroi.

Il surgit au-dessus des créneaux et, se redressant, il piqua vers le haut de la forteresse, s'éloignant du gouffre.

Un jet de canon-éclateur le frôla.

Les moteurs du remorqueur mugissaient comme tous les démons des Enfers.

Heller inversa brutalement toutes les commandes planétaires, Y avait-Y aura, rayons, tracteurs : tout!

Le remorqueur bondit en avant, recula, rebondit, repartit en arrière!

Même avec toutes les ceintures de sécurité, il eut du mal à rester accroché à son siège!

À grands coups de leviers, il était en train d'essayer de faire s'effondrer toute la forteresse!

Les rayons tracteurs donnaient des coups de bélier répétés. Et les moteurs leur répondaient en grondant et en mordant dans la pierre.

Puis, soudain, tout le vaisseau trembla. Et un son perçant, suraigu, s'éleva.

Le gouffre s'écartait, sous la déflagration des vingt lances casse-roc qu'il avait plantées.

Les moteurs le lancèrent en avant dans un grondement de tonnerre assourdissant.

Tous les moteurs se déchaînèrent en même temps.

Heller abattit la main sur les commandes et coupa tout.

Derrière lui s'éleva une plainte énorme, comme si quelque monstre étrange était à l'agonie.

Elle fut suivie d'un roulement d'épouvante qui secouait peut-être la planète jusqu'à son cœur.

Le gigantesque bastion de roc noir venait de basculer.
Et un ouragan de pierres déferla.
Il coupa les rayons tracteurs et quelques blocs retombèrent.
Il reprit un peu d'altitude avant d'observer la scène.
La grande forteresse de Répulsos s'était disloquée en basculant.
Mais ce n'était pas tout.
Il sourit. Lors de sa première reconnaissance, il avait repéré les entrepôts. Et il avait la confirmation de ce qu'il avait deviné :
L'opium et l'héroïne étaient maintenant répandus sur le désert comme une vaste flaque de vomissure dégurgitée par un monstre.
Son regard ne quittait pas le sol. Car il se passait autre chose encore !
Des milliers de prisonniers, libérés de leurs geôles, surgissaient à présent des grottes et des tunnels éventrés.
Ils se dispersaient comme un essaim d'insectes chassé du nid. Même à l'altitude à laquelle il se trouvait, Heller pouvait voir les corps nus et souillés, les squelettes ambulants en haillons. Les prisonniers à demi fous s'enfuyaient en désordre à travers les décombres de la forteresse fracassée, se dispersaient dans la plaine.
Il regarda vers le haut. Oui, le *Châtiment* était bien là. Les caméras du bord avaient tout filmé et les images avaient été retransmises sur la fréquence du Circuit Planétaire, en surimpression sur le programme de la Cité de la Joie, comme auparavant.
Heller appuya sur une touche afin de s'en assurer. Le *Châtiment* était si proche que l'émission de la Cité de la Joie était à peine visible, mais il discerna néanmoins les images en surimpression.
Les caméras du *Châtiment* panoramiquaient sur la cohorte des prisonniers en fuite. Heller sourit. Sale coup pour Hisst : la forteresse « abandonnée » se révélait soudain être une prison de l'Appareil.
C'est alors qu'il vit quelque chose qui le figea net.
Le but initial de ce raid sur Répulsos avait été de démontrer à tout Voltar qu'il y avait bel et bien des drogues stockées dans la forteresse. Et les caméras les avaient nettement montrées, répandues sur le désert.
Mais un groupe de prisonniers venait d'arriver sur place. Affamés, ils prenaient visiblement toute cette poudre pour de la farine.

Deux cents d'entre eux s'étaient arrêtés dans leur course et se remplissaient les mains, croquant avec avidité.

Heller activa les haut-parleurs du vaisseau.

– ÉLOIGNEZ-VOUS ! cria-t-il. C'EST DU POISON ! N'EN MANGEZ SURTOUT PAS !

Une caméra zooma sur eux. Et Heller les vit en gros plan. Sur quel genre de produit étaient-ils tombés exactement ? De l'opium ? De l'héroïne ? Ou bien un agent de coupe ?

Avant même qu'il répète sa mise en garde, il se produisit une chose affreuse. Les prisonniers se tordaient soudain dans d'atroces convulsions !

C'était là, sur l'écran. Et l'image était retransmise sur tout Voltar.

L'infanterie rebelle était sur les lieux. Obéissant sans doute aux ordres émis par le *Châtiment,* les soldats repoussaient les prisonniers.

Mais certains, plutôt que de les accueillir comme des libérateurs, se mirent à les attaquer sauvagement ! Sous l'effet de la drogue qu'ils avaient à peine goûtée !

On devait découvrir plus tard que, pour le plus grand nombre, ils avaient absorbé non pas de l'opium ou de l'héroïne, ni même de la morphine, mais divers agents de coupage riches en strychnine.

Mais, pour le spectateur, l'image n'était que trop évidente. Elle confirmait ce qu'Hightee Heller avait dit : Répulsos était remplie d'un poison dont Hisst s'était servi contre la population et qui pouvait rendre fou !

C'est alors, justement, que la voix d'Hightee résonna de nouveau, haute et claire :

– Citoyens de Voltar ! Vous venez de voir que j'avais raison !! HOMMES DE L'ARMÉE, DE LA FLOTTE, DE LA POLICE ! VOUS TOUS, CITOYENS HONNÊTES, ÉCOUTEZ-MOI ! ÉCRASEZ L'APPAREIL, POURCHASSEZ ET TUEZ LOMBAR HISST L'USURPATEUR !

4

Lombar Hisst était inerte dans l'habitacle du tank.

Le véhicule s'était renversé.

Lombar avait heurté du crâne la poitrine du pilote qui gisait, mort, le cou brisé.

Le blindage amortissait les sons mais il avait cependant entendu les cris des fantassins à l'extérieur, les détonations et les plaintes. L'instant d'avant, tout le secteur avait été secoué par le fracas d'un effondrement énorme.

Lombar se faisait discret. Apparemment, il n'avait pas été repéré. Sans doute, vu de l'extérieur, son tank n'était-il qu'un parmi d'autres blindés renversés ou détruits.

Tôt ou tard, l'infanterie commencerait à inspecter les carcasses à la recherche d'éventuels survivants. Il savait qu'il était dans une situation périlleuse et il réfléchissait à toute allure.

Il rampa sur le toit du tank, qui était désormais le plancher, et alla examiner les commandes. Il savait parfaitement comment piloter ces engins. Les commandes lui parurent intactes. Mais il avait besoin d'informations sur sa situation exacte.

Il manipula un bouton et, sur un écran, l'image du Circuit Vidéo apparut.

Il voyait le visage d'Hightee Heller à l'envers!

Il écouta son message en frissonnant. Mais, quand son nom fut prononcé, il fut gagné par une rage glacée. Ils ne lui apprenaient rien en annonçant qu'on était à ses trousses – il l'avait toujours su. Mais, ce qui était nouveau, c'est que les rebelles avaient envahi Voltar!

Comment la Flotte allait-elle prendre ça? Comment l'Armée réagirait-elle? Il se dit qu'il devait s'en assurer. Il avait bel et bien l'intention de l'emporter et de reprendre le pouvoir. Il avait confiance en son destin.

Dans la pénombre, il mit la main sur le panneau-radio. Il chercha la fréquence de l'Armée sur un cadran. Il savait qu'avec ce matériel, il ne pouvait entrer en liaison avec l'état-major général mais il pouvait du moins espérer contacter des échelons inférieurs. Il explora un moment le bruit de fond avant de tomber sur une voix à l'accent nasal :

– ... Mais je viens juste d'entendre l'état-major, Jowper. Je ne sais pas s'ils arriveraient à faire la différence entre du tup et une pute! Ils sont sens dessus dessous! Ils disent que ça n'a pas d'importance si quelqu'un a stocké de la poudre dans Répulsos : la situation est avant tout politique. Le siège du gouvernement est toujours dans la Cité du Palais, et aussi longtemps qu'il n'est pas touché, nous devons demeurer neutres... Oui, je sais, Jowper. Mais tu n'as qu'à garder le contrôle de ton régiment...

Le soulagement se répandit en Hisst.

Il appuya sur d'autres boutons pour passer sur les fréquences de la Flotte.

Et il accrocha très vite la voix frénétique d'un officier spatial :

– Oui, je sais ce que vous ressentez dans l'escadron. Moi aussi, j'aimerais voler à l'aide des rebelles, mais aussi longtemps que la Cité du Palais tiendra, les amiraux considèrent que nous nous comporterions nous-mêmes comme des rebelles si nous nous mêlions aux combats. Personne n'a jamais réussi à creuser une brèche dans la Cité, et c'est là que se trouve le lord de la Flotte. Alors, gardez votre escadron sur place et ne vous mêlez de rien. Message terminé.

Hisst laissa échapper un long soupir. Bon, parfait : l'Armée et la Flotte restaient neutres. La seule victoire des rebelles, jusqu'à présent, avait été de rameuter la populace. Aux Diables cette racaille !

Et là, allongé sur le plafond du tank, Lombar commença à dresser des plans. Il prit dans sa vareuse un sachet de cocaïne qu'il gardait toujours en cas d'urgence et en prit une pincée. L'ayant reniflée, il sentit ses capacités psychiques augmenter et une vague de confiance monta en lui. Ses pensées galopaient soudain. Et le plan se dessinait. Il disposait de ressources qu'il n'avait pas encore utilisées. Avec l'appui énorme de l'Armée et de la Flotte, il pourrait aisément l'emporter.

Il s'empara d'un micro. Et composa un code de fréquence de l'Appareil à haute sécurité. Il fut très vite en relation avec la Base Numéro Un de l'Appareil, en direct avec le général Muk.

– Lombar ? Je veux dire : Votre Majesté ?... J'ai vu qu'ils avaient gaspillé toutes nos réserves de drogues. Qu'allons-nous faire maintenant ? Désirez-vous que notre force d'invasion décolle de suite pour essayer de nous réapprovisionner ?

– Cela prendrait trois mois, dit Lombar. Écoutez plutôt mon plan. Transmettez-le à vos unités et suivez-le à la lettre. Je suis convaincu que ces rebelles vont attaquer la Cité du Palais. Elle est imprenable. Attendez jusqu'à ce qu'ils aient abandonné. Alors, rassemblez l'ensemble de vos forces d'invasion, balayez-les du ciel et donnez-leur la chasse. Vous disposez de trois mille vaisseaux et d'un demi-million d'hommes : vous ne pouvez pas perdre.

– Splendide ! s'extasia le général Muk. L'Armée et la Flotte gardent la neutralité. Et la Police Domestique est tellement désorganisée que nous n'avons même pas à la prendre en compte.

– Exactement. Et quand nous aurons exterminé les rebelles – surtout ne laissez pas de survivants ! – nous utiliserons vos forces afin de réduire les derniers foyers de dissidence dans les rues. Et quand nous aurons repris le contrôle des événements et que de nouvelles autorités criminelles seront en place, vous pourrez reprendre les plans d'invasion comme prévu. Il ne nous restera plus ensuite qu'à asservir le reste de la Confédération avec les drogues que vous nous aurez rapportées de la Terre.

– Magnifique! Votre Majesté, vous êtes génial. Je n'ai plus aucun doute sur notre victoire, désormais.

– Moi non plus, fit Hisst avant de couper la communication.

Il eut un rire rauque et bref. Il y avait une partie de son plan qu'il avait cachée à Muk : il fallait qu'il s'assure que les rebelles attaquent la Cité du Palais dès maintenant. Dans toute l'histoire de Voltar, jamais elle n'était tombée mais il allait lui falloir trouver un appât.

5

Le tank était renversé sur sa tourelle, ce qui signifiait que le canon-éclateur principal était enfoui dans le sable. Tirer serait dangereux car le coup pourrait bien partir en arrière et détruire l'habitacle. Pourtant, c'était exactement ce que Lombar avait l'intention de faire.

Il arrivait parfois, après une bataille, que les munitions d'un tank explosent à cause d'incendies à retardement. Sur un champ de bataille, il n'était pas du tout inhabituel d'entendre des détonations après la fin des combats : en fait, c'était une chose inévitable, tout comme l'agonie des blessés. Des gouttes de métal fondu tombant dans les cartouches de carburant pouvaient faire sauter des stocks de cartouches. Il arrivait même que les fusils-éclateurs éclatent eux aussi : parcourir un champ de bataille, même des heures après les derniers échanges, était dangereux. Les soldats aguerris le savaient très bien, et Lombar comptait sur l'absence de surprise.

Pour un homme de son gabarit, ce fut une extraordinaire gymnastique que de se hisser jusqu'au siège de pilotage et de s'y arrimer la tête en bas. Il se servit du cadavre du pilote comme d'un coussin afin de prévenir une chute éventuelle. Il lui cassa un bras pour lui soutenir l'épaule et se hissa, le derrière en haut, jusqu'au siège. Là, il ajusta les ceintures et les serra avec précaution jusqu'à ce qu'il soit solidement suspendu. Puis il repoussa le corps.

Il posa les mains sur les détentes de tir. Et il prit une inspiration longue et vibrante. C'était maintenant ou jamais : dans la minute suivante, ou bien il serait réduit en miettes, ou il régnerait sur Voltar en monarque absolu.

Il régla le canon en tir automatique. Ce qui signifiait deux mille coups par minute, chacun étant capable de démolir un immeuble entier.

Il pressa la détente.

BLOOOWWWOOOWWW!

Il était encore en vie. Il n'y avait pas eu d'effet de recul.

Sous la secousse, le tank sauta en l'air!

Rapidement, les mains rivées aux commandes, Lombar lança les moteurs. Il fit décoller le tank, toujours à l'envers!

BLOOOWWWOOOWWW! tonna encore une fois le canon-éclateur.

Aux yeux de n'importe quel observateur, apparemment, le tank venait de jaillir dans les airs sous l'effet du recul.

Les rebelles qui nettoyaient les positions levèrent la tête. Certains se mirent à rire en voyant le monstre blindé sauter vers le ciel. Il y avait là-dedans quelque chose de sexuel.

Lombar continua à voler à l'envers, faisant même se balancer le blindé bord sur bord.

Il était à cinq mètres, à vingt mètres, à trente mètres!

C'est alors seulement qu'un officier remarqua quelque chose de bizarre dans la façon dont ce tank volait. Il aurait dû se retourner et s'écraser au sol. Mais non!

– FEU! lança un capitaine des forces rebelles. DESCENDEZ CE TANK!

Une salve d'éclateurs gronda dans le désert.

Mais un fusil-éclateur ne pouvait rien contre un blindé capable de soutenir le feu des canons.

Lombar redressa le tank et coupa les moteurs.

Le tank fut secoué par l'impact des tirs.

Lombar, emporté par une bouffée de joie aussi délirante que démente, enclencha le système de haut-parleur et hurla dans le micro, le son de sa voix résonnant sur le champ de bataille encombré d'épaves.

– Bande d'idiots! Vous venez juste de manquer Lombar Hisst, l'Empereur de Voltar! Et quand vous tenterez de forcer les portes de la Cité du Palais, j'irai rire sur vos cadavres! (Il poussa un dernier cri de fou :) ALLEZ, ESSAYEZ DE ME RATTRAPER!

Et il repartit pleins gaz.

Bientôt, il alla à cinq fois la vitesse du son, piquant vers le sud-ouest.

Des tirs épars le suivirent. Des vaisseaux de guerre essayèrent en vain de plonger pour l'intercepter.

Sept minutes plus tard, il glapissait dans la radio pour s'identifier à l'intention des servants des bunkers. Il lança le tank entre les portes de la Cité du Palais et passa à treize minutes dans le futur.

Il freina si violemment que les moteurs crachèrent de la fumée.

Et il posa le tank juste au bas des marches du Palais Impérial.

Et se mit à rire.

Maintenant, il n'y avait plus aucun doute dans son esprit : il allait gagner cette guerre.

Tout l'état-major de l'Appareil surgit en haut du majestueux escalier ornementé.

– Longue Vie à Sa Majesté Lombar le Magnifique ! crièrent-ils d'une seule voix en s'agenouillant.

Lombar rejeta le cadavre du pilote et descendit. Il affichait un sourire impérial.

Pour la première fois, il se dit qu'il resterait empereur ! Il ne pouvait plus perdre !

En 125 000 ans d'histoire, jamais nul n'avait pu porter atteinte à la Cité du Palais.

Il y était en sécurité absolue.

Les forces rebelles, bientôt, seraient prises dans un étau et écrasées comme des insectes.

Tout Voltar était à sa merci.

Et lui n'avait rien à donner.

Rien que des drogues et des massacres.

D'une démarche altière, il monta vers les généraux agenouillés.

C'était tellement merveilleux d'être l'Empereur !

– Debout, (bipards) ! fit-il. Il faut préparer une réception impériale. Nous paierons la note avec le sang des rebelles.

6

Droit devant, cette brume jaune, c'était la Cité du Palais.

Jettero Heller, à nouveau vêtu de l'uniforme rouge de général de l'Appareil au cas où il serait abattu, maintenait le remorqueur à 7 500 mètres au-dessus du désert. Il volait en fait à reculons et ce qu'il poussait se situait entre lui et la Cité du Palais.

Le soleil se trouvait sur sa droite et il ne pensait pas qu'il pût être visible. De plus, les rayons ennemis seraient brouillés par ce qu'il poussait.

Le son des rayons tracteurs était comme un chant. La puissance était presque au minimum. S'il exerçait une trop forte pression sur sa « remorque » – même si le remorqueur compensait – il courrait le risque d'étouffer et d'éteindre les choses qu'il poussait.

Il ne pouvait suivre son avance sur les écrans. Ils brillaient et scintillaient mais il distinguait cependant les images.

Il ne pouvait être qu'admiratif en découvrant le dispositif de défense que l'Appareil avait dressé dans le périmètre, à l'extérieur de la brume jaune. Les bunkers à l'épreuve des tirs lourds étaient enfouis dans le sable sur trois rangs, trois anneaux. Il augmenta le grossissement.

De l'artillerie et encore de l'artillerie. Il repéra les lignes qui indiquaient les barricades électroniques qui tuaient quiconque essayait de les franchir. Ces trois anneaux de défense pouvaient soutenir l'assaut de tous les Démons des Enfers, même disposés autour d'une citadelle ordinaire.

Mais la brume jaune, c'était encore autre chose. Même sans les défenses extérieures, aucun assaut n'aurait pu en venir à bout. Car le facteur temps était l'élément clé de sa sécurité. Un obus tiré dans le temps présent exploserait toujours dans le passé sans causer de dégâts. De plus, si l'on exceptait les portes, la forteresse tout entière était protégée par un filet électronique qui puisait son énergie dans le trou noir qui se trouvait dans la montagne *. Le filet enveloppait l'espace et n'importe quel projectile, vaisseau ou engin blindé qui tenterait de passer au travers serait détruit par l'énergie spatio-temporelle. Son seul point faible était le tourbillon spatial qui s'était formé au bas de la montagne, à l'endroit précis où était enfoui le trou noir. Seul un ingénieur de combat pouvait savoir cela, quoiqu'on ne pût appeler ça un secret bien gardé : il était impossible de bombarder la cité car la montagne faisait écran. Si un quelconque ennemi devait essayer d'infiltrer un vaisseau, celui-ci devrait être de taille si réduite que sa force d'attaque serait nulle. Sans compter avec les énormes blocs de roche et d'éboulis qui feraient de toute attaque par commando une action suicide. Heller avait déjà emprunté cette issue risquée lors-

* Voir Tome I, *Le Plan des envahisseurs.*

qu'il avait emmené l'Empereur. Peu de gens étaient au courant de son existence et il doutait qu'elle fût gardée.

Il surveillait attentivement ses écrans. Oui! Il avait du public. L'image scintillante et imprécise lui révélait quand même en gros plan divers officiers du périmètre de défense de l'Appareil. Ils se tenaient au seuil d'un bunker et l'observaient avec des lunettes. À cette distance, avec la charge qu'Heller poussait devant lui, ils devaient croire que tout ce tourbillon de poussière était causé par une force d'attaque rebelle qui approchait.

Mais tel n'était pas le cas : les rebelles devaient être en train d'embarquer à la base de Camp Endurance et, lorsqu'ils frapperaient, ce serait probablement du haut du ciel. Heller, et lui seul, était lancé dans cette attaque.

Sur l'écran, il vit briller les lunettes des officiers. Ils agitaient la main, faisant signe à leurs hommes de sortir des tranchées pour se porter aux batteries.

Lentement, se maintenant à la même altitude, Heller continuait de pousser son étrange fardeau.

A moins de 2 000 mètres de la cible, il vit les officiers baisser les bras et annuler leurs ordres. Car ils venaient d'identifier ce qui venait droit sur eux.

Les démons des vents!

Heller avait bien du mal à les faire tourbillonner. Jamais ils ne s'approchaient de la Cité du Palais.

Les démons du vent, *les danseuses du soleil* * étaient produits par les différences thermiques entre le désert brûlant et le vent glacé qui, le plus souvent, balayait la surface à faible altitude. Chargées de sables cuivrés, de feldspath jaune et de vrilles rouges de fer, ces colonnes qui tournaient en vrilles frénétiques, parfois hautes de 3 000 mètres, évoquaient des démons dansant sur la scène du désert.

Et Heller ne parvenait à les maîtriser qu'en jouant sur les rayons tracteurs, de gauche à droite, pour continuer de les faire tourbillonner en avançant. Ce qui requérait toute son attention et toute son habileté sur le réglage des moteurs.

Mais, par ailleurs, les démons du vent, pour quiconque avait connu le Grand Désert, étaient certes impressionnants mais plutôt communs.

Leur puissance était effrayante. L'une des raisons qui interdisaient la traversée du Grand Désert à tout homme raisonnable était qu'il pouvait être happé en une seconde et emporté

---

* Voir Tome 1, *Le Plan des envahisseurs.*

dans les airs. Sur d'autres mondes, on aurait appelé ce phénomène *tornade* ou *tourbillon.* Heller, pour sa part, avait vu un bâtiment, construit par quelque prospecteur imprudent, emporté sur plus de deux kilomètres au-dessus du Grand Désert.

Les officiers qui venaient de faire leur apparition sur les parapets étaient sans doute des nouveaux promus ou des engagés récents. Mais il en fut d'autant plus réconforté. Sur son écran de contrôle principal, il vit un lieutenant aux cheveux grisonnants qui courait en vociférant entre les divers groupes d'officiers. Heller ne le distinguait pas très bien à travers les tourbillons de sable et l'entendait encore moins, mais les gestes frénétiques de l'homme et ceux qui lui répondirent ne lui laissèrent guère de doute.

C'était la panique. Les hommes jaillissaient des tranchées et des flots d'artilleurs abandonnaient leurs pièces. Tous plongeaient droit vers les bunkers, vers le refuge du sous-sol dans l'espoir de ne pas être éjectés vers le ciel.

Heller, à présent, inclinait la course du remorqueur, jouant sur les commandes des rayons tracteurs, se maintenant à basse altitude. Il entreprit de placer en cercle les démons des vents tout autour de la brume jaune, comme une ligne de danseuses colorées, affamées et obscènes accompagnées par la musique ironique du Jugement dernier.

Alors, des canons furent arrachés à leurs affûts, des bunkers s'envolèrent, des antennes se perdirent dans le vent, des relais électroniques furent engloutis dans le sable et des soldats de l'Appareil se retrouvèrent éjectés par une entrée du sous-sol qui, de tout temps avait été close. Tous s'envolèrent très haut dans les airs ! Dès que les tentacules des tourbillons effleuraient le sol, c'était instantanément le désastre ! Les serpents du vent creusaient des trous là où ils frappaient. Les vrilles du chaos dévoraient tout avec une voracité dont semblait se repaître le ciel vert et empoussiéré.

La Cité du Palais elle-même ne parut pas dérangée. Mais ce ne fut pas le cas des trois anneaux du périmètre de défense qui était sérieusement secoué.

Le potentiel d'artillerie restait encore important – avec de nombreux servants. Mais Heller n'avait nullement l'intention de gagner une guerre avec les démons du vent. Il ne faisait que créer une diversion.

Il ploya les phalanges : ses doigts étaient presque brûlés à force de manipuler les manettes. Il mit cap au nord. Il devait se mettre vraiment au travail pour ce qui l'avait amené ici.

QUATRE-VINGT-CINQUIÈME PARTIE

1

Jettero Heller engagea le remorqueur dans la « porte arrière » de la Cité du Palais. Seul un ingénieur de combat voltarien pouvait connaître le « point faible » de la trame spatio-temporelle au bas de la montagne qui dominait la Cité.

La Cité était considérée comme absolument imprenable, et tel était bien le cas. Depuis 125 000 ans, elle avait abrité toutes les têtes couronnées de la Confédération. C'était le symbole ultime de l'autorité, considéré par quatre cents milliards de gens répartis sur les 110 planètes, et par l'Empereur lui-même, comme LA LOI absolue. Aussi longtemps que la Cité du Palais tiendrait, on obéirait à la loi. Heller avait l'intention, s'il y parvenait, de démontrer qu'elle était vulnérable.

Les risques étaient énormes, les chances de réussite infimes. Mais, pour Jettero Heller, ingénieur de combat de la Flotte, la vie, c'était ça.

Un minuscule trou noir capturé dans l'espace était enfermé dans la montagne, au nord de la Cité du Palais. Implanté là par les anciens ingénieurs de Voltar, lorsqu'ils étaient arrivés d'une lointaine galaxie et avaient conquis la planète, il produisait de l'énergie pour l'éternité. Mais il déformait la trame spatio-temporelle de tout le secteur.

Les forces du périmètre de défense étaient occupées par l'effet de diversion qu'Heller avait créé avec les démons des vents, et il en profita pour faire pénétrer le remorqueur dans le tissu espace-temps affaibli à cet endroit précis. À l'instant où le facteur temps fut altéré, il éprouva l'habituelle sensation de nausée. Et il se retrouva dans la faible clarté de la lumière artificielle.

Il leva les yeux vers le sommet de la montagne, impressionné. Derrière, il le savait, se déployaient les palais dorés et les parcs opulents. Mais, pour l'instant, toutes ces splendeurs lui étaient encore dissimulées. Et de l'autre côté, il ne l'ignorait pas, il y avait des bataillons de pièces d'artillerie et des troupes innombrables. Le revêtement d'absorbo le rendait presque invisible mais, entre la montagne et les observateurs au sol, il risquait quand même d'être révélé à contre-jour. Et alors, il serait pour un instant une cible idéale.

Il n'avait pu trouver de base de la Flotte pour préparer le vaisseau et il avait fait de son mieux. Il avait installé des tubes sur le haut de la coque. Il n'avait pas de canons. Sous le ventre du remorqueur, il disposait d'un container bourré de mines.

Il arrêta le vaisseau dans la lumière crépusculaire, et souleva la proue en T. Il n'avait que cette unique chance : s'il ne s'était pas trompé dans ses calculs.

Il appuya sur la détente de mise à feu.

Swooosh! Un objet hexagonal à facettes jaillit d'un des tubes. Et fila vers le haut. Droit vers le sommet de la montagne. Il ne pouvait qu'espérer qu'il se poserait à l'emplacement prévu, sur le versant opposé. Il s'agissait d'une cible distractive. Le tir de n'importe quelle arme à visée automatique se dirigerait sur ce faux objectif, à l'exclusion du vaisseau – du moins il l'espérait.

Jusque-là, tout s'était bien passé. Il redressa quelque peu le nez du remorqueur. Il serait peut-être utile de créer une nouvelle diversion. Dans un deuxième tube, il disposait de plusieurs milliers de boules préréglées sur des fréquences radios. Il pressa une autre détente et le remorqueur cracha une salve de projectiles comme un fusil à pompe. Tirés vers le haut, ils allaient arroser les parcs et les palais sur des dizaines d'hectares. Heller doutait qu'on puisse les remarquer, à moins que quelqu'un prenne une charge à pleine force. Il s'assura du fonctionnement du boîtier de mise à feu : la sécurité était en place. Il le glissa alors dans une de ses poches.

À présent, il devait se mettre au travail.

Dans le compartiment qui surmontait la passerelle, il avait installé un découpeur-désintégrateur.

Les plans d'installation du trou noir étaient tellement anciens qu'Heller ne les connaissaient que par les rumeurs qu'il avait entendues alors qu'il n'était qu'un cadet. On supposait que le trou noir était situé dans le tiers supérieur de la montagne.

Il se pencha sur ses écrans et calcula sa triangulation. Un filet de rayons gamma s'écoulait du bouclier – des fuites dans le trou noir qui ne présentaient pas de danger réel. Le trou lui-même était totalement incrusté dans la montagne et son énergie était canalisée par de multiples conduits. Les réflecteurs à ondes courtes, sur l'autre versant de la montagne, n'étaient que de simples détecteurs de radiations. Il les avait déjà utilisés et n'avait pas l'intention de recommencer.

Il détermina la position du trou noir par ces fuites. Ce qu'il apprit n'avait rien d'agréable : la chose se trouvait tout au fond du troisième tiers de la montagne. Ce qui représentait un peu trop de roche à dégager.

Impossible d'utiliser un faisceau de rayonnement : la chose l'absorberait tout simplement. Impossible aussi de se servir d'une bombe : la moitié de Voltar risquerait de voler en éclats. Non, l'unique solution était de découper le haut de la montagne pour le prendre en remorque et le dégager – s'il y parvenait !

Maintenant, il avait la position exacte de la chose. Il se mit à la tâche avec le découpeur-désintégrateur. Il pouvait pratiquer des incisions au niveau moléculaire, mais il doutait que son inventeur l'ait conçu dans le but de scier des montagnes.

Une plainte aiguë lui vrilla les oreilles. Il s'interrompit pour se boucher les tympans. La machine avait été prévue à l'origine pour remettre à niveau les sites de construction et pas un instant, certainement, ses constructeurs n'avaient songé qu'un ingénieur de combat de la Flotte pourrait avoir besoin de CALME ! Tôt ou tard, à coup sûr, quelqu'un, dans la Cité du Palais, allait s'interroger sur la source de ce sifflement d'une fréquence de 20 000 cycles pour le moins.

Et il avançait lentement. Le basalte était très dur.

Une mince ligne ardente apparut bientôt sur la pente de la montagne. Ce qui signifiait que, symétriquement, une autre ligne se dessinait sur l'autre versant. Et que toute la Cité allait la voir !

Il manœuvrait le remorqueur d'avant en arrière, de droite à gauche, sans cesse. Il ignorait la profondeur de l'entaille. Il ne pouvait que scier, scier sans arrêt. Et espérer.

D'une seconde à l'autre, on allait entendre la plainte de la machine. Même les oreilles bouchées, il la percevait !

Il lui vint en même le sentiment horrible qu'il sautait involontairement des pans de roche. Il lui était difficile de garder un plan de coupe horizontal car ce matériel avait été conçu afin d'être employé à partir d'une plate-forme stable rivée dans le sol, et non sur un vaisseau mobile.

Bon, se dit-il, il n'allait quand même pas passer le reste de son existence à tailler dans le roc. Il fallait qu'il fasse un premier essai.

Il éteignit le découpeur et dirigea le remorqueur sur la droite. La Cité du Palais lui apparut, toute d'or et de vert dans l'éclat des lumières artificielles.

Il enclencha les moteurs de traction, à l'arrière du vaisseau et manœuvra de façon à avoir une prise solide sur le sommet de la montagne.

BLAAMM!

Un obus venait d'éclater sur le rocher. Il était repéré!

BLAAMM! BRAOUMM!

La cible distractive, Cieux merci, détournait les tirs ainsi qu'il l'avait prévu. Il aurait suffi d'un seul coup au but pour que le remorqueur, sans blindage, parte en fumée.

Il lança à fond les moteurs planétaires et, dans le même temps, passa les propulseurs Y avait-Y aura au régime maximum.

Le remorqueur bondit en avant. Les rayons tracteurs résistèrent sous la charge.

Le remorqueur luttait.

Mais la montagne ne bougeait pas d'un pouce!

Heller coula un regard vers la cité, tout au bas de la pente. Très loin, une escouade d'infanterie accourait. Les hommes escaladèrent rapidement les éboulis et braquèrent leurs éclateurs. Il se prépara au choc de la première salve.

Le remorqueur peinait toujours à plein régime pour déloger le haut de la montagne.

LE PARE-BRISE EXPLOSA!

Et le remorqueur, passant en alarme automatique, annonça :

« *Commandant, mon convertisseur Y avait-Y aura de tribord est en surchauffe. Je vous demande de soulager la puissance.* »

Heller lança encore une fois le remorqueur pleins gaz.

Il entendit une explosion quelque part au-dessus de la coque. Un tir d'éclateur venait sans doute d'atteindre un des tubes.

La situation devenait par trop critique.

Et il décida de larguer le dispositif de remorquage.

Il braqua sur la droite. Et plongea derrière la montagne, à l'abri des tirs.

L'instant était venu d'exécuter une manœuvre de diversion. Il prit la télécommande dans sa poche, ôta le cran de sûreté et appuya. Normalement, les charges qu'il avait placées dans la cité devaient commencer à exploser selon les intervalles préréglés. Ce qui allait créer une certaine animation là en bas. Et lui donner peut-être une chance de finir son travail.

L'ennui, c'était que le sommet de la montagne n'avait pas été complètement découpé.

C'est en pensant à cette alternative qu'il avait stocké sous le ventre du remorqueur une centaine de mines à effet fracasseur.

Il entendit les premières explosions. Régulières. *BROUM! BROUM!*

Il contourna l'épaulement de la montagne et redevint visible aux regards des gens de la Cité.

BRAOOUUMM!

L'effet de diversion n'avait pas joué!

Quelque chose venait de déchirer le haut de la coque!

Il comprit qu'il avait commis une erreur : il s'était trouvé derrière la montagne et le trou noir quand il avait pressé la détente, et le faisceau radio n'avait pas été suffisamment puissant pour traverser la roche!

Bon, de toute manière, diversion ou pas, il devait continuer.

Il décrivit un cercle en larguant des mines, pris dans une tempête de décharges d'éclateurs, la coque du remorqueur criblée de tirs.

Contre toute chance, il espérait peut-être avoir fini de découper la montagne et se replia.

Il n'arrivait même plus à voir ses écrans.

« *Commandant,* annonça alors le vaisseau, *la salle de mes moteurs Y avait-Y aura est en feu. Puis-je me permettre de vous conseiller une visite au plus proche chantier de réparation?* »

La stupidité de cette déclaration fit comprendre à Heller que les banques de données du remorqueur avaient dû être également touchées.

Il pressa sur la touche du système anti-incendie. Il la sentit visqueuse sous son doigt et, baissant les yeux, il s'aperçut que du fluide hydraulique s'était répandu sur la passerelle.

Il pria pour que les moteurs tiennent le coup et lança de nouveau les rayons tracteurs. Il les sentit mordre dans la montagne.

Il ouvrit à fond les moteurs de propulsion planétaire et perçut le choc en retour sur les tracteurs.

Alors, tout en priant en silence, il ouvrit les surpuissants convertisseurs Y avait-Y aura.

Le remorqueur s'arrêta avec une secousse. Oui, il avait encore suffisamment de puissance.

Il ressentit un choc violent sous le pont. Il ne pouvait rien voir dans la fumée mais il supposa qu'une section d'infanterie avait dû contourner l'épaulement de la montagne. Son revêtement d'absorbo avait dû être réduit en lambeaux, et maintenant il était visible !

Il se riva aux commandes, lançant sans cesse le vaisseau en avant pour tenter de triompher du poids mort de la montagne.

Tout près de lui, un tir atteignit le flanc du siège de pilotage interstellaire qui se mit à cracher des étincelles et de la fumée.

Les touches se faisaient molles et gluantes.

Il pointa le nez du vaisseau vers le haut à un angle de 45°. Une fois encore, il lança les moteurs à pleine puissance.

Derrière lui, il y eut comme un rugissement. Il commença très profondément, passa de graves aux aigus pour devenir une plainte.

Le remorqueur avançait.

Les tirs d'éclateurs avaient soudain cessé. Les soldats devaient sans doute être pris dans la secousse sismique.

Heller, lui, ne voyait rien. Les écrans étaient opaques.

Il ne pouvait que deviner.

Est-ce qu'il avait enfin pris le sommet de la montagne en remorque ou non?

2

Souvent, ses collègues officiers s'étaient moqués d'Heller à propos de son « compas intérieur ». Il lui y était parfois arrivé, sur la passerelle d'un vaisseau de guerre, de déceler instinctivement une erreur des gyroscopes. Généralement, bien sûr, ses supérieurs n'en tenaient pas compte, mais Heller insistait et à la fin, pour avoir la paix, ils demandaient une vérification technique. À chaque fois, on avait trouvé une erreur, mais elle n'était parfois que d'un millième de degré. À une vitesse qui était sept fois celle de la lumière, cela pouvait représenter une déviation de trajectoire conséquente, mais personne, néanmoins, n'avait jamais voulu admettre qu'Heller pût détecter une telle différence. Et puis, un gyro, disaient-ils tous, était totalement fiable jusqu'au millième de degré.

Pourtant, en cet instant précis, il n'avait pas la moindre certitude quant à son cap. Malgré la fumée, normalement, il aurait dû déceler les pôles magnétiques de Voltar. Mais non : il n'éprouvait rien.

C'est alors qu'il prit conscience que jamais encore il n'avait tenté de naviguer à l'intérieur d'une distorsion spatio-temporelle. Le trou noir qu'il avait ou non pris en remorque étendait sa sphère d'influence jusqu'à englober le remorqueur. Il ne savait pas à quelle vitesse il avançait, ni même s'il avançait vraiment.

Son intention était d'éloigner le sommet de la montagne de plusieurs kilomètres de la Cité du Palais. Ainsi, le siège du commandement voltarien ne serait plus protégé par son décalage de treize minutes dans l'avenir et se retrouverait dans la même phase de temps que le reste de la planète. Et à moins d'un imprévu, les forces rebelles pourraient déclencher une attaque générale. Avec de la chance, elles enfonceraient le périmètre de défense et s'empareraient de la place.

Il ignorait encore les plans dressés par Hisst pour attaquer les rebelles par l'arrière avec les forces de l'Appareil regroupées dans les zones d'embarquement. Son but était d'exposer à un assaut de front tous les palais et les parcs de la Cité. En enlevant la source d'énergie de la Cité, il annulait l'écran de sécurité.

Mais, en cette minute, une seule question occupait son esprit : « Par tous les tonnerres, où suis-je exactement? »

L'incendie se propageait dans le remorqueur. Il pouvait exploser d'une seconde à l'autre. S'il perdait sa charge, elle allait retomber sur ce qui restait de la montagne.

Il chaussa des lunettes de sable, descendit, et s'approcha d'un écran avec l'espoir de discerner quelque chose. Il tourna les boutons de réglage, mais l'écran demeura opaque : le système électronique était grillé.

Les moteurs de traction mugissaient sous l'effort. Quant aux propulseurs Y avait-Y aura, ils tonnaient, incendie ou pas. Et les moteurs planétaires grinçaient dans les tourbillons de fumée.

Heller ne ressentait pas le moindre souffle d'air venu du pare-brise détruit : donc, pas moyen de savoir s'il avançait. À vrai dire, il avait le sentiment de n'aller nulle part.

Il avait une arme à la ceinture. Mû par une idée soudaine, il la prit et, comme il ne pouvait distinguer les degrés de réglage, il choisit explosion avec impact.

Il braqua l'arme en direction du pare-brise détruit et fit feu.

Dans le vacarme des moteurs, il aurait du mal à entendre. Il tendit l'ouïe au maximum et compta.

Lorsque la charge percuterait le sol, où qu'il soit, elle exploserait avec une énorme détonation. Le nombre de secondes écoulé lui donnerait son altitude.

Mais il n'entendit rien.

Il tira une deuxième fois et se remit à compter.

Une troisième fois.

Rien!

Il lui vint alors l'idée troublante qu'il volait peut-être à l'envers : cela pouvait arriver avec les bobines antigravitation.

La chaleur devenait intenable. Des flammes léchaient la coursive.

Il avait peut-être réussi à déplacer la montagne. Ou peut-être pas.

« *Mon convertisseur Y avait-Y aura tribord est en train de fondre*, dit le remorqueur. *Je vous recommande très sincèrement de vous poser quelque part afin d'y jeter un coup d'œil.* »

La chose n'allait pas tarder à exploser!

Heller se dit qu'il n'avait qu'à courir le risque et supposer qu'il avait réussi à déplacer le haut de la montagne.

Il coupa les moteurs Y avait-Y aura.

Une secousse.

Il coupa les tracteurs.

Dans une plainte suraiguë, les propulseurs planétaires lancèrent le remorqueur en avant en un éclair!

La sensation de nausée de transition temporelle monta en Heller!

Il repassa dans le temps planétaire!

Et retrouva le désert éclatant sous le soleil!

D'un geste rapide, il coupa les propulseurs et, aussitôt, le remorqueur piqua vers le sol.

C'est alors qu'il put voir partiellement ce qui s'était passé. Il avait élevé le sommet de la montagne jusqu'à 15 000 mètres dans les airs. Les charges qu'il avait tirées s'étaient perdues hors de la trame spatio-temporelle.

Quant à son compas intérieur, il ne fonctionnait toujours pas et il n'avait pas la moindre idée de sa situation.

Il agrippa les commandes pour tenter de redresser le vaisseau.

Elles ne répondirent pas!

Il avait posé la luge spatiale dans la coursive. Il se pencha et s'en empara.

Il n'avait pas le temps d'être prudent.

Il sauta dessus et se lança à travers le pare-brise fracassé!

3

La luge plongeait vers le sol.

Heller avait les poumons remplis de fumée.

Il toussa et ce fut une faute grave. Car à 15 000 mètres, l'air n'était pas assez dense.

Étourdi sous l'effet du manque d'oxygène, il tâtonna pour atteindre les contrôles. Il lança la luge vers le bas pour essayer de retrouver une atmosphère respirable.

Il sentit soudain le vent le gifler. Pourtant, il n'allait pas aussi vite qu'il l'aurait dû. Il ne tombait plus qu'à la vitesse de chute normale d'un corps par rapport à la gravité de Voltar. Il était arrivé quelque chose à la luge spatiale.

Ses lunettes de sable avaient glissé en travers de sa bouche et le vent chassa la fumée de ses yeux. Il baissa les yeux sur le compteur de réserve d'énergie de la luge qui était serti dans la fourche.

CHARGE : ZÉRO !

Queues de comètes ! se dit-il. Je n'ai pas coupé le contact de cette luge depuis New York * ! Bon sang, je deviens trop vieux pour ce boulot ! Complètement sénile !

Le désert, en dessous, montait vers lui comme un cône géant : au milieu, cependant, il y avait une zone immobile. Tout autour, tout s'éloignait. C'est là que je vais m'écraser, se dit-il. Et il réagit aussitôt : « Ah non, par tous les Enfers ! » Il avait encore son éclateur accroché à sa dragonne et il le prit.

Il pouvait respirer à nouveau, même dans le souffle de sa chute. Il devait être à 6 000 mètres.

Du pouce, il régla son arme.

3 000 mètres.

1 500 mètres.

500 mètres.

200 mètres.

Il braqua l'éclateur droit vers la zone immobile, au milieu du désert.

100 mètres.

IL TIRA !

Il avait réglé la puissance au maximum et l'effet de recul fut extraordinaire. Il faillit lâcher son arme !

Il passa en tir automatique, gardant la même cible.

* Voir la fin du Tome 8, *Catastrophe* !

Il avait l'impression de pousser contre un mur de brique avec la paume.

La luge ralentit sa chute.

Il s'arrêta à moins de cinq mètres de la plaque de lave qu'il avait dessinée, fit pivoter l'éclateur et se projeta à plus de cinq mètres vers la gauche.

Il toucha le sol.

Abandonnant la luge, il se redressa en titubant.

Rien de cassé, si ce n'est son orgueil. Et puis...

CRRAAOUMMM !

Il fut écrasé dans le sable !

La secousse fut énorme ! Tout le désert parut se soulever !

Étourdi, il leva les yeux dans la tourmente de poussière.

La brume jaune ! Elle était à cinq kilomètres de distance vers le sud !

Le sommet de la montagne, continuant sur sa trajectoire, avait décrit une longue parabole en emportant avec lui la distorsion spatiale et venait de s'écraser !

Sans exploser.

Sous ce chapiteau jaune d'espace distordu, il devait y avoir dans le désert un cratère comparable à celui creusé par un météore – non, pire encore : un astéroïde ! Les Cieux soient loués, songea Heller, sa vitesse n'avait pas été trop élevée !

Les ondes de choc secondaires déferlèrent. Elles se propageaient également dans le sol et ils les entendit gronder sourdement dans le lointain.

C'est alors qu'il aperçut le remorqueur. Quand il l'avait abandonné, il avait pris de l'altitude.

À présent, il retombait en décrivant une folle spirale, comme un animal blessé.

Un instant, il fut sur le point de se redresser.

Des flammes dardaient hors des trous béants de la coque.

Une seconde encore, il se stabilisa, puis se retourna et s'écrasa !

Un éclair éblouissant, pareil à une supernova, déchira le ciel avant de se transformer en une immense fleur pourpre.

Heller était à genoux dans le sable, mais la déflagration l'envoya quand même rouler en arrière.

Pauvre remorqueur !

Il se demanda s'il avait pu dire quelque chose en trouvant la mort.

En tout cas, il avait péri comme un vrai soldat – dans le feu et la fumée !

Puis il réalisa que l'explosion avait dû être visible à des kilomètres alentour !

Il n'allait pas tarder à avoir de la compagnie!
Il était en danger!

4

La poussière retombait. Et il avait retrouvé son sens de l'orientation. Il était exactement à mi-chemin de Camp Endurance!

Le pauvre vieux remorqueur avait trop bien fait son travail!

Il découvrit alors un panache de poussière au loin. Qui n'avait rien d'un diable du vent!

Le soleil était féroce, comme un marteau ardent. Heller nettoya ses lunettes et les remit. C'est alors qu'il vit dix panaches de poussière!

Et soudain, en fixant le regard, il identifia ce qu'il voyait : des véhicules de patrouille de l'Appareil qui approchaient! En état d'alerte, ils devaient aller très loin en reconnaissance dans le désert!

Il vérifia son arme. S'il la réglait sur l'effet paralysant, cela lui laisserait plusieurs coups de réserve, mais ce n'était pas suffisant pour neutraliser dix véhicules de patrouille. Il regarda sa ceinture : pas de piles de rechange. Oui, se dit-il une fois encore, il se faisait vieux. Après cette aventure, à supposer qu'il s'en sorte, il s'assiérait au coin du feu avec une couverture sur les genoux et, d'une voix chevrotante, il expliquerait à ses petits-enfants pourquoi il ne fallait pas devenir ingénieur de combat. Car, à la fin, on pouvait y laisser sa peau. On commettait des fautes. Et on risquait justement de ne jamais avoir de petits-enfants.

L'un des patrouilleurs venait de quitter le groupe et fonçait dans sa direction.

C'étaient des engins plats, camus, couleur moutarde comme tous les véhicules de l'Appareil, laids, remplis de matériel et capote déployée contre le soleil. Les roues étaient équipées de pneus larges d'un mètre, avec des couches souples qui alternaient avec des pattes de métal semblables à des couteaux. Heller espérait qu'ils n'avaient pas l'intention de s'amuser avec lui et de l'écraser par pur plaisir.

Il ne comptait guère sur son uniforme rouge de général pour les abuser. Il serait difficile de leur expliquer ce qu'un général de l'Appareil faisait là, en plein désert, alors que la masse de brume jaune venait d'exploser.

Une autre pensée lui vint : et s'il avait affaire à des rebelles qui s'étaient emparés de véhicules de l'Appareil? Dans ce cas, découvrant un « général » ennemi, ils ouvriraient immédiatement le feu!

Il regarda désespérément autour de lui sans découvrir le moindre rocher derrière lequel s'abriter.

Le véhicule n'était plus qu'à quelques mètres.

Il dissimulait son arme dans son dos. Il tentait d'apercevoir le visage du pilote à travers le pare-brise blindé.

C'est alors qu'il entendit un éclat de rire et qu'une voix s'exclama :

– C'est bien ce que je pensais!

C'ÉTAIT SNELZ!

Le véhicule stoppa près de lui. Snelz avait posé ses bottes sur le tableau de bord, près du pilote, et continuait à rire.

Heller prit la gourde qu'un des soldats lui tendait et se rinça la bouche avant de s'éponger le visage.

– Vous ne croyiez quand même pas que j'allais rester planté en attendant qu'on me fasse sauter la tête, non? fit Snelz en cessant de rire. Vous n'êtes pas le seul à vous y connaître en explosifs. J'ai placé un déclencheur-radio sur une de vos lances et un détonateur à retardement réglé sur le magasin d'explosifs du camp. Je savais que vous alliez faire sauter les lances au ciel et je voulais que le magasin explose peu de temps après.

» Le premier idiot venu aurait deviné que votre prochaine cible serait la Cité du Palais, alors je leur ai raconté que le général m'avait donné l'ordre de patrouiller le désert. J'ai donc obtenu dix véhicules dans lesquels j'ai pu loger toute ma compagnie. Et nous voilà. Par toutes les comètes, qu'est-ce que vous avez donc fait? Est-ce que ce n'est pas le remorqueur qui vient juste de s'écraser?

– Oui. Pauvre remorqueur.

– J'ai bien cru le reconnaître quand il tournait en rond dans le ciel. Et cette brume jaune, là-bas, est-ce que ça n'est pas la trame spatiale de la Cité? Ne me dites quand même pas que vous avez fait sauter le couvercle du Palais.

– C'est là où nous nous rendons, fit simplement Heller. En route.

– Ah, non! Un colonel des marines de la Flotte est à un rang plus haut qu'un officier de grade X de la Flotte. Donc, je suis maintenant votre supérieur et c'est moi qui donne les ordres.

– Écoutez, Snelz, je suis en uniforme de *général* de l'Appareil ! Il faut absolument que je retourne à la Cité du Palais !

– Cet uniforme ne compte pas. L'Appareil ne peut pas donner des ordres aux marines de la Flotte. J'ai prêté serment devant ma compagnie. Et c'est moi qui donne les ordres. D'accord ?

– Si vous le dites, convint Heller.

– Bien. Voilà une question réglée. Chauffeur, dites aux autres de nous suivre. Direction : la Cité du Palais.

– C'est justement l'ordre que j'allais donner, fit remarquer Heller en s'installant.

– Non. C'est ce que vous veniez de *suggérer* à un supérieur hiérarchique. Et vous avez de la chance que je sois d'humeur *indulgente*. Chauffeur, allons-y.

Ils démarrèrent vers le sud-ouest. Et Snelz se mit à chanter, bientôt rejoint par les hommes qui se trouvaient derrière lui, puis par la colonne tout entière :

Les marines de la Flotte,
Les marines de la Flotte,
Ont des comètes dans leur culotte.
Les marines de la Flotte,
Les marines de la Flotte,
Descendent du tonnerre et pas d'la crotte.
Les filles vont s'cacher derrière leur maman,
Et les ploucs vont boucler leur jument,
Parce qu'ils savent qu'un marine de la Flotte
A le (bip) toujours à cran.
On est toujours les héros du combat
Quand ça canarde dur dans les draps.
Voilà pourquoi j'suis un marine,
Parce que j'ai une bonne grosse mine.
Je serai fidèle à mes officiers,
Aussi longtemps qu'ils seront pas flingués.
Mais je crois que ça n'est pas d'main la veille,
Qu'on chantera cette petite merveille,
Tous ensemble entre les étoiles,
Parce qu'un marine dans la vie,
Ça met très vite les voiles,
Et que tout est fini !

Les sables verts, jaunes et rouges du Grand Désert défilaient sous les roues.

Heller avait une autre cible : LOMBAR HISST !

5

Entre-temps, les forces rebelles avaient débarqué dans le désert, loin au sud de la cité. Le grondement des explosions et les éclairs déchiraient les airs. Les forces rebelles, à l'évidence, avaient découvert un point faible dans les trois anneaux de défense de l'Appareil et avaient déclenché une offensive féroce. Mais l'artillerie de l'Appareil les clouait sur place et les nombreux assauts d'infanterie se soldaient par des pertes massives.

Heller, tandis qu'ils fonçaient vers le sud, leva les yeux vers l'horizon d'est.

– Hé, hé, hé! fit-il. Snelz, jetez un coup d'œil.

Dans l'éclat du soleil, Snelz dut plisser les yeux pour voir. Puis il leva ses jumelles.

– Des vaisseaux de guerre de l'Appareil. Ils ont dû être rappelés des bases d'embarquement. Oui, ça ne sent pas bon. Ils vont tomber sur l'arrière des forces rebelles. La Flotte garde sa neutralité. En tant que colonel, j'estime que nous pouvons nous rendre n'importe où sauf dans la Cité du Palais.

– Écoutez, la porte est encore épargnée. Nous pouvons entrer par là.

– Et nous faire réduire en miettes?

– Je suis général, et je vous demande de pénétrer dans la Cité du Palais. Vous portez tous encore des uniformes de l'Appareil. Et moi celui de général. Donc, la question est réglée. Roulez!

– Ai-je le temps de rédiger mes mémoires? *La Vie heureuse et brève du colonel Snelz des marines de la Flotte.* Vous pourriez écrire la préface : *Mon Ami Snelz, par feu Jettero Heller.* Chauffeur, accélérez pendant que je me procure un bloc et un stylo. Ça ne devrait pas me prendre beaucoup de temps.

– Colonel, dit Heller, pourrais-je vous suggérer de signer « général de brigade Snelz » si vous parvenez à franchir la porte est ?

– Oui, je pense que ça ferait mieux sur la couverture. Même si on doit ajouter « à titre post-humour ». Allez, droit sur la porte est, chauffeur.

Ils passèrent au milieu de l'enchevêtrement de câbles et de poteaux abattus en approchant de la Cité. Des pans de route entiers avaient sauté.

– Par les Enfers, qu'est-ce qui a pu faire ça? s'interrogea Snelz. On ne voit pas le moindre cadavre de rebelle. C'est vous qui avez fait péter tout ça?

– Je dirais qu'il y a eu un peu de remue-ménage, dit Heller, et que les choses ont plus ou moins valdingué.

– Ça, je veux bien le croire, commenta Snelz en promenant les yeux sur les décombres du rideau de défense à l'instant où ils s'arrêtaient devant une barricade.

Ils avaient devant eux un canon et une centaine d'hommes pour garder ce qui restait de la porte.

Un officier de l'Appareil accourut, hagard, et jeta un coup d'œil à l'intérieur du véhicule.

Heller avait remis ses lunettes de sable. Il présenta d'un geste bref son identoplaque.

– Patrouille du désert de l'Appareil numéro 17, déclina-t-il. Nous apportons des renseignements d'intérêt vital sur les forces rebelles, que nous devons communiquer d'urgence à l'état-major général!

Le major recula en saluant.

– Passez, mon général!

On ouvrit la barricade et la colonne redémarra à vive allure.

Ils découvraient une Cité du Palais bien différente, directement exposée, à présent, aux rayons ardents du soleil. La lumière, sur les coupoles d'or, était aveuglante.

Il n'y avait plus de courant, les fontaines étaient éteintes et les cascades ne coulaient plus.

Les pelouses grillées avaient roussi. Les bosquets et les fleurs flétrissaient sous l'haleine brûlante du vent du désert.

À l'instant où ils passaient devant une statue peinte, Heller observa le sol et s'étonna :

– *De la marijuana?*

Snelz n'avait encore jamais pénétré dans la Cité du Palais. Et il restait médusé devant les fenêtres d'or et les balustrades. Ils descendaient un large boulevard et il observa :

– J'ignore ce que peut être cette *marijuana*, mais toutes ces pierres doivent représenter des milliards de crédits. Pas étonnant que l'endroit ait été aussi bien gardé : les palais sont incrustés de diamants et il y en des milliers de mètres carrés.

– Des milliers d'hectares, oui! le corrigea Heller. Vous voyez ce mur avec ces arbres au-dessus? Je *suggérerais* que nous nous arrêtions à l'ombre.

Snelz observa les rues alentour. Elles grouillaient d'hommes en uniforme noir des Bataillons de la Mort. Et, tous les cent mètres, ils passaient devant une batterie d'artillerie de l'Appareil. Les hommmes avaient l'air déterminé et féroce, mais ils semblaient aussi très inquiets, complètement décontenancés par la disparition du bouclier de la Cité.

– Vous voulez vous arrêter? Au milieu de tous ces tueurs? Est-ce qu'un général de brigade n'a pas barre sur vous?

– Non, car je suis en uniforme de général de division.

– Je savais bien qu'il y avait un piège quelque part. Chauffeur, rangez-vous sous ces arbres, contre le mur.

La colonne s'immobilisa. Ils étaient à trois grands blocs de distance du Palais Impérial. Les Bataillons de la Mort se faisaient plus denses de minute en minute. Et il y avait des pièces d'artillerie de toutes parts.

Heller descendit et observa le ciel du sud à travers l'écran du feuillage roussi.

Il perçut des détonations dans le lointain. Des vaisseaux de guerre s'affrontaient dans la stratosphère. Puis le sol transmit l'écho sourd des tirs d'artillerie : les rebelles venaient de lancer une offensive en direction de la porte sud. S'ils parvenaient à pénétrer dans la Cité, ils seraient bientôt lancés dans les combats. Mais Heller percevait quelque chose de menaçant dans le ciel. Se pouvait-il que la flotte rebelle ait été balayée?

Il se tourna vers Snelz.

– Puis-je suggérer... disons, ordonner à vos hommes de se couvrir les oreilles et de se coucher dans les véhicules?

– Drôle d'ordre. Pas d'explication particulière?

– Une opération de diversion tactique qui a raté une première fois.

– Excusez-moi d'avoir posé la question, fit Snelz.

Il siffla ses trois lieutenants et fit passer l'ordre.

Un colonel des Bataillons de la Mort quitta une batterie et se rua dans leur direction. Il paraissait surexcité. Il se pencha sous la capote et interpella Snelz.

– Qu'est-ce qui se passe ici?

Les hommes étaient tous en train de s'aplatir sur le plancher en se mettant les mains sur les oreilles.

– Patrouille du désert numéro 17. On s'est juste arrêtés pour pisser.

– Mais vous êtes dans notre axe de tir! fit le colonel.

Heller se retourna vers les autres véhicules. Les trois lieutenants lui firent un signe affirmatif avant de se boucher les oreilles à leur tour et de disparaître. Heller vérifia que Snelz avait fait de même. Il coinça alors le détonateur à télécommande entre ses genoux et porta les mains à ses oreilles.

– Et vous, déclara-t-il au colonel, vous êtes dans le nôtre.

Et, du genou, il appuya sur le bouton de mise à feu.

Les milliers de charges qu'il avait dispersées dans toute la Cité du Palais se mirent à exploser les unes après les autres.

Le colonel leva les yeux. Il ne fit pas la relation entre ce qui se passait et ce qu'Heller venait de dire et de faire. Il dut supposer que les hommes avaient déjà entendu les détonations avant lui.

Il ouvrit la bouche, les yeux dilatés. Avec une expression de détresse et de souffrance, il se mit à hurler!

Des compagnies, des régiments, des bataillons entiers demeurèrent encore un instant figés sur place, rigides, puis se mirent à hurler et, saisis d'effroi, détalèrent dans tous les boulevards. Ils abandonnaient leurs batteries, jetaient leurs armes, arrachaient leurs ceinturons et leurs casques avec des gestes frénétiques.

C'était la panique absolue. Ils couraient en cercles, se heurtaient, se bousculaient et tombaient. Enfin, tous, hommes et tanks, se perdirent en un grondement confus vers les portes de la Cité, laissant les rues et les avenues désertes.

Au sud, ils surgirent à l'arrière des forces de défense de l'Appareil qu'ils submergèrent. Saisies à leur tour par la panique, les forces de défense abandonnèrent les bunkers et les tranchées pour s'élancer vers le désert, droit sous le feu des rebelles.

Heller attendit cinq minutes. Il devait encore y avoir, au fond des palais, des gens qui n'avaient pas été atteints. Il n'avait pas quitté des yeux le Palais Impérial, de l'autre côté du parc. Nul n'en était sorti depuis les premières explosions.

Il ôta les mains de ses oreilles et remit le boîtier de mise à feu dans sa poche.

Snelz était passablement abasourdi. Il observait les rues vides, les armes et l'artillerie abandonnées.

– Par tous les Enfers, qu'est-ce que c'était?

– Quelques milliers de petites bombes soniques, dit Heller. Je les avais placées pour faire diversion. Elles émettent le signal modulé de la terreur. Vous pouvez faire signe à vos hommes de se déboucher les oreilles, maintenant.

Snelz prêta encore une seconde l'oreille à la rumeur sauvage qui venait du sud.

– Queues de comètes! Je suis bien heureux d'être de votre bord, dit-il enfin en faisant signe à ses hommes.

6

Ils redémarrèrent en direction de l'immense escalier circulaire du Palais Impérial. Des pièces d'artillerie avaient été abandonnées sur la pelouse brûlée par le soleil. Un tank volant était garé au bas des marches. Le cadavre du pilote était écroulé en travers de la portière, là où Lombar l'avait laissé.

La colonne s'arrêta et les cent hommes débarquèrent.

Heller leva les yeux au ciel. Le combat au sol s'était changé en déroute mais on se battait encore là-haut. Il savait que les rebelles disposaient d'un nombre limité de vaisseaux de guerre. Il était impossible d'en être certain à pareille distance, mais il semblait qu'un groupe de vaisseaux était en train de se faire tailler en pièces. Il vit un énorme bâtiment prendre feu et descendre en spirale pour aller s'écraser au sol à des milliers de mètres plus bas.

Il savait que la force d'invasion de la Terre ainsi que la Flotte étaient demeurées intactes.

Se pouvait-il que Lombar ait lancé l'armada de l'Appareil dans la bagarre? Dans ce cas, et malgré la déroute de l'Appareil au sol, les forces rebelles étaient fichues.

Il croyait reconnaître ce tank volant, là, au bas des marches. Un colosse blindé à bord duquel Hisst avait sans doute fui après la bataille du Camp des Macchabées.

Il échangea quelques paroles rapides avec Snelz et une section de combat se posta devant l'entrée. Puis, suivi de Snelz et du gros de leurs troupes, il s'élança vers le haut.

Ils s'engouffrèrent dans le large couloir en courbe qui menait à la Chambre Royale. Les lieux étaient déserts.

Snelz disposa des hommes devant les portes.

Heller s'avança seul.

Une voix glapissait dans l'antichambre. Celle de Lombar!

– Traîtres! Bande de traîtres! Tous des traîtres! Tous, vous êtes contre moi! Vous m'avez vendu!

– Non, non! Par les Dieux, non! cria une autre voix.

– L'un de vous a sûrement aidé Heller à déplacer la montagne! Je sais que c'est LUI! Ne le niez pas! Et un autre a donné l'ordre d'évacuer la Cité du Palais! Et maintenant ÇA! ÇA!

Suivi un rugissement purement animal.

Et des cris de terreur.

– Lombar! hurla un homme. Posez cette arme! Écoutez la voix de la raison!

Puis un crépitement d'éclateur!

Des bruits de pas précipités. Des généraux en uniforme rouge se ruèrent au-dehors, à la rencontre d'Heller.

Les détonations d'éclateur étaient entrecoupées des imprécations démentes de Lombar.

Un général, touché dans le dos, atterrit aux pieds d'Heller. Il leva les bras et s'accrocha convulsivement à ses jambes.

– Sauvez-moi ! Sauvez-moi ! cria-t-il.

Les autres se dispersaient.

Lombar surgit alors, brandissant l'éclateur ronronnant comme une lance ardente.

Heller bondit en arrière. Bloqué par les bras du général, il retomba contre la paroi.

Et Lombar passa en courant, l'arme braquée.

Heller tenta de dégager son éclateur de poing avant de réaliser que l'arme était déchargée et inutile.

Les troupes de Snelz s'étaient repliées dans les chambres, hors des tirs de Lombar.

Il avait atteint l'entrée principale.

Quelques généraux dévalaient encore les marches. Lombar les réduisit en lambeaux grésillants et ils répandirent leur sang sur tout l'escalier.

La section postée par Snelz, surprise, tenta de faire feu.

Mais Lombar, comme avec une faucille, traça un grand trait ardent au-dessus de leurs têtes et ils plongèrent au sol.

Et Lombar descendit les marches sans cesser de tirer, trop vite pour qu'on puisse l'atteindre.

En atteignant le tank volant, il poussa le cadavre du pilote au-dehors, sauta à l'intérieur et claqua le capot de la tourelle sur lui.

Heller approchait. Il s'arrêta pour récupérer l'éclateur d'un général mort, puis réalisa que l'arme ne serait d'aucun effet contre un tank.

Lombar venait de lancer le moteur.

Heller sauta par-dessus les dix dernières marches et, s'élançant, prit appui sur le canon d'une arme pour se hisser jusqu'à la tourelle.

L'arme fut arrachée. Lombar venait de faire feu et le canon jaillit des mains d'Heller.

Il retomba sur le sol tandis que le tank démarrait en grondant.

Puis le monstre décolla. Il oscillait de droite à gauche et renversa une statue, au bas d'une balustrade. Enfin, incurvant sa course, il prit de l'altitude.

Heller traversa en courant une pelouse. Il avait repéré une pièce d'artillerie lourde.

Il se précipita sur le siège du pointeur et fit tourner les volants de visée.

Le tank volait à basse altitude. Il survolait le parc. Il percuta la statue qui se dressait au centre et qui bascula.

Lombar essayait de rester à couvert en circulant à hauteur des palais.

Heller manœuvra le canon et le tank se retrouva bien au centre de son collimateur.

Droit devant Lombar se trouvaient les piscines où Madison, la première fois, avait retrouvé Teenie. A présent, elles étaient opaques mais toujours pleines sous le vent chaud du désert.

Heller fit feu!

Le tank prit le coup de plein fouet entre ses chenilles arrière-droite et le dessous de son tablier.

UNE TORCHE DE FEU JAILLIT!

Le blindé se retourna en arrière, laissant un sillage ardent dans les airs.

Il s'écrasa au milieu de la piscine inférieure dans un gigantesque grésillement!

Heller avait déjà abandonné le canon et courait!

C'est alors que la tourelle s'ouvrit soudain.

Un éclateur se pointa sur lui.

Heller était complètement à découvert. Sans abri possible. Et sans arme.

QUATRE-VINGT-SIXIÈME PARTIE

1

Le tank était presque immergé.
Le canon de l'éclateur se stabilisa.
Derrière, il y avait les yeux jaunes de Lombar Hisst.
Jettero Heller se mit à courir. Il était presque au bord de la piscine. Il n'avait pas d'autre refuge.
Quelque part dans le ciel, le fracas de la bataille aérienne se déchaînait.
Il s'était dit que s'il mettait la main sur Hisst, les combats prendraient fin. Mais, en cette seconde, il semblait bien que c'était Hisst qui était sur le point d'en finir avec lui.
Il avait un éclateur dont la charge était presque vide. À cette distance, il pouvait à peine espérer égratigner son adversaire.
Hisst fit feu.
Heller avait bondi de côté.
Le trait d'éclateur le manqua.
Mais Heller, tout en sautant, avait dégainé.
Ce ne fut pas sur Hisst qu'il tira mais en direction du tank, sous l'eau.
Un énorme geyser jaillit de la piscine!
Heller en profita pour plonger et resta immergé.
Un nouveau tir de Hisst fit bouillir l'eau dans un nuage d'écume et de vapeur.
Heller avait atteint le ventre du tank.
Levant les yeux, il discerna vaguement la forme de la tourelle. Hisst ajustait son tir et balayait l'eau tout autour du tank dans l'espoir de le toucher.

Sous l'effet du choc, les oreilles d'Heller bourdonnaient et il mit ses mains en coupe pour les protéger.

Il n'allait pas tarder à suffoquer. Il trouva une poche d'air sous le capot d'une des chenillettes et inspira rapidement.

Soudain, il prit conscience que Hisst avait cessé de tirer. Il attendit un instant. Et entendit des bruits violents. Il décida de courir sa chance et de remonter à la surface.

Prêt à replonger sous le tank, il leva la tête.

Il ne se passa rien.

Il se redressa un peu plus.

Hisst avait disparu!

Il avait sauté du tank et nageait vers l'autre bord de la piscine!

Heller se lança aussitôt à sa poursuite.

Lombar avait atteint le bord. Il se retourna et aperçut Heller. Il braqua son éclateur, visa, et pressa la détente.

L'arme était mouillée et le coup ne partit pas.

Hisst la jeta et regarda éperdument autour de lui. Il venait de reconnaître Heller. Sa rage se changea en panique et il devint plus dément encore.

Il se rua sur l'escalier proche.

Et tout à coup, il fut bloqué net dans sa course.

Deux hommes en livrée d'argent brandissaient sur lui leurs haches électriques.

Lombar se laissa tomber à genoux. Il leva les yeux et découvrit une jeune fille – Teenie, la reine-otage de Flisten.

– Vous êtes mon prisonnier! proféra-t-elle. (Et elle ajouta à l'adresse de ses hommes :) Emmenez-le à l'intérieur et cognez-lui dessus s'il bouge un petit doigt!

2

Heller atteignit la dernière marche et resta là, ruisselant.

– Cet homme est mon prisonnier, dit-il.

Le regard de Teenie se porta vers la piscine. Les hommes de Snelz, qui s'étaient tenus jusqu'à présent à couvert sous les rafales d'éclateur de Hisst, accouraient vers le palais de Flisten.

À droite comme à gauche, des gardes de Teenie arrivaient en renfort, levant leurs hallebardes électriques.

Teenie toisa Heller, dégoulinant. Elle secoua sa queue de cheval et dit en anglais, sous l'effet de la tension :

– Dégage, mon vieux !

Heller l'observait. Cette fille en robe dorée semblait extraordinairement jeune, à peine nubile. Et non seulement elle s'était exprimée en anglais, mais elle mâchait du chewing-gum.

– Êtes-vous de la Terre ? lui demanda-t-il, en anglais également.

– Ça c'est sûr, mon gros, rétorqua Teenie, confiante en la protection de ses gardes. Et je suis aussi la reine-otage de Flisten. Et quand j'aurai bouclé Hisst dans le palais, je serai la seule autorité royale du coin, alors si tu veux bien me dire « Votre Majesté ».

Heller faillit éclater de rire en reconnaissant l'accent new-yorkais. Et il ne s'agenouilla pas.

Ce qui irrita Teenie.

– Écoute, duchnoque, je comprends pas pourquoi t'as cet accent snobinard de la Ivy League, mais tu ferais bien de plier un peu les genoux, mon gars. Mes gardes aiment pas du tout qu'on soit impoli.

– Je m'appelle Jettero Heller. Je représente le prince Mortiiy sur le terrain et...

Un sifflement déchirant l'interrompit. Il regarda sur sa gauche. Un vaisseau de guerre en flammes descendait du ciel. Il s'écrasa dans un parc proche, suivi d'une énorme onde de choc.

Snelz était maintenant auprès de lui. Dès que les derniers échos retombèrent, il lui dit :

– C'est un vaisseau de l'Appareil qui vient juste de s'écraser. Les rebelles leur mettent une raclée !

– Ce ne sont pas les rebelles, fit Teenie en voltarien. Si vous aviez regardé la Vidéo, vous sauriez que dès qu'on a fait sauter la montagne et que la Cité du Palais a été vulnérable, la Flotte et l'Armée se sont rangées aux côtés de Mortiiy. Et ils sont en train de balayer les vaisseaux de l'Appareil !

Snelz et Heller levèrent la tête en même temps. Loin au-dessus d'eux, les dernières unités de l'Appareil se faisaient tailler en pièces et tombaient, les unes après les autres, vers le tombeau des sables.

À mille mètres de là, un destroyer de la Flotte, aux insignes apparents, ouvrait le feu sur un des ultimes groupes de défense de l'Appareil, au sud du périmètre.

– Je pense que les amiraux ont retrouvé leur bon sens, dit

Snelz. Nous sommes dans le camp gagnant! C'est à cause de ces nouvelles que Hisst est devenu cinglé et qu'il s'est mis à descendre son état-major!

– Snelz, écoutez-moi, le coupa Heller. Avant que ces destroyers nous canardent, dites à vos hommes de se mettre torse nu et de ressembler à des rebelles!

– Qu'est-ce que ça veut dire, bon sang? s'écria Teenie en anglais. Un (bip) de strip-tease? Remarquez que je dois dire que vous êtes plutôt beau mec. Mais ça ne vous servira à rien. Pas avec moi! Si vous voulez Lombar Hisst, il va falloir transiger!

Sous son uniforme de l'Appareil, Heller avait gardé sa tenue de combat de la Flotte. Il jeta ses insignes de général à l'un des hommes de Snelz qui collectait tous les uniformes de l'Appareil pour les enterrer. Heller coiffa ensuite une casquette ronde à jugulaire.

– Bon, maintenant, dit-il à Teenie, nous pouvons discuter. Quels termes proposez-vous?

– Vous êtes vraiment le représentant légal de Mortiiy?

– Jusqu'à ce qu'il débarque, oui.

– Elle nous retarde, intervint Snelz. Laissez-moi dégager tout ça.

– C'est vous qui allez dégager! fit Teenie. Et on va vous couper la tête avant. La seule façon dont vous pouvez avoir Lombar Hisst, c'est de l'échanger.

– Ça, c'est une discussion de marchand de tapis, dit Heller en anglais.

– Vous l'avez dit, fit Teenie, revenant au voltarien. Seulement, moi, j'ai le plus beau tapis. Et j'en veux deux en échange.

– Lesquels, par exemple? demanda Heller.

– Le premier, c'est un type du nom de J. Walter Madison. Ce (bipé) m'a doublée!

– MADISON? *Lui aussi* il est sur Voltar?

– Ouaip, dit Snelz.

– Tu l'as dit, fit Teenie.

– Mes Dieux! souffla Heller.

– C'est vraiment un triple fils de (bipasse), ajouta Teenie. Parce qu'il était pas du tout en train de courir après Gris. Ce (bipard) de juge a déclaré Gris innocent. Si vous êtes bien Heller, c'est après VOUS que Madison en a!

– Madison, ça nous fait un. Vous avez dit deux : qui est l'autre?

Teenie serra les poings et montra les dents.

– L'autre, c'est le plus immonde serpent qui ait vécu. Il s'appelle Soltan Gris. Lord Turn n'a dit qu'il était votre prisonnier. JE LE VEUX!

Et elle émit un grondement sourd.

– Mettons bien les choses au net, dit Heller. Si ce J. Walter Madison et ce Soltan Gris vous sont livrés, vous nous restituerez Lombar Hisst en retour.

– Ça y est : c'est enfin rentré dans votre grosse tête. Et je désire ajouter que ce terrain sur lequel je me trouve est le domaine exclusif de la reine-otage de Flisten et qu'il est resté inviolé jusqu'à aujourd'hui. La seule façon pour vous de récupérer Lombar Hisst, c'est de l'échanger!

3

Snelz pencha la tête vers Heller.

– Je crois qu'on pourrait donner l'assaut, lui souffla-t-il. Ils n'ont que des haches de combat électriques.

Des salves violentes crépitèrent soudain dans la direction de la porte est de la Cité.

– Je pense qu'on peut marchander, dit Heller. Les New-Yorkais adorent ça.

– Je ne suis pas new-yorkaise! glapit Teenie. Je suis de partout. Y compris le Kansas, Super Wister.

Heller encaissa la pique et rougit. Les diffamations de Madison avaient été à la une de tous les journaux de la Terre – toutes ces histoires à propos du Kansas, de Maizie Tooh et de Toots Switch.

– Jeune demoiselle, dit-il, nous pourrons discuter ultérieurement à propos de Madison et de Gris. Pour l'instant, remettez-nous Lombar Hisst. Je vous promets que j'aimerais bien personnellement mettre la main sur J. Walter Madison. Et je puis vous assurer aussi que, lorsque ce sera fait, quand vous verrez quel est le sort qui lui est réservé, vous serez totalement satisfaite.

– Ça ne suffit pas. J'ai pas mal d'expérience dans le domaine de la justice : c'est un champ de peaux de bananes. Refilez-moi Madison et Gris, et vous aurez Hisst. Sinon, je crois bien que je vais m'attacher à Hisst et en faire un mignon toutou. Je ne lui donnerai que des pêches et de la crème tous les jours.

– J'ai fait serment que Gris serait jugé selon les règles.

– Il a été jugé une fois et ç'a été en toute injustice. Laissez-moi vous dire une chose : moi, je vais le juger et je vous garantis qu'il sera déclaré coupable. Qu'est-ce que vous en dites?

Heller et Snelz échangèrent un regard.

– Je ne sais même pas où se trouve Madison, dit Heller. Et vous?

– J'en sais rien, fit Snelz. Mais laissez-moi donner l'assaut et vous n'aurez plus qu'à me nommer général en chef des marines de la Flotte.

Heller regarda Teenie, puis s'assit sur la dernière marche.

Timyjo, qui faisait partie de la compagnie de Snelz, avait mis la main sur du tissu bleu dans un proche palais. C'était la couleur des rebelles et les hommes de Snelz, rapidement, s'en confectionnaient des turbans. Finalement, ils s'affalèrent tous sur leur éclateur et attendirent en observant les deux adversaires dans leur partie d'échecs. Ils étaient pat pour l'instant.

Un éclaireur rebelle traversait le parc dans leur direction. Il avait repéré les torses nus et les bandeaux bleus. Avisant enfin Heller, il fonça droit sur lui.

– Officier Heller! Le *Châtiment* vient de se poser. Mortiiy désire savoir si la situation est sûre. Où se trouve Hisst?

Heller se releva. Il regarda la fille qui le toisait toujours du haut des marches. Dans le ciel, la bataille semblait s'être calmée et, loin au sud, les salves d'armes automatiques s'étaient raréfiées.

– Snelz, dit Heller, restez en position autour de ce palais. Ne laissez personne entrer ni sortir.

– Est-ce que ça veut dire que vous acceptez le marché? lui demanda Teenie.

– Ça, Votre Jeune Majesté, vous le saurez dans quelque temps. Pour l'heure, vous avez tout intérêt à soigner Hisst comme un singe dans le zoo du Bronx.

Sous le souffle chaud du vent du désert, les vêtements d'Heller séchaient rapidement. Il donna quelques tapes sur sa tenue de combat de la Flotte pour tenter de la défroisser.

– Je vais aller à la rencontre du prince Mortiiy, dit-il.

– Ça, vous avez intérêt! glapit Teenie.

– Surtout, ne vous étranglez pas avec votre bubble-gum! lança Heller sans tourner la tête. Je reviens de suite...

Et ainsi, le destin de Hisst, de Gris et de Madison demeura en suspens.

4

Plusieurs fois, l'équipe de Madison avait songé à quitter l'office du Palais Impérial mais, à chaque fois, une nouvelle secousse ou une nouvelle salve l'en avait découragée.

Les cent soldats du Bataillon de la Mort, saouls comme des lords, étaient bouclés dans un placard à provisions, désarmés, et leur capitaine était depuis un bon moment perdu dans un trip au LSD interminable.

– Je ne pense pas que nous puissions encore nous risquer au-dehors, dit Flick. Il fait encore jour. Et c'est la vraie lumière du vrai soleil. Il n'y a plus d'énergie, et quand le soleil se couchera, tout sera plongé dans la nuit. Il va falloir que nous nous glissions à l'extérieur comme des rats.

– D'un autre côté, fit observer Flip, dès qu'il fera nuit, les patrouilles rebelles pourront nous repérer d'autant plus facilement. Regardez ces casquettes!

– Qu'est-ce que nos casquettes viennent faire dans cette histoire? demanda Flick.

– Eh bien, on porte la tenue des équipes du Circuit Vidéo Planétaire. Et si nos casquettes sont comme ça, c'est parce que les équipes se trouvent souvent entre les réflecteurs et les projecteurs. Regardez!

Elle s'empara d'une des casquettes vert d'eau et inséra un de ses ongles dans une fente. La visière s'ouvrit avec un *pop* sonore. La partie verticale demeura telle, mais la partie inférieure se redressa tout en s'incurvant. Un filtre occupait maintenant les deux tiers supérieurs et, en regardant Flip, on ne pouvait plus la reconnaître.

– Maintenant, vous allez tous baisser vos visières, reprendre vos caméras et votre matériel, ajouta Flip, et on va s'en aller. Tout simplement. Ils vont tous croire qu'on est une équipe du Circuit Planétaire en tournage et il ne leur viendra pas à l'idée qu'on fait partie de l'Appareil. Alors, suivons la parade.

– Elle a raison, dit Flick. Personne ne fait jamais attention à une équipe de la Vidéo. Allons-y.

Les visières claquèrent et ils prirent le matériel et les caméras.

Ils trouvèrent une porte qui ouvrait sur un parc latéral. Ils traversèrent la pelouse brûlée sous l'éclat torride du soleil. Ils se dirigeaient vers l'aire où ils avaient posé les autocars aériens.

Flick s'arrêta soudain, atterré. Un vaisseau encore fumant

s'était abattu sur les quatre véhicules. Du Modèle 99, il ne restait qu'un ange. Il avait roulé au milieu des débris et semblait sourire au ciel.

Toute l'équipe se rassembla derrière Flick. Il se tourna vers Madison.

– Chef, il va falloir nous disperser et trouver un autre moyen de transport.

Mais Madison avait les yeux fixés sur l'extrémité du boulevard.

Une procession venait de faire son entrée dans la Cité par la porte est, encadrée par des soldats rebelles. Elle se dirigeait vers le Palais Impérial. Au centre, plusieurs soldats rebelles portaient un grand container de liquide sur lequel avait été disposée une couverture. Le prince Mortiiy s'avançait en tête, encadré de deux officiers. Derrière, venaient plusieurs amiraux de la Flotte et des généraux de l'Armée. Hightee Heller et la comtesse Krak aidaient Prahd Bittlestiffender à porter les tubes reliés au container.

Et en queue suivait Jettero Heller, l'éclateur au poing, observant d'un regard vigilant les palais apparemment déserts, guettant d'éventuels tireurs isolés !

– C'est LUI ! s'exclama Madison. Seigneur, il s'est enfin emparé d'un empire ! Il faut absolument que je fasse ce scoop !

Mais Flick le tira par la manche.

– Chef, pour l'amour des Dieux, fichons le camp d'ici ! J'ai deux mille identoplaques ! On va disparaître et personne ne nous retrouvera !

Madison restait là, à rouler des yeux.

– Mon Dieu, pensez seulement au titre que ça va faire ! En corps 60 : LE HORS-LA-LOI S'EST EMPARÉ DE LA CONFÉDÉRATION ! Vous, le réalisateur ! Mettez votre équipe en place ! Et branchez-vous sur le canal du Circuit Planétaire par radio. COUVREZ-MOI CETTE PROCESSION !

Instantanément, l'équipe s'activa. Le réalisateur lança ses instructions et deux reporters sortirent même leurs blocs.

– Mais chef, c'est une folie ! protesta Flick en agrippant Madison. S'ils découvrent que nous sommes de l'Appareil, ils vont nous massacrer !

Madison se dégagea. Il y avait dans ses yeux l'éclat de l'inspiration.

– Il a ENFIN RÉUSSI ! C'est mon passeport pour la gloire !

Les reporters avaient déjà rejoint la procession et notaient les noms. Les filles de cirque se précipitèrent et redressèrent les casquettes des amiraux et des généraux. Un maquilleur s'occupait du visage du prince Mortiiy. Les techniciens avaient fini de monter les projecteurs et ils éclairèrent la procession. Les caméras ronronnaient. L'image passait directement à l'antenne sur le circuit principal de la Vidéo Planétaire.

– Vous êtes en direct, live, live, depuis la Cité du Palais! hurla Madison dans son micro personnel, et tout Voltar l'entendit. Vous assistez à l'entrée triomphale du hors-la-loi Jettero Heller dans le Palais Impérial! C'est une exclusivité! Live! Live et live!

– Et nous on est morts, morts, et morts! geignit Flick.

5

Avant que la procession puisse pénétrer dans le corridor royal, il fallut enlever les cadavres de deux généraux. Le réalisateur exigea qu'on ne les touche pas avant qu'il ait fait plusieurs gros plans. Ensuite, il zooma sur l'antichambre royale et l'on put découvrir deux autres corps. Après, seulement, il remit son équipe en place et la procession put entrer.

Il se dit alors que ce serait plus spectaculaire si trois soldats rebelles s'emparaient du grand bureau de pierre placé devant la porte de l'antichambre pour le rejeter au loin à mains nues. La première prise lui déplut et, pendant qu'une autre caméra filmait les généraux et les amiraux, il fit remettre la table en place par ses techniciens.

– Maintenant, faites ça avec une expression de dégoût! lança-t-il.

Et ils recommencèrent à grand fracas. Cette fois, il fut satisfait.

Obéissant aux instructions que Madison venait de lui chuchoter à l'oreille, le réalisateur fit un plan en plongée d'Heller à l'instant où il entrait. Madison commenta l'image :

– Le hors-la-loi Heller revient sur les lieux du kidnapping impérial.

Il chuchota de nouvelles instructions au réalisateur qui désigna alors à Heller son bâton d'officier qui était là, sur le sol. Heller le ramassa sous l'objectif de la caméra qui effectuait un panoramique en plongée.

– Rebonjour, mon cher bâton, dit Heller.

– Splendide, commenta le réalisateur, tandis qu'une

deuxième caméra venait faire un gros plan de l'inscription gravée sur le bâton.

– Le hors-la-loi vient de confesser le crime d'enlèvement, dit Madison à l'adresse du public. Il a identifié la preuve matérielle abandonnée sur les lieux.

Des soldats rebelles déplacèrent le lit gigantesque et ceux qui portaient le container le déposèrent. Hightee Heller et la comtesse Krak n'avaient pas lâché une seconde les tubes. Prahd s'assura qu'ils étaient toujours ajustés et une caméra les filma de l'autre côté du container.

Puis Heller s'avança. Il souleva la couverture et dévoila le visage de Cling le Hautain.

– Vous pouvez voir notre hors-la-loi qui se réjouit face à sa victime, commenta Madison.

Suivit un gros plan du visage de Cling, toujours inconscient, toujours aussi vieux. Puis, en deux plans très brefs : Heller, et l'Empereur.

Madison était sur le point de se lancer dans un nouveau commentaire quand son script s'effondra en miettes.

Heller venait d'ôter un tube du menton de Cling. Et soudain, l'Empereur ouvrit les yeux. Il regarda autour de lui, découvrant la frise dorée de sa chambre. Il tourna la tête et, voyant qui se tenait auprès de lui, il fronça les sourcils et dit d'un ton sévère :

– Officier Heller! Je vous ai dit de me faire sortir d'ici *!

Les officiers de l'Armée et de la Flotte soupirèrent à l'unisson. Ils étaient enfin soulagés d'apprendre que l'Empereur n'avait pas été enlevé, et que, en se rangeant aux côtés d'Heller dans la bataille, ils n'étaient pas des rebelles!

Madison essaya de réfléchir à toute allure. Il aurait mieux fait de couper les caméras avant ça. Mais il était trop tard. Le mal était fait. Son hors-la-loi était tout à coup devenu un brave officier royal obéissant fidèlement aux ordres. Frénétiquement, il fouilla dans son cerveau fertile pour trouver un moyen de se sortir de ce sale coup. Non, il n'était pas complètement fichu : il devait bien exister une astuce pour s'en tirer.

– Votre Majesté, dit Heller, nous avons découvert que c'est Hisst qui a assassiné vos fils ainsi que tous les successeurs au trône.

– Hisst! fit l'Empereur d'un ton inquiet. Il est ici?

– Nous l'avons mis en lieu sûr. Vous êtes tout à fait en sécurité, Votre Majesté, et vous ne courez plus le moindre dan-

* Voir Tome 8, *Catastrophe!*

ger. J'aimerais également attirer votre attention sur le fait que Hisst a obligé votre fils cadet, Mortiiy, à entrer en rébellion. Et c'est le prince qui a veillé sur vous nuit et jour.

– Et il ne m'a pas tué? s'étonna Cling.

– La sauvegarde de votre vie et de votre pouvoir ont été son unique préoccupation depuis des mois, Votre Majesté. C'est à lui que vous devez la défaite de Hisst. (Heller tendit la main vers la comtesse qui lui remit un sac. Et Heller reprit :) J'ai là votre sceau royal ainsi que les insignes. Puis-je suggérer que nous abrogions la proclamation de rébellion?

L'Empereur regarda Mortiiy qui souriait.

– Vous voulez dire qu'il me reste encore un fils?

– Si c'est Votre Majesté qui le dit, fit Heller.

L'Empereur tendit alors la main vers Mortiiy. Et des larmes coulèrent sur ses joues parcheminées.

– Viens ici, mon fils.

Mortiiy s'approcha et s'agenouilla. Cling lui prit la main. D'une voix brisée, il dit alors :

– Si je t'avais écouté, cela ne serait jamais arrivé. Je suis trop vieux, trop malade et trop stupide pour continuer à régner. Mais quelqu'un qui a réussi à résister aux forces combinées de tout Voltar durant cinq années mérite de recueillir le pouvoir. Prends le trône. J'abdique.

Un soupir de soulagement monta de nouveau des troupes rebelles et des officiers présents. Désormais, ils n'étaient plus du tout rebelles.

Mortiiy prit la main de son père et lui dit :

– J'espère être digne de vous, Sire.

Heller s'agenouilla devant Mortiiy et lui déclara :

– Votre Majesté...

Et lui tendit les insignes du pouvoir avant de se redresser et d'ajouter :

– Je ferais mieux à présent de me retirer et d'aller remettre cette montagne en place afin que nous ayons de nouveau du courant.

Mortiiy leva la tête et sa barbe noire se hérissa soudain.

– Ah, certes non, lord Heller! Vous êtes démissionné du Corps des Ingénieurs. Quelqu'un d'autre peut très bien s'occuper de cette montagne. Veuillez convoquer sans attendre une conférence des officiers. Il y a quelques questions brûlantes qui demeurent en suspens et nous avons des jugements à prononcer. Il faut que vous m'aidiez jusqu'au bout à réduire à néant ceux qui ont ruiné la Confédération!

6

Le désordre le plus absolu régnait dans la salle du Grand Conseil. Depuis que Hisst était entré en semi-léthargie, on n'avait plus fait le ménage. Heller avait sorti le personnel des prisons et tenté de remettre un peu d'ordre dans les lieux. Le soleil s'était couché et il mit en place des lampes flood.

L'Appareil semblait avoir pillé tout ce qui était d'or ou de pierres précieuses, jusqu'aux vêtements et aux bannières, et l'endroit avait l'air plutôt nu. Heller se dit qu'il aurait de la chance s'il parvenait à faire dépoussiérer l'immense table de trente mètres de diamètre et à récupérer suffisamment de sièges intacts.

Mais ce qui le gênait le plus, c'était la foule qui ne cessait d'affluer des autres cités. Heller donna l'ordre à une compagnie de marines de la Flotte de prendre position devant la porte est de la Cité pour stopper la marée, mais le capitaine, bien qu'il ait fait bloquer l'entrée principale, ne cessait de laisser entrer des gens.

Interpellé par Heller, il lui répliqua :

– Mais ils sont tous très importants pour le royaume, chef. À vrai dire, on ne laisse entrer que ceux que l'Armée n'a pas filtré aux autres portes.

La salle pouvait contenir encore deux mille personnes au moins et Heller abandonna.

Une équipe du Circuit Vidéo Planétaire interviewait tous les notables qui apparaissaient. Et une caméra était en permanence braquée sur Heller.

– Chef, c'est de la folie! protesta Flick. Vite, vite, je vous en prie, laissez-moi piquer des aircars pour qu'on dégage!

– Non! Ce n'est pas fini! fit Madison.

Flick lui montrait un moniteur sur lequel les scènes prises dans la Cité de la Joie apparaissaient en surimpression. Dans toute la Confédération, des équipes filmaient les gens dans les rues qui hurlaient tous : « Longue vie à Sa Majesté Mortiiy! »

– C'est terrible! dit Flick.

– Mais c'est justement ce qu'il nous faut! dit Madison. Nous avons perdu les émeutes! Flick, vous ne serez jamais un vrai PR. J'ai perdu l'avantage du scandale avec mon client! Il faut que je trouve un moyen de redresser son image!

– Vous êtes dingue!

– Bien sûr. C'est pour ça que je suis génial. Dès que cette

conférence sera à pied d'œuvre, je la commenterai et, envers et contre tout, je reprendrai l'initiative! Non, Flick, rien n'est perdu. Il ne faut pas désespérer. J'ai encore une chance de faire d'Heller un hors-la-loi pour l'éternité!

Sur ce, Madison se rua sur son réalisateur pour lui indiquer de nouveaux angles de caméras.

L'Empereur Mortiiy fit son entrée. Il était encore en tenue de combat mais arborait à son cou les chaînes du pouvoir, portait la couronne et brandissait le sceptre.

– Quelle foule! fit-il à l'adresse d'Heller.

– Je crois que tous les officiers supérieurs de la plupart des services sont présents, Votre Majesté. Nous n'avons pas pu récupérer un seul lord : ils sont encore sous l'effet de la dope ou bien ils ont disparu.

– Mais ce n'est pas une réunion du Grand Conseil. C'est une conférence urgente des officiers afin de définir les priorités d'État pour former un gouvernement. Mais quelle FOULE!

Mortiiy s'avança jusqu'au dais. Quelqu'un, quelque part, essaya de souffler dans une trompette et fit une fausse note. Un autre musicien lâcha ses cymbales, et Mortiiy, la barbe toute hérissée, clama :

– La conférence des officiers est ouverte!

Les gens s'approchèrent, mais il régnait encore une certaine turbulence dans la salle.

Mortiiy lança :

– Aux Diables! Taisez-vous et asseyez-vous!

C'est à cet instant que plusieurs notables surgirent par la porte principale et le tumulte persista.

– Heller! cria alors Mortiiy. Pour l'amour des Dieux, venez ici et soyez le grand chambellan royal! Vous pourrez peut-être parvenir à vous faire entendre dans ce tohu-bohu!

Heller sourcilla, car ce titre était le plus noble du royaume. Mais il obéit et se porta au côté de Mortiiy. Il prit son ton impérieux d'officier de la Flotte et annonça :

– Je déclare la conférence ouverte!

C'est à cette seconde que quelqu'un fit irruption dans la salle, entra en collision avec les cameramen de Madison, et que deux projecteurs s'écroulèrent à grand fracas. Le tumulte persista.

Heller dégaina son éclateur, le régla au minimum sur « bruit » et tira en l'air, rétablissant aussitôt le calme.

– La conférence commence! ajouta-t-il.

Madison laissa échapper un soupir de soulagement. Et il ronronna dans son micro :

– Le hors-la-loi Heller vient de convoquer toute sa bande!

Mortiiy venait de prendre la parole, mais les gens s'asseyaient et la salle était toujours aussi bruyante. Heller prit alors son éclateur par le canon et cogna par trois fois sur la table.

– Magnifique! s'exclama le réalisateur en zoomant sur l'éclateur.

7

Mortiiy parvint enfin à se faire entendre. Il balaya du regard tous les visages de ceux qui s'étaient regroupés autour de la table et dans la salle.

– En 125 000 ans d'histoire, nous n'avons pas connu de tels troubles, commença-t-il. Nous avons eu quelques traîtres, quelques guerres civiles, mais rien de comparable à ce qui vient d'advenir.

» J'ai là une estimation qui fait état d'un million de morts dans la population et de dommages estimés à des dizaines de milliards de crédits. Nous avons failli perdre une planète – Calabar – ravagée par cinq ans de combats acharnés. Et je pense que tout cela est lié à la situation actuelle.

» Avant que nous reformions un gouvernement, il nous faut attaquer le mal à la racine et le traiter afin que jamais il ne réapparaisse. J'ai quelques idées quant à sa source, mais je ne veux pas débuter mon règne par des soupçons et des injustices. Je désire avant tout identifier la cause de ce chaos et tel sera le premier sujet de cette conférence.

L'amiral en chef de la Flotte cria depuis le bout de la table :

– C'était Hisst!

Un grondement d'approbation se propagea dans toute la salle.

– Un seul homme? fit Mortiiy. Je serais plutôt enclin à croire à une conspiration. Mais, d'accord, ça nous donne toujours un point de départ. Qui sait quelque chose à propos de ce Hisst?

Des rugissements s'élevèrent de toutes parts. Tous ces notables farouchement conservateurs avaient une seule chose en commun : une haine brûlante pour Hisst. Les moniteurs du Circuit Planétaire, sur la paroi opposée, montrèrent tout à coup des images de la foule violemment éclairée qui avait envahi les rues et qui observait la conférence devant les vitrines des magasins ou sur des postes portatifs. Le même grondement de haine montait de toutes les gorges.

Heller tapota la table avec la crosse de son éclateur, se pencha vers Mortiiy et lui désigna un jeune officier de la Flotte qui essayait d'attirer son attention, derrière le rang des amiraux.

– Bis? fit Mortiiy. (Heller acquiesça et Mortiiy tourna la tête.) Officier Bis! Vous avez toute notre attention.

Un amiral s'écarta afin de permettre à Bis de s'approcher.

– Votre Majesté, j'ai là un employé de l'Appareil qui a bien connu Hisst alors qu'il n'était qu'un jeune officier de l'Appareil. Cet homme s'est montré très coopératif. En fait, il est en ce moment même sous cette table, avec les techniciens qui essaient de nous fournir provisoirement de l'énergie pour alimenter les écrans individuels ainsi qu'un moniteur central. Nous essayons de nous brancher sur l'Appareil ainsi que sur d'autres banques de données pour cette conférence.

Bis se pencha et lança :

– Hé, Bawtch! Sa Majesté désire vous parler. Sortez de là.

La tête du vieux Bawtch * apparut au bord de la table. Sur ses tempes, ses cheveux gris formaient deux touffes hirsutes. Il roulait des yeux ronds, apeurés.

– Qu'on lui donne un siège, dit Mortiiy. Bawtch? Écoutez, Bawtch, si vous nous aidez, je vous promets que nous oublierons que vous avez appartenu à l'Appareil. Dites-nous ce que vous savez de Lombar Hisst.

Nerveusement, le vieux Bawtch s'assit.

– C'étaient les monstres.

– Les monstres? Mais qu'est-ce que des *monstres* viennent faire là-dedans?

– Eh bien, Votre Majesté, alors que j'étais encore un jeune employé, je me suis retrouvé affecté aux Archives de la Division Extérieure de Renseignements. Un nouvel officier est arrivé alors – Lombar Hisst. C'était il y a de cela cinquante ans, Votre Majesté. Je classais le rapport de reconnaissance d'une planète du nom de Blito-P3. Elle figure sur le Calendrier d'Invasion, Votre Majesté, et nous possédons sur elle des rapports portant sur des milliers d'années, car il faudra qu'un jour nous en fassions la conquête – en fait, récemment, il a beaucoup été question d'accélérer l'invasion et...

– Ne digressez pas, le coupa Mortiiy. Vous aviez commencé à nous parler de monstres.

---

* Voire Tome 1, *Le Plan des envahisseurs.*

– Euh, oui, Votre Majesté. J'étais donc occupé à archiver les photographies d'un cirque dirigé par un certain P.T. Barnum. Il y avait un *veau* à deux têtes (il s'agit d'un animal de la planète), un garçon avec un visage de *chien* (autre animal local) et deux femmes physiquement attachées entre elles appelées *sœurs siamoises*, ainsi que d'autres bizarreries, et le jeune Hisst me les a empruntées et ça l'a fait rire. Ensuite, il m'a dit : « Avec la cythologie, nous pourrions faire mieux », et a emporté tout le lot.

» J'ai appris par la suite qu'il avait récupéré en prison un cythologiste criminel du nom de Crobe et qu'il s'était mis à fabriquer des monstres et à les vendre aux cirques. Jamais encore on n'avait montré des monstres.

– C'est dégoûtant, fit Mortiiy. Vous avez dit « P.T. Barnum »? Ça ne sonne pas très voltarien. En tout cas, je n'ai jamais entendu parler d'un cirque de ce nom.

– Non, Votre Majesté. Je ne me suis pas bien fait comprendre. Cette idée d'exhiber des monstres venait de Blito-P3. Ses habitants l'appellent la Terre.

– Eh bien, ça prouve seulement que Hisst était fou. Merci de votre...

– Attendez, Votre Majesté. Ça ne s'arrête pas là. Ce Hisst a commencé à me harceler pour avoir plus d'informations sur cette planète, et très peu de temps après, on créa une nouvelle section spécialement pour elle : la Section 451 de la Division Extérieure de Renseignements.

– Vous parlez de l'« Appareil », je suppose? dit Mortiiy.

– Non, Votre Majesté. Il n'était pas encore appelé l'Appareil, alors. Et ce jeune Lombar Hisst, très vite, a pris une grande importance. Tous les renseignements qu'il me soutirait sur Blito-P3, il les retransmettait au chef des Renseignements, ou même au lord de l'Extérieur, en disant que c'étaient ses idées personnelles, et ça lui a valu des tas de promotions. C'est après qu'il eut obtenu les noms des différents services de renseignements de Blito-P3 qu'il a trouvé le nouveau nom de notre organisation qui est devenue l'Appareil de Coordination de l'Information.

» Très rapidement, il a été nommé chef de l'Appareil. Il avait utilisé les techniques de provocation d'un service appelé *le KGB russe* : il s'agit d'inciter les gens à commettre des crimes afin de pouvoir les arrêter. En nous structurant sur les bases d'une organisation appelée *Schutzstaffel*, qui existait en *Allemagne* et qui avait été mise au point par un certain Hitler, nous nous sommes mis à recruter le personnel de l'Appareil dans les prisons. C'est également de là que sortent les Bataillons de la Mort. En s'inspirant de la *CIA* d'un pays appelé *les États-Unis*, l'Appareil a eu l'idée de mettre sur pied une force militaire indépendante qui pourrait déclencher des guerres sans l'approbation du gouvernement. Et en copiant le *FBI*, Lombar a mis au point le système qui permettait de contrôler tout le pays en faisant chanter les représentants légaux et à les soumettre à la terreur en maquillant des crimes qui n'étaient pas arrivés – on appelait ça des *Abscams*. Nous...

– Un instant. Vous me noyez sous des noms que je n'ai jamais entendus.

– Ils sont tous de Blito-P3, dit Bawtch. La Terre. C'est d'elle que s'est inspiré l'Appareil.

Une nouvelle vague de grondements courut dans la salle. Les espoirs de Madison se réveillèrent. Peut-être pourrait-il utiliser cette soudaine hostilité à l'encontre de la Terre. Il pourrait faire apparaître Heller comme le protecteur de la planète : il aurait alors le facteur Controverse dont il avait besoin. Et il déclara très vite dans son micro :

– Le hors-la-loi Heller, durant toute l'année écoulée, avait établi son repaire sur la Terre.

Heller, inconscient des commentaires de Madison, ne sachant même pas que Madison était présent dans la salle, cogna par trois fois sur la table avec son éclateur afin que Mortiiy puisse reprendre la parole.

– Ainsi donc, Hisst s'est intéressé à cette planète Terre pour créer cette abomination appelée l'Appareil. Je...

– Non, Votre Majesté, l'interrompit Bawtch. Ce n'est pas pour cette raison que Hisst s'intéressait à la Terre. C'était à cause de l'histoire d'une dynastie. Celle des *Rockecenter*. Cette famille était issue d'un homme qui avait violé une servante un siècle auparavant. Ce type vendait un poison appelé *pétrole brut* qui était censé guérir le cancer. C'était un rustre. Il apprit à ses fils à voler et l'un d'eux s'enrichit avec le *pétrole brut*. En manipulant les banques grâce à sa fortune, il réussit à s'emparer des services de renseignements de la Terre et devint virtuellement l'empereur de la planète. Ses descendants lui succédèrent. Et cela fascinait Hisst. Jamais il n'avait imaginé que ce soit possible. Lui-même était un homme du bas peuple sorti des caniveaux de la Cité des Bas-Fonds, et il se plaisait à rêver que, s'il s'y prenait de même, il deviendrait empereur de Voltar. Et il y est parvenu, même si ce ne fut que très brièvement.

– Et vous dites que tout ça s'est produit sur la planète Terre? Incroyable! Ça doit être un endroit bien étrange!

Madison, aussitôt, commenta :

– Le hors-la-loi Heller a connu une autre carrière sur Terre en se faisant appeler Rockecenter.

Mortiiy, hochant la tête à l'adresse de Bawtch, lui fit signe qu'il pouvait quitter la table et reprendre son travail.

– À présent que nous savons d'où vient l'Appareil, dit-il, je propose que nous votions afin de l'abolir à tout jamais et interdisions l'usage de ces organisations de renseignements inspirées de Blito-P3.

Ils votèrent tous pour dans une clameur assourdissante. De toutes parts, dans la Cité de la Joie, les foules amassées dans les squares hurlèrent leur enthousiasme et les moniteurs faillirent exploser.

Madison commenta :

– Le hors-la-loi Heller a étudié les services de renseignements de la Terre et est devenu un expert. Il en est devenu un fervent partisan. Ce qui n'a pas pour peu contribué à sa réputation de hors-la-loi interplanétaire.

Maintenant, il retrouvait vraiment l'espoir. Il reconstruisait la Controverse. Il avait la Communication. Et sa Confiance revenait.

8

Le scribe du Grand Conseil était pétrifié et s'était arrêté dans sa transcription. Heller, lui, avait continué à prendre des notes dans son journal d'ingénieur. Il se pencha par-dessus l'épaule de Mortiiy et murmura quelques mots.

– Oh, oui ! fit Mortiiy. (t il ajouta d'une voix impérieuse :) Nous devons à présent désigner un nouveau Grand Conseil !

– En tout cas, ne prenez pas ceux que nous avions, remarqua un général. Tous ces lords sont devenus une bande de drogués.

– Avant que vous ne puissiez garantir que les nouveaux membres ne succomberont pas aux drogues, je propose que nous votions une mention pour les prohiber.

– Est-ce que l'un d'entre vous connaît les drogues ? demanda Mortiiy.

L'amiral du service de santé lui répondit.

– Nous n'en avons jamais fait usage dans la Confédération. Nous n'utilisons que divers gaz et autres pour les opérations chirurgicales. D'après ce que j'en sais, ces drogues sont autant de poisons.

– Sur Voltar, nous n'en avons pas, affirma l'amiral chargé de la contrebande et des patrouilles spatiales. Nous n'en cultivons et nous n'en fabriquons pas. C'est Lombar Hisst qui les a importées. Nous avions reçu l'ordre de n'intercepter aucun cargo. Signé de Lombar Hisst.

– Et alors, d'où venaient-elles? insista Mortiiy.

– Nos consoles vont nous le dire, fit Bis. Je tape le code des renseignements de la Flotte et aussi celui des données que l'Appareil possède sur l'usage des drogues.

Les écrans individuels s'illuminèrent enfin, ainsi que le moniteur géant placé au centre de la table.

Mortiiy se pencha et lut.

– C'est impossible! Toute une planète devenue folle à cause de ces drogues?

– Tel est le résultat de l'analyse, Votre Majesté, dit Bis. Ils en prennent matin, midi et soir. Ils en donnent aux enfants des écoles, aux travailleurs et même aux personnes âgées. Même les soldats qui partent pour la guerre sont drogués jusqu'aux yeux.

– Toujours Blito-P3! s'exclama Mortiiy.

– C'était l'arme secrète de Hisst pour s'emparer de Voltar, dit Bawtch en resurgissant de dessous la table. C'est pour ça qu'il avait préparé cette invasion prématurée de la Terre. Pour se procurer encore plus de drogues afin d'asservir toute la population de Voltar.

– Je pense qu'il faudrait investir cette planète, dit Mortiiy. Mais pas pour piller les stocks de drogue.

Heller composa une série de chiffres et le tableau changea.

– Votre Majesté, annonça-t-il, un ordre du Grand Conseil a d'ores et déjà condamné la production de drogue sur Voltar. Je vais vérifier... Oui, je l'ai.

– Donc, c'est une affaire réglée, fit Mortiiy.

– Non, Votre Majesté. C'est bien là l'ennui. Car ainsi, Hisst a eu le monopole. Sur Blito-P3 également il existe des lois qui interdisent la drogue. Elles ne servent qu'à protéger les fournisseurs de la concurrence et à permettre aux gouvernements de les aider à s'enrichir. La seule solution est de légaliser les drogues et de les ignorer : ainsi, les gens s'en désintéressent.

– Il me semble que vous connaissez la question, remarqua Mortiiy.

– Eh bien, quelque peu, oui, reconnut Heller. Le trafic de drogue est un marché pourri. Mais il suffit de voter des lois contre pour qu'il rapporte plus.

– Vous voulez dire que Blito-P3 a des lois contre les drogues alors qu'elles circulent partout?

– C'est ainsi que ça se passe, oui.

– Le hors-la-loi Heller, commenta Madison, prend grand soin de protéger ses complices du commerce de la drogue.

– C'est une planète de fous, dit Mortiiy.

– Cette loi, Votre Majesté, a été proposée et approuvée par Hisst.

Ce dernier argument fut suffisant et la loi fut bannie.

– Mais reprenons au début, proposa Mortiiy. Il était question de former un nouveau Grand Conseil.

Tout au fond de la salle, un notable lança :

– Les lords sont certes drogués, mais nombreux sont ceux qui ont des fils. Pourquoi ne pas les nommer à leur place?

Un murmure d'approbation courut dans la salle. Bis, à cet instant, se pencha vers l'amiral en chef qui déclara alors :

– Messieurs, Votre Majesté, j'ai de mauvaises nouvelles. Sans une seule exception, les fils des lords sont devenus des homosexuels, des gitons.

– QUOI? s'écria Mortiiy. Mais comment cela a-t-il pu arriver?

– Votre Majesté, je regrette de devoir vous dire qu'ils ont été subornés par une jeune fille perverse qui est arrivée il y a plusieurs mois et qui, sans le moindre doute, mérite d'être exécutée pour enseignement pratique de dépravations sexuelles. J'ai cru comprendre que, sur sa planète, elles étaient courantes. Cette fille vient de la Terre. De Blito-P3.

– ENCORE cette planète! D'abord des monstres, ensuite des gouvernements corrompus et des services secrets, et maintenant des drogues et des homosexuels!

A l'arrière de l'assemblée, un notable agitait les bras.

– Votre Majesté! cria-t-il.

Mortiiy, d'un geste impatient, l'invita à s'approcher.

Heller dut encore se servir de son éclateur comme d'un marteau pour rétablir le silence.

– Votre Majesté, je suis Noble Arthrite Stuffy, éditeur de *L'Annonceur du jour*. Je suis ici à la demande de dizaines de mes confrères. Vous avez mentionné des monstres. J'ai tenté d'attirer votre attention depuis que le nom de Crobe a été prononcé. Tout prouve que ce criminel a été condamné sur Voltar et qu'il est revenu avec deux fausses sciences appelées *psychologie* et *psychiatrie*. J'ai accouru dès que j'ai appris qu'une conférence des officiers allait se réunir. Nous souhaitons que soit promulguée une loi interdisant ces deux sujets.

– Pourquoi ?
– Votre Majesté, ces deux fausses sciences prétendent que le sexe est à la base de toute motivation.
– C'est absurde, fit Mortiiy. Mais ce n'est rien de plus qu'une idée de fou.
– Non, Votre Majesté. Ces deux disciplines sont un ramassis de mensonges et de contre-vérités dont on se sert pour saper la population, pour la corrompre et maintenir des déments au pouvoir ! La *psychiatrie* et la *psychologie* ont joué un rôle certain dans le chaos que nous venons de connaître. Il faut rapidement les abolir !
– C'est une grave accusation. Mais je n'avais jamais entendu parler de ces deux fausses sciences. D'où viennent-elles ?
– De Blito-P3 ! clama Noble Arthrite Stuffy. De la planète Terre.
– ENCORE ! TOUJOURS CETTE PLANÈTE !
– Mais oui, Votre Majesté. Là-bas, les gouvernements utilisent constamment ces deux fausses sciences. C'est pour cela que les populations sont aussi soumises. C'est comme ça qu'on a commencé à lui fournir des drogues.
– Pourriez-vous me donner un exemple de leur influence dans la chute de notre gouvernement ? demanda Mortiiy.
– Je préfère ne pas le dire en public, Votre Majesté. C'est une chose très privée que nous, les éditeurs, avons découverte. Si vous souhaitez bannir les drogues, il faut édicter cette loi, je vous en prie !
La comtesse Krak venait de faire son entrée dans la salle par une porte dérobée. Elle monta jusqu'au dais et chuchota quelques mots à l'oreille de Mortiiy.
– Vous m'aviez demandé de vous prévenir si l'état de votre père changeait. Il m'a dit de vous souhaiter bonne chance et il s'est rendormi calmement en souriant. Il semble très heureux.
– Merci, murmura Mortiiy. (Puis, il ajouta :) Vous avez été sur Terre un certain temps. Savez-vous quelque chose à propos de deux disciplines appelées *psychologie* et *psychiatrie* ?
– Oh, oui, Votre Majesté. Ce sont deux choses affreuses. Les gouvernements les utilisent pour persécuter, tuer ou rendre fous ceux qu'ils veulent supprimer. Ils apprennent aux enfants dès l'école qu'ils ne sont que des animaux, alors ils se comportent comme des animaux.
– Ça me suffit amplement, dit Mortiiy. Allez prendre place derrière votre homme, là-bas. Je crois que cela vous concerne. (Et il enchaîna à haute voix :) Je propose que nous proclamions illégaux l'enseignement et la pratique de la *psychologie* et de la *psychiatrie*.

Un brouhaha d'assentiments monta de la salle.

C'était fait.

– Sortons d'ici, dit Flick à Madison.

– Ils ne peuvent décider légalement et contre toute évidence que les hommes ne sont rien que des pauvres animaux. Ne vous inquiétez pas. J'ai la situation bien en main. En moins de temps qu'il n'en faut pour le dire, ils se lanceront de nouveau aux trousses d'Heller.

Il fit signe au réalisateur de prendre un gros plan de Krak. En même temps, il commenta la scène :

– Mes amis, j'espère que vous aurez remarqué que l'égérie du hors-la-loi Heller exerce une emprise sur l'Empereur. Y aurait-il du scandale dans l'air? Ou bien n'est-elle qu'un appât posé par Heller afin de capturer Mortiiy? Le temps nous le dira. Ne quittez pas le Circuit!

Madison était bien loin de se douter qu'il allait précipiter le désastre qui allait s'abattre sur la planète Terre!

QUATRE-VINGT-SEPTIÈME PARTIE

1

L'Empereur Mortiiy, du haut de son dais, promena les yeux sur la turbulente assistance rassemblée dans la salle du Grand Conseil. À ses côtés, Heller, voyant qu'il s'apprêtait à reprendre la parole, rétablit le silence en cognant sur la table.

– Merci, Noble Stuffy, pour votre assistance. À présent...

– Oh, Votre Majesté! cria Noble Stuffy. Ce n'est pas pour cela que nous sommes ici!

Il se produisit un remous derrière lui et une demi-douzaine d'éditeurs de quotidiens l'entourèrent, apparemment pour le soutenir.

– Noble Stuffy, reprit Mortiiy, la seule raison pour laquelle, nous, Empereur de Voltar, avons convoqué cette conférence, qui est, vous le reconnaîtrez, de type inhabituel, est d'aller au fond des récents troubles. Si vous avez des requêtes d'une autre nature à nous présenter, je vous suggère d'attendre que le Grand Conseil soit reformé.

– Oh, Votre Majesté! La mesure que je vais vous demander de prendre concerne DIRECTEMENT les récentes émeutes. Nous voudrions que vous nommiez un censeur royal.

– Un QUOI? s'écria Mortiiy, abasourdi. Je n'aurais jamais imaginé qu'un jour les journaux puissent tolérer qu'on leur dicte ce qu'ils doivent ou non imprimer. *Incroyable!*

– Eh bien, oui, Votre Majesté, insista Noble Stuffy qui se cramponnait à la place qu'on lui avait momentanément octroyée à la table. Nous autres éditeurs sommes prêts à former un comité sous sa direction et à lui fournir le code qu'il devra appliquer. Voyez-vous, Votre Majesté, jamais auparavant les journaux de Voltar n'ont été obligés d'entrer en compétition pour augmenter leurs ventes. Chacun a son type de lecteur et sa propre sphère d'intérêt et, jusque-là, le Circuit Vidéo Planétaire se contentait de nous citer : nous étions heureux et prospères. Mais avec l'apparition de la *presse à sensation*, chaque quotidien se retrouve...

– La *presse à sensation*? C'est quoi?

– Le super-sensationnel à tout prix, dit Noble Stuffy. Depuis qu'on le pratique, chaque quotidien rivalise avec les autres pour essayer de vendre plus en racontant des mensonges énormes.

– QUOI? hurla Mortiiy, la barbe hérissée.

Son tempérament coléreux revenait à vive allure.

– Oui, Votre Majesté. La situation nous échappe complètement. Nos reporters mentent, trichent, fabriquent de fausses preuves, et même nos rédacteurs les y encouragent. Tout ça a commencé avant le procès de Gris. Et nous sommes impuissants. Nous voulons un censeur royal qui puisse déceler qu'un quotidien est utilisé comme un outil par les PR.

– Là, je m'y perds, fit Mortiiy, en faisant un geste d'abandon. Vous feriez mieux de voir cela avec...

Noble Stuffy, se rendant compte qu'il était en train de perdre sa cause, se lamenta :

– Mais, Votre Majesté, ce sont les PR qui ont causé les émeutes!

– QUOI! C'est un nouveau type de bombe excitante?

– Pire, bien pire...

Un tumulte s'éleva devant l'entrée principale. Toutes les têtes se tournèrent.

– Je m'en fiche! criait un officier des marines de la Flotte. Remballez-moi ces projecteurs, dégagez et restez dehors! La salle est COMBLE! Il y a déjà une équipe du Circuit Planétaire sur place!

– Mais c'est justement ça, idiot! protesta l'homme en tenue vert d'eau. Allez les gars! on y va!

Les uniformes fauves des marines affrontèrent l'assaut vert des intrus.

De son ton autoritaire, Heller lança :

– Arrêtez!

Les marines se figèrent instantanément sur place. Et l'un des hommes en vert s'avança.

– Que signifie tout ceci? lui demanda Heller.

– Je dirige une équipe du Circuit. Le directeur des studios de la Cité de la Joie nous a envoyés ici toutes affaires cessantes pour qu'on arrête le crétin qui occupe le canal avec ses commentaires!

– Vous pourriez régler vos querelles internes sans avoir à interrompre une conférence!

– Il ne s'agit pas d'une querelle interne! protesta l'homme. (Des yeux, il fit le tour de la salle, puis s'avança soudain vers un des techniciens de Madison et souleva sa visière.) C'est bien ce que je pensais! (Il se tourna vers le dais.) Notre directeur déraillait en croyant qu'il s'était trompé d'équipe. Ces gens n'appartiennent pas au Circuit Vidéo Planétaire. C'est la bande à Madison!

– QUOI! cria Heller. Capitaine, EMPAREZ-VOUS DE CETTE ÉQUIPE!

– À L'ATTAQUE! lança Flick.

L'équipe de Madison entra instantanément en action. Ils lâchèrent leur matériel, sortirent leurs couteaux et foncèrent sur les marines.

Les marines chargèrent à leur tour.

Les gens battaient en retraite en hurlant.

Uniformes fauves et tenues vertes tournoyaient dans un tumulte furieux. Les projecteurs et le matériel s'abattaient à grand bruit.

– PARALYSEURS! cria le capitaine des marines pardessus le vacarme.

Les dagues électriques des marines crachaient des étincelles. Accoutumés à se battre sur les vaisseaux spatiaux où un tir mal ajusté pouvait causer une catastrophe, ils ne portaient jamais d'éclateurs. Et leurs dagues électriques étaient réglées pour neutraliser sans tuer. Le gang de Madison essayait de tirer profit de ce désavantage.

Couteaux et dagues s'affrontaient dans des jets de flammèches. On se battait au corps à corps, homme contre homme.

Sur un ordre de Flick, les hommes de Madison tentèrent de battre en retraite vers la porte!

Mal leur en prit. Une section de combat des marines les y attendait.

Les flammes et les étincelles crépitèrent. À un contre deux, les hommes de Madison, avec des cris de douleur, l'un après l'autre, s'effondrèrent, paralysés.

Les gens du Circuit Vidéo officiel avaient filmé la scène. Ils s'avançaient à présent dans la salle, l'air triomphant, et commençaient à installer leur matériel.

Les marines de la Flotte n'avaient eu que quelques blessés. Ils entreprirent de traîner leurs assaillants vers une paroi et les y empilèrent.

– Capitaine ! lança Heller. Inspectez-moi ces blessés et voyez si vous ne pouvez pas identifier un certain J. Walter Madison, s'il se trouve parmi eux.

Une silhouette apparut alors de derrière un projecteur posé dans un coin de la salle et s'avança.

– Si vous cherchez J. Walter Madison, il est là. (Il leva sa visière.) Mais vous faites complètement erreur à propos des PR.

Il vint jusqu'à la table, sous les regards incrédules de l'assistance. Levant les yeux vers Mortiiy, il dit :

– Votre Majesté, je ne puis demeurer impassible en entendant souiller notre noble profession de PR.

Mortiiy le fixait sans dire un mot.

– PR, Votre Majesté, signifie dans notre langue : *public relations*. Et, Votre Majesté, les *public relations* sont, pour un gouvernement, infiniment utiles. (Il prit un ton mélodieux et charmeur.) Les opinions des masses peuvent être modelées, façonnées et recréées selon des formes merveilleuses. Il n'est même pas nécessaire de prendre des décisions intelligentes lorsqu'on gouverne quand on se sert des PR. Vous pouvez faire tout ce qui vous plaît et, grâce aux merveilleuses techniques de l'image, manipuler l'opinion publique. Il devient alors inutile d'être loyal ou juste dans les procès. Si quelqu'un vous déplaît, en tant que gouvernement souverain, vous n'avez même pas à le déclarer coupable du moindre crime. Il vous suffit de fabriquer des informations et la presse se chargera de lui. Il sera même inutile de le faire traduire devant un tribunal.

– COMMENT? s'écria Mortiiy, scandalisé.

– Bien sûr, je comprends que vous me regardiez avec étonnement. Mais c'est la vérité. En contrôlant l'opinion publique, vous pouvez diriger la populace, la racaille à votre gré. En fait, c'est en me servant habilement du procès de Gris que j'ai pu, avec les PR, transformer ces merveilleuses émeutes en troubles positifs !

– QU'EST-CE QUE ÇA VEUT DIRE? hurla Mortiiy.

– Oui, les PR. Ce sont eux qui dirigent toute la planète Blito-P3. (Et il ajouta comme une incantation :) Les PR sont le cadeau venu de la Terre et qu'attendait tout l'univers.

Heller vit monter un éclat ardent dans le regard de Mortiiy. À voix basse, il dit :

– Prenez garde, Madison. Vous feriez mieux de la fermer !

– La fermer? C'est une bonne chose que je ne l'ai pas *fermée*, comme vous dites. Heller-Wister, j'ai fait de vous ce que vous êtes aujourd'hui ! Sans les PR et mon génie, vous seriez caché dans une cave humide, tout tremblant. Parce que vous êtes quoi en vérité? Rien ! Une nullité !

Mortiiy se dressa d'un bond, le visage déformé par la fureur.

– Quoi? Espèce d'infernal petit morveux! Comment osez-vous insulter l'un des officiers les plus courageux que j'aie connu! Vous n'êtes qu'un lamentable lâche! Vous savez très bien qu'il est interdit à un officier de se battre en duel en présence de son monarque. Eh bien, moi, je vais régler la question!

Et il dégaina son éclateur!

Madison blêmit. Il ignorait tout de cette coutume. Il n'aurait pas dû faire cette sortie. Car il semblait bien qu'il allait en faire une autre avant peu, les pieds devant. Il fixait avec horreur la main de Mortiiy qui abaissait le cran de sûreté!

Mais Mortiiy se maîtrisa et dit :

– Non. Cette époque est terminée. Je suis Empereur, à présent. Il faut réformer tout ça.

Il rengaina son arme mais son humeur, visiblement, n'avait pas encore été réformée. Il restait debout, fulminant.

Il fixa ses yeux luisants de colère sur Madison et gronda de sa voix d'officier spatial :

– ENFIN, nous avons éclairci les choses!

Son ton lourd de fureur fit courir des ondes de peur dans la salle.

– C'est une chose appelée PR qui est responsable de millions de morts dans les rues de nos cités, de dizaines de milliards de dégâts! Un certain *PT Barnum* nous a envoyé des monstres abominables! Un certain *CIA / KGB* nous a envoyé une organisation ignoble, répugnante, appelée l'Appareil! Deux fausses « sciences » démentes ravagent la population tout entière! Des *drogues* brisent des vies par millions et subvertissent le gouvernement! Mes deux pauvres frères sont morts, la santé de mon père est ruinée et j'ai moi-même été condamné à cinq années d'Enfers! Et à quoi devons-nous tout cela? (Il abattit le poing sur la table.) À une planète appelée Blito-P3! La Terre! NOUS AVONS ÉTÉ ENVAHIS!

Mortiiy se redressa de toute sa hauteur, le visage sévère. Mais il avait cette fois repris tout son self-contrôle et il s'exprima avec une détermination royale.

– Je sais à présent ce qui s'est détraqué sur Voltar et je connais aussi la source du mal. Il est très dangereux de s'associer avec des civilisations primitives, décadentes ou en déclin. Cela revient à mettre un patient atteint d'une maladie contagieuse dans une chambrée où ne se trouvent que des gens en parfaite santé. De tels rapprochements peuvent être nuisibles aux cultures supérieures. Nous avons déjà connu certains exemples au cours de notre histoire et nous sommes loin d'être parfaits.

» Mais jamais durant toute ma carrière, qui m'a conduit loin dans l'espace, jamais je n'ai entendu parler d'une société aussi dégénérée et pourrie que celle de Blito-P3, la Terre!

Il marqua une pause, puis son regard se porta vers les armoiries et le portrait de son père, sur la paroi opposée. Deux portraits de ses frères disparus étaient sertis en dessous. Un bref instant, une brume passa dans ses yeux. Il se tourna brusquement vers Heller.

– Je ne veux plus jamais entendre parler de Blito-P3! JAMAIS! (Il inspira profondément.) Lord Heller, vous êtes chambellan royal à titre permanent! En tant qu'Empereur, la coutume voudrait que je ne sois pas présent. (Heller s'aperçut que Mortiiy pleurait, à présent, et qu'il avait peine à le cacher et à contrôler sa voix.) La Couronne déclare cette conférence close. Je composerai à mon gré une liste potentielle des nouveaux lords qui seront à même de former un gouvernement.

Il se penchait pour masquer son émotion. Il prit six feuillets de proclamation royale et, très vite, les parapha. Puis il y apposa le sceau royal avant de les tendre à Heller.

– Vous vous servirez d'un de ces ordres en blanc pour disposer de Blito-P3, la Terre, de la façon qui vous semblera la plus appropriée!

Il se retourna. À l'évidence, il prenait congé, et toute l'assistance fut surprise. Chacun se leva pour essayer de s'incliner.

Mais Mortiiy ne regardait pas. Il descendait les marches du dais. Quand il fut hors de vue, d'un geste bref, il s'essuya les yeux d'un revers de main.

La comtesse Krak se glissa à son côté, lui prit le bras et l'entraîna. Il était évident que Mortiiy, aveuglé par les larmes, ne voyait pas où il allait. Il avait beaucoup aimé ses frères. Et le fait d'apprendre la cause véritable de leur mort avait réveillé son chagrin.

2

Le bourdonnement des voix s'enflait dans la salle du Grand Conseil. Les officiers supérieurs étaient toujours debout, mais ils s'étaient mis à bavarder. Toute l'assistance était bouleversée parce que l'Empereur avait semblé bouleversé.

Heller avait pris les six proclamations en blanc. Il savait à quel point il était difficile d'amener les états-majors à se mettre d'accord sur les forces, les zones de combat, les attributions de commandement, tous ces problèmes complexes inhérents à toute invasion. Et le climat qui régnait actuellement dans la salle n'était guère favorable pour commencer.

Madison lui aussi était toujours là, comme inconscient, la dague d'un lieutenant des marines de la Flotte pointée sur sa gorge. Les membres de son équipe étaient toujours empilés contre la paroi mais commençaient à reprendre vie.

Soudain, Heller reconnut un petit visage ridé qu'il n'avait pas revu depuis longtemps. C'était celui du maître de la Cité du Palais.

Il tapota la table de la crosse de son éclateur.

– Messieurs! cria-t-il. Nous avons un travail urgent à accomplir ce soir! Mais je pense auparavant qu'un petit RAFRAÎCHISSEMENT nous ferait le plus grand bien! Le maître de la Cité du Palais vient de me faire signe qu'il s'apprêtait à vous servir quelques viandes et boissons choisies! Tout ce qu'il a trouvé de mieux, en fait.

Le maître de la Cité avait levé les yeux et réfléchissait à vive allure. Où pouvait-il donc trouver des gens pour ouvrir les caves et les offices? Tous les gardes et serviteurs avaient été congédiés par l'Appareil. Il se dit alors que, par conséquent, les lords de la Cité du Palais qui avaient été en place avaient eux aussi été chassés. Et les réserves de tous les palais étaient à sa disposition. Il acquiesça donc avec enthousiasme.

Des bourdonnements chaleureux avaient accueilli l'annonce d'Heller. Il ajouta :

– Nous reprendrons cette conférence dans deux heures. Soyez tous présents, car nous aurons à prendre de graves décisions.

Descendant du dais, il désigna Madison.

– Qu'il nous suive, dit-il au lieutenant des marines.

Il se fraya un chemin dans la foule, jusqu'à la paroi opposée, et observa les survivants de l'équipe de Madison dans leurs uniformes verts empruntés au Circuit Planétaire.

– Je suppose que vous leur avez donné une formation de PR, fit-il en se tournant vers Madison.

– Oh, oui, certainement. Ce sont des types très doués!

– Bien, fit Heller en adressant un signe au capitaine des marines. Mettez les menottes électriques à toute cette bande, donnez-leur quelques coups de pied pour qu'ils se réveillent et enchaînez Madison en tête de file.

– Tout de suite, Votre Seigneurie. Puis-je pousser le voltage un petit peu plus haut que la normale? Ils ont blessé pas mal de mes hommes.

– Pas de torture, fit Heller. Quoique je sois d'accord avec vous : c'est plutôt tentant.

Madison devint soudain brave.

– Vous ne pouvez pas me faire ça. Aucun code n'indique que l'exercice des PR constitue un crime. Il n'y a aucune charge contre moi. Les PR ne sont qu'une profession comme les autres.

– Ma foi, c'est peut-être vrai sur Terre. Vous pouvez y déclencher des guerres, ruiner des réputations et des existences en riant. Mais, chez nous, nous ne considérons pas à la légère un million de vies.

– J'ai placé Mortiiy sur le trône, si vous voulez savoir. Si je n'avais pas fait couronner Hisst, jamais la population ne se serait soulevée...

– Madison, il me déplaît de vous le dire, mais si vous n'aviez pas mis le nez dans tout ça, Cling aurait continué de bien se porter, il aurait désigné Mortiiy comme son successeur et pas un seul coup de feu n'aurait été tiré. Vous n'avez été qu'un parasite aussi stupide que destructeur ! Mais partout où j'ai rencontré votre espèce, c'est la même chose. Vous semez la perturbation là où jamais il n'aurait dû y en avoir.

Madison le dévisagea d'un air dubitatif. Et haussa les épaules.

– Je vois, Heller-Wister, que vous avez encore beaucoup à apprendre. M. Trapp ne manquera pas de me croire si je lui dis que j'ai travaillé dur afin de vous rendre immortel. Lorsque je retournerai sur Terre...

– Madison, le coupa Heller en anglais, j'ai du nouveau pour vous. M. Trapp travaille pour moi désormais.

– QUOI ?

– Mais oui, c'est exact. Et en ce qui concerne votre retour sur Terre, je n'ai même pas à me poser la question de savoir si je dois encore infliger un tel fléau à cette planète. Votre dernier coup a été superbe : vous avez réussi à provoquer la colère de Mortiiy. Et votre travail de *public relations* a été si efficace qu'il vient d'ordonner qu'on liquide la planète. Ça, pour un PR, vous pouvez pavoiser.

Madison le regarda et il aurait sans doute répliqué si la comtesse Krak n'avait surgi à cet instant.

– Jettero, fit-elle, la dernière fois que nous avons vu cet homme, il était censé avoir sauté du haut d'un dock dans l'East River !

– Les PR, dit Heller, sont malheureusement incapables d'honorer les articles nécrologiques qui les concernent.

À présent, le gang de Madison, enchaîné, était rassemblé. Flip ne quittait pas des yeux la comtesse Krak.

Elle se tourna vers Madison.

– Je viens juste de me souvenir. Deux jours après que l'on a annoncé votre mort dans les journaux, j'ai lu un article où il était question de vous. Et de votre mère.

– Ma mère? fit Madison, soudain cendreux. Elle est morte de chagrin?

– Non. Elle s'est mariée, et d'après les photos que j'ai vues, la noce a été joyeuse!

– Oh, mon Dieu! fit Madison en s'effondrant.

Malgré ses menottes, Flip le retint. Et elle lui prit la tête sur ses genoux.

– Qu'est-ce qu'il a? demanda Krak en se tournant vers Heller. Je lui ai dit ça uniquement pour qu'il ne culpabilise pas pour avoir fait mourir sa mère de chagrin. Je ne voulais que son bien!

Flip embrassa Madison. Il bougea. Il ouvrit les yeux et la vit. Elle l'embrassa encore.

– Je te tiens, lui fit-elle avec un regard avide.

– Oh, mon Dieu! geignit-il. Adieu mon génie!

3

Au-dehors, la plainte du vent froid du désert s'élevait autour des palais nus, soufflant des tourbillons de poussière devant les projecteurs de fortune que venaient de dresser les unités de l'Armée.

Les troupes rebelles et les marines de la Flotte patrouillaient les boulevards obscurs.

La comtesse Krak précéda Heller dans le grand escalier jusqu'à un parc proche. Ils étaient suivis d'une escouade de marines qui encadraient le gang de Madison, menottes aux poignets.

Le réalisateur de la nouvelle équipe de la Vidéo Planétaire dévala les marches et rattrapa Heller.

– Prince, Votre Seigneurie, monsieur. Je vous en prie, n'en veuillez pas au Circuit. (Il jeta un regard en direction de Madison.) Les inepties que ce crétin débitait en commentaire ont été bloquées par la régie de la Cité de la Joie. Elles ne sont pas passées à l'antenne.

Madison, déjà très abattu, se serait à nouveau effondré s'il n'avait pas été soutenu par Flip ainsi que par un marine qui venait de tirer sur ses chaînes.

– Depuis quand le Circuit est-il aussi courtois? demanda Heller.

– Eh bien, monsieur, vous êtes une figure populaire, désormais.

– Parfait, fit Heller, sarcastique. Ça explique tout. Alors allez nous chercher des rafraîchissements.

– Oh, je vous remercie. Mais, voyez-vous, il y a quelques minutes, un de mes hommes a vu se poser un wagon aérien de la Prison Royale et Lord Turn en a débarqué. J'ai dans l'idée que c'est en rapport avec le prisonnier Soltan Gris. Et je veux couvrir ça. C'est chaud chaud.

– Je crois que je vais tuer Madison, marmonna Heller.

– Oh, super! Vous allez l'exécuter là, dans le parc?

– Taisez-vous! C'était une façon de parler. Arrêtez donc avec vos « figure populaire », « je veux couvrir ça », « c'est chaud chaud »! Vous n'avez jamais sorti ces (biperies) avant que Madison n'arrive. On croirait entendre une équipe d'*ABC*.

– Mais le public a le droit de savoir! protesta le réalisateur.

– Le droit de savoir! grinça Heller. C'est ça. Non, vous ne COUVRIREZ pas l'entretien privé que je vais avoir avec Lord Turn. Mais je peux quand même vous dire ce qui va se passer ce soir.

– Quoi?

– Je vais demander à ce que le censeur royal ait le droit de faire exécuter les réalisateurs de vidéo! Foutez le camp!

– Votre Seigneurie! Monsieur! Est-ce que vous entendez par là que vous allez soutenir une loi *fascinante* visant à supprimer les droits de liberté d'expression et de presse accordées par les Dieux?

Heller s'arrêta net. Et Madison faillit lui rentrer dedans.

– Madison, fit Heller, si jamais j'ai pu ressentir quelque pitié pour vous auparavant, elle s'est évaporée. Je commence, quoique contre mon gré, ma carrière de « figure populaire », et je vous trouve toujours derrière moi en train de me suivre comme un fantôme.

– Alors, vous allez bien l'exécuter là, dans le parc, insista le réalisateur.

– Non, lança Heller en se remettant en marche. Mais c'est tentant. Vous savez, ce Madison qui n'arrête pas de japper, il ne vous a raconté que la moitié de l'histoire, en fait.

– Vraiment?

– Oui. L'autre moitié, c'est ce que l'on appelle « l'atteinte à la vie privée d'autrui ».

– Ah? fit le réalisateur, impressionné.
– Eh oui. Vous allez donc dire au Circuit Vidéo Planétaire et à tous ceux que vous rencontrerez que si jamais on attente à ma vie privée à coups d'équipes vidéo et de caméras, je vous poursuivrai pour un milliard de crédits de dommages et intérêts.
– Mes Dieux!
– Ça fait partie de cette moitié que Madison ne vous a pas racontée.
– Mais que signifie exactement « atteinte à la vie privée d'autrui »?
– Eh bien, ça signifie n'importe quoi, n'importe quand, du moment que je le dis.
– Mes Dieux!
– Exact. À présent que vous savez, faites passer le mot à vos collègues et à votre patron.
– Vous pouvez y compter! dit le réalisateur, épouvanté.
– Parfait. À présent, parce que cela pourrait mettre un terme aux dernières émeutes, et uniquement pour cette raison, je vous demanderai de retourner à vos caméras et de « couvrir » le procès de Soltan Gris.
– Oh, oui, Votre Seigneurie! proféra le réalisateur sur un ton d'adoration. À vos ordres, monsieur, Votre Seigneurie!
Et il détala.
Heller se tourna vers Madison et lui dit en anglais :
– Essayez de faire mieux, (bipard)!

4

Lord Turn était installé sur l'affût d'un canon-éclateur de l'Appareil qui s'était retourné. Le wagon aérien, marqué *Prison Royale*, était garé non loin de là. Un ingénieur de l'Armée avait placé un chauffage électrique aux pieds du juge et il se réchauffait les mains dans la clarté rouge.
– Jettero, mon garçon! s'exclama-t-il en voyant apparaître Heller.
Il se leva et lui serra chaleureusement la main.
– Votre Seigneurie, j'ai été désolé de vous demander cette faveur. Je crains d'avoir involontairement causé pas mal de troubles.
– Asseyez-vous, asseyez-vous, mon garçon dit Lord Turn, en

tapotant sur l'affût du canon. Rien d'irréparable. Mais, par tous les Cieux, qu'est-ce que ça signifie?

Heller s'assit.

– Je conduisais Gris à la Prison Royale et je crois qu'il s'est suicidé.

Turn désigna le wagon aérien. Le visage de Soltan Gris était visible derrière les barreaux de la fenêtre. On lisait la détresse et le désespoir dans son regard. Derrière lui, deux gardiens veillaient.

– Eh bien, malheureusement, dois-je dire, il a survécu, fit Lord Turn. Ce personnage est un authentique criminel. Il a violé plus d'articles de lois par page que quiconque dont j'aie jamais entendu parler. Car en fait, je ne pouvais le juger car je ne connaissais pas exactement les chefs d'accusation.

L'équipe de vidéo venait d'arriver en courant et, tout à coup, ils furent éblouis par les projecteurs. Lord Turn poussa un grognement.

Heller sortit une feuille d'imprimante de sa tunique.

– Les consoles sont au travail, dit-il, et elles viennent de sortir cela. Est-ce que vous ne pourriez pas le juger ici et en finir?

– Oh, avec joie! s'écria Lord Turn avant de faire signe aux gardiens du wagon. C'est au moins deux fois plus légal que de le juger dans la Cité du Palais. Bon débarras!

Soltan Gris s'avançait vers eux d'une démarche vacillante. Une caméra se braqua sur son visage et il tressaillit.

– Restez là, lui dit Heller. Et n'ayez pas peur des caméras. Je ne crois pas qu'il y ait beaucoup de spectateurs à cette heure.

– Ça, c'est ce que vous croyez, dit le réalisateur.

Et il lui montra un écran moniteur. Des foules se pressaient devant les écrans de la Cité de la Joie. Des foules énormes! Et c'était la même chose sur tout Voltar, dans l'hémisphère éclairé tout comme dans celui où ils étaient, encore plongé dans la nuit. La nouvelle avait dû se propager comme un feu de brousse.

Heller grommela, puis se tourna vers Lord Turn.

– Voici l'ordre du Grand Conseil 988365537-451 BP 3, edicté l'année dernière. Il enjoint à la Division Extérieure d'envoyer un ingénieur afin de réajuster la situation de Blito-P3. Soltan Gris, qui était alors officier subalterne de l'Appareil, chef de la Section 451 chargée de Blito-P3, fit tout ce qui était en son pouvoir pour s'assurer que cet ordre ne serait pas exécuté.

– Aha! s'exclama Lord Turn, tout en lisant l'ordre. En ce

cas, les arguments de Soltan Gris et de ses avocats qui prétendaient qu'il n'avait fait qu'obéir aux ordres ne tiennent plus!

Lord Turn rajusta sa cape et lança :

– J'appelle la Cour!

Et il décocha un regard hostile à Gris.

Gris, qui tremblait toujours dans la clarté des projecteurs et sous la lueur rouge du radiateur qui lui conférait une expression diabolique.

– Je savais bien, Gris, qu'un officier royal n'avait pu vous arrêter sans motif. La charge qui pèse contre vous est très grave. Elle est passible de la mort ou du pouvoir discrétionnaire de la cour. Que plaidez-vous?

– Non coupable! geignit Gris.

– Malheureusement, j'ai enfin achevé la lecture de votre confession. Vous êtes aussi coupable qu'un meurtrier surpris avec un couteau encore sanglant au poing. Vous avez même attenté à la vie d'un officier royal! Je vous déclare coupable du chef d'accusation! Avez-vous quelque chose à dire avant que je prononce la sentence?

Soltan Gris se laissa tomber à genoux. Il joignit ses mains liées par les menottes en un geste de supplique. Hélas pour lui, il se rapprocha ainsi du radiateur et, sous la lumière écarlate, il prit une apparence monstrueuse.

– Vous m'avez promis l'indulgence! cria-t-il.

– Je ne crois pas m'en souvenir. Je vous ai seulement dit de rédiger le récit de vos crimes afin que je puisse déterminer les charges à votre encontre.

– Pitié! Pitié! balbutia Gris. Ne me condamnez pas à mourir sous la torture! Grâce!

– Oh, pour l'amour des Cieux, lâcha Heller, écœuré.

Il se pencha pour chuchoter quelques paroles à l'oreille de Lord Turn qui acquiesça.

– Soltan Gris, reprit Turn, la loi me donne pouvoir de prononcer une sentence de mort ou de pouvoir discrétionnaire contre vous. Vous serez exécuté par pendaison et demeurerez exposé au gibet de la Prison Royal jusqu'à ce que votre cadavre pourrisse...

Gris s'évanouit et tomba dans un cliquetis de menottes.

Un gardien tenta de le relever mais Gris demeurait prostré.

– Quel lâche répugnant! fit le juge. Il n'a même pas réussi à rester éveillé pour entendre la suite de la sentence.

Il inscrivit quelques notes dans un registre et y joignit l'ordre du Grand Conseil.

Heller surveillait les équipes de la Vidéo. Ils avaient pris tous les gros plans de Gris qu'ils avaient souhaités et remballaient. Ils éteignirent les projecteurs. Heller songea que dans les rues de toutes les cités de la Confédération, les foules allaient danser de joie.

– Merci, Votre Altesse, Votre Seigneurie, lui dit le réalisateur. Je suis persuadé que nous aurons des relations professionnelles très chaleureuses.

– Je le crains, fit Heller, sardonique.

Le réalisateur s'éloigna au pas de course, suivi de son équipe.

Lord Turn s'était levé. Il s'avança jusqu'à Gris et le remua du bout du pied, mais sans succès.

Il regarda Heller.

– Ma foi, Jettero, mon garçon, je suis bien content que nous en ayons fini.

Il serra la main d'Heller, se tourna une fois encore vers Gris inerte et ajouta :

– Eh bien, il est à vous, à présent.

Suivi des gardiens de la Prison Royale, il regagna le wagon aérien qui décolla.

Heller, désignant Gris, ordonna au lieutenant des marines :

– Prenez-le. Nous avons encore un appel à lancer.

5

Le Palais de la reine Teenie se dressait dans le froid et la nuit. Et la plainte qui s'en élevait répondait à celle du vent.

La clarté bleue et dure des projecteurs de l'Armée semblait accentuer encore l'obscurité.

La colonne des cinquante et un prisonniers dont Gris faisait partie s'arrêta dans un bruit de chaînes au bas des grands escaliers.

Les hommes de Snelz montaient la garde. Snelz lui-même vint au-devant d'Heller.

– Prenez ces prisonniers en charge, lui dit Heller, et rassemblez-les dans ce petit parc, là, en bas de l'escalier.

Puis il alla remercier les marines. Leur officier s'assura que Snelz prenait la relève, salua Heller en croisant les bras et s'éloigna avec ses hommes.

– Au nom des Cieux, que signifie ce chant funèbre? demanda la comtesse Krak.

Snelz, dans la clarté bleue, semblait mal à l'aise.

– Ils se sont mis en tête que la reine Teenie allait être exécutée. Une équipe du Circuit Planétaire est sur place et un amiral qui participait à la conférence s'en est pris à elle. Alors, il leur est venu à l'idée qu'on pourrait l'exécuter parce qu'elle avait protégé Lombar Hisst.

– Vous leur avez dit ça?

– Eh bien... fit Snelz en évitant son regard, je me suis dit que c'était un moyen de récupérer le prisonnier, même si ça n'a pas marché.

Heller secoua la tête.

– Encore un autre désastre à régler. Bon, allons-y. Nous devons du moins essayer.

Il se dirigea vers les grandes marches, suivi de la comtesse et de Snelz.

Devant la porte, deux gardes en uniforme d'argent leur barrèrent le chemin en croisant leurs haches de combat. Heller s'annonça.

– Vous trois seuls pouvez entrer, leur déclara un sénéchal. Mais sans arme.

Heller et Snelz débouclèrent docilement leurs ceinturons et les rendirent à l'un des gardes.

– Lord Heller! annonça le sénéchal dans le hall.

Ils pénétrèrent dans le grand salon de réception.

Un spectacle désolant s'offrit à leurs yeux. La seule clarté provenait des lampes de poche des garçons éparpillées entre les vêtements et les jouets qui jonchaient le sol. Les domestiques étaient tous là, en pleurs. Et tout au long des murs, les jeunes garçons sanglotaient, serrés les uns contre les autres.

Le vent du désert leur répondait en un contre-chant lugubre.

Teenie était assise sur la première marche de son trône. Une cape de fourrure bleue était drapée sur ses épaules et elle tenait son sceptre, les yeux fixés sur le parquet, l'air hagard.

Heller, la comtesse et Snelz s'arrêtèrent. La comtesse, alors, se pencha et dévisagea longuement Tennie.

– Mais vous n'êtes qu'une adolescente de la Terre, fit-elle.

L'effet fut instantané. Tennie bondit sur ses pieds, et remonta deux marches afin de paraître plus grande.

– Je suis la reine Teenie de Flisten! clama-t-elle. Et j'irai à mon jugement comme une personne de sang royal!

La plainte qui s'éleva dans la pièce était comme un chant funèbre.

Heller, la comtesse et Snelz échangèrent des regards surpris puis, avant même qu'ils aient pu parler, Tennie se rassit sur la plus haute marche. Elle s'effondra peu à peu, les coudes sur les genoux, le menton entre les mains.

– J'avais réussi. Tout marchait bien. Et il a suffi que Madison rapplique pour tout ficher en l'air! (Elle baissa un peu plus la tête et gémit :) Personne ne m'aime! Tout le monde me déteste! Je vais aller mourir dans la boue!

Elle se mit à pleurer.

Quelques garçons rampèrent vers elle en criant :

– Teenie, nous vous aimons!

Les domestiques s'approchèrent à leur tour.

– Reine Teenie, ne nous brisez pas le cœur!

Le majordome s'agenouilla et saisit la main d'Heller.

– Lord Heller, si vous devez l'exécuter, l'ensemble des serviteurs ne demande qu'à mourir à ses côtés sur l'échafaud!

– Mes Dieux! fit Heller en s'arrachant à son étreinte. Mais dans quoi me suis-je fourré?

– Tu t'es mis dans la même situation qu'à Afyon, en Turquie *, dit la comtesse Krak. Avec les petits garçons et Utanc! J'ai entendu parler de cette fille. Encore un exemple de ce que deviennent les gens sur Terre. Si tu ne la soumets pas, sa perversité va envahir tout Voltar comme la peste. Je pense à mon échec pour réformer miss Simmons et les autres et je dois te dire qu'il n'y a qu'une seule chose à faire. Tu ne peux pas la déporter parce que, si je réfléchis bien, il n'y aura bientôt plus aucun lieu où la déporter. Il va falloir que tu l'exécutes.

Les sanglots et les lamentations se firent assourdissants!

– Taisez-vous! lança Heller.

Mais le concert redoubla!

Heller éleva la voix pour s'adresser à la comtesse et à Snelz.

– Écoutez, *je vous en prie*, laissez-moi m'occuper de ça.

Regardant autour de lui, il ramassa un jouet d'enfant.

– Oh! Jettero, tu as le cœur trop tendre, protesta la comtesse. Je sais ce que tu vas faire. Tu vas lui pardonner, lui dire d'être bien gentille désormais, et ensuite elle pourra aller contaminer toute la...

Quelques-unes parmi les servantes avaient compris d'où venait l'opposition et, s'agenouillant, elles s'agrippèrent à la robe de la comtesse.

– Pitié, ne tuez pas la reine Teenie!

L'une d'elles déchira sa robe, révélant ses seins nus.

– Tuez-nous, mais laissez-la vivre! gémit-elle.

– FERMEZ-LA TOUS! cria Heller.

Il monta vers Teenie. Comme il s'approchait d'elle, les plaintes redoublèrent. Il mit un bras sur ses épaules, et ils

* Voir Tome 8, *Catastrophe!*

furent tous convaincus qu'il allait l'étrangler, là, sous leurs yeux!

Mais il se pencha et l'embrassa sur la joue!

– Ça alors! souffla la comtesse Krak.

Heller avait sorti son chiffon rouge d'ingénieur de combat et épongeait les larmes de Teenie. Puis il la fit se moucher.

Ensuite, il la prit entre ses bras et la conduisit jusqu'à la porte d'entrée. Il la remit sur pied sous les regards de tous les autres. Un silence mortel planait.

Heller parlait à voix basse mais ils surprirent quelques paroles.

– Donc, la seule question est de savoir si vous allez faire cela pour moi ou non.

La comtesse Krak était horrifiée. Elle était convaincue qu'Heller venait de faire des propositions à la fille. Et elle gémit :

– Oh, Seigneurs, et maintenant elle le tient!

Teenie, brusquement, gloussa d'un rire ravi.

Tous, ils étaient tétanisés sur place.

Dans l'entrée, une porte donnait accès à une petite pièce. Tout à coup, Teenie et Heller y entrèrent et refermèrent la porte sur eux.

Pages et serviteurs échangèrent des regards ahuris.

Cinq minutes passèrent. Les yeux étaient fixés sur la porte. Dix minutes.

– Oh, mes Dieux! geignit la comtesse Krak.

La porte se rouvrit soudain. Heller et Teenie sortirent. Teenie rajustait sa robe sur ses épaules. Elle enlaça Heller et s'exclama :

– Super Wister, vous êtes vraiment extra! Quel homme vous faites!

Et, se hissant sur la pointe des pieds, elle l'embrassa!

L'assistance comprit que la crise était ainsi finie et se mit à pousser des ovations. Le vacarme était de nouveau assourdissant.

La comtesse Krak perdit conscience.

6

Durant les deux dernières heures, la salle du Grand Conseil avait quelque peu changé. Le maître de la Cité du Palais n'avait pas perdu son temps. On avait récupéré certaines des bannières serties de diamants dans les bagages des troupes de l'Appareil. Le portrait de Cling et de ses deux fils aînés avait été descendu et, à la place, on avait installé celui de Mortiiy, jeune homme, en uniforme d'officier de la Flotte. Certains des gardes du palais avaient regagné leurs postes et ils se tenaient au garde-à-vous, rigides comme des statues dans leur tenue bleue et violette. Les domestiques des ex-lords s'activaient à nettoyer les reliefs du repas.

Heller avait grignoté un pain sucré et bu un peu d'eau pétillante avant de se laver la figure. Il avait ensuite endossé une tunique de lord que le maître avait retrouvée quelque part, mais il avait conservé son ceinturon et ses armes.

Il prit place sur le dais. La comtesse Krak était installée à côté, sur un petit tabouret, un peu en retrait. Elle affichait un air sombre et douloureux et n'ouvrait pas les lèvres.

Il y avait foule et le brouhaha régnait. Il semblait que d'autres personnes étaient accourues. Heller était sur le point de cogner sur la table pour rétablir le silence lorsque deux trompettes lancèrent une note, et que résonna un coup de cymbales. Surpris, il leva la tête vers la loge où se tenait le maître. Qui lui fit un clin d'œil! Il n'avait pas quitté du regard la main d'Heller. Et Heller eut bien du mal à s'empêcher de rire. Il marmonna pour lui-même :

– Oui, je suis comme Mortiiy : il faut que j'admette que cette époque est finie.

Et il rengaina son éclateur.

– Messieurs, commença-t-il face au public soudain silencieux, la conférence des officiers est de nouveau ouverte. Nous avons plusieurs sujets à traiter. Je réserverai le sort de la planète Blito-P3 pour la fin de la session. Pour l'heure, je souhaiterais que nous en finissions avec la question de cette fille de la Terre et de ses jeunes gitons.

Un grondement féroce, lourd de haine retenue, monta des deux mille personnes rassemblées devant lui.

L'équipe du Circuit s'activait et les moniteurs montraient la réaction de la foule qui occupait toujours les rues de toutes les cités de la planète. D'un hémisphère à l'autre, cette réaction était la même : la colère et la haine à l'état pur.

– Oh, là, là! souffla Heller. J'ai vraiment intérêt à y aller en douceur.

Un général de l'Armée, assis à la table de conférence, gronda d'une voix impérieuse :

– Nous avons découvert que cette fille de la Terre prétend

être la reine-otage de Flisten et qu'elle est installée ici même, dans la Cité du Palais !

– Nous exigeons une action immédiate ! cria le doyen des officiers supérieurs de la Police Domestique.

– Oui, tuons la fille de la Terre ! hurla l'assistance en écho.

– Et exécutons les homos ! cria la foule dans les rues.

– Madison, Madison, marmonna Heller, qu'est-ce que tu as fait ? Maintenant, ta planète est aussi populaire qu'une bande de putois !

Il adressa un signe au maître qui s'était levé et un nouveau coup de cymbales claqua.

Heller prit une expression très grave. Il avait intérêt à jouer tout cela en expert. Et dans le silence, il déclara :

– J'ai craint, quelque temps, que vous n'approuviez pas mon extrême sévérité, mais je constate que vous semblez l'accepter.

– Il va ordonner une exécution générale, murmura-t-on de toutes parts.

Heller entendit et réagit :

– Pire encore, je viens juste de conclure un accord avec la reine-otage de Flisten. Et c'est à cause de son extrême rigueur que je dois le soumettre à l'approbation de la Conférence des Officiers.

Ils attendaient, avides de vengeance.

– Une simple exécution serait trop rapide. Ils ont besoin de temps pour souffrir et expier leurs péchés.

Les têtes s'inclinèrent pour approuver.

– J'ai donc proposé comme sentence l'exil sur un rocher perdu sur l'océan.

Il y eut quelques murmures de satisfaction.

– Je l'ai sommée d'abandonner son palais et, du fait qu'ils ont été contaminés, de garder avec elle les membres de sa domesticité qui devront souffrir avec elle.

– Très judicieux. Très judicieux, dit-on un peu partout.

– Quant à ces jeunes mécréants qui l'ont suivie dans la corruption, ils la suivront eux aussi dans l'exil ! Et cette sentence s'applique également aux fils des ex-lords, ceci pour vous donner une idée de la violence de cette mesure.

Des applaudissements frénétiques lui répondirent.

– Et en ce lieu désolé et solitaire, je vais également exiler J. Walter Madison et son infernale équipe.

De nouveaux applaudissements.

– Toute communication avec le monde extérieur leur sera interdite. Nous les laisserons seuls s'enfoncer dans les Enfers de leur infamie !

Les applaudissements se firent encore plus chaleureux. Autour de la table, des officiers se levaient pour clamer leur enthousiasme.

Quand le tumulte s'apaisa, Heller sortit un papier de proclamation royale de sa tunique.

– Voici le traité d'accord avec la reine-otage de Flisten. Messieurs, si vous voulez bien y apposer vos signatures et vos sceaux au-dessus de ceux de Sa Majesté, nous pourrons le classer et nous en aurons fini avec cette affaire. Ainsi que vous pouvez le voir, la reine-otage de Flisten a déjà signé la proclamation.

Il tendit le document à un huissier qui le fit circuler.

Il poussa discrètement en direction de Krak une caméra-jouet qu'il avait récupéré sur le parquet du palais de Teenie.

– Il n'y avait pas la moindre équipe du Circuit dans le coin, lui murmura-t-il, alors j'ai dû opérer moi-même.

Elle prit l'objet. De telles caméras avaient une autonomie de dix minutes. À l'arrière, un mini-écran permettait de visionner ce qui avait été filmé. Avec de pareils bibelots, évidemment, la qualité était nulle et l'image en deux dimensions.

Krak, toujours effondrée, fit cependant fonctionner la chose.

Apparemment, Heller avait posé la caméra-jouet sur une table dès qu'il était entré dans la chambre avec Teenie. En fait, la pièce devait plutôt être le bureau d'un sénéchal. Krak vit Teenie s'asseoir devant un bureau. Heller, quant à lui, resta debout.

Il lui proposa les termes de son traité. Il voulait qu'elle lui rende ce service. Qu'elle amende le traité existant sur le statut de la reine-otage de Flisten.

Après un instant, il lui déclara :

– Il serait préférable que vous abandonniez votre palais de la Cité du Palais. Le personnel semble désireux de vous accompagner et vous pourrez emporter tous vos biens.

– Je dois dire que ça n'a rien de très dur, fit Teenie. Les femmes des lords m'en veulent à mort – de vraies tigresses. Est-ce que je pourrai récupérer ma marijuana dans les jardins ? Elle est bonne à récolter et c'est de la super : de la Panama Red.

– Je vais confier le déménagement à Snelz. D'accord pour ça, mais on ne le mentionnera pas. Contentez-vous de ma parole.

– Et j'aurai vraiment Madison ?

– Absolument. Et il faudra que vous preniez aussi toute son équipe. S'il restitue l'appartement du général Loop au gouvernement, il n'aura qu'à faire ses bagages. À vrai dire, ils devraient logiquement tous retourner en prison et Madison devrait être fusillé, alors, Teenie, soyez très très prudente. Il est dangereux comme la foudre. Vous avez des oubliettes, là-bas : est-ce que vous saviez que j'avais effectué une reconnaissance de l'île Relax pour remettre les cartes à jour? Il y avait eu un séisme. Tout le secteur n'est qu'une énorme bulle volcanique. Une des collines s'est effondrée. L'endroit est ravissant, je dois dire. Mais ne vous montrez pas tendre avec Madison : jetez-le dans une oubliette.

– Oh, comptez sur moi, fit Teenie avec un sourire radieux.

– Maintenant, passons à Gris, dit Heller.

– Oh, oui, oh, oui!

– Nous l'avons jugé mais ce lâche s'est évanoui sans entendre la fin de la sentence. Tenez, la voilà.

Elle lut à haute voix.

– Ledit Soltan Gris est déclaré coupable de haute trahison. Il sera exécuté par pendaison et demeurera exposé au gibet de la Prison Royale jusqu'à ce que pourrisse son cadavre. Cependant, avant cette exécution, il devra purger une peine de prison à vie infligée par la reine-otage de Flisten.

Teenie se mit à sourire, d'un sourire aussi intense que féroce. Et elle relut la sentence, savourant chaque mot. Puis elle dit :

– Vous m'aviez laissé entendre que vous alliez me restituer Gris, mais ça, mon cher, c'est du super! Super Wister! On peut dire que vous êtes vachement génial!

– Une précaution cependant, ajouta Heller. Les dossiers qui le concernent resteront dans les archives de la Prison Royale jusqu'à l'exécution de cette sentence. Vous devrez donc restituer son corps quand il sera mort. Afin qu'ils puissent quand même le pendre.

– Oh, je n'y manquerai pas! fit Teenie.

– Je ne précisais cela que parce que vous m'aviez dit que vous vouliez simplement le jeter dans une oubliette. Je n'aurais jamais suggéré qu'on vous le remette si j'avais pensé un instant que vous aviez l'intention de le torturer. Je suis contre la torture.

– Oh, mais telle n'est pas mon intention. Tout ce que je désire, c'est savoir qu'il est bien au chaud dans une oubliette bien tranquille. Je vous donne ma parole que je ne le toucherai pas.

– Parfait. Une grande part de ce traité, telle que celle concernant Gris, restera verbale. Mais une mesure va être nécessaire : les communications avec l'île Relax demeureront coupées. La Défense Planétaire en sera chargée.

– Au diable! fit Teenie. Qui voudrait parler au monde extérieur quand on a un Gris à visiter régulièrement et cinq cents gentilshommes prêts à (biper) sans arrêt? Super Wister, vous êtes merveilleux! Je vous adore!

Sur ce, elle signa le traité et y apposa son sceau royal.

Et ils quittèrent la pièce. Heller avait récupéré le traité et il le présenta à l'objectif de la caméra-jouet.

Krak consulta sa montre. Dix minutes très exactement s'étaient écoulées! Ils n'avaient fait que discuter!

Elle murmura d'un ton courroucé :

– Tu n'aurais pas dû me faire croire que vous faisiez autre chose! Toi et tes plaisanteries!

– Mais ça n'était pas une plaisanterie, protesta Heller. Ces petits homos se diront peut-être qu'ils pourraient bien redevenir des hommes. D'abord, je ne pouvais pas lui faire signer un traité dans une pareille ambiance, et puis, c'était peut-être préférable pour son orgueil féminin de leur faire croire que c'était son charme qui avait fait son effet.

Krak prit un air hautain.

– Toi et tes sentiments!

– Garde cette caméra et mets-la avec les dossiers. J'en aurai peut-être besoin pour sauver ma réputation ou pour me défendre de tes accusations.

– Oh, Jettero, je plaisantais. La leçon a porté. Je ne suis plus jalouse.

– Ah, oui, vraiment? fit-il en anglais.

Elle se mit à rire.

– Jettero, ce qui nous sépare, ce n'est pas ma jalousie, c'est ton sens de l'humour!

– Tu vois : tu viens de rire.

Tout à coup, le monde semblait bien meilleur à la comtesse Krak.

Mais ce monde, c'était Voltar. Quant au sort d'un certain autre monde, la Terre, il serait à jamais réglé cette nuit même.

QUATRE-VINGT-HUITIÈME PARTIE

1

Dans la salle du Grand Conseil, le traité n'en finissait pas de circuler de main en main et Heller ne l'avait pas encore récupéré : cela s'expliquait par les discussions qui éclataient tout autour de la vaste table, discussions qui ne concernaient pas directement le traité mais qui portaient avant tout sur l'ordre hiérarchique des membres de chacune des divisions représentées, puisqu'il n'y avait plus de lords désormais. Deux ou trois d'entre eux s'étaient fait représenter par leur chef de bureau mais, à la différence des organisations militaires ou policières, il n'existait pas vraiment de structure subalterne pour la noblesse.

Heller, toujours installé sur le dais, commençait à s'impatienter. Il ne restait plus que deux signatures à recueillir.

– Bon, après celui-là, il nous en restera encore cinq, marmonna-t-il à l'adresse de la comtesse en se tournant vers elle. Je ne comprends pas encore pourquoi Mortiiy m'a choisi comme grand chambellan royal. Il a des tas d'amis plus expérimentés que moi pour ce poste.

– C'est très habile de sa part, lui chuchota-t-elle en réponse. Les militaires ne se sont ralliés à sa cause qu'au dernier moment et leur loyauté n'est pas encore prouvée. Tous ses amis sont des rebelles que la population n'accepterait pas si facilement. Toi, tu as toujours été loyal envers Cling. Et de plus, tu es très populaire. Mortiiy te considère comme l'un de ses pairs officiers en qui il a toute confiance et, si tu considères clairement les choses, il te doit son trône. Oui, il est vraiment très habile. Et, bien sûr, mon Jettero est brillant, bel homme, avec du charme et...

– Et un très mauvais sens de l'humour, l'interrompit Heller en riant. En tout cas, je n'aurai pas fait débuter son règne par le massacre d'une poignée de gamins. Le pouvoir qui s'installe dans un bain de sang a peu de chances de durer. Et il se peut, ajouta-t-il avec une soudaine vivacité, que ce gouvernement-ci ait quelque espoir de durer. Il se pourrait même qu'il se montre *juste*!

– En ce cas, tu devrais réfléchir très vite. Tu viens de me dire qu'il restait encore cinq proclamations à voter et, selon les notes que tu as griffonnées, là, le sort de la Terre vient en dernier. Est-ce que tu te sens capable de décider du sort ou de la mort éventuelle de cinq milliards de gens?

Heller plissa le front et baissa les yeux.

– Je te connais, Jettero, continua la comtesse. Tu penses à Izzy, à Bang-Bang et à tous tes amis de là-bas. Tu as le cœur tendre en dépit de ton apparence de dur. Je suis certaine que tu te fais même du souci pour miss Simmons! Car tu as quelques amis parmi ces cinq milliards de gens.

– En dépit de toutes ces raisons flatteuses que tu as évoquées, dit Heller, il se peut que Mortiiy ait commis une erreur fatale en me nommant à ce poste. (Il se redressa et son expression se fit moins sombre.) Oui, je comprends. Il m'a pris parce que j'étais là, sous sa main. Ce n'est qu'une nomination provisoire. C'est très simple. Tout ce que j'ai à faire, c'est d'atermoyer avec la Terre, et dès qu'il y aura une personne de sang royal nommée à ma place, je laisserai tout simplement le dossier tel qu'il est et je retournerai dans la Flotte. (Il soupira.) Quel soulagement!

– Je crois que j'ai du nouveau pour toi, fit la comtesse en lui posant dans la main une proclamation royale. Lorsqu'il a quitté la conférence, ce soir, il était tellement heureux de voir le tour que prenaient les choses qu'il a rédigé cela. Il m'a demandé de ramener le document pour qu'il soit enregistré aux archives.

Heller avait sous les yeux une feuille signée et scellée qui le nommait officiellement lord du royaume et grand chambellan du Grand Conseil. À titre permanent.

Il laissa échapper un grognement.

– Je dois dire que ça me pose un grave dilemme. Je passe une année à remettre toute une planète sur pied et maintenant on me donne l'ordre de la faire sauter.

– Et pas question de te défiler, dit la comtesse. Si je t'ai donné cela, c'est pour éviter que tu ne fasses une bêtise, que tu défies les ordres et te mettes dans une situation pénible.

– Toi, tu es mêlée à tout ça.

– Mais non, en fait. Il a pensé à ça tout seul. Mais je reconnais que j'en suis très satisfaite. En tant qu'ingénieur de combat, tu es au-delà du facteur trois en ce qui concerne ton espérance de vie. Tu te retrouves avec un poste honorable et sûr.

– Oui. Et je n'ai qu'à dire : « Faites sauter cette planète » ou bien « Massacrez donc ces gens-là ». Je vais retarder cette conférence, aller trouver Mortiiy et lui donner ma démission!

– Non, fit la comtesse Krak. Parce que si tu fais cela, je déchirerai ce papier.

Et elle lui montra un nouvel ordre royal, paraphé et scellé, qui lui restituait sa citoyenneté, son titre de noblesse ainsi que l'ensemble de ses vastes terres de Manco.

Heller tendit les mains pour l'interrompre.

– Mais c'est merveilleux! s'exclama-t-il. Je suis tellement heureux pour toi!

– J'avais l'intention de te l'annoncer après la conférence. J'ai même réservé un palais pour que nous fêtions ça. (Des larmes brillaient dans ses yeux.) Jettero, ne ruine pas tout cela.

Il ne pouvait supporter de la voir pleurer.

Et il prit soudain conscience que les caméras du Circuit se braquaient sur eux.

Au même instant, un huissier lui présentait le traité enfin contresigné par tous.

Heller réfléchit très vite. Il devait absolument cacher les larmes de la comtesse aux caméras. Il se pencha et l'embrassa.

Les moniteurs retransmirent les hourras des populations.

Il chuchota :

– Va chercher Hightee ainsi que le maître du Palais et disleur que je veux les voir sans tarder. Et disparais. Tu as gagné. Je ferai mon boulot.

Quelque peu indécise, se sentant pareille à Nepogat la Maudite qui avait trahi le prince Caucalsia selon la légende, la comtesse Krak s'éclipsa rapidement derrière le dais.

Elle se disait que nul ne pourrait empêcher la destruction de la Terre, de toute manière, et qu'il n'y avait aucune raison de commettre un autre crime en brisant son mariage. De plus, même si cette planète avait séduit Jettero, elle avait toujours été horrifiée par cette société décadente, et incapable de comprendre comment un monde aussi beau pouvait être détérioré par une élite au pouvoir totalement inconsciente.

Tout en s'éloignant, elle songea : « On ne peut pas sauver la Terre : tout Voltar veut sa mort, à cause de Madison. Et puis, aux Diables la Terre : j'ai sauvé Jettero. »

2

Heller prit le traité et adressa un signe discret à l'homme qui se tenait sur la galerie. Quatre trompettes sonnèrent dans la vaste salle et un coup de cymbales claqua.

Il promena le regard sur l'assemblée.

– Messieurs, je souhaite vous remercier de tous avoir apposé votre paraphe sur ce traité. Je considère cela comme une motion de confiance envers l'Empereur Mortiiy et comme un auspice favorable à un règne que même les plus pessimistes doivent considérer comme heureux, prospère et puissant, augurant une ère de paix, de tranquillité et de triomphe pour toute la Confédération de Voltar. Gloire à Mortiiy le Brillant!

Les trompettes sonnèrent encore et les cymbales claquèrent en un salut royal. Tous se levèrent et crièrent :

– Longue Vie à Sa Majesté!

Et dans toutes les rues des cités, en dépit de l'heure tardive, des ovations énormes firent écho.

Heller aurait souhaité avoir ici, en cette circonstance, Vantagio, le maître ès sciences politiques du *Gracious Palms* pour qu'il lui donne quelques conseils. Pauvre Vantagio *.

Il tendit le traité à un greffier pour qu'on l'enregistre et ordonna un troisième coup de cymbales.

– À présent, accomplissant fidèlement le vœu de Sa Majesté, je prends la seconde mesure destinée à mettre un terme aux remous qui agitent ce royaume. Afin d'entamer une ère nouvelle, il convient de mettre un terme à l'ancienne.

Il avait espéré rassurer l'assemblée de même que les foules et leur faire oublier leur soif de sang. Il n'aimait pas Lombar Hisst mais il ne souhaitait pas non plus voir un homme déchiré vif par les quelque deux mille personnes présentes. Trop de sang avait été versé jusqu'alors, se disait-il.

– Nous allons à présent appeler l'affaire d'un des principaux instigateurs de meurtres du royaume, responsable du pourrissement du gouvernement.

Les moniteurs, tout soudain, ne retransmettaient que le lourd silence des foules. Le silence pesait également sur l'assemblée. Heller allait enfin présenter l'objet de ses tractations de *marchand de tapis*.

– CAPITAINE! FAITES ENTRER LE PRISONNIER LOMBAR HISST!

---

* Voir Tome 2, *La Forteresse du mal.*

Heller avait donné des instructions afin que Hisst fût lavé et présenté à l'assemblée dans un état acceptable. Mais l'élémentaire prudence avait quelque peu modifié cela.

Une porte dérobée s'ouvrit et on poussa Lombar Hisst en avant. Il était en uniforme rouge de général de l'Appareil. Le sien avait été brûlé et celui-là avait été récupéré sur un cadavre et il était souillé par ce qui était à l'évidence des taches de sang.

On avait trouvé quelque part, probablement dans le palais de Teenie, un collier électrique qu'on lui avait passé au cou. Un marine costaud tenait la chaîne. Il donna une secousse violente et Hisst fut jeté, titubant, sous la clarté des projecteurs du Circuit Vidéo. Il évoquait un singe tenu en laisse.

Et tous les espoirs d'Heller d'apaiser les foules s'évanouirent à cette seconde.

Des hurlements de haine montèrent de l'assistance!

Et les moniteurs faillirent griller sous l'assaut de férocité déchaînée des foules.

C'est alors qu'Heller remarqua quelque chose d'anormal. Hisst était censé se présenter devant les membres de la conférence, mais il y avait un éclat étrange et effrayant dans ses yeux jaunes d'animal.

Il s'arrêta. Il ne semblait absolument pas avoir conscience du tumulte qu'il déchaînait. Il paraissait vouloir parler.

Heller voulut rétablir le silence et les cymbales durent claquer par cinq fois avant qu'il ait satisfaction.

– Lombar Hisst, commença-t-il, vous vous présentez devant cette conférence d'officiers afin d'être mis en accusation et aussi de pouvoir plaider une éventuelle justification aux actes qui vous sont reprochés. J'ai ici une proclamation royale sur laquelle sera inscrit votre sort qui, je dois vous en aviser, repose entièrement entre les mains de cette conférence. Néanmoins, si vous avez une quelconque déclaration à faire qui puisse nous convaincre, nous pouvons vous traduire en jugement devant une cour. Des circonstances atténuantes...

Heller s'interrompit. Car, depuis qu'il avait pris la parole, Hisst, à l'évidence, n'avait cessé de prononcer des mots. Mais il ne s'exprimait pas à haute voix.

Heller fit un signe à l'adresse du capitaine des marines qui porta un petit haut-parleur électronique à la hauteur de la bouche de Hisst.

La voix d'Hisst retentit alors. Elle était très bizarre. Il disait :

– Les anges m'appellent. Faites-moi une piquouse. Oh, oui, j'entends ce qu'ils disent, les anges. Ils disent : un fix. Oui, ils disent qu'il faut me faire un fix. Voilà ce qu'ils disent, les anges. Un fix...

LOMBAR HISST ÉTAIT DEVENU DÉMENT!

3

Un calme bizarre, fait de chuchotements, s'était installé dans la salle du Grand Conseil.

Et partout, dans toutes les cités, le Circuit Planétaire retransmit ces marmonnements étouffés, sinistres.

Mais il n'en émergeait aucune réponse. Heller poussa un soupir de soulagement, se disant qu'après tout il en sortirait bien quelque chose. Le public semblait avoir perdu de vue le problème de la Terre. Peut-être, puisqu'ils ne semblaient pas particulièrement féroces à l'encontre de Hisst, avaient-ils épuisé le plus gros de leur fureur. Donc, s'il pouvait maintenir le calme...

– Messieurs, reprit-il, je ne pense pas que le prisonnier soit en mesure d'entendre la lecture des charges retenues contre lui et, comme nous connaissons tous le dossier, il serait vain de le traduire en jugement public. Nous savons tous qu'il a tenté de s'emparer illégalement du trône et qu'il a revêtu de façon illicite les habits du monarque. Dispensons-nous par conséquent d'autres formalités et déclarons-le coupable. Êtes-vous d'accord?

Des têtes s'inclinèrent. Aucune voix ne s'éleva pour clamer un quelconque désaccord. Heller reprit un peu espoir.

Il se tourna vers le greffier qui était maintenant prêt à consigner ce qui allait être dit.

– Je propose que le jugement le démette de toutes ses fonctions – assignées, assumées et autres. De même, nous devons annuler tous les ordres, désignations, affectations, manifestes, proclamations, ordonnances, instructions, règlements et autres édictés par lui que ce soit par écrit ou verbalement, ou par quiconque d'autre en son nom. Nous déclarons de même nuls tous les salaires, accords de paiements faits ou conclus par ledit sujet, y compris les dettes et réclamations qui pourraient être son fait ou revendiquées en son nom. Sommes-nous d'accord jusque-là?

Les têtes approuvèrent. Heller ne faisait que répéter les termes formels de tout jugement en cour martiale d'un officier traduit pour manquement à son rang et condamné à être rayé des rôles.

Ensuite, il cita la déclaration de droit civil en usage lorsque la peine de mort d'un citoyen était commuée sans qu'il ait été déclaré innocent. Ce qui était habile, vu que Hisst l'avait utilisée d'innombrables fois à ses fins personnelles, et précisément avec la comtesse Krak.

– Il sera par là déclaré une non-personne et tout ce qu'il fera sera déclaré ou jugé illégal. Tout acte à son encontre ne sera pas passible de la loi.

Le greffier écrivait rapidement. Heller, quelque peu soulagé, songea qu'il allait se tirer de ce mauvais pas sans d'autres émeutes : la colère à l'égard de la Terre semblait s'être apaisée.

Il reprit :

– Il paraît incapable d'entretenir une communication normale. Il est évident que son esprit est dérangé. Êtes-vous d'accord, messieurs ?

Tous les officiels regardèrent Hisst. Le capitaine des marines venait de s'écarter avec son mini-amplificateur, mais Hisst continuait à formuler des mots. Ses yeux jaunes étaient trop brillants, avec un éclat insensé. Et les officiers approuvèrent.

– Par conséquent, le prisonnier sera relégué dans l'Asile d'Aliénés de la Confédération et y demeurera enfermé pour le reste de son...

Soudain, Hisst avait pivoté et il gronda d'une voix assourdissante :

– À GENOUX ! À GENOUX, MISÉRABLE RACAILLE ! JE SUIS LE DIEU DE TOUS LES CIEUX !

Il avait arraché la chaîne des mains du marine ! Il la lança devant lui !

– JE VAIS VOUS FAIRE COURBER L'ÉCHINE, MOI ! ADOREZ-MOI ! ADOREZ-MOI !

Et tous les espoirs qu'Heller avait entretenus de voir le peuple oublier un peu la Terre s'envolèrent en fumée.

Un premier murmure courut dans la salle :

– Cet homme est fou !

Une autre voix, isolée, cria :

– Toutes ces choses venues de la Terre l'ont rendu dément !

Une autre clama en écho :

– Oui, regardez ce que nous a apporté la Terre !

Un cri unanime :

– Nous étions entre les mains d'un homme que la Terre a rendu cinglé !

La rumeur s'enflait. Et, bientôt, une seule clameur jaillit de milliers de poitrines :

– TUEZ-LE !

Le capitaine, jusqu'alors, avait cru être prêt. Il ne l'était pas. Pourtant, cinq de ses marines protégeaient Hisst.

Ils furent emportés par la foule!

Ils basculèrent tout en sortant leurs poignards de combat.

À cet instant, vingt de leurs camarades chargèrent, se refermant en phalange sur les agresseurs.

Les gens se démenaient sauvagement pour tenter de déchirer Hisst en morceaux.

Les marines prirent position en cercle, maintenant leurs lames fixes.

Sans cesse, des gens attaquaient, se lançaient du haut de la galerie, poussant des cris de rage tout en se débattant pour parvenir jusqu'à Hisst.

Et les trompettes et les cymbales sonnaient et claquaient en vain pour rétablir le calme.

Le capitaine des marines soufflait de tous ses poumons dans un sifflet pour appeler des renforts.

Les cinquante hommes de la Police Domestique qui veillaient à l'extérieur firent irruption dans la salle, brandissant leurs cingleurs.

Une pluie de bouteilles d'eau pétillante s'abattit sur eux.

Trois cents spatiaux de la Flotte armés de rouleaux de filins de sécurité se précipitèrent dans la salle!

CE FUT LE CARNAGE!

Heller s'était levé. Il sortit son éclateur et le régla sur *bruit maximum.* Il tira plusieurs fois en l'air sans aucun résultat.

C'est alors qu'il vit, à travers la rangée mouvante d'uniformes fauves, que Hisst tentait de ramper dans sa direction.

Heller s'approcha de la table.

Il écarta la foule en déployant les bras.

Les marines se battaient dans son dos.

Il lança la main en avant et agrippa Hisst par le col.

Il le releva et plongea sous la table avec son fardeau.

Pour réémerger sur le dais.

Hisst se débattit.

Heller resserra sa prise jusqu'à le paralyser.

– JE LE TIENS! lança-t-il de sa voix tétanisante d'officier de la Flotte. IL NE S'EST PAS ENFUI!

Un technicien du Circuit, depuis la galerie, braqua un spot sur lui. L'uniforme rouge de Hisst flamboya dans la lumière.

Tous les regards se détournèrent de la mêlée qui se poursuivait dans la salle pour se porter vers le dais.

Les vingt marines se déployèrent devant la table en prévision d'un autre assaut.

– MERCI POUR VOTRE ASSISTANCE! cria Heller. MAIS IL NE PEUT PAS S'ENFUIR! JE LE TIENS!

Un seul soupir monta de la gorge des combattants.

Et l'affrontement prit fin.

4

Un major des marines entreprit de saucissonner Hisst dans des chaînes et, obéissant aux instructions qu'Heller lui chuchota à l'oreille, il en rajouta encore quelques mètres. Puis on entraîna Hisst jusqu'à un balcon, et là, il fut exposé aux regards de la foule, des dagues électriques pointées sur sa gorge.

Les équipes de secours de l'Armée, pendant ce temps, s'étaient répandues dans la salle et apportaient les premiers soins aux blessés.

Heller venait de se rasseoir lorsqu'une voix lança derrière lui :

– Tu viens d'avoir un excellent exemple de ce qui se passera si tu te montres indulgent avec la Terre.

C'était la comtesse Krak.

Il se retourna. Elle était accompagnée d'Hightee et du maître du Palais. Heller descendit les marches à leur rencontre. Il se pencha et leur murmura ses instructions.

– Ça ne nous laisse guère de temps! s'affola le maître.

– Vous feriez bien d'apprendre à mettre pleins gaz, maître, lui dit Hightee. Vous avez affaire à Jettero Heller. Ce que veut mon frère, il l'a toujours!

– Mais je n'ai pas dit que je ne le ferais pas! protesta le vieil homme. Son Altesse et moi avons déjà un plan de travail qui me plaît.

– J'aime mieux ça! fit Hightee. Il ne nous reste que peu de temps. ALLONS-Y!

Ils partirent en courant, accompagnés de la comtesse.

Heller se rassit et, durant cinq minutes, il maudit Madison. Tous ces gens étaient complètement surchauffés à propos de la Terre. Il n'était même plus question d'hystérie des foules.

Il avait six proclamations en blanc et, jusqu'à présent, il n'avait même pas réussi à en remplir deux.

Les équipes achevaient de nettoyer les lieux. Ce qui lui convenait parfaitement : il avait besoin d'un répit. Il prit alors conscience que quelqu'un se tenait à l'autre bout de la table.

C'était Bis. Il riait.

– C'est bien la première fois que je vois un sportif à un pareil poste. Quant à déclencher une émeute et à trouver du même coup le moyen de l'arrêter, ça, je dois dire que c'est le gag le plus drôle que j'aie jamais vu. Jet, vous êtes fantastique!

– Vous voulez me remplacer, Bis?

– Mes Cieux! Mais qu'est-ce qui ne va pas?

– Ce qui ne va pas, c'est de se dire qu'on doit exterminer cinq milliards de gens au nombre desquels on compte un certain nombre d'amis. Tenez, je vous refile ma tunique.

– Oh, ça, non! Mais je vois maintenant ce que vous voulez dire. Je peux vous aidez?

– Oui. Allez sur le balcon et aidez le major à empêcher Hisst de faire quoi que ce soit d'insensé. Nous n'en avons pas encore fini avec lui.

Un médecin de l'Armée s'approcha d'Heller et lui annonça le nombre des blessés comme si une bataille et non une conférence venait de prendre fin. Les dagues électriques avaient été réglées pour paralyser et on ne comptait que quelques blessures bénignes et quelques victimes encore inconscientes. Le général revint à la table de conférence. Heller jeta un coup d'œil en direction de Hisst, enchaîné sur la galerie, puis observa la salle. Il espérait que les passions s'étaient suffisamment apaisées pour qu'il puisse en finir avec cette seconde proclamation.

A son signe, les cymbales claquèrent et il dit sans reprendre son souffle :

– Si vous voulez bien voter sur la proclamation concernant Hisst telle qu'elle vous a été présentée auparavant, nous pourrons conclure cette seconde...

Des mains s'agitèrent au fond de la salle en même temps qu'éclataient des cris. Heller regarda dans cette direction, puis soupira.

– Oui, Noble Stuffy. Qu'y a-t-il à présent?

Noble Arthrite Stuffy, avec un pansement au front, se faufila une nouvelle fois jusqu'à la table de conférence.

– Couronne, Votre Seigneurie, monsieur, commença-t-il, il y a juste une heure, tandis que l'on soignait les blessés, des nouvelles formidables nous sont parvenues. Et elles peuvent modifier considérablement la sentence prononcée contre Lombar Hisst.

« Oh, non! » se dit Heller.

– Dites-moi de quoi il s'agit afin que nous puissions poursuivre.

– Grâce à nos reporters et aux vigiles de l'immeuble du journal, nous avons eu la chance extrême d'appréhender le soi-disant Dr Crobe! Il est là, à l'extérieur. Avec votre permission, nous allons l'introduire.

– Mais quel rapport cela peut-il avoir avec Hisst? demanda Heller.

Noble Stuffy prit cela pour un assentiment et, sur son signal, six gardes entrèrent dans la salle, encadrant Crobe. Son aspect était loin d'être aussi comique qu'il l'avait été : ses bras, ses jambes et son nez trop longs lui donnaient l'apparence d'un oiseau bizarre. Mais il y avait quelque chose de plus bizarre encore dans son comportement : il ne se conduisait pas comme un prisonnier effondré; en fait, il s'avançait d'une démarche sûre, comme si les lieux lui appartenaient. Avant qu'on ait pu l'arrêter, il s'était installé à la table et, croisant les bras, il lança :

– C'est moi qui suis le chef! Déshabillez-vous!

Des cris étouffés montèrent de l'assistance.

Heller se pencha. Ce regard étrange! Crobe était sous l'effet de quelque drogue... ou bien il était devenu fou – probablement les deux!

– Nous avons retracé sa carrière, reprit Noble Stuffy. Il a été autrefois employé par le gouvernement comme cytologiste puis arrêté pour mésusage de sa science. Il a été condamné à mort. C'était une non-personne. Hisst se servait de lui pour créer des monstres abominables ainsi qu'on l'a déjà révélé. Mais sa carrière ne s'est pas arrêtée là. Il a été expédié sur la planète Blito-P3 où il a étudié la *psychologie* et la *psychiatrie.* Il est devenu un expert dans ce domaine et c'est alors que Madison s'en est servi pour ses innommables projets de PR. À ce que nous avons compris, sur la planète Terre, la *psychologie*, la *psychiatrie* et les PR sont inséparables.

– Tout cela est très intéressant, fit Heller, mais je vous en prie, Noble Stuffy, je souhaite en terminer avec cette seconde proclamation.

– Moi de même. Avec l'indulgence de cette conférence et, au titre de membre influent de la presse mondiale, je souhaite proposer que Crobe soit également interné à l'Asile de la Confédération. Il est *psychiatre* et censé être expert dans le traitement de la folie, et je propose de lui confier Lombar Hisst comme patient.

L'assistance fut tout d'abord stupéfaite. Puis l'idée fit son chemin dans les esprits et commença à séduire.

Heller explosa de façon inattendue. Il avait toujours été opposé aux mesures inhumaines et, se dressant soudain, il tendit le doigt vers Stuffy :

– Vous ne vous rendez pas compte de ce que vous suggérez! Les psychiatres pratiquent des tortures dont jamais vous n'avez entendu parler! Ils droguent leurs patients et leur envoient des décharges électriques dans le cerveau afin de détruire leurs réactions nerveuses! Et ce n'est pas tout! Quand la fantaisie leur en prend, ils introduisent une sonde d'acier sous les paupières et écrasent les lobes préfrontaux! Il n'a jamais été dans leur intention de guérir qui que ce soit : ils font tout simplement ce qu'il faut afin que le malade ne se remette jamais. Jamais! ET ILS LE FONT SCIEMMENT!

» Les psychiatres ont toujours déclaré qu'ils ne croyaient pas à l'existence de l'âme, mais de toute façon, ils s'arrangent pour la détruire. ET ILS LE SAVENT BIEN!

» Je n'admettrai jamais de telles pratiques sur quiconque! Même pas sur Hisst!

Il s'interrompit, réalisant soudain qu'il ne faisait qu'aggraver le sort de la Terre.

Tout près de lui, un général de la Police Domestique chuchota :

– Vous voyez : cette planète Terre est tellement affreuse que même un officier aguerri n'arrive pas à la supporter!

Heller leva les yeux vers les moniteurs. Et il vit qu'il avait même réussi à épouvanter les populations.

Il jura en silence. Contre son gré, il avait lui-même diminué les chances qu'il avait de créer une meilleure atmosphère pour la Terre.

Mais il était entêté et attaché à ses principes. Il se rassit et dit :

– Je ne tolérerai cette proposition que si vous la modifiez. Lombar Hisst sera interné à l'Asile, de même que Crobe. Mais ils seront dans des cellules séparées. Et ils ne devront communiquer avec personne. Personne, jamais, ne devra leur adresser la parole. J'interdis ABSOLUMENT que la *psychiatrie* soit admise dans l'Asile de la Confédération!

– Mais Crobe pourra-t-il parler à Hisst? insista Stuffy.

– Oui, mais il ne devra pas le toucher.

– Je comprends le souhait de Votre Seigneurie de ne pas voir admettre la *psychiatrie* au sein de l'Asile de la Confédération, dit Stuffy. Ce serait un désastre. Mais, pour autant que Crobe soit autorisé à « traiter » verbalement Hisst, je suis satisfait. Je ne saurais imaginer châtiment plus cruel. Merci.

Heller fit un tour de table pour recueillir l'approbation de chacun, puis se tourna vers le greffier et l'aida à achever la rédaction de la seconde proclamation. Le document commença alors à circuler de main en main afin que tous apposent leur signature au-dessus de celle de l'Empereur.

Sur un signe d'Heller, des hommes de la Police Domestique s'avancèrent pour emmener Crobe. Mais il se leva et cria :

– Vous souffrez tous d'une frustration du pénis!

On l'entraîna tandis qu'il continuait de hurler.

Un autre groupe de « bouteilles bleues » monta vers le balcon. Lombar Hisst, à genoux, vomissait. Les « bouteilles bleues » donnèrent une décharge au major qui le gardait avant de fourrer Hisst dans un grand sac noir qu'ils posèrent sur un brancard. Ils repartirent.

La proclamation, cette fois, revint très rapidement à Heller, puisque ceux qui devaient la signer avaient été désignés.

Le regard d'Heller s'attarda un instant sur le document.

Encore quatre, songea-t-il.

5

Heller déclara :

– La conférence a déjà voté une mesure pour l'abolition de l'Appareil et de services de renseignements similaires à ceux de la Terre. Néanmoins, elle n'a pas fait l'objet d'une proclamation officielle et dûment entérinée.

» Sa Majesté a déclaré qu'elle ne voulait plus jamais entendre parler de la Terre. Je propose par conséquent, selon ses souhaits et ses instructions, que nous formulions la proclamation dans les termes suivants : « L'Appareil de Coordination de l'Information est dissous. Jamais plus, à l'avenir, il ne devra exister une organisation d'État indépendante et spécialisée dans les renseignements. » Mais à ce point, messieurs, nous allons très vite nous perdre dans les détails sans fin concernant les multiples services de renseignements de la Terre afin de savoir ce que nous devons interdire. Et il ne sera question que des rapports avec la Terre.

» Ainsi que vous le savez, l'Armée et la Flotte, toutes deux, disposent d'un service de renseignements, essentiel en cas de conflit. Nous ignorons les différentes techniques du renseignement et ne disposons pas du temps nécessaire pour les démêler. Pour ma part, je désire que ces proclamations soient votées.

Des têtes acquiescèrent.

– Les exactions de l'Appareil ont eu deux aspects : le premier était de recruter son personnel parmi les criminels emprisonnés, et le second de lancer ces dangereux individus contre la population.

Dès qu'il eut proféré ces dernières paroles, il comprit qu'il avait commis une faute. Son intention avait été d'apaiser le déchaînement de fureur de la conférence et des populations des cités. Cette analyse, bien que correcte et succincte, quoique assez séduisante pour un ingénieur, équivalait cependant à jeter de l'huile sur le feu. Elle ravivait les images de toutes les atrocités que la population avait endurées.

Les grondements de rage et les cris de haine qui retentissaient dans la salle comme dans les rues semblaient indiquer que la seule action qui fût justifiée à cette heure était de partir en chasse des survivants de l'Appareil pour les massacrer. Apparemment, les émeutes n'allaient pas tarder à se rallumer !

« Oh, Vantagio, se dit-il avec tristesse, j'aurais tellement aimé que tu sois là en ce moment plutôt que de servir de cible. » Il ne se sentait pas de taille pour ce genre de bagarre.

En mathématiques, si l'on obtient un résultat inattendu, il faut parfois savoir s'en servir. Les maths marcheraient peut-être. Donc, dans cette situation, il fallait savoir se servir de la colère.

Il sortit son éclateur et fit semblant de tirer tout en hurlant :

– NOUS VOULONS QU'ON LIQUIDE L'APPAREIL ET C'EST COMME ÇA QUE NOUS ALLONS LE FAIRE !

Cette fois, il réussit à retenir l'attention.

Tout le monde, maintenant, l'écoutait.

– Nous appuyons la déclaration interdisant d'utiliser des techniques de renseignement d'origine ÉTRANGÈRE sur les citoyens de la Confédération de Voltar ! Et toute infraction sera punie de MORT !

Cela parut séduire son auditoire.

– Bien, et afin que cette mesure soit sans équivoque, j'ajouterai dans cette proclamation que nous devrons former un comité avec un membre des renseignements de l'Armée, de la Flotte, de la Police Domestique, que nous appellerons le Comité de Renseignement Anti-Étranger et qui aura le devoir d'empêcher que de telles techniques soient utilisées contre les citoyens de Voltar, à charge pour ce comité de définir lesdites techniques. Ce comité sera au niveau du Grand Conseil et dirigé par quelqu'un qui connaît le domaine et l'a étudié, je parle de l'officier royal Bis. Il DÉTESTE l'Appareil !

Les applaudissements et les hourras déferlèrent.

Heller s'inclina et se rassit. Il avait obtenu l'approbation générale et il fit circuler la proclamation.

Il sortit son chiffon d'ingénieur et s'épongea discrètement le front.

Il venait de remporter une partie importante. Les services de renseignements, d'où qu'ils soient, avaient bien des choses en commun. S'il avait laissé voter la proposition originale, qui aurait interdit toutes les organisations terriennes sur Voltar, les services de renseignements de l'Armée et de la Flotte auraient été atteints, puisqu'ils accomplissaient des choses semblables à leurs équivalents terriens. Un service de renseignements était un service de renseignements. Le problème avec l'Appareil – et c'était ce qui se passait sur Terre – c'est qu'on utilisait un service de renseignements, dit service secret, pour persécuter la population et non contre l'ennemi avec lequel on était en guerre. Le résultat, c'était que le gouvernement se retrouvait en guerre avec sa propre population!

Bon, se disait Heller, trois proclamations étaient passées, et il en restait encore trois. La prochaine serait encore plus dure. Mais la dernière serait la pire de toutes!

6

Heller demanda un nouveau coup de cymbales.

– Je sais, dit-il, que Sa Majesté souhaite entamer son règne dans une atmosphère de paix. Son vœu le plus cher est que ses sujets soient heureux et satisfaits, libérés de l'oppression et de la violence.

» Je propose par conséquent, par cette quatrième proclamation, une amnistie. En premier lieu, je pense que nous devrions y inclure toutes les populations de Calabar et tous ceux qui ont participé à cette récente révolte. Cela abroge toutes les proclamations lancées contre les rebelles et amnistie tous les habitants de Calabar de même que tous ceux en rapport avec la révolte pour quelque crime que ce soit, et cela depuis deux heures, temps stellaire universel.

Ce qui parut rencontrer l'agrément général : désormais, plus personne n'en voulait plus à Calabar. Et, bien qu'il n'en ait pas été fait mention, le général Whip était du même coup tiré d'affaire.

Heller réfléchit rapidement. Ça n'allait pas être simple. Il devait tenter de faire amnistier les troupes de l'Appareil : sinon, elles s'éparpilleraient en bandes et les troubles continueraient d'éclater dans la population. Mais il se disait qu'à la seule lecture de sa proposition, il risquait de déclencher une nouvelle vague de férocité, et même de tueries.

Son regard se posa sur le général de la Police Domestique.

– Combien de temps pensez-vous qu'il faille pour rassembler les émeutiers et inculper tous ceux qui ont pu détruire des biens ou blessé des personnes au cours des récentes émeutes ? Je parle bien entendu des émeutiers civils.

Les écrans moniteurs lui retransmirent instantanément la réaction des populations. Pas une personne n'avait pensé que ses actes lors des troubles pouvaient être considérés comme des crimes.

Le général passa une patte énorme sur son visage.

– Ma foi, Couronne, Votre Seigneurie, monsieur, j'ai honte à le dire, mais ça risque de prendre des années. Voyez-vous, pour cela, il faudrait réorganiser la Police Domestique. De nombreuses unités ont rallié les rangs des émeutiers. Ce qui exigera déjà de nombreuses arrestations et jugements. Nous espérions avoir un peu d'aide de l'Armée.

– Mais en même temps, fit Heller en fronçant les sourcils, est-ce que vous ne prévoyiez pas une rafle générale en faisant appel à vos unités encore intactes ? Vous savez : on rassemble les citoyens derrière des clôtures pendant des semaines et on fait un procès général ? Mais ce qui m'inquiétait, c'est la façon dont vous pourriez fouiller toutes les cités, maison après maison, pour arrêter tous les émeutiers.

Sur les moniteurs, les foules étaient silencieuses et menaçantes.

– Eh bien, voyez-vous, fit le général en se frottant de nouveau le visage, si nous avions effectivement l'assistance de l'Armée, nous pourrions commencer tout de suite.

Un grondement sourd s'éleva des écrans. Cette fois, les foules avaient compris que c'était de LEUR SORT dont il était question dans cette conférence !

– Général, Sa Majesté m'a assuré que son amour pour ses sujets était sans borne. Je pense, afin de célébrer son accession au trône, qu'une amnistie à l'échelle de la Confédération devrait être accordée à toutes ces personnes, quel que soit le délit commis, et ce depuis deux heures, temps stellaire universel.

Les cris commencèrent timidement, puis s'amplifièrent et emplirent les rues :

– Longue Vie à Mortiiy!

Heller sentit qu'il avait réussi. Il se tournait pour dicter le texte de la quatrième proclamation quand ce (bip) de général des « bouteilles bleues » lui gâcha son affaire en proférant, abasourdi :

– Vous voulez dire tous ceux qui sont déjà en prison?

– A l'exception des personnes dont nous avons déjà traité les cas, telles que Gris, Madison et sa bande, Crobe et Hisst. Il convient aussi d'inclure une clause stipulant que Sa Majesté a tout loisir de révoquer des lords, des officiers ou des fonctionnaires afin de constituer un nouveau gouvernement. Nous devrions également interdire d'autres sanctions car nous ne tenons pas à avoir une guerre civile sur les bras.

Mais le général des « bouteilles bleues » en était toujours à ses prisons.

– Mais Grands Cieux, ça va complètement les vider!

– Elles sont trop pleines de toute façon, remarqua Heller.

– Mais certains détenus ont commis des crimes affreux!

– Je vais vous dire. Pour tout criminel déjà condamné, nous ajouterons une précision : il devra accepter l'amnistie à condition de jurer de ne plus commettre d'autres crimes. S'il se rendait coupable d'un autre délit par la suite, et cela sera inscrit dans l'amnistie, la sentence serait irrémédiablement la mort. Je puis vous assurer que ça va en réformer un certain nombre. L'amnistie ne concerne pas les malades internés dans les asiles, puisqu'ils ne comprendraient pas.

Le général des « bouteilles bleues » roulait de gros yeux ahuris et Heller s'apprêtait à renouveler ses explications quand un autre général de la Police Domestique intervint.

– Cela amnistie tout le personnel de l'Appareil!

Il n'avait pas raté son coup. L'assistance rugit. Et les foules innombrables, rassérénées l'instant d'avant, se mirent à glapir :

– A mort l'Appareil!

Heller fut sur le point de rétorquer : « Espèce d'idiot, il y a encore un sinon deux millions de gens de l'Appareil en liberté et toute votre police serait coincée pendant des années à essayer de leur mettre la main dessus! Ce qui voudrait dire d'autres émeutes, d'autres incendies... »

À son signal, les trompettes sonnèrent et les cymbales claquèrent. Il ne réussit à reprendre la parole qu'après un instant.

– Je propose donc que tout membre de l'Appareil surpris à se livrer à un acte criminel après l'amnistie soit abattu *en sitio*.

– Je n'ai jamais entendu ce terme. Ça sonne affreusement!

– Oh, mais c'est affreux! C'est une vieille coutume de Flisten. Nous l'ajouterons à la proclamation. Mieux encore : nous ajouterons également le *flagrante delicto*! Ça, c'est horrible!

– Mais je ne connais pas ces deux termes! protesta le général.

– Vous chercherez plus tard, dit Heller. Il y a des dames qui nous regardent et nous écoutent, dans la foule. Croyez-moi sur parole : c'est affreux. Je sais, messieurs, que tout cela est très dur.

Les gens de la Police Domestique avaient l'air sombre. L'un d'eux commença :

– Mais...

– J'allais ajouter : Et afin de protéger les foyers, l'Armée devra prêter assistance à la police jusqu'à ce que tout soit réorganisé et que le calme public soit rétabli, dit précipitamment Heller.

Les représentants de l'Armée parurent un instant surpris, puis décidés. La Police Domestique, cruellement consciente de son état, était ravie.

Heller, maintenant, savait qu'il contrôlait la table de conférence : restaient les foules qui les observaient, dans toutes les rues, dans tous les foyers.

Il leva la tête. Les caméras étaient braquées droit sur lui.

– Sa Majesté se refusait à débuter son règne si certains de ses sujets étaient encore dans l'ennui. Il y aura suffisamment de travail pour chacun afin de reconstruire les immeubles détruits, de reconstituer les parcs ravagés. Calabar à elle seule pourrait absorber tous ceux qui ont besoin de travail ou qui viennent d'accéder à l'âge du travail : là-bas, toutes les cités doivent être reconstruites, sans parler de toutes celles qui ont été touchées par les troubles sur chacune des planètes de la Confédération. Sa Majesté, je le sais, souhaite que son domaine des 110 planètes atteigne à une grandeur jamais connue auparavant.

» Que Chacun de ceux qui bénéficient de cette amnistie sache qu'il doit cette faveur à Mortiiy et que tout ce qu'il demande en retour est la loyauté et l'aide de chacun afin de reconstruire une nation meilleure.

Les foules éclatèrent en applaudissements et en vivats.

Les caméras, en gros plan, ne quittaient pas Heller qui s'épongeait maintenant le visage avec son chiffon rouge en étoile.

L'affaire avait été chaude. Ultérieurement, il expliquerait à la police et à l'Armée que *en sitio* signifiait simplement « sur place » et *in flagrante delicto* « pris sur le fait », s'il se rappelait correctement.

Il avait en tout cas empêché d'autres troubles. C'était bénéfique et nécessaire, mais également vital, si sa chance persistait, pour que le nom de la Terre ne revienne pas sur le tapis à cause des incessants débats à propos des gens de l'Appareil : ils seraient absolument désespérés à l'idée qu'on allait tous les rejeter en prison.

Quatre proclamations avaient été expédiées. Il en restait deux. Pour la prochaine, Heller devrait jouer serré. Mais pour la dernière, si les choses tournaient mal, ce serait atroce.

7

Heller sentit quelqu'un s'approcher derrière lui. C'était la comtesse Krak. Elle lui chuchota :

– Hightee te demande de faire traîner autant que possible. Ils manquent de temps.

Il acquiesça. La quatrième proclamation n'avait pas encore fini le tour de table. Il chercha un moyen de prolonger les choses.

– J'ai entendu cette mesure, dit Krak. Pourquoi as-tu laissé tous les criminels en liberté?

– Gris n'était pas le seul à avoir une horde de gens qu'il faisait chanter. Cela empêche les officiers de l'Appareil de se relancer dans une carrière criminelle.

La comtesse Krak ne parut pas comprendre le sens de cette réponse, et puis, elle devinait qu'Heller cherchait une échappatoire.

– Tu dois avoir une autre raison.

– Du calme.

– Tu as laissé plusieurs millions de criminels parfaitement libres au sein de la société. Pourquoi?

– Cet État était corrompu et la justice négligée. (Il se retourna et la dévisagea franchement.) D'accord. Souviens-toi : tu m'as posé la question. Il se pourrait que tu ne sois pas l'unique Lissus Moam en ce monde.

Elle retint son souffle. Oui, elle avait été injustement condamnée à être une non-personne jusqu'à ce jour. Des larmes lui vinrent aux yeux.

– C'est pour moi que tu as fait cela, alors. Pour fêter ma citoyenneté retrouvée.

– Maintenant va-t'en. Tu sais bien que tu n'aimes pas les gens au cœur trop tendre.

– J'ai honte. Oh, je t'aime tant, Jettero!

– Écoute, ne reste pas là à traîner et à gémir. Va plutôt aider Hightee. Peut-être pourrons-nous sauver nos amis. Quoique l'espoir soit bien mince...

Elle se pencha soudain et l'embrassa.

– Que les Dieux te bénissent, Jettero.

Les foules applaudirent. Car le Circuit avait retransmis ce rapide baiser sur tout Voltar et sur les autres mondes.

La comtesse s'éclipsa.

Heller marmonna entre ses dents :

– Vous n'applaudiriez pas aussi fort si vous saviez que j'essaie de sauver votre ennemie jurée : la Terre. Eh bien, désormais, tout dépend des mathématiques.

Le greffier était en train d'enregistrer la quatrième proclamation. Heller avait fait traîner les formalités autant que possible. Il se redressa et les cymbales claquèrent.

– Messieurs, nous avons antérieurement voté une résolution officieuse afin de mettre hors-la-loi la *psychologie* et la *psychiatrie.* Je souhaite que nous l'incorporions à cette cinquième proclamation officielle que nous allons voter. Sa Majesté a fait état qu'elle ne souhaitait plus jamais entendre parler de la Terre. Si nous rendons les sujets cités publics dans notre proclamation, il faudra mentionner la Terre et cela pourrait lui apparaître. De plus, ces noms ont déjà été imprimés dans les journaux.

» Il me semble que la meilleure solution en ce cas serait d'accéder à la demande des éditeurs qui souhaitent être protégés contre les informations mensongères et cet autre produit venu de la Terre, les PR.

Une vague de grondements courut autour de la table de conférence. Tous étaient avides de mettre un terme à tout ce qui pouvait avoir un rapport avec la planète Terre.

– Je propose par conséquent, reprit Heller, que nous créions un poste de censeur. Ce poste, qui dépendra de la Cité du Palais, pourra empêcher que soient publiés des textes relatifs à la *psychologie* ou à la *psychiatrie.* Il pourra également prévenir tout abus marqué à l'en-tête des PR.

» À vrai dire, je crois que ce poste devrait être combiné avec celui d'historien royal. (Il obtint plusieurs signes d'acquiescement.) Quelqu'un pourrait-il me dire, vu que le personnel de la Cité du Palais a subi tant de remous, qui occupe ce poste actuellement?

Il connaissait déjà la réponse. Il ne faisait que leur tendre un piège. Toute la clique des éditeurs, en effet, hochait la tête avec une évidente satisfaction.

– Couronne, Votre Seigneurie, monsieur, dit un greffier en se levant, le poste d'historien royal était occupé par une personne qui, malheureusement, s'est opposée aux exigences de Lombar Hisst. Cette personne est morte et le poste est vacant.

– Oh, quel malheur! fit Heller. Un martyr! Eh bien, cela ne nous laisse guère le choix!

Tous les regards convergèrent sur lui.

– Il existe un homme qui a l'esprit public. Qui en connaît tous les angles. Qui a aussi prouvé son zèle en portant le sujet à notre attention. Pour le poste d'historien royal et de président du Conseil des Censeurs, je propose Noble Arthrite Stuffy!

Noble Stuffy, perdu dans le groupe des éditeurs, accusa le coup.

– Mais... mais... mon empire de presse!

– Oh, fit Heller, vous savez, nous avons tous de petits sacrifices à consentir pour le bien du peuple. Je suis persuadé que vous saurez trouver quelqu'un digne de s'occuper de votre journal à votre place. (Il se redressa.) Noble Arthrite Stuffy, l'État a besoin de vos services! Et songez à l'exemple que vous allez donner avec votre journal! Pensez à l'impulsion de cet acte sur la pureté de l'éthique du journalisme! (Il baissa la voix d'un ton.) Et pensez surtout à quel point vous allez pouvoir éliminer toutes les tentatives faites pour corrompre la population avec la *psychiatrie* et la *psychologie*.

Plusieurs éditeurs affichaient un large sourire. Car *L'Annonceur du jour* était bien connu pour avoir accordé une large place à ces deux « sciences ». Ils poussèrent Stuffy vers la table. Il s'y installa.

– Couronne, Votre Seigneurie, monsieur, même au prix d'un grand sacrifice financier, je ne peux abandonner le peuple. J'accepte cette nomination.

– Il y a une clause conditionnelle, ajouta alors Heller, d'un ton grave. Je ne suis pas partisan d'une censure qui dissimulerait les erreurs du gouvernement ou oppresserait les voix dissidentes au nom de la stupidité du pouvoir. Le rôle utile de la censure est de protéger l'individu contre le torrent de mensonges fabriqués qui déferle sur lui et d'empêcher ainsi que le public soit manipulé par des canailles sans scrupules tels que Madison et Hisst. Votre devoir sera de ne jamais admettre que l'on cache la vérité. Aussi, VOUS N'ABUSEREZ PAS DE CE POSTE!

On applaudit.

– J'en conclus donc, termina Heller, que cette nomination est ratifiée?

Les officiers présents donnèrent leur assentiment.

– Maintenant, messieurs, si vous voulez bien ménager une place à cette table pour notre nouveau censeur et historien royal, je serai à même de faire rédiger cette proclamation et de vous demander de la parapher.

Numéro cinq. Il était arrivé à la proclamation numéro cinq! La clé de l'équation.

Il fit une prière silencieuse. Il devait maintenant préparer la sixième proclamation, la déclaration fatale, celle dont dépendait le sort de cinq milliards d'êtres vivants, au nombre desquels il avait bien des amis. Le destin de la Terre!

QUATRE-VINGT-NEUVIÈME PARTIE

1

Le dernier acte fatal de cette fatale nuit commença par un chuchotement qui s'éleva derrière son fauteuil :

– Hightee et le maître disent qu'ils sont prêts, maintenant.

C'était la comtesse Krak. Elle disparut très vite.

Jettero Heller, ingénieur de combat, encore peu habitué à son nouveau titre de lord, se dressa et, du haut du dais, observa la salle agitée.

Il savait que les minutes qui allaient suivre seraient déterminantes pour le sort des cinq milliards d'habitants de la planète Terre, au nombre desquels il comptait des amis.

À présent, il devait bien y avoir trois mille personnes qui se pressaient dans la salle du Grand Conseil. Quant aux foules, toujours visibles sur les écrans moniteurs, elles s'étaient faites encore plus denses dans les différentes cités de la Confédération.

Comme c'était l'usage, le nouvel Empereur, Mortiiy, avait délégué la conduite des affaires au vice-royal président de la Couronne auprès du Grand Conseil, auquel on donnait le titre de Couronne.

Heller inspira profondément. À lui de jouer maintenant. Ce serait le dernier coup. Il ne pouvait abandonner Mortiiy. Il ne pouvait non plus abandonner Voltar. Aussi mince qu'il fût, il pensait qu'il existait encore un espoir pour la Terre : s'il ne savait pas s'en saisir, la planète serait à jamais détruite.

Il rajusta sa tunique dorée et ordonna un coup de cymbales. Dans le silence attentif qui suivit, il commença :

– Messieurs, j'ai le plaisir de vous annoncer que dans le parc voisin, ma charmante sœur, Hightee Heller, ainsi que le maître du Palais, vous ont préparé une petite fête. Je suggère, et je vous demande, que vous acceptiez cette invitation et que vous alliez vous détendre pour ne laisser ici que les hauts responsables militaires ainsi que notre nouveau censeur.

Pas un seul ne bougea. Mauvais signe.

Une voix s'éleva au fond de la salle :

– Couronne, Votre Seigneurie, monsieur! Puis-je attirer votre attention sur le fait que vous n'avez pas appelé la dernière proclamation concernant la destruction de cette affreuse planète Blito-P3, la Terre?

C'était ce qu'il avait craint. Tout dépendait de l'absence de témoins, et il n'avait même pas réussi à passer ce premier pas.

– Il est exact que nous allons maintenant appeler cette proclamation. Mais cette conférence d'officiers est désormais réduite à un cabinet de guerre. Veuillez évacuer la salle!

– Non, non! criait la foule. Nous voulons entendre!

Heller les observa d'un air sombre, de même que les caméras.

– Nous n'avons aucune garantie qu'il ne se trouve pas d'espions terriens sur Voltar. Si l'ennemi avait accès à ce cabinet de guerre, nous pourrions perdre la guerre. ÉVACUEZ CETTE SALLE!

– Que comptez-vous faire? lança-t-on d'un peu partout.

– Nous allons mettre sur pied un plan pour en finir avec Blito-P3, la Terre. Il va être question de stratégie, de tactique, de dispositifs militaires et de logistique. De telles discussions ne sont pas et ne seront jamais ouvertes au public. MAIS nous avons prévu des distractions à votre intention pendant que nous débattrons de ces différents ordres. Il n'y a que quinze cents sièges disposés dans le parc et près de trois mille personnes dans cette salle : je vous conseille de vous hâter si vous souhaitez être assis.

L'exode fut instantané.

Heller s'assura que seuls les militaires de haut rang des états-majors de la Flotte et de l'Armée étaient restés présents autour de la table. Il fit signe à Bis de demeurer à sa place. Puis il pointa le doigt vers une porte et le capitaine Tars Roke, qui avait débarqué de Calabar une heure seulement auparavant se glissa dans la salle et prit un siège. À l'instant où Arthrite Stuffy faisait mine de prendre congé, il lui intima d'un air sévère d'avoir à demeurer sur place.

Le réalisateur de l'équipe de Vidéo se précipita vers le dais.

– Je vous en prie, Couronne, Votre Seigneurie, monsieur, pouvons-nous laisser au moins une caméra? La décision que vous vous apprêtez à prendre est historique!

– Non!

– Oh si! insista le réalisateur.

– Je ressens une démangeaison du côté de ma vie privée, dit Heller. Dans dix secondes très exactement, je crois que je déciderai qu'elle a été violée. SORTEZ D'ICI!

Le réalisateur s'enfuit, effrayé.

Heller donna alors congé aux gardes, aux serviteurs et aux huissiers et greffiers. Puis il traversa la salle et alla fermer la barre de sécurité de la porte lui-même.

2

À présent, dans l'immense salle, l'unique son perceptible était celui des batteries de moniteurs qui fonctionnaient toujours, montrant les images prises par les équipes du Circuit un peu partout dans la Confédération. Deux nouveaux écrans s'allumèrent, montrant les scènes filmées dans le parc voisin. On avait dressé un podium au centre du cercle de tanks et de canons. L'assistance se bousculait pour occuper les sièges.

Heller regagna la table de conférence : les cinq hommes présents semblaient perdus dans cette salle tellement surpeuplée l'instant d'avant.

Il alla serrer chaleureusement la main du capitaine Roke.

– Jet, lui dit Roke, je suis tellement heureux de vous revoir vivant et réchappé des « ivrognes ». J'ai été surpris de recevoir votre convocation. J'ai été dégradé, vous savez.

– Capitaine, vous êtes à nouveau l'astrographe personnel du roi. Bienvenue. Non seulement c'est avec joie que je vous retrouve, mais je fais également appel à l'autorité la plus compétente de la Confédération en ce qui concerne le Calendrier d'Invasion. À présent, messieurs, je vous demanderai de vous rapprocher un peu du dais afin que nous n'ayons plus l'air aussi dispersés.

Les généraux déplacèrent leurs fauteuils et Heller reprit sa place sur le dais.

– Messieurs, commença-t-il, nous sommes réunis ici en cabinet de guerre, en conseil supérieur à la conférence des officiers, afin de régler le sort de la planète Blito-P3. Nous allons rédiger le texte de la proclamation royale qui scellera son destin. Sa Majesté a clairement exprimé qu'elle ne voulait plus jamais en entendre parler.

– Pourtant, elle en entendra immanquablement parler, remarqua le capitaine Roke. Elle figure sur le Calendrier d'Invasion. Est-ce que cette chose fonctionne?

Il appuya sur divers boutons de la console qui s'illumina. Il pressa un autre bouton et un immense diagramme de vingt-cinq mètres sur dix-huit scintilla sur la paroi.

– Ce que vous voyez ici, commenta le capitaine Roke, ce sont les forces d'invasions prévues pour les 100 000 années à venir. Ceci nous conduit aussi près que possible du centre habitable de la galaxie. Je suis désolé, Jet, mon cher garçon, et je suis aussi très touché du fait que vous ayez pensé à votre vieux professeur et m'ayez rendu mon poste. Mais j'aimerais vous montrer mon estimation. Pas plus moi que quiconque ne peut toucher au Calendrier d'Invasion. Nos ancêtres l'ont mis sur pied il y a des ères, bien avant que nos premiers colons quittent l'ancienne galaxie. Ces tables ont été dressées en tenant compte du temps dévolu à de nouvelles conquêtes : par conséquent, il n'y a aucune possibilité de surextension.

Là, tout près du sommet, vous apercevez Blito-P3. Je dois reconnaître qu'elle n'est pas la cible la plus importante de cette table : en fait, c'est un objet inhabituel en ceci que le système ne comporte qu'une seule planète habitable. Militairement, elle ne serait que d'une utilité mineure pour gagner d'autres objectifs ultérieurement, et bien que son intérêt ne soit pas vital, eh bien, elle n'en est pas moins là. L'invasion est prévue dans... voyons voir... 115 années à compter de ce jour.

– Oui, mais j'ai là un problème qui se pose, intervint Heller. Le souci essentiel de Sa Majesté est de nous protéger contre toute autre contamination originaire de cette planète. Je ne vois pas d'autre moyen de la faire sauter qu'en nous posant dessus.

– Exact, l'appuya l'amiral. Nous ne disposons pas de missiles capables de détruire un monde à distance. Il faut obligatoirement disposer des charges à l'intérieur de la croûte planétaire.

– Ce qui va nécessiter un débarquement militaire, dit le général de l'Armée. Sauf votre respect, Couronne, Votre Seigneurie, monsieur, même un ingénieur de combat aussi expert que vous l'êtes ne pourrait se poser là-bas tout seul et mettre les charges explosives en place. Non, il va falloir pour cela quelques unités d'ingénieurs qui devront être protégées par nos troupes. Mais un tel débarquement, même avec une couverture aérienne de la Flotte, se heurtera à une opposition. La bataille sera inévitable, auquel cas nous serons, ainsi que vous l'avez mis en relief, sujets à contamination. Non, la seule solution que je propose, ce sont les bataillons-suicide.

Heller n'était guère ravi.

– Je n'aime pas les bataillons-suicide.

– D'accord, mais si nous voulons éviter la contamination, il nous est impossible de débarquer des troupes et de les réembarquer. Il faut donc avoir recours aux bataillons-suicide.

– Écoutons les instructions de Sa Majesté, dit Heller.

Il pressa un bouton de playback sur le bord de la table et l'enregistrement de Mortiiy repassa. Les six personnes présentes réentendirent ses paroles exactes :

« Je ne veux plus jamais entendre parler de Blito-P3 ! JAMAIS ! Vous vous servirez d'un de ces ordres en blanc pour disposer de Blito-P3, la Terre, de la façon qui vous semblera la plus appropriée ! »

Heller arrêta l'enregistrement.

– Sa Majesté m'a donné six ordres en blanc, avec l'intention évidente d'apaiser la situation actuelle. Et celui-ci... (il prit le feuillet) est le fatal numéro six. Qui pose un terrible problème. Général, vous me parlez de bataillons-suicide. Mais il se pourrait bien que nous rencontrions une vive défense. Je crois savoir que l'Appareil avait prévu une force d'invasion de deux millions et demi d'hommes. Vous ne pourrez jamais en risquer autant en bataillons. Et puis, la Flotte devra sans doute se poser pour soutenir l'assaut de l'Armée et protéger les ingénieurs. Et là, il y aura contamination ! Oui, c'est un réel dilemme que nous affrontons !

– En tout cas, dit le général, si nous ne faisons rien, nous violerons délibérément les ordres.

Noble Arthrite Stuffy prit la parole.

– Je puis vous assurer que si nous ne prenons pas des mesures à l'encontre de la Terre, la population va se réveiller ! Vous savez l'heure qu'il est : eh bien, dans les deux hémisphères de cette planète, les gens sont encore dans les rues des villes. Regardez seulement les écrans. Je ne suis pas un militaire, mais votre problème le plus brûlant ne concerne pas les bataillons-suicide. Il s'agit que les émeutes ne reprennent pas ! La population est de très méchante humeur.

– Nous apprécions votre opinion de professionnel et vous en remercions, dit Heller. (Il omit de mentionner le rôle que Stuffy avait joué dans la montée des émeutes.) Je vois sur ces écrans, là-bas, que le spectacle est sur le point de commencer dans le parc. Regardons-le. Peut-être pourrons-nous y puiser quelque inspiration.

3

Dans le parc, une simple plate-forme, en fait, avait été dressée et quinze cents sièges installés en gradins. Mais on avait ménagé un espace libre qui pouvait accueillir quelques milliers de spectateurs de plus.

Sur les deux côtés de l'estrade ainsi que sur le devant, les trois orchestres de l'Armée, de la Flotte et de la Cité du Palais avaient été rassemblés à la hâte. Pour le moment, c'était l'orchestre de la Flotte, au centre – avec pas moins de cent musiciens – qui jouait le fameux *Espace, nous voici !* Les instruments brillaient sous les projecteurs et les gants électriques du chef d'orchestre flashaient en cadence.

Sur une longue note aiguë, Hightee Heller fit alors son entrée et un projecteur de poursuite la suivit. Elle portait un uniforme de l'Armée de coupe assez audacieuse, mais elle était coiffée d'une casquette d'officier de la Flotte, inclinée de façon coquine. Dans sa main, elle brandissait une dague électrique de marine de la Flotte.

Elle traversa l'estrade et fit un geste impératif. Puis elle se retourna et, à cet instant, un chœur en uniformes de l'Armée escalada les marches du côté gauche de l'estrade et lui emboîta le pas. Et l'orchestre de l'Armée prit le relais de la Flotte, entonnant un chant de guerre.

Hightee traversa ainsi toute l'estrade avant de s'arrêter. C'est alors qu'elle fut rejointe par un autre chœur en tenue de marines de la Flotte. L'orchestre de la Cité du Palais enchaîna avec une charge des marines.

Hightee se porta vers le centre de l'estrade, face au public. L'orchestre de la Flotte reprit *Espace, nous voici !* Et un troisième chœur apparut derrière elle, en tenue de spatiaux de la Flotte.

Les projecteurs jouaient sur Hightee et les trois chœurs. Pour toile de fond, il n'y avait que les étoiles dans le ciel. L'orchestre jouait une marche cadencée. Les caméras du Circuit clignotaient. Tout le spectacle était retransmis dans les rues bondées, dans tous les lieux publics, dans tous les foyers de la Confédération. Voltar vivait des moments intenses, mais qui aurait pu ne pas voir et écouter Hightee Heller?

Les chœurs qui avaient été recrutés hâtivement dans les studios de la Cité de la Joie ne faisaient que chanter des chansons qu'ils connaissaient depuis longtemps. Néanmoins, Heller s'émerveillait de ce que Hightee ait pu les rassembler aussi vite. Il éprouva une bouffée de fierté pour sa sœur : ce qui dépendait de ce moment était tellement important. Il se demanda si elle avait réussi l'impossible, si la chanson avait été écrite et mise en musique. Il s'aperçut qu'il retenait son souffle.

Et puis, les trois chœurs ne formèrent plus qu'une seule rangée tournée vers le public et s'alignèrent sur le même rythme. Hightee, alors, appuya sur la touche de sa dague électrique, montant l'intensité au maximum, et se fendit.

Brusquement, les trois orchestres jouèrent la même note, prolongée, menaçante.

La dague fouetta l'air dans un crépitement d'étincelles. Et les trois orchestres se mirent à jouer, dirigés par les ondulations de feu de la dague. Et leur musique était sauvage.

Ils jouèrent d'abord toute la mélodie, dirigés par Hightee. Puis la pulsation d'un projecteur rouge se posa sur elle et elle se mit à chanter sur la musique mouvante et ardente :

Voici venue la fin de l'invasion,
L'heure de repousser la contagion
Et d'effacer du ciel ce monde redoutable!
Quand sonnera l'heure du feu dans le ciel,
Vous n'aurez pas le temps de regretter,
De vous demander si c'est bien réel!
Votre psychologie *a tué votre volonté,*
Vos drogues *vous ont crétinisés,*
Et votre psychiatrie *vous a assassinés!*
Adieu, adieu tout ça!
À l'aube de votre civilisation,
Avant les siècles de putréfaction,
Vous auriez dû savoir!
À présent voici la fin,
Le dernier jour sans lendemain,
Le grand soir du désespoir!
Nous allons vous effacer des cieux,
Pour oublier vos espions odieux!
Jamais plus l'aurore ne reviendra
Et nul jamais ne vous regrettera.
ADIEU, ADIEU TOUT ÇA!
ADIEU, ET PAS D'ET CÆTERA!

Un grand coup de cymbales souligna la dernière note.
Mais la chanson n'en était pas pour autant finie. En fait, le programme venait tout juste de débuter.
Car les premières paroles de la chanson apparurent tout à coup sur le fond des étoiles, projetées électroniquement, afin que tout le public puisse les lire, partout, sur Voltar comme sur tous les autres mondes de la Confédération.
Hightee leva alors sa dague crépitante et se mit à diriger les trois orchestres à la fois. Et tous se mirent à chanter les paroles qui se détachaient, rouges comme le sang, dans le ciel étoilé.
Un autre coup de cymbales et Hightee pointa sa dague droit sur le public en lançant :
– TOUS ENSEMBLE, MAINTENANT!
Elle lança les premières notes, suivie par ses chœurs, tandis que les paroles défilaient dans la nuit. Mais, cette fois, c'était elle qui dirigeait le public, mettant sa main en coupe, levant les bras pour demander à chacun de chanter plus fort encore!
Autre coup de cymbales. Hightee, alors, demanda :
– Et maintenant, avec tous ceux qui nous regardent sur le Circuit! CHANTEZ! CHANTEZ TOUS!
Et tous la suivirent – même avec un léger retard –, de l'assistance groupée dans le parc de la Cité du Palais jusqu'aux plus lointaines planètes de la Confédération.
Ils chantaient tous avec elle. Portés par la même vague de haine!
Noble Arthrite Stuffy interrogea Heller :
– Est-ce que vous saviez qu'elle allait faire cela? Elle va rendre les gens complètement fous et les émeutes vont reprendre!
N'obtenant pas de réponse d'Heller, il se tourna à nouveau pour observer les écrans avec une expression d'horreur. Il était évident que la population reprenait la chanson avec une férocité qui glaçait le sang de Stuffy. Il ne voyait que des visages grimaçants de haine et des poings levés. La populace était au bord de la folie!
Nouveau coup de cymbales. Hightee cria :
– Plus fort! Plus fort encore! Vous chantez pour l'ennemi, pas pour vos amis! ALLEZ! CHANTEZ!
Et elle reprit encore une fois :
– *Voici venue la fin de l'invasion* ...
Le grondement des voix, plus fort encore, s'éleva du parc tout proche. Et les écrans parurent sur le point d'éclater.
– Oh, non! hurla Hightee quand résonna le claquement de

cymbales. Vous pouvez faire mieux que ça! Je suis ici sur Voltar, dans un parc de la Cité du Palais! Je veux que l'on vous entende jusque sur Flisten! CHANTEZ! CHANTEZ!

– Dieux miséricordieux! geignit Stuffy. Nous voilà encore dans les émeutes! Je le sens! Est-ce que vous ne pourriez pas l'arrêter?

– Arrêter ma sœur Hightee? Ça, je n'en ai jamais été capable, dit Heller. Et ce n'est pas aujourd'hui que je vais commencer.

Voici venue la fin de l'invasion,
L'heure de repousser la contagion
Et d'effacer du ciel ce monde redoutable!
Quand sonnera l'heure du feu dans le ciel,
Vous n'aurez pas le temps de regretter,
De vous demander si c'est bien réel!

Et ainsi de suite.

Sans cesse.

Tous ceux qui se trouvaient à proximité d'un écran du Circuit Vidéo Planétaire reprenaient sans arrêt la chanson.

C'était comme un hymne de haine qui venait de toutes les planètes.

Hightee, experte en réactions du public, faisait reprendre continuellement la chanson dans toute la Confédération afin d'obtenir très exactement l'effet qu'elle cherchait. Ce qu'elle voulait, c'était qu'ils finissent par écumer de rage au son de cette musique violente et qu'ils se laissent emporter au-delà.

Elle appuya sur le mini-déclencheur électronique qu'elle avait dans sa main libre et les paroles de la chanson s'effacèrent du ciel. Mais toutes les populations les connaissaient par cœur et les reprirent en suivant la musique.

Sur le fond du ciel étoilé, une tache lumineuse apparut. Les chœurs tournèrent le dos au public et se mirent à marcher sur place.

Ce qui donna au public l'impression d'approcher de la tache lumineuse car celle-ci devenait plus grande.

Elle apparut bientôt comme une sphère. Et, de simple sphère, elle devint planète.

Une planète qui tournait, là, dans la nuit de l'espace, sous les yeux de tous.

Heller cilla. La comtesse Krak avait dû se procurer une vue rapprochée dans ses archives. Car c'était BEL ET BIEN LA TERRE! Elle était là, dans toute sa transparence fluide, d'un bleu pur, marquée de blanc et de rouge. Et elle tournait, quoique trop lentement pour le regard. La vue avait été prise de l'hémisphère éclairé : l'Europe tout comme l'Amérique étaient visibles dans la zone rougeâtre, de part et d'autre de l'océan chargé de nuages. On distinguait même la lune jaune, juste en-dessous de l'Équateur. En dépit de la distance, qui devait être de l'ordre de quelques milliers de kilomètres, la projection tridimensionnelle semblait matérielle, suspendue au-dessus de l'estrade.

En la regardant, Heller se sentit un peu moins amer : ce monde était si beau : quel dommage qu'il n'ait pas su faire un meilleur usage de l'héritage qu'avait laissé le prince Caucalsia. Et qui établissait tant de rapprochements culturels entre Voltar et la Terre. Quel dommage que de tels profits aient été aussi sous-estimés. Quelle honte qu'ils aient été à ce point corrompus par les primitifs de ce monde au point d'être ainsi perdus. La confusion des termes en *isme* et des haines de tous horizons pourrait être dissipée si seulement les habitants de la Terre prenaient conscience qu'une poignée de gens les manipulaient pour leur bénéfice personnel : leurs credos politiques n'étaient qu'absurdités et mensonges fabriqués pour le bénéfice de quelques-uns, alors qu'ils affectaient de répondre à la demande de la multitude. Et la culture, fixée et concentrée exclusivement ainsi qu'elle l'était par la logistique, interdisait de parvenir aux choses authentiques et valables de l'existence. En minutes de communication, une boîte de soupe, par exemple, était infiniment plus importante que l'âme d'un homme.

Et ce monde était là, énorme, immense sur le fond des étoiles.

Sur un geste d'Hightee, la musique prit un tempo martial.

Et elle cria :

– Chacun de vous a près de son siège un pistolet. PRENEZ-LE !

On s'agita frénétiquement dans les gradins. Oui, ils avaient bien des pistolets, tous. Le genre de pistolet qui lance des éclairs et fait du bruit.

Hightee elle aussi en avait un à la ceinture. Elle le prit. Et les chanteurs aussi. Elle le pointa sur l'illusion électronique de la Terre et tous l'imitèrent. Elle lança :

– Commencez à tirer !

Ce fut un déluge d'éclairs !

La musique se fit plus forte. Et les gens se mirent à tirer en rythme ! Et tous les traits de feu convergeaient sur la Terre !

La musique s'amplifia encore.

C'est alors qu'un cercle de tanks fut soudain révélé dans la lumière. Les canons des tourelles ouvrirent à leur tour le feu, crachant flammes et fumée vers la grande planète bleue.

Sur un nouvel ordre, un cercle de canons apparut, chacun avec ses servants, et de leurs gueules jaillirent des salves de tonnerre.

La musique prit un ton furieux.

Hightee fit un autre geste.

Une illusion optique apparut alors dans le ciel : la Flotte de Voltar. Elle déferla dans le ciel et ses armes vinrent s'ajouter au pandémonium assourdissant.

Et sous ce formidable tir de barrage, BRUSQUEMENT, DANS UNE EXPLOSION ÉNORME, LA PLANÈTE FUT FRACASSÉE EN MIETTES!

Il y eut un cri d'agonie.

Un grondement déchirant.

Une petite chose calcinée parut tomber sur l'estrade.

Et elle resta là, grésillante, minuscule, morte, carbonisée, fumante.

La musique se changea en hymne funèbre.

Le rythme était lent et sinistre.

Un spot bleu se posa sur la chose brûlée. Tous les autres projecteurs s'étaient éteints.

Alors, d'une démarche solennelle, baignés par la clarté bleue, trente prêtres sortirent de l'ombre.

Avec des gestes lents, au son de la musique grave, ils entonnèrent une longue litanie d'inhumation tandis que des serviteurs munis de longues pinces poussaient l'objet dans une tombe.

Un diable écarlate surgit soudain et présenta ce qui semblait être une âme flétrie, noircie. Se retournant, il la lâcha dans un puits d'où dardaient les flammes d'un Enfer.

Les lumières étaient éteintes. Hightee avait disparu. L'estrade était déserte. Et l'on n'entendait plus que la plainte du vent froid du désert.

4

– Mes Dieux! fit Noble Arthrite Stuffy.

Et c'était plus une plainte qu'une exclamation. Il porta la

main à son front et s'aperçut qu'il portait toujours son pansement. Il serra le poing et ajouta :

– Oh, je crois que tout est fichu. Jamais je n'ai vu une population atteindre pareille frénésie !

– Regardez les moniteurs, lui dit Heller.

Tous les yeux se portèrent vers les écrans.

Dans les rues, la foule se dispersait.

LES GENS RENTRAIENT CHEZ EUX !

– Je ne comprends pas, dit Stuffy.

– Je sais ce que vous ne comprenez pas, fit Bis. C'est le travail d'un ingénieur de combat. Jet, faites-nous une faveur. Expliquez.

– Vous voulez vraiment savoir?

Le général, l'amiral et le capitaine Roke acquiescèrent avec conviction. Ils ne comprenaient vraiment pas pour quelle raison la population évacuait les rues.

Heller eut un soupir. Puis il dit :

– J'ai mis cela au point avec Hightee. Et elle s'en est bien sortie, je dois dire. Tout le mérite lui revient. Tout ce que j'ai fait, c'est appliquer un théorème de mise en garde de Logique Symbolique de Pointe : *L'apparence d'une réponse peut être prise pour la réponse.* Et parallèlement : *L'apparence d'un résultat peut être prise pour le résultat.* Et cette fois, ça semble avoir marché. L'ensemble de la population pensera désormais que la Terre est morte. Et ceux qui ne le croiront pas ne trouveront personne à qui parler.

» Si vous l'avez remarqué, Hightee ne les a même pas laissé chanter trop longtemps. Ils s'étaient lassés. Et puis, ils avaient largement expulsé leur rancune. Je suis persuadé que nous avons remplacé l'hystérie de masse par un accord de masse, *et l'accord de masse est la substance authentique de la réalité.* Franchement, il ne s'agit que d'une application élémentaire des mathématiques d'ingénieur de combat.

– Attendez, fit Stuffy. Mis à part le fait que nous n'avons pas détruit la Terre, ce que nous devons faire maintenant, il me semble que vous avez manipulé l'opinion de la masse. Ce qui me paraît très proche des *public relations.* Est-ce que vous n'êtes pas sûr que ça ressemble à ce que faisait Madison?

Bis renifla avec dédain.

– Noble Stuffy, dit-il, les ingénieurs de combat de la Flotte ont vaincu et écrasé des ennemis bien avant que la race de Madison ait appris à se tailler des pantalons en fourrure. Pas plus tard qu'hier, Jet a vaincu cinquante mille hommes de l'Appareil dans cette cité en utilisant une arme de contrôle des populations, seul. Comment croyez-vous que nous ayons pu reprendre la cité sans blessés ni dégâts?

Stuffy resta bouche bée.

– J'ignorais cela.

– ET ÇA N'EST PAS DESTINÉ À ÊTRE PUBLIÉ! fit Heller.

Il se tourna de nouveau vers les moniteurs. Oui, les gens regagnaient leurs foyers... Deux écrans s'éteignirent : les équipes du Circuit elles-mêmes remballaient leur matériel.

– Nous avons calmé les foules. À présent, mettons-nous au travail sur la sixième proclamation afin de décider ce que nous allons faire de la *véritable* Terre. Malheureusement, elle n'est pas une illusion électronique et Sa Majesté nous a donné des ordres.

5

La salle était très calme à présent. Un à un, les moniteurs s'éteignaient. Le programme du canal principal montrait le bulletin météo pour la journée à venir. Un orage imminent menaçait la table de conférence.

Ils étaient six, perdus dans ce vaste espace. Heller avait quitté le dais pour les rejoindre.

L'amiral de la Flotte gratta ses favoris. Il fixait l'écran de sa console sur laquelle il avait affiché les potentiels militaires de la planète Blito-P3.

– Si j'en juge par ces facteurs, ils possèdent bel et bien des satellites artificiels et je pense qu'il ne nous reste qu'une option : faire sauter la planète, sinon ils ne vont pas tarder à passer au stade du voyage spatial.

– Techniquement, ils en ont la possibilité, admit Heller, quoiqu'il leur faille d'abord se débarrasser de quelques grossières erreurs au niveau scientifique. Socialement, ils n'en seront pas capables. Deux motivations gouvernent leur pensée : le commerce et la guerre. L'élite au pouvoir ne voit aucun avantage commercial à retirer du voyage spatial, et comme les recherches ne les assurent pas de la supériorité en cas de guerre, ils les freinent.

» Mais, à vrai dire, il existe un autre facteur déterminant qui les décime régulièrement et qui constitue une anomalie dans un système de gouvernement. Un simple survol de leur histoire fait apparaître qu'ils vénèrent uniquement les chefs qui tuent : *César, Napoléon, Bismarck, Hitler, Eisenhower*, pour ne citer que quelques noms. C'est la même chose en ce qui concerne les savants : les plus connus sont ceux de savants qui ont construit les armes les plus redoutables. *Einstein*, par exemple. Nous avons affaire à une attitude très primitive.

» En fait, ils méprisent, rabaissent et assassinent les hommes les plus honnêtes qui tentent de les aider. Voilà ce que vous récolterez si vous passez votre existence à essayer de faire quoi que ce soit qui leur soit bénéfique.

» Je doute qu'ils parviennent au stade du voyage spatial avant que des fléaux tels que leurs gouvernants, le *socialisme*, l'inflation et autres les aient rongés de l'intérieur. Ils sont totalement incapables de se comporter en nation, uniquement parce que c'est le chemin de la raison ou aussi celui du bonheur. Il faut toujours qu'ils faussent les choses, qu'ils essaient d'en tirer des millions ou de dégringoler l'autre. Ils ne vont pas bien dans leur tête. Alors, pour ce qui est du voyage spatial, je ne pense pas que vous ayez à vous faire trop de souci.

Mais il n'avait pas encore gagné la partie. Car l'amiral s'exclama :

– Queues de comètes ! Pas étonnant que l'Empereur veuille qu'on les élimine !

– Lorsque Jet était là-bas, intervint le capitaine Roke, je me suis intéressé à ce monde et je me suis livré à une étude plus approfondie – quoique je doive admettre que Hisst bloquait les rapports de reconnaissance les plus essentiels. J'ai retracé tous les itinéraires des systèmes désignés comme cibles dans le Calendrier et je n'en ai pas trouvé un seul qui passe par Blito. C'est une étoile naine jaune qui est tout à fait à l'écart des grandes voies de trafic interstellaire. Mais j'ai été vraiment épouvanté par les structures sociales de ce monde, et je dois dire que bien que j'aie ri quand Jet, la première fois, m'a dit que le prince Caucalsia avait dû y importer un peu de la culture de Voltar, je pense à présent qu'il doit avoir raison. C'est un agglomérat de primitivité et de modernisme, mais je crois que la façon dont ils utilisent le modernisme reste primitive. Ils vont connaître une explosion culturelle avant de parvenir au stade du voyage spatial. Donc, si nous les éliminions vraiment, cela n'aurait aucun effet sur ce que nous faisons par ailleurs.

– Eh bien, en ce cas, dit le général, je ne vois pas pourquoi la Flotte ne pourrait pas transporter plusieurs unités d'armes biologiques dans l'atmosphère supérieure pour établir un barrage de germes et de défoliants avant de jouer au boule-balle avec la planète : plus besoin de débarquer.

– Il y a toujours des survivants, remarqua Heller. Et la planète resterait quand même dans le Calendrier d'Invasion.

– Jet a tout à fait raison, dit l'amiral de la Flotte. Si l'on utilisait des armes bactériologiques, je n'aimerais pas lancer mes marines d'ici à 115 ans. Ces bestioles subissent des mutations. Nul ne peut dire quel genre de maladie on pourrait rapporter sur Voltar : mais en tout cas, on risquerait d'être *vraiment* contaminés cette fois. Mais ce qui me déplaît avant tout, c'est le chamboulement de nos plans opérationnels : le mois prochain, nous avons une nouvelle invasion prévue sur Colipin. Et dès qu'on dérange les plans, on prend du retard. Pour parler franchement, nous devrions utiliser plusieurs flottes de Voltar pour lancer une attaque contre Blito-P3, et elles sont en principe requises pour le dispositif de défense normal, tout particulièrement en raison des troubles récents. J'imagine que certains éléments de l'Appareil ont réussi à s'échapper et vont passer dans la piraterie avant même d'entendre parler de l'amnistie. Nous ne pourrons jamais doubler les patrouilles si nous diminuons le nombre de nos vaisseaux.

– Nous aussi, nous sommes plutôt à court, renchérit le général. Le seul soutien à la Police Domestique va absorber les réserves de l'Armée.

– Bien, voyons où nous en sommes, dit Heller. L'Empereur ne veut plus entendre parler de Blito-P3 et nous devons l'éliminer afin qu'elle disparaisse du Calendrier d'Invasion. Si nous nous posons pour attaquer, nous risquons d'aggraver encore la contamination de Voltar.

– Mes Dieux, quel dilemme! fit l'amiral.

– Ça, c'est sûr, appuya le général.

Le cœur d'Heller battait plus vite mais il réussissait à conserver une expression sereine. Est-ce qu'il allait s'en sortir? Il prit la sixième proclamation.

– Eh bien, messieurs, fit-il en hochant tristement la tête, la seule solution que je vois est tout simplement de déclarer que Blito-P3, la Terre, n'existe pas.

Suivit un silence stupéfait.

Ils réfléchissaient.

Et Heller attendit en retenant son souffle.

Le général le regardait. L'amiral le regardait. Le capitaine Roke le regardait. Bis le regardait. Noble Arthrite Stuffy le regardait. Tous avec des yeux ronds.

En hâte, Heller griffonna le texte proposé.

Proclamation royale
Confédération de Voltar
Secret

Considérant que la planète Blito-P3, la Terre, possède des éléments de criminalité hostiles aux intérêts essentiels et à la culture de Voltar,

Considérant que le débarquement de troupes au sol risquerait d'accroître la contamination de la Confédération,

Considérant qu'il est de notre volonté royale de ne plus jamais entendre parler de la planète Blito-P3, la Terre,

Ladite planète est officiellement déclarée comme non-planète.

Nous proclamons donc par la présente que cette planète N'EXISTE PAS ET N'EXISTERA PAS POUR VOLTAR À COMPTER DE CE JOUR ET À JAMAIS!

Ils lurent. Oui, c'était l'unique solution. Ils se mirent à acquiescer.

Une vague de soulagement envahit Heller.

Il avait gagné! Il avait gagné la vie d'Izzy, de Bang-Bang, de Babe et de cinq milliards d'êtres!

Il baissa la tête afin qu'on ne voie pas son sourire et, très vite, rédigea la proclamation au propre.

Tous signèrent au-dessus du paraphe royal.

Maintenant, le moment était venu de porter le *coup de grâce* *.

C'était la raison pour laquelle il avait réquisitionné Noble Stuffy et l'avait nommé censeur.

Il leva un regard solennel vers l'ex-éditeur.

– À présent, nous en venons au rôle vital que vous jouez dans tout ceci. Noble Arthrite Stuffy, Sa Majesté veut ne plus jamais entendre parler de la Terre. Donc, vous devez supprimer toute mention des récents troubles et émeutes des archives de chaque journal.

Noble Stuffy en resta bouche bée.

– C'est à VOUS de faire appliquer cette proclamation! insista Heller. Vous devez supprimer toute référence à Blito-P3 dans tous les livres, textes et cartes – il nous faut un nettoyage parfait.

– Partout?

– Partout. Et vous avez prêté serment d'interdire qu'il soit

* En français dans le texte. *(N.D.T.)*

fait mention à l'avenir de Blito-P3 où que ce soit. CE QUI INCLUT CETTE PROCLAMATION!

– Oh, mes Dieux! geignit Noble Stuffy.

Heller poursuivit d'un ton inflexible:

– Et lorsqu'on vous demandera ce qui est arrivé à Blito-P3, vous devrez prendre un air triste et dire que c'était tellement inommable que son nom a été censuré et qu'on ne doit même plus le chuchoter. Compris?

Noble Arthrite Stuffy hocha la tête, comme pétrifié. Le regard d'Heller lui disait qu'il était probablement prêt à lui briser lui-même le cou s'il n'obéissait pas.

Il obéit donc!

Et depuis ce jour, la proclamation royale repose dans un coffre de plomb dans le bureau du censeur et historien royal.

ET VOILÀ CE QU'ON A ÉTOUFFÉ!

TOUTE UNE PLANÈTE!

Ne mettez pas en doute ce que j'écris. *Je l'ai vu de mes yeux!* Le censeur et historien royal, mon grand-oncle, Lord Invay, était sorti déjeuner! Alors, que dites-vous de cela, cher lecteur? Est-ce que ça ne fait pas de moi le plus grand reporter d'enquête de tous les temps, non? Oui, oui, oui! Je savais que vous le reconnaîtriez!

BLITO-P3 – LA TERRE – EXISTE!

ET À L'ENDROIT OÙ ELLE DEVRAIT SE TROUVER, DANS LE CALENDRIER D'INVASION, IL Y A UN BLANC!

Est-ce que ça n'est pas monstrueux?

Si on ne l'avait pas effacée, l'invasion devrait avoir lieu dans quelques années.

IL *FAUT* QUE LE PEUPLE DE VOLTAR LE SACHE!

IL A ÉTÉ PRIVÉ D'UNE PLANÈTE PARFAITEMENT ENVAHISSABLE!

Malgré ce que Soltan Gris a dit au tout début de sa confession sur Heller, qui en serait le héros, je dois vous mettre solennellement en garde: ceci n'est pas vrai!

Le méchant, dans toute cette vilaine affaire, N'EST NUL AUTRE QUE JETTERO HELLER!

Dans toutes les situations, il POSAIT au héros, alors qu'en fait, et c'est authentique et avéré, JETTERO HELLER ÉTAIT LE MÉCHANT, LE GREDIN DE L'HISTOIRE, LE SOURNOIS!

C'est JETTERO HELLER qui a été l'instigateur de la plus grande dissimulation DANS TOUTE L'HISTOIRE DE VOLTAR!

Alors, vous ne pensez pas que ça le noircit?

Bon, nous en avons assez dit. Vous feriez mieux de vous faire entendre afin de faire éclater ce scandale. Il est encore temps avant d'atteindre l'échéance!

PEUPLE DE VOLTAR, MANIFESTEZ VOTRE ATTACHEMENT À LA TRADITION!

NOS ANCÊTRES ONT DÉCIDÉ QUE LA TERRE DEVAIT FIGURER DANS LE CALENDRIER D'INVASION.

Voici le message que je vous adresse : FAITES ÉCLATER LA VÉRITÉ ET ENVAHISSONS LA TERRE!

CE N'EST PAS LA FIN.

J'avais fini le livre et avant de l'emballer afin de l'expédier à l'éditeur, je le lus en entier à Shafter (Hound n'aurait pas écouté parce qu'il aurait voulu qu'il y ait de la poésie dedans).

Quand ce fut fini, m'attendant à voir Shafter totalement abasourdi, j'en fus pour mes frais. Il posa sa clé – je l'avais suivi tout en lisant tandis qu'il effectuait les vérifications de routine des moteurs – et il me regarda avant de dire :

– Jeune Monte, pour l'amour des comètes, vous avez laissé tellement de choses en suspens que tout ça ressemble au câblage d'un moteur comme ceux que vous bricolez quand je ne réussis pas à vous en empêcher. Vous avez complètement laissé de côté ce que vous avez découvert lors de votre visite sur Manco, et vous n'avez pas dit un seul fichu mot des ennuis que nous avons eus sur l'île Relax. D'accord, jusque-là, le livre est bien, mais vous nous avez laissés à cinq mille mètres. Faut vous poser, mon garçon. Et finir ça comme il faut!

Et puisque Shafter est mon meilleur critique – le seul que j'aie, en fait –, je m'y suis mis, j'ai transpiré, et j'ai ajouté un « Envoi ». Pour vous, cher lecteur, afin que vous ne restiez pas perdu dans le ciel, en suspens. Lisez, lisez. Et attention à ne pas vous écraser au sol! Les lecteurs, c'est précieux!

QUATRE-VINGT-DIXIÈME PARTIE

Envoi I

1

Hightee Heller, après m'avoir aidé à déterrer de vieux papiers et carnets – mais elle passait surtout son temps à faire le tour de ses vieilles connaissances de Manco – dut regagner Voltar afin d'honorer l'engagement qu'elle avait pris de participer à un gala de charité pour le Jour de Hightee Heller, un événement annuel.

Je l'avais accompagnée au port où elle devait prendre un long-courrier Deluxe, et elle me tapota l'épaule avant de me donner un baiser très maternel sur la joue en me disant :

– À présent, n'oubliez pas d'insister sur le rôle joué par mon frère. En tant qu'écrivain, vous devez veiller à ce qu'il ait une bonne presse : il est BEAUCOUP TROP réticent à propos de lui-même. Donc, allez-y. Je vous laisse en de bonnes mains. Au revoir. C'était vraiment très amusant.

Tandis que la navette décollait et tout en agitant la main, je songeai que ç'avait peut-être été amusant pour elle mais, pour moi, ç'avait été une besogne très difficile et sérieuse et il allait falloir que je continue ! Je m'étais usé le pouce à force de cliqueter à travers d'innombrables documents et carnets de bord et j'avais mal aux oreilles à force d'entendre sans cesse le sifflement des bandes d'enregistrement. J'avais certes toute l'histoire jusqu'à cette fatale réunion du cabinet de guerre à propos de la

Terre (il me faudrait encore plusieurs semaines de dur labeur pour rédiger ce que vous venez juste de lire si rapidement), et je n'avais pas encore noué les derniers liens. Cher lecteur, si vous saviez à quel point j'ai durement travaillé pour vous!

Comme prévu par Hightee, le chauffeur m'attendait pour me reconduire vers l'immense domaine du duc et de la duchesse de Manco où je résidais. Le domaine se déploie sur toute une chaîne de montagnes sauvages et des milliers d'hectares non loin d'une ville – provinciale, certes, mais trois fois plus grande que New York – du nom d'Atalanta.

Nous nous sommes posés dans le Parc aux Roses et j'ai eu de la chance. La duchesse, à cet instant, entrait dans le salon.

Elle était grande et blonde et, bien que d'âge presque mûr et nantie d'enfants, elle était très belle. Oui, le temps avait été clément avec l'ex-comtesse Krak.

– Hello, Monte! Vous avez l'air bien fatigué. Hightee a bien pris la navette?

J'acquiesçai. Avec la duchesse de Manco, je me sentais toujours un peu maladroit et sans voix : elle se déplace avec une grâce légère et ses yeux gris-bleu vous créent toujours un choc. Elle était vêtue de cuir, ce jour-là, et elle venait sans doute de faire un tour d'inspection du domaine.

– Votre Grâce, dis-je enfin, si vous vouliez m'accorder un peu de temps, il reste encore quelques points que je n'ai pas éclaircis.

Elle me sourit.

– Eh bien, venez, asseyons-nous. Moi aussi, j'ai besoin de récupérer un peu. Mon dernier petit-fils a été dans les jambes de tout le monde aujourd'hui! Il n'a que sept ans mais il faut constamment une bonne dizaine de personnes pour veiller sur lui, sinon il se serait cassé le cou depuis longtemps. Exactement comme son grand-père.

Et elle continua à me raconter fièrement qu'ils l'avaient repêché dans un lac d'irrigation où le bateau qu'il s'était construit avait chaviré. Sa mère l'avait ramené à leur résidence en ville, car son père, le fils cadet d'Heller, était gouverneur.

Le salon du parc était frais, agréable, très rustique, entièrement en pierre de la région, y compris la cheminée. Une compagnie au complet aurait eu assez de place pour y manœuvrer. Des tableaux décoraient les murs. Il y avait là les trois fils de Jettero, qui étaient d'âge moyen désormais, mais sur les tableaux ils étaient encore de jeunes garçons : deux étaient en uniforme de l'Académie Royale et le troisième était coiffé d'un casque de pilote de compétition. Il y avait aussi leur sœur, en costume d'écolière : elle ressemblait à Hightee de façon surprenante, mais, dans son maintien, elle avait tout de la comtesse Krak.

La duchesse nous fit servir des boissons fraîches puis continua à parler de ses petits-enfants. Elle en avait six. L'aîné, quarante ans, ambitieusement, était devenu le régisseur des autres domaines de Krak, au nord d'Atalanta, puisqu'il était l'héritier en titre, et pour l'heure, apparemment, il affrontait une inondation. Mais je ne prêtais pas une oreille très attentive aux propos de la duchesse. Je guettais l'occasion de glisser une parole et de pouvoir achever mon récit.

J'avais dressé une petite liste. J'y jetai un coup d'œil et murmurai, profitant d'un silence :

– Pourriez-vous me dire ce qu'est devenu Monsieur Calico?

Elle rit et lança un petit sifflement aigu. En moins de trente secondes, un chat calico surgit dans le salon et vint se poser dans son giron. Je fus éberlué.

– C'est Monsieur Calico?

Elle rit de nouveau car le chat venait de redresser la tête pour se tourner vers moi avec curiosité, puis, décidant que je n'avais pas vraiment dit ça, il revint à l'écuelle d'eau pétillante que la duchesse lui présentait.

Une expression triste transparut sur son visage.

– À peu près dix ans après notre retour de la Terre, Jettero et Monsieur Calico étaient partis pour une promenade dans les montagnes. Vous comprenez que jamais je n'ai réussi à faire accepter à Jettero une vie tranquille et sûre, mais, dans cette circonstance, il voulait juste se détendre après une longue session dans la Cité du Palais. Ils ne chassaient même pas. Et Monsieur Calico a flairé la piste d'un léprodonte! Alors il a foncé droit derrière! Vous imaginez ça : s'attaquer à un léprodonte d'une tonne! Mais Monsieur Calico était comme ça. Avant que Jettero ait pu l'arrêter, il avait perdu la bataille.

Elle soupira et ajouta :

– La peau du léprodonte est là, au-dessus de la cheminée. Je sais que ça fait assez moche dans cette pièce, mais Jettero ne voudrait pour rien au monde que je la jette. Voilà ce qu'est devenu Monsieur Calico.

Une fois encore, entendant ce nom, le chat se redressa.

– En tout cas, depuis, et à chaque génération depuis sa mort, chaque chaton réagit toujours au nom de Monsieur Calico. Celui-ci est le dixième! (Et elle ajouta fièrement :) Vous savez, depuis que nous avons amené ces chats sur Manco, il ne reste plus la moindre vermine dans toute la province. J'espère seulement que ces félins ne se sont pas mis en tête de nettoyer tous les léprodontes !

Là, je pouvais passer à ma deuxième question.

– Cinq vaisseaux avaient quitté la Terre à destination de Calabar. Est-ce qu'ils sont arrivés ?

– Oh, vous voulez parler de l'équipe de Faht Bey. Oh, oui. Pendant quelques années, ils se sont occupés de l'atelier de réparation de la Flotte sur Calabar avant de se retirer et de retourner chez eux. Ce qui me rappelle que j'ai quelque part une carte postale à laquelle je n'ai pas répondu. Faht Bey est facteur dans une petite ville de Flisten et c'est sa sœur qui tient la poste. Elle est à demi turque, vous savez. Et il me faut un nouveau secrétaire privé. Quand vous aurez achevé votre livre, cet emploi vous intéresserait-il, Monte ?

Je me crispai. Les gens plus âgés sont tous pareils : ils ne considèrent pas le reportage d'enquête comme un travail sérieux ! Eh bien, j'allais leur montrer !

J'ignorai sa proposition et demandai d'un ton grave :

– Après l'amnistie de tous ces criminels, d'autres troubles sociaux ont-ils éclaté ? Je veux dire : une nouvelle vague de crimes ?

– Oh, mais qu'est-ce qui a pu vous faire croire cela ? En vérité, ils semblent tous considérer qu'ils sont redevables de quelque chose à Mortiiy et, pour la plupart, ils se sont réformés. Voyons, cela remonte à un certain temps... Oh, oui. Un pour cent seulement d'entre eux furent repris plus tard et exécutés. Ce fut une période sans crime ou presque. Je me souviens d'une soirée que nous avions donnée à la fin de la première année. C'était un peu pour mon amnistie, voyez-vous. Mais depuis cette époque, l'État n'a plus connu de vagues de crimes, comme vous dites. Même la Cité des Bas-Fonds a été nettoyée.

– Ma foi, c'est parfait. À présent, pouvez-vous me dire s'il vous est jamais arrivé d'entendre à nouveau parler d'un personnage du nom d'Izzy Epstein ?

La duchesse me décocha un regard étrange. Puis elle haussa les épaules et donna des instructions à un laquais. Il revint bientôt avec un coffret de métal. Elle l'ouvrit, en sortit quelques feuillets et reposa le coffret. J'aurais bien aimé voir ce qu'il pouvait encore y avoir à l'intérieur mais elle me tendit les feuillets. Puis, soudain, les reprit.

– J'oubliais, fit-elle. Vous ne savez pas lire l'*anglais*.

Les feuillets étaient très très anciens, et jaunis, et elle les manipulait avec beaucoup de précautions. Elle les remit dans le coffret et me présenta une traduction en bien meilleur état.

2

Aussitôt, je pris un cliché de la note qui figurait en couverture et que je vous donne ici dans son intégralité :

CONFIDENTIEL
Origine : Greffe de la Censure
Destinataire : Duchesse de Manco, Cité du Palais

Votre Grâce,

La Couronne, Sa Seigneurie, lorsque la présente lui a été adressée, a demandé qu'on vous la transmette sous scellés comme courrier d'intérêt privé.

Cette missive nous a été rapportée par une unité de reconnaissance militaire envoyée par le président du Renseignement.

On l'a découverte dans un cône montagneux. L'enveloppe, ainsi que vous le constaterez, porte comme seule adresse de destinataire : « M. Jet ». La date correspond à celle du dixième anniversaire du règne de l'Empereur Mortiiy.

Voici la traduction :

Cher Monsieur Jet.

Je tenais seulement à vous faire savoir que votre appartement est prêt et qu'il vous attend pour votre retour.

Les vêtements sont en parfait état dans les penderies mais un peu démodés. La mode a évolué en dix ans. Votre tailleur appelle de temps en temps pour savoir si vous n'avez besoin de rien.

*M. Stampi du circuit de Spreeport a appelé et demandé si vous aimeriez participer au prochain Grand Prix d'Amérique *. Il a dit qu'il a renouvelé votre carte de membre et que tout était en règle avec lui.*

La « reine » Babe Corleone parle souvent de vous. Pas plus tard que l'autre jour, lors d'une réunion du bureau mondial, elle a dit qu'elle regrettait son « prince charmant » et elle a pleuré un peu. Elle a ajouté que peut-être Jerome ne lui avait jamais pardonné puisqu'il n'était pas revenu. Mais elle va bien, malgré tout. L'Association de tir américaine l'a élue femme de l'année. Désormais, il n'y a plus d'autres gangs, rien que celui des Corleone.

---

* Voir Tome 3, *L'Ennemi intérieur.*

Elle est très populaire, surtout auprès de l'ONU, depuis qu'elle a fait passer la loi des Droits thermonucléaires des femmes.

Vantagio garde votre portrait dans le salon du Gracious Palms, *mais je ne pense pas que cela vous plairait avec tous les rubans que vous avez sur la poitrine : ça vous donne l'air d'un politicien dans le vent et ça m'a l'air dangereux. Pourtant, ça semble plaire aux filles et elles n'arrêtent pas de déposer des cierges.*

Je crois que Bang-Bang vous regrette. Il n'arrête pas de parler du « bon vieux temps de Jet ». Nous l'avons nommé général d'armée à cinq étoiles pour qu'il puisse leur montrer à tous comment diriger les manœuvres.

Trapp, j'ai de la peine à le dire, s'est révélé sous son vrai jour.

Il s'est débarrassé de Miss Paix et de Miss Agnès et ensuite son épouse a disparu. La dernière fois qu'on l'a aperçue, on la présentait à un anaconda du zoo du Bronx.

Vous ignoriez peut-être que la femme du maire avait été exilée par Babe sur l'île d'Elbe. Eh bien, elle s'en est évadée. On a prouvé qu'elle avait un rendez-vous avec Trapp, au zoo également. Et on ne l'a plus revue depuis ce jour.

On ne voit plus guère Junior. On a même du mal à lui faire signer les papiers pour les affaires de la famille Rockecenter. Il a racheté tous les élevages de porcs du New Jersey et y passe la plus grande part de son temps. Il a baptisé une truie qui a reçu un prix au concours agricole « Jolie Krackett », mais je vous en prie, ne le dites pas à Miss Joy car je pense que ça ne lui ferait pas tellement plaisir. Pourtant, il croit, lui, qu'elle serait ravie et il nous a suppliés pendant des semaines de la retrouver pour lui montrer tous les rubans bleus qu'elle a remportés.

Je doute que vous ayez le temps de penser un peu à moi au milieu de toutes vos pensées si importantes. Le mois dernier, j'ai cru mourir quand ils m'ont décerné un diplôme honorifique à Barvard pour marquer la conversion du dernier des gouvernements en société. J'aurais eu besoin de vous pour m'empêcher de m'enfuir, ce que j'ai fait, je dois le dire à ma grande honte.

Je fais régulièrement nettoyer vos bureaux. Votre vieille casquette de base-ball est presque tombée en miettes là où vous l'avez laissée, sur votre bureau. Je n'ose pas la toucher.

En tout cas, monsieur Jet, quand vous aurez fini d'explorer la lune en profondeur ou quoi que ce soit qui vous tienne éloigné de nous, sachez que votre appartement vous attend. Les jardiniers s'occupent toujours de la terrasse et il n'y a pas un grain de poussière. Je m'y rends régulièrement et je me plais à imaginer que vous n'allez pas tarder à vous y montrer. Ça me calme un peu. J'espère ne pas vous avoir importuné.

Votre dévoué

Izzy.

PS : J'aimerais vous demander de transmettre mon bonjour à Miss Joy mais elle ne se souvient probablement pas de moi.

PPS : J'espère qu'elle est heureuse en tant que Mme Jettero Heller et épouse d'un officier de la Flotte.

3

J'étais ABASOURDI !

Je regardai la duchesse et dit :

– Ainsi, il a toujours su que « M. Jet » était un extraterrestre ! Et, comme Izzy, il s'est tu ! Mais COMMENT a-t-il fait pour savoir?

Oh, oui, je tenais Heller à présent ! En flagrant délit de violation du Code ! La main dans le sac !

– Le nom de Jettero figurait sur un reçu de la Flotte collé à l'intérieur du chronoviseur qu'il avait donné à Izzy. Et, dans son bureau de l'Empire State, Jettero avait une bibliothèque complète de volumes voltariens, y compris un dictionnaire anglais-voltarien. Izzy a donc pu déchiffrer les caractères et traduire le texte du reçu.

» Mais il y a autre chose encore : Utanc – le colonel Gaylov du KGB – avait rapporté à Rockecenter qu'Afyon était en fait une base extraterrestre. Et tous les dossiers sont revenus entre les mains d'Izzy. Il lui a suffi d'additionner deux et deux, et même quand il a eu découvert que la base avait été détruite, il s'est dit que quelqu'un viendrait un jour, ou que des contacts avaient été maintenus, et c'est comme ça qu'il s'est contenté de laisser sa lettre en haut d'une montagne.

– Stupéfiant !

Je lui rendis la traduction après avoir pris le soin d'en prendre une copie rapide. Je vérifiai discrètement mon enregistreur pour m'assurer qu'il tournait toujours.

– Maintenant, j'ai un autre nom sur ma liste : Snelz. Qu'est-il devenu?

La duchesse me fixait d'un regard bizarre, maintenant. Elle dit enfin :

– Snelz, il y a un demi-siècle de cela, s'est retiré avec le grade de général de brigade des marines de la Flotte. Il est mort il y a vingt ans. Mais, jeune Monte, écoutez-moi, j'ai remarqué une chose très bizarre : toutes les questions que vous posez se rapportent à la Terre.

Elle pointait un doigt sur moi et je me dis que j'étais mis à jour. Mais elle ajouta :

– Maintenant, jeune Monte, écoutez-moi : nous vous avons montré toutes ces notes, tous ces papiers, et vous DEVEZ couvrir toute la carrière de Jettero. Car elle est brillante ! Hightee et moi, nous avons dû le harceler rien que pour qu'on le cite dans la presse. Il ne voulait même pas répondre aux questionnaires des enquêteurs de l'encyclopédie. Il se contentait de leur dire : « Voyez l'année passée ! », alors ils prenaient ça au pied de la lettre et publiaient des articles sur le pilote spatial qu'il avait été dans sa jeunesse ! Il est vraiment impossible ! Jamais on n'a souligné tout ce qu'il avait fait. C'est ÉNORME ! La Terre n'a été qu'une part infime, vraiment infime du tout. En fait, à votre place, je m'abstiendrais de m'y attacher. Elle n'est pas suffisamment importante. Mes Cieux ! Même l'invasion de Colipin est plus intéressante. Il a vraiment failli donner une congestion à l'Empereur Mortiiy ! Nous avions perdu cinq escadrons et Jettero en a été tellement bouleversé qu'il a pris cette vieille carcasse de *Châtiment*, qu'il est parti, qu'il a gagné la guerre et a ramené la paix en une semaine. Mortiiy était parti en tournée d'inspection sur Calabar, il a entendu parler de ça tardivement et il est revenu à toute allure en pensant qu'il devait reprendre le gouvernement. Il a surgi en tempêtant dans la salle du Grand Conseil, il a trouvé Jettero assis là et il lui a grondé : « Qu'est-ce que c'est que cette idée d'aller risquer votre vie dans cette guerre stupide ? » Et Jettero s'est contenté de sourire et lui a dit : « Mais quelle guerre, Votre Majesté ? » en lui tendant le traité de paix. Il avait l'air tellement innocent que Mortiiy a éclaté de rire. Eh bien, JAMAIS les journaux n'ont parlé de cela ! Jeune Monte, nous vous avons donné libre accès aux carnets, aux notes et aux documents afin que vous puissiez tout raconter à son propos.

Je souris. Oui, c'est bien ce que je comptais faire. Mais pas exactement dans le sens qu'elle souhaitait. Cependant, je savais qu'un reporter d'enquête devait être rusé, aussi ajoutai-je :

– Je suivrai certainement votre conseil, Votre Grâce.

Mais je ne sus jamais si elle avait compté poursuivre.

Car à cet instant, le chat fit : « Miaouh ! », la toucha de sa patte et, surtout, montra une des hautes fenêtres.

La duchesse se retourna et distingua quelque chose dans le ciel. Elle se dressa d'un bond.

– Oh, non ! Jettero arrive ! Il est en avance d'un jour !

Elle baissa les yeux sur sa combinaison de cuir tachée.

– Mes Cieux ! Quelle horreur ! Et personne ne m'a même dit ce qu'il y avait pour dîner !

Elle se rua hors du salon.

Le chat trottina au-dehors, en direction de l'aire d'atterrissage du Parc aux Roses.

Et je le suivis.

4

Le vaisseau spatial descendait à une vitesse telle que je crus qu'il allait s'écraser.

Puis il se retourna au tout dernier instant et se posa sur son train si doucement qu'il parut écraser à peine les brins d'herbe.

Et c'est seulement en le voyant dressé là, immobile maintenant, que je ne pus retenir une exclamation d'étonnement :

C'ÉTAIT UN REMORQUEUR !

Le sas s'ouvrit, on lança un filin de sécurité et un homme apparut, qui se laissa glisser jusqu'au sol avec agilité. Il portait un costume civil bleu clair, sans ornement mais d'une coupe très classe. Il toucha le sol avec légèreté et se retourna. Quelqu'un, depuis le vaisseau, lui lança alors une serviette, une boîte et un bouquet de fleurs qu'il saisit au vol.

Avec quelque retard, une équipe sortit du hangar en poussant une échelle mobile. Ils auraient dû prendre un air coupable, mais, au contraire, ils agitèrent chaleureusement la main à son adresse.

Je me tenais sous une arche de roses, à quelques pas de la demeure. Il se dirigea droit sur moi d'une démarche souple.

C'ÉTAIT JETTERO HELLER !

Grand, élancé, le genre d'homme qui, même à l'approche de l'âge mûr, se maintient en forme. Si ses traits s'étaient un peu épaissis, il restait très beau. Ses yeux gris-bleu se fixèrent sur moi. Et il me demanda :

– Où est Hightee ?

– Oh, elle est repartie pour Voltar ce soir même.

– Ah, zut! J'avais espéré la cueillir à temps. Vous devez être ce jeune homme qui la suit partout, à ce que l'on m'a dit.

– Je suis l'Honorable Monte Pennwell, Couronne, Votre Seigneurie, monsieur.

Je m'apprêtais à m'agenouiller mais il m'arrêta.

– Dispensons-nous de ce protocole. J'en ai largement mon compte dans la Cité du Palais. (Il me sourit, d'un sourire très engageant.) Je suis chez moi. Appelez-moi Jet.

Je ne pus réfréner plus longtemps ma curiosité et je lui demandai :

– Monsieur, est-ce que ça n'est pas le *Remorqueur 1*?

– Bien sûr que non, fit-il avec un léger froncement de sourcils.

– Mais c'est cependant un REMORQUEUR. Il a le nez camus, avec des bras. Et aussi la même forme, les mêmes dimensions. Il possède aussi un aileron en poupe pour compenser la charge excessive des moteurs Y avait-Y aura. Et lorsque vous avez ouvert le sas, j'ai aperçu des rampes d'argent. Je lis même *Prince Caucalsia* sur sa proue!

– Jeune Pennwell, ce vaisseau N'EST PAS LE *REMORQUEUR 1*! Mais à vous entendre, je vous soupçonne d'avoir parlé aux femmes de la famille. Vous avez bavardé.

Je me redressai de toute ma hauteur. Mais je lui arrivais un peu au-dessous de l'épaule.

– Nous n'avons pas bavardé. Je suis un reporter d'enquête!

Il eut un rire franc.

– Un reporter d'enquête? Voilà un terme que je n'ai plus entendu depuis près d'un siècle!

– Je désire écrire l'histoire de votre vie, dis-je.

Il me tendit la boîte et les fleurs.

– Bien, en ce cas passons dans le salon du parc et je vous en parlerai. Inutile de vous faire attendre là sous le soleil.

Je lui collai aux talons. Il entra. Un laquais était déjà là avec des rafraîchissements, et un radieux sourire de bienvenue. Heller s'installa dans un fauteuil. Un personnage en livrée bleue, à l'évidence un majordome, se précipita dans la pièce. Il était encore occupé à enfiler sa veste.

– Blin, lui déclara Heller, prenez cette boîte et envoyez-la à Hightee. Je suis désolé de l'avoir manquée : j'ai voulu trouver un petit souvenir en passant près d'Atalanta. Emballez ça avec soin : c'est du verre ancien. Il va falloir le lui expédier à Pausch Hills. Les fleurs sont pour Sa Grâce.

Blin me soulagea de mon fardeau. Le laquais me présenta un verre et Heller me fit signe de m'asseoir.

– Ainsi, ce que l'on m'a rapporté est exact, dit-il. Ma chère Hightee vous aidait à écrire un livre. Est-ce que vous avez un éditeur?

– Oh, oui, Votre... Jet. Les Éditions biographiques ont été fascinées par l'idée de publier un livre sur vous. Ils m'ont signé un contrat sans même exiger un synopsis. Ils sont très enthousiastes, vraiment.

Je ne lui dis pas qu'ils avaient présumé que je le connaissais très bien, alors qu'en fait ce n'est qu'en me lançant dans ce projet que j'avais découvert que Jettero Heller était le nom réel du célèbre et puissant duc de Manco. En prenant conscience qu'il n'existait pas un seul ouvrage à son propos, ils avaient été stupéfaits et ils m'avaient dit :

– Jeune Pennwell, si vous avez vos entrées et si vous pouvez vraiment écrire la biographie de la Couronne, votre fortune est faite !

Mais ce que j'allais leur amener était mieux encore. Mon bouquin allait faire un malheur !

– C'est parfait, commenta Heller. J'imagine que les filles ont dû vous prêter assistance.

– Oh, oui. Elles ont été merveilleuses : elles m'ont confié tous les documents, toutes les notes disponibles, et elles m'ont donné libre accès à la Bibliothèque de Famille.

– Je pense que vous avez donc été passablement occupé. Est-ce que vous disposiez d'une autre source?

– Oh, oui, monsieur. La plus étonnante qui soit. Un séisme a dû réouvrir certains passages de Répulsos, dans le Grand Désert. Tout s'était effondré, comme vous le savez. Et je suis tombé par un pur coup de chance sur les banques de données principales de l'Appareil.

J'essayais, bien entendu, de l'amener à me faire de nouvelles révélations, ou du moins des commentaires qui pourraient m'être utiles.

Mais il se contenta de dire :

– Tiens donc. (Il but une gorgée.) Mais j'imagine que tout ça doit être très dur pour un jeune écrivain. Vous n'avez pas d'ennuis?

Là, il venait de toucher un point sensible.

– Eh bien, si, avec ma famille. Depuis que j'ai eu mon diplôme de l'Académie Royale des Arts, ils n'ont jamais pris mes écrits au sérieux. J'ai composé beaucoup d'odes, et ils ne veulent même pas les entendre. Ils ne m'encouragent pas.

Il secoua la tête avec un air de sincère compassion.

– Il est vrai que la jeunesse est souvent brimée. Mais je ne pense pas qu'ils mettent réellement des obstacles en travers de votre route, non?

– Oh, mais si! Tous les membres de ma famille ne cessent de me pousser à accepter tel ou tel poste.

– Ça, fit Heller, ça doit être très pénible.

– Vous pouvez le dire! Mais depuis quelque temps, ils se sont calmés. À présent, c'est encore plus horrible. Ma mère est à la tête d'une conspiration pour me faire épouser Lady Corsa.

– Lady Corsa? s'exclama Heller. Mais elle est l'héritière de la moitié de la planète Modon!

– C'est une grande fille athlétique. Elle a au moins une demi-taille de plus que moi. Et pas beaucoup de cervelle! Elle considère qu'écrire c'est perdre son temps!

– Mais, par tous les Cieux, dans moins de cinquante ans, vous seriez l'un des hommes les plus riches de Modon. Les terres de cette planète sont légendaires pour leur productivité et le haut-pays est magnifique et giboyeux. C'est un vrai paradis!

Je secouai la tête.

– La province! Incroyablement bucolique! Tout ce qu'ils font, c'est creuser des fossés d'irrigation quand ils ne sont pas en train de radoter à propos de leurs troupeaux de bêtes à laine en serrant leur casquette entre les mains. Même la noblesse est illettrée. Ils se couchent avec le soleil. Je ne verrais plus les feux de Voltar qu'une fois par an tout au plus. Oh, non, Votre Grâce, je vous assure, ça doit être vraiment MORTEL!

– Mon pauvre ami. La littérature doit vraiment être très importante pour vous!

– Oh, mais oui, mais oui. Je vous en prie, Jet, racontez-moi votre vie.

Il prit un air grave, finit son verre, le reposa et dit :

– Très bien. Par où dois-je commencer?

Je fus quelque peu déconcerté. Je n'avais pas imaginé que ce serait aussi facile.

– Eh bien, d'habitude, on commence par sa naissance, risquai-je.

Il hocha la tête. Et se rencoigna plus confortablement dans son fauteuil. J'avais mis en marche mon enregistreur et je brûlais de l'entendre. Maintenant, j'allais toucher au fond des choses. Avec les questions aussi pertinentes qu'astucieuses que j'avais préparées comme tout grand reporter d'enquête se doit de le faire, j'allais l'amener à révéler lui-même la plus grande embrouille de tous les temps.

– Je suis né à Tapour, dans la province d'Atalanta, sur la planète Manco, il y a de cela 127 ans, commença-t-il.

J'étais tout ouïe. Dans son regard, je lisais la nostalgie du souvenir. Oui, je serais bientôt au terme de mon enquête.

– Et j'ai vécu jusqu'à aujourd'hui. Et me voilà.

Je sentis que la pièce se mettait à tournoyer. J'ouvris la bouche. Puis la refermai.

Un sourire innocent et nonchalant effleurait les lèvres d'Heller.

Un bruit de pas précipités résonna dans le couloir. La duchesse de Manco fit irruption dans le salon. L'âge n'avait pas altéré sa beauté. Elle portait une robe du soir chatoyante, dans des tons de bleus et de jaunes qui paraissaient refléter la couleur de ses yeux et de ses cheveux. Si je n'avais pas su réellement son âge, je dois avouer que son maquillage m'aurait totalement abusé.

Heller se leva pour l'accueillir et elle lui donna un baiser.

– Méchant garçon. Tu rappliques un jour avant, alors que nous n'avons même pas eu le temps de préparer la maison. Mais je suis tellement heureuse. (Elle l'embrassa de nouveau, avec passion. Puis elle s'aperçut de ma présence et dit :) Jettero, je n'ai pu éviter d'entendre ce que tu as dit à ce gentil jeune homme. Épargne-lui tes plaisanteries. Il travaille très dur, tu sais, il est grand temps que l'on reconnaisse ta valeur.

– Exact! s'exclama Heller. Pour ma part, je reconnais que j'ai un peu faim! Qu'y a-t-il donc pour dîner?

Et ce fut TOUT ce que je tirai de Jettero Heller, vice-royal président du Grand Conseil, duc de Manco.

Vous comprenez à présent?

IL COUVRE TOUJOURS LA PLUS GIGANTESQUE AFFAIRE DE DISSIMULATION QUE LA CONFÉDÉRATION AIT JAMAIS CONNUE!

Mais, cher lecteur, il me reste encore quelque temps. Le Calendrier d'Invasion est sacré, et il est encore possible de le remettre à jour et de nous y conformer.

Néanmoins, comme Shafter me le rappelle, je ne vous ai pas encore tout narré.

5

De retour sur Voltar, bien entendu, je fus pris très longtemps par la rédaction de l'histoire que vous venez de lire. Je dois dire honnêtement que jamais de ma vie je n'avais travaillé aussi dur.

Hound buvait, et je le fis chanter afin qu'il raconte à tous que j'étais plongé dans des études afin de passer un examen pour un des emplois qui m'avaient été proposés, sans toutefois préciser par quel parent. Et, comme Lady Corsa et son frère étaient repartis pour Modon, personne ne me dérangea durant cette période laborieuse. Et j'ai transpiré, ça, je le jure!

Vint enfin le jour glorieux où je me dis que j'en avais enfin terminé, juste pour m'entendre dire par Shafter que je m'étais complètement embrouillé.

– Bon, d'accord, fis-je d'un ton agacé. D'accord. Mais, Shafter, je n'ai plus aucun élément. Et j'ai tout écrit!

Il soupira et me dit :

– Jeune Monte, est-ce que vous avez seulement eu conscience des jours d'ennuis que j'ai pu passer à ne rien faire pendant que vous étiez en train de vous barbouiller les doigts d'encre? Chacun de vos véhicules est préréglé. Et vous voulez que je vous dise?...

– Quoi?

– Je pense que vous écrivez des contes de fée!

– Oh, Shafter, vous aussi vous êtes contre moi, alors?

– Mais non, ça jamais, jeune Monte! Mais je peux quand même vous éviter de faire une terrible erreur. (Il ouvrit dans un grincement la portière d'un vieux scooter aérien qu'il avait eu pour une bouchée de pain. En fait, pour être honnête, je devrais préciser qu'il en avait fait l'acquisition en économisant sur mon allocation alimentaire pendant que j'écrivais. Il pressa un bouton du tableau de bord et me dit :) Regardez!

Je regardai.

Il avait allumé une carte. Celle de l'Océan Occidental.

– Mais je ne vois rien, fis-je, intrigué.

– C'est justement ce que je voulais vous montrer. Vous pourriez faire une grave erreur. Si vous regardez bien : IL N'Y A RIEN!

Croyez-moi, j'ai éprouvé un sacré choc en constatant ce qu'il voulait dire. Non seulement je ne voyais aucune île Relax. JE NE VOYAIS AUCUNE ÎLE DANS LES PARAGES!

– Mes Cieux! m'écriai-je. Ils ont étouffé l'affaire jusqu'à transformer les cartes de Voltar!

– Je savais que vous penseriez comme moi! me dit Shafter. Je vais aller demander à Hound de nous préparer un petit panier-repas et on décolle!

En très peu de temps, nous étions à près de 1 000 mètres. Le vieux scooter aérien n'était pas très rapide – il allait à moins de 1 000 kilomètres/heure – mais il était bourré d'écrans et d'instruments.

Le plafond nuageux était haut et gris, l'océan vert et menaçant. À quatre heures, nous étions très exactement à la verticale des coordonnées.

– Faites attention à ne pas percuter le sommet de la montagne, dis-je. J'en ai oublié la hauteur.

– En tout cas, vous ne trouverez pas ça dans le manuel de pilotage. Et il n'y a plus d'île de ce nom sur les cartes. Mais j'ai un truc. J'ai apporté une grille et on va explorer systématiquement tout ce secteur de l'océan en allant de plus en plus bas.

– Mais surtout, ne percutez pas la montagne!

– Mais non. Mais je suis persuadé qu'il n'y a rien là en dessous. Et puis, j'ai mes écrans. Restez assis et grignotez un autre pain sucré. Ça va nous prendre du temps.

Et nous avons patrouillé, passé tout le secteur au peigne fin, dans les dernières effilochures de brume où le soleil se glissait. Parfois, nous apercevions l'océan.

La houle se levait. Nous étions descendus tellement bas que je finis par apercevoir un poisson-chauve-souris poursuivi par tout un banc de prédateurs dentus. Ce qui me rendit particulièrement nerveux, car Shafter avait choisi ce moment pour sortir une nouvelle barre de carburant.

Brusquement, je fus ébloui par le soleil. Il brillait à l'horizon sous le couvert de la brume. C'ÉTAIT LE CRÉPUSCULE!

Une pensée bizarre s'imposa à mon esprit.

– Shafter, dites-moi : auriez-vous reçu un flash de la Défense Planétaire?

– Non, me répondit-il en rasant la crête des vagues.

– Pour l'amour des Cieux, alors, vérifiez que votre canal de trafic fonctionne bien. Je ne tiens pas à ce qu'on nous balance une ogive! Cette île est hors des frontières. Vérifiez!

Il haussa les épaules et lança un appel.

– Ceci est un essai, dit-il dans le micro.

– Oh, c'est donc ça? dit une voix qui émanait de la base de la Défense Planétaire. Nous pensions que vous cherchiez probablement un coin de pêche.

Shafter se retourna et me fit un clin d'œil.

– C'est ça, répondit-il. Mais nous faisons très attention de ne pas rentrer dans la montagne.

– Quelle montagne? demanda la Défense Planétaire.

– Teon. La montagne de l'île Relax.

Un silence, puis :

– Scooter 4536729-MY 7. Nous venons de lancer contre vous une citation de mise en garde pour circulation sans cartes ni livres de pilotage. Veuillez vous présenter à la Sécurité du

Trafic afin que l'on procède à la vérification de votre écran et de vos documents de bord.

– Oh, mais on n'en a pas besoin.

– En ce cas, vous aurez droit à une vraie citation pour pilotage sous l'influence du tup.

– Non, non, fit Shafter en hâte. J'accepte la mise en garde, merci. Mais ce n'est pas ma faute si vos publications sont tellement difficiles à lire. J'aurais juré que j'avais vu le Mont Teon cité dans les listes.

– Vous avez des visions. Et vous aurez droit à une vraie citation. Il n'y a pas d'île de ce nom, ni de montagne de ce nom. Nous allons contrôler votre retour. Présentez-vous au tribunal dès demain matin. Et ayez dix crédits sur vous pour l'amende. Terminé.

Shafter se tourna vers moi.

– Je vous en prie, jeune Monte, plus d'autres suggestions. Donnez-moi les dix crédits maintenant afin que je puisse aller au tribunal et payer avant que vous ne soyez levé. Je n'aperçois aucune terre dans le secteur, alors nous rentrons.

J'étais confondu. C'était bien plus qu'une affaire étouffée. Qu'étaient devenus la reine Teenie et Madison? Les jeunes gitons, les domestiques de la Cité du Palais, plus quelque cinq mille autres personnes?

Ça, oui, Shafter avait raison : j'étais complètement dans l'embrouille et planté dans le vide!

QUE S'ÉTAIT-IL PASSÉ?

L'île n'était qu'une bulle volcanique.

Heller, cette super-crapule, avait-il expédié un vaisseau pour la couler et étouffer une fois pour toutes ses méfaits?

6

Je passai une nuit très agitée à arpenter ma chambre. Ce ne fut qu'à l'approche de l'aube que je trouvai le sommeil. Lorsque Hound ouvrit les stores pour faire entrer le soleil, ce fut comme un coup de tonnerre.

– Vous êtes de pis en pis, me dit-il. Voilà maintenant que ce pauvre Shafter se retrouve au tribunal comme un criminel de droit commun. Votre père aurait dû suivre mon conseil et vous envoyer à l'armée. Quelques bonnes charges dans le fracas des fusils auraient fait de vous un homme.

– Hound, est-ce que j'ai un parent quelconque au bureau de géologie?

Il leva les yeux au plafond.

– Non, vous n'avez pas le moindre parent au bureau de géologie. Et si vous ne vous amendez pas sous peu, vous n'aurez plus de parents du tout. Ils vont tous vous renier! Faire boire ce pauvre Shafter! Vous devriez avoir honte!

– Il ne vous a pas dit ça!

– C'était inutile! La citation du tribunal était au courrier du matin! Et vous, vous êtes seulement en train de vous réveiller et il est deux heures de l'après-midi!

– C'est *vous* qui buvez.

– Jamais en public, espèce de petit maître-chanteur! Filez dans la salle de bains que je vous décrasse un peu la tête!

Je dois dire que ça me fit du bien. En tout cas, cela apaisa mes nerfs tout entortillés, même s'ils s'entortillèrent à nouveau pendant que j'essayais de téléphoner alors que Hound me rasait. Il n'arrêtait pas de m'arracher le combiné.

Mais je réussis enfin à avoir le rédacteur de *La Planète*, un hebdomadaire photographique qui, si je m'en souvenais bien, était souvent consacré aux grands moments de l'histoire de Voltar : ils consacraient souvent des pages aux glissements de terrains, éruptions volcaniques et autres.

– Il y a une centaine d'années, ou moins, commençai-je, auriez-vous eu connaissance d'un séisme ou autre phénomène?

– Bravo, me rétorqua le rédacteur. À qui ai-je l'honneur? Votre écran est éteint.

– On me rase et je ne suis pas peigné.

– Ça doit être l'appel le plus important de la journée. Écoutez, qui que vous soyez, sur l'ensemble des 110 planètes, on compte approximativement six séismes par semaine. J'admire votre précision.

– L'Océan Occidental, dis-je. Sur Voltar. Cela remonterait à 85, 90 ou 95 années.

– Écoutez-moi, qui que vous soyez, je vous conseillerais de faire copain avec un journaliste qui aurait accès aux archives des infos. Et quand vous me rappellerez, peignez-vous et allumez votre écran. (Et il marmonna : « Pauv' malade! » avant de raccrocher.)

C'est alors que ça me vint comme un éclair. Je savais où trouver des journalistes.

– Hound! Préparez-moi un costume de soirée un peu froissé et un chapeau un peu cassé.

– Mais vous n'avez pas de costume froissé! Et n'allez pas

accuser nos valets de ne pas faire leur travail ! Pas après ce que vous avez fait à ce pauvre Shafter ! Vous êtes vraiment impossible !

– Écoutez ! Vous n'avez qu'à en plisser un. Je dois aller au Club de l'Encre, dans la Cité de la Joie !

Il roula des yeux à tel point que je crus les entendre cliqueter ! Quand il eut récupéré, il me dit :

– Et voilà maintenant que vous allez vous encanailler avec la pègre de la presse ! Jeune Monte, croyez-moi : vous allez devenir un ivrogne irrécupérable ! Si je ne me sentais pas obligé envers votre père, je rentrerais sur Flisten et je vous laisserais à votre destin !

Il refusa de me faire froisser un costume. Il refusa de me laisser porter un chapeau cassé. Il n'arrêtait pas de me sermonner ! Oh, cher lecteur, si vous saviez ce que j'ai enduré pour vous donner ce livre !

Shafter ne se montra pas plus coopératif. Peu diplomate, il avait dit le fond de sa pensée au tribunal du trafic aérien et on lui avait doublé l'amende. Je rajoutai les dix crédits supplémentaires mais il resta sombre car il pouvait dire adieu à son brevet de parfait pilote.

Il me conduisit néanmoins jusqu'à la Cité de la Joie et nous nous posâmes près du Club de l'Encre. L'endroit se signalait par un immense panneau électronique simulant une rivière d'encre qui changeait de couleur tout en projetant des taches. On aurait pu s'attendre à trouver à l'intérieur une ambiance d'incendies et de désastres, mais non : c'était gris et doux, baigné d'une musique apaisante. On se serait cru dans une entreprise de pompes funèbres.

On était en fin d'après-midi et toutes les éditions étaient sorties. Les reporters faisaient la pause et les lieux étaient pleins à craquer.

Je ne me sentais pas particulièrement discret dans mon superbe complet de soirée très classique, mauve chatoyant, parfaitement repassé et mon chapeau bien brossé. Je devais avoir l'air d'une statue au milieu d'un vieux parc envahi par les mauvaises herbes.

Un jeune portier me vit promener le regard entre les tables. Se disant que je m'étais probablement trompé d'endroit, il me demanda :

– Désirez-vous rencontrer quelqu'un en particulier, monsieur ?

– Oui, un reporter.

Il me fixa avec des yeux ronds, puis éclata de rire.

– Hé, les gars! lança-t-il à la ronde. Milord voudrait voir un reporter. Vous croyez qu'il y a parmi vous un pisse-copie qui peut faire l'affaire?

Quelqu'un lui jeta une chope. Et un type à l'air dur, installé à une table bondée, m'interpella :

– Fais pas attention à l'accueil. Amène-toi et assieds-toi, si tu paies ta tournée.

Oui, bien sûr que je pouvais payer ma tournée. Et puis, j'étais un reporter d'enquête, n'est-ce pas? Je me coinçai dans la place qu'ils me firent entre vingt journalistes et, en un rien de temps, deux serveurs apparurent avec des chariots chargés de boissons.

– Et alors, qu'est-ce que je peux faire pour toi? me demanda le type à l'air dur quand il eut vidé son verre. On ne sera payés que dans deux jours et je dois dire que t'es un don des Dieux. (J'étais en train de tirer quelques billets d'un rouleau pour payer le serveur.) Allez, qu'on amène une autre tournée! Je crois que notre copain vient de braquer une banque!

– Ça c'est un super article, intervint un autre. Je peux avoir l'exclusivité? Je vais t'appeler Natty le Joli, l'enchanteur des tiroirs-caisses. Et la prochaine fois, j'écrirai que tu donnes un bisou aux caissiers avant de braquer la caisse.

– Non, non, fis-je avec toute ma dignité. Je suis reporter moi aussi. En fait, je suis reporter d'enquête. Je fais du grand journalisme.

– C'est quoi ça?

Ils étaient plusieurs à le demander.

– Eh bien, je fouille dans les affaires qui ont été étouffées. J'écris un bouquin.

– Mais on écrit tous des bouquins, dit mon nouvel ami à l'air dur. Moi j'en ai plein une malle. Comme tout le monde à cette table. Non, tu ne nous auras pas avec ton histoire. Garçon, une autre tournée!

– Je suis sur la piste d'une affaire d'embrouille tellement énorme que tout le monde va en rester assis!

– Mais c'est quoi une « embrouille »? demanda quelqu'un. Et puis, on n'« étouffe » pas les affaires. On les DÉSHABILLE! Comme pour les filles! On sait jamais où on va mettre... les pieds!

– Je ne suis pas en train de déshabiller une fille. En fait, je m'attaque à l'un des personnages les plus connus de l'État. Et je pense qu'ensuite, mon nom sera écrit en gros caractères dans le ciel.

– Mon ami, dit le reporter à l'air dur, je pense, pour ton bien, que tu as suffisamment bu. Mais que ça ne nous arrête pas, nous autres. Garçon, une autre, mais pas pour mon ami. Il est saoul comme un lord!

Cinq tournées plus tard, mon camarade était moins dur et tout prêt à m'écouter.

– Il faut que j'aie accès aux archives des infos sur plus de quatre-vingt-quinze ans. Je recherche un désastre particulier.

– Mon ami, il te faut un reporter. Parce qu'il n'y a pas un seul rédacteur qui te laissera approcher des archives. T'es généreux et on aimerait tous t'aider, mais y a un petit détail fatal : dans ce boulot, personne ne dure quatre-vingt-quinze ans.

– Si, le vieux Shif, dit quelqu'un en pointant le doigt.

Mon copain au regard dur se retourna.

Un vieux débris aux cheveux grisonnants était assis à l'autre bout du bar, au fond de la salle, le nez plongé dans une chope vide.

– Oui, il doit savoir, lui. Paie-nous donc une autre tournée, Natty le Joli, l'enchanteur des tiroirs-caisses, et je te présenterai.

Cinq minutes après, mon copain à l'air dur déclarait à Shif :

– Tiens, voilà quelqu'un qui insiste pour te payer un coup. Salut, Natty, et passe nous voir quand t'auras vidé d'autres tiroirs-caisses.

Il s'éclipsa.

– Un coup, commenta le vieux Shif, ça se paie toujours. C'est quoi, cette fois?

– J'essaie de savoir quel événement singulier s'est produit dans l'Océan Occidental il y a environ un siècle, peut-être moins. Ou peut-être pas.

Je fis signe au barman de lui servir une autre chope de tup. Il hésita jusqu'à ce que je lui fasse miroiter un billet.

Le vieux Shif regarda la chope se poser devant lui.

– Vous pourriez peut-être vous montrer plus précis.

Il était si âgé et avait l'air si raisonnable que je décidai de jouer la sincérité. Je me penchai et lui murmurai à l'oreille :

– Je désire savoir ce qui est arrivé à l'île Relax.

Sa tête pivota brusquement et il me fixa avec un éclair bizarre dans le regard. Était-ce de la peur?

Ce qu'il fit alors fut incroyable. Il repoussa la chope vers le barman!

Et sans me regarder, il dit :

– Je suis navré. Je ne peux pas vous aider.

Oh, cette fois, je n'avais plus le moindre doute! J'étais bien tombé sur une énorme affaire qu'on avait étouffée! Je récupérai la chope et la replaçai devant lui. Mais il n'y toucha pas.

Il y avait urgence. Je fis signe au barman de servir un tonnelet. Il vit la liasse que je tenais, prit un tonnelet et le posa devant Shif.

– Mais non, ça n'y changera rien, dit le vieux reporter. Jeune homme, la seule chose amicale que je puisse pour vous, c'est de vous dire de renoncer. Vous êtes en plein sur le territoire de la Censure.

Oui, cette fois, je n'avais plus le moindre doute!

Je savais comment ces clubs marchaient. L'attitude du barman montrait à l'évidence que le vieux Shif avait une sérieuse ardoise. Je cueillis le jeune portier au passage et lui chuchotai quelques mots à l'oreille.

Deux minutes après, le directeur accourait avec une note.

– Je ne sais pas ce que tu comptes faire avec ça, dit-il à Shif. Mais j'étais sur le point de la passer sur la liste noire.

Shif me désigna.

– C'est lui qui l'a réclamée, fit-il. Pas moi.

Je pris la note. Elle couvrait une année. Cela faisait bien plus que ce que j'avais sur moi. Je sortis alors mon identoplaque et l'estampillai.

– Non, non! protesta Shif. Vous me tentez au-delà du supportable!

– Parfait, alors.

– Non, c'est très mauvais. Bien plus : C'EST DANGEREUX!

À cet instant, j'eus la certitude absolue que non seulement le censeur mais Heller lui-même étaient derrière cette éclipse de l'île Relax!

– Passez-moi un relevé d'additions en blanc à son nom, demandai-je au directeur. Valable pour un an avec le montant en blanc.

L'homme me fixa, sans rien dire. Le vieux Shif, quant à lui, était quasi effondré. J'estampillai la feuille en blanc, mais ne la lâchai pas.

Les secondes s'égrenèrent. Puis, lentement, très lentement, le vieux Shif tendit la main vers la feuille. Il en pinça le coin et s'en servit pour m'obliger à me pencher vers lui.

Et il me chuchota :

– Ne dites jamais à quiconque que ça vient de moi. Allez voir la veuve Pratia Tayl, au domaine de Minx, Pausch Hills.

7

L'année voltarienne touchait à sa fin et le domaine de Minx n'était pas en fleurs. Mais, avant que nous atterrissions, depuis les airs, j'eus tout loisir de constater qu'il était particulièrement prospère. Des allées dallées circulaient entre les bosquets et des statues de nymphes nues guettaient dans la verdure. La demeure comportait trois étages et de nombreux pignons. À l'arrière, un petit hôpital était niché entre les arbres. La piscine en forme de cœur brillait dans le soleil déclinant de l'après-midi.

Nous nous sommes posés bien au centre de la cible et j'ai débarqué. Près de la piscine, ce qui m'avait paru d'abord être un vague ballot de fourrure jeté dans une chaise longue remua soudain et émit un « Ooohhh ! Quel splendide jeune homme ! »

Je m'avançai avec prudence. Une vieille tête de cent cinquante ans d'âge pointait hors des fourrures avec une couche de maquillage qui, quoique épaisse, ne parvenait pas à masquer le temps.

– Asseyez-vous ! Asseyez-vous ! cria-t-elle en m'indiquant un siège voisin. Racontez-moi tout !

– Mon nom est Monte Pennwell, dis-je. Ai-je l'honneur de m'adresser à Pratia Tayl ?

– Oh, mes Dieux ! Non seulement il est joli, mais il est aussi poli. Mais oui, c'est exact, je suis bien Pratia Tayl. Ou, du moins, disons que ce nom ira. À présent, mettez-vous à votre aise.

Malgré son apparente sérénité, les choses devaient aller très vite dans le domaine de Minx. Pratia se mit à bavarder à mille à l'heure, me mitraillant de questions sur ma famille, dont elle avait entendu parler, au sujet de mes amis, de mes passions. Pendant ce temps, un jeune homme aux yeux verts, aux cheveux de paille, s'approcha avec un plateau sur lequel étaient disposées des chopes et une carafe d'eau pétillante rose.

– Merci, fiston, dit Pratia sans me quitter des yeux.

À cet instant, une jeune femme accourut avec des pains sucrés. Elle avait les mêmes yeux verts et les mêmes cheveux couleur paille du jeune homme et Pratia lui dit : « Merci, ma fille », avant de recommencer à parler à toute vitesse.

Une douairière escortée d'un homme âgé aux yeux d'un vert vif et aux cheveux blonds franchit à cet instant le portail principal. Le couple se dirigeait vers l'hôpital niché dans les arbres, et Pratia, brièvement, interrompit son bavardage :

– Bonsoir, Lady Tig. Et bonsoir, mon fils.

À l'instant où ils pénétraient dans l'hôpital, je vis le panneau : *Clinique cytologique de beauté.*

Dans la même seconde, un speedster modèle sport atterrit sur la pelouse et deux hommes en descendirent. Tous deux avaient également les yeux verts et les cheveux blonds comme la paille. Ils s'approchèrent pour venir poser un baiser sur la joue de Pratia Tayl et elle s'interrompit le temps de commenter :

– Mes garçons, je vous présente Monte Pennwell, l'écrivain. Vous connaissez sa famille. Monte, voici mes petits-fils, Jettero et Bis.

Ils me serrèrent la main et reprirent leur chemin vers la demeure tandis que je demandais à Pratia :

– Grands Cieux ! est-ce que tous ces enfants sont à vous ?

– Oh, vous n'en avez vu que quelques-uns, fit-elle avec fierté. La plupart sont mariés ou exercent au loin. Vous devriez voir tous mes petits-enfants !

– Mais ils ont tous ces yeux verts et ces cheveux blond paille ?

– Oh, mais oui ! Est-ce qu'ils ne sont pas magnifiques ? J'ai déjà trois arrières-petits-enfants et eux aussi ! C'est formidable ! Mais, je me demandais justement... Est-ce que vous n'auriez pas une Tante Bit ? Je me disais que j'étais à l'école avec elle...

Une vieille taupe sortit alors de la maison et vint jusqu'à nous. Elle interrompit le bavardage de Pratia sans hésiter.

– Est-ce que cet hôte restera pour le souper ?

– Mais, j'en suis persuadée, Meeley. Veillez à nous servir quelque plat stimulant. Et il passera aussi la nuit ici...

– Non, non ! protestai-je. Je dois être à la maison pour un repas de famille. (Je me tournai vers la vieille taupe.) Mais... mais elle vous a appelée Meeley. Êtiez-vous... euh... l'ex-propriétaire de...

– Ce (bipé) ? fit Meeley. Berk !

Et elle s'éloigna à grands pas.

– Je crains que vous ne deviez demeurer ici cette nuit, dit Pratia. Mon lit est abominablement moelleux.

Cela vous montre bien les menaces qui pèsent sur la profession de reporter d'enquête ! Cher lecteur, vous seriez impressionné par les dangers que j'ai dû courir pour rassembler toutes ces informations pour vous !

Rapidement, je dis :

– Je ne suis venu que pour savoir ce qui s'est passé à propos de l'île Relax.

Ses yeux bleu vif se firent tout ronds. Elle était tout à coup silencieuse et me fixait.

J'expliquai très vite :

– J'ai eu vent d'une rumeur selon laquelle vous pourriez me le dire. Voyez-vous, elle n'existe plus.

Elle grignotait un pain sucré. Elle dit enfin :

– Si je vous le disais, ça ne plairait guère à Prahd.
– Prahd? Prahd Bittlestiffender?
– Y a-t-il d'autres Prahd? Il est toujours médecin personnel du roi, mais il dirige cette jolie petite clinique quand il n'est pas occupé à la Cité du Palais. (Elle se faisait soudain plus vive. Haussant le ton, elle appela :) Ske!
Un homme en livrée de maître d'hôtel surgit.
– L'une des filles me dit que vous avez appelé, maîtresse. Je n'ai pas bien entendu. Je crois que je deviens vraiment sourd.
– Ske? fis-je. Mais est-ce que par hasard vous n'avez pas été autrefois le chaufeur de... de...?
– Ce (bip)? Laissez-moi vous dire une chose : j'ai été maître d'hôtel de cette demeure depuis la mort du vieux Bawtch. Je suis respectable.
– Bawtch? Le chef de bureau de...
Pratia m'interrompit.
– Ske, Prahd ne sera pas là ce soir, n'est-ce pas?
Ske secoua la tête et s'éloigna pour retourner faire ce que font les maîtres d'hôtel.
– Oh, c'est épatant! fit Pratia. Il ne vient pas ce soir, donc il ne saura pas. Je peux donc vous parler, après tout!
Je m'avançai au bord du siège.
– C'est réglé, ajouta-t-elle.
Et ce fut tout.
– Quoi? demandai-je. Eh bien quoi?
– Oh, Monte, vous me surprenez. Ignorez-vous donc qu'une fille ne saurait dévoiler ses secrets qu'au lit?
Je restai bouche bée.
– Ne prenez pas cet air guindé. C'est une longue histoire. Si vous ne passez pas la nuit ici, vous ne saurez jamais.
Je souris. Et j'acquiesçai. Je savais que je n'avais rien à craindre d'une femme qui devait avoir cent cinquante ou cent soixante ans de plus que moi. Après tout, il fallait ABSOLUMENT que j'entende cette histoire.
Je dis à Shafter de rentrer avec le scooter.
Je ne me doutais guère de ce qui m'attendait! Oh, mes Dieux, si vous saviez ce que j'ai dû supporter, cher lecteur, pour recueillir ce récit d'intérêt vital!
Je n'avais pas le moindre soupçon de l'expérience traumatisante que j'allais vivre!
J'aurais dû pourtant le deviner au sourire qu'affichait Pratia Tayl tandis que je l'aidais à se lever et que nous nous dirigions vers le dîner, un sourire qu'elle conserva tout au long du repas.

QUATRE-VINGT-ONZIÈME PARTIE

Envoi II

1

Après m'être régalé de ce délicieux dîner, je me laissai conduire par Pratia jusqu'à une chambre imposante. Il y avait là un lit flottant et des fauteuils flottants. La pièce était blanche et or, décorée de petits cupidons aux couleurs naturelles qui volaient sur les murs et entre les nuages du plafond. Au second regard, je réalisai que tous, seuls, en duo ou en groupe, tous avaient un regard polisson!

Pratia s'installa dans un vaste fauteuil moelleux. Et elle prit un sac posé à proximité. Elle en sortit une aiguille, du fil, ainsi qu'une pile de petits anneaux de couleur. Je savais ce que c'était : les dames de qualité, souvent, font ces ouvrages circulaires avec différents motifs et y enfilent ces petits cerceaux par milliers. J'étais rassuré. Je m'assis sur un canapé.

– Non, non, pas là! fit Pratia. Sur le lit.

J'obéis et allai m'asseoir sur le lit immense. Il était merveilleusement moelleux et doux mais, étrangement, je ne m'y enfonçai pas : il me soutenait.

Pratia passa une aiguille dans un petit anneau coloré et me dit :

– Tu es un très jeune et joli garçon. Alors, déshabille-toi!

Je sursautai.

– Non, non, pas d'histoire.

Bon, elle ne m'agressait pas encore. Avec une répugnance considérable, j'ôtai mes chaussures, mes chaussettes, avant d'enlever ma veste et ma chemise.

Pratia cessa de coudre.

– Tout, fit-elle.

C'est bien à regret, en lui tournant le dos, que j'enlevai le reste.

– Maintenant, tu t'étends sur le dos. Si tu es si pudique, tu peux te couvrir avec le drap.

Elle m'observait, mais elle n'avait pas quitté son fauteuil. Cela me donna un peu de courage. Je m'étendis. Je déployai le drap sur moi.

Pratia poussa un soupir. Et elle dit alors :

– Ça y est, les filles, vous pouvez venir.

Deux filles passèrent le seuil en gloussant de rire!

Aussitôt, je remontai le drap jusqu'à mon menton!

– Voici mes arrière-petites-filles Asa et Lik, dit Pratia.

Asa devait avoir vingt et un ans. Elle était svelte et très jolie. Avec des yeux verts et des cheveux de paille.

Lik avait dix-neuf ans. Elle était plus replète. Et très jolie aussi. Avec les mêmes yeux verts et les mêmes cheveux.

– Mes filles, dit Pratia, voici un authentique écrivain, bien vivant, appelé Monte Pennwell. Est-ce qu'il n'est pas mignon?

Sans perdre une seconde, les filles commencèrent à se déshabiller à une vitesse inquiétante.

Pris de panique, je me couvris le visage avec le drap!

– Mais non, ne sois pas inquiet, me dit Pratia. Elles sont toutes les deux vierges. Il ne me viendrait jamais à l'esprit de les livrer à l'acte sexuel véritable. Je veux seulement m'assurer que je les élève correctement. Nous sommes des gens très stricts : jamais je ne permettrais qu'elles touchent leurs frères et nous ne recevons presque jamais de jolis jeunes gens pour qu'elles s'exercent un peu.

La panique s'intensifia.

– Non, non! Je crois que je ferais mieux d'y aller!

Le même sourire étrange joua sur lèvres de Pratia.

– Pas d'exercice, pas d'histoire, dit-elle. Et ça, pour une histoire, je peux te garantir qu'elle vaut le coup.

Je me dominai. Après tout, me dis-je, j'étais un reporter d'enquête. Si je voulais vraiment être digne de ma profession, je ne devais pas me laisser affoler par quelques petites bosses sur la route. Et je me relaxai.

Soudain, le visage d'Asa fut tout près du mien.

– Voilà ce que je vais faire, me dit-elle. Je vais vous donner un gentil baiser tout doux. Les garçons et les filles s'embrassent toujours, n'est-ce pas? Alors, il n'y a pas de mal à ça.

Je secouai la tête, ne sachant pas si je voulais dire que j'étais d'accord ou non.

Elle posa les mains sur mes joues et m'embrassa, longuement, tendrement. Du moins à ce qu'il me sembla. En tout cas, un véritable choc électrique me secoua.

Asa se redressa. Elle s'assit sur ses talons à mes côtés.

– Vous voyez? Il a suffit d'un simple baiser innocent.

Pratia avait interrompu son ouvrage. Le regard de ses yeux bleus était plus intense encore. Et le bout de sa langue courait sur sa lèvre supérieure.

Asa se pencha de nouveau sur moi. Je ne voyais plus grand-chose à travers le rideau de ses cheveux blonds. Elle me donna un baiser sur la joue.

Je sentis mes orteils se raidir. Et mes talons se tendirent brusquement.

Asa se rassit et me regarda en souriant.

Je levai la tête et regardai autour de moi, intrigué. Où était donc Lik?

J'aperçus ses pieds nus sur le sol, les talons dressés, de l'autre côté du lit.

Je sentis mes yeux rouler dans mes orbites tandis qu'une plainte vibrante montait dans la chambre.

Asa riait.

Et Pratia avait un sourire heureux.

Lik, à genoux de l'autre côté du lit, dégagea sa tête de dessous le drap et fit en haletant :

– Oh, là, là! C'était tellement booonn!

Pradia se remit à coudre des cerceaux de couleur.

– Monte Pennwell, fit-elle, tu t'es bien comporté. Alors, maintenant, tu vas rester bien tranquille et je vais te raconter l'histoire de l'île Relax.

2

Pratia enfila trois anneaux sur son fil et dit :

– Tout a commencé cinq ans après l'accession au trône de l'Empereur Mortiiy. La situation s'était apaisée dans toute la Confédération. Et la prospérité régnait. On reconstruisait énormément. Tout le monde ou presque avait oublié Hisst et, en tout cas, puisqu'on ne lui faisait aucune publicité, l'île Relax était le dernier souci des gens.

» Et puis, un jour, ici même, un pêcheur du littoral de l'Océan Occidental se présenta devant le portail. C'était un homme très âgé, très brun, très pauvre, vêtu de loques. Il était venu à pied du village de Wayl, ce qui représente près de 800 kilomètres.

» Il ne voulait parler qu'à moi seule, aussi on me l'amena dans le pavillon d'été. Il resta là un bon moment sans rien dire, à tortiller son chapeau entre ses doigts, avant de me déclarer qu'il était porteur d'un message à mon intention. Et est-ce que je voudrais bien le payer en conséquence?

» Je lui dis que ça dépendait. Et il tira d'un sac en paille une gourde en verre scellée. Mais il n'avait pas l'intention de me la donner. Il se contenta de me la montrer.

» Je lus le message qui était à l'intérieur : *Que celui qui trouvera ce message le porte à Pratia Tayl, domaine de Minx, Pausch Hills. Elle lui versera 200 crédits.*

» Cela faisait beaucoup d'argent. Il me dit qu'il avait trouvé la gourde flottant dans le ressac, à Wayl. Ma curiosité fut plus forte. Je le payai, il me donna la gourde et repartit.

» J'ôtai le sceau et déroulai le reste du message. Et je lus :

Titre à communiquer aux journaux :

UNE VAGUE DE PESTE S'ABAT SUR L'ILE RELAX LES HABITANTS MEURENT COMME DES MOUCHES

La colonie d'exil de la reine Teenie, reine-otage de Flisten, est non seulement en péril mais condamnée!

Les corps en putréfaction qui jonchent les routes dégagent une odeur pestilentielle.

La plainte pitoyable des enfants monte vers le ciel.

La mort règne, de la cime du mont Teon jusqu'aux falaises du sud, plantant ses cruels sabots dans les entrailles et les cervelles d'une population apeurée et impuissante.

Il n'y a aucun secours médical.

Sauf assistance immédiate, il n'y a plus d'espoir.

P.S. : Pour l'amour de Dieu, Pratia, faites parvenir ça aux journaux!

» Ma foi, tu peux imaginer le choc que j'ai reçu! Je me suis précipitée sur mon vidéophone pour montrer le message. J'ai appelé tous les rédacteurs, tous les éditeurs.

» Des reporters sont venus et je leur ai montré le message ainsi que la gourde.

» Et sais-tu ce qui s'est passé?

» RIEN!

» Le lendemain, il n'y avait pas une ligne dans la presse, PAS UN MOT! Je dois dire que j'étais très en colère.

» Mais Prahd, il faut le dire, bien qu'il fût déjà médecin personnel du roi, n'avait pas grand-chose à faire. Mortiiy était en parfaite santé et Prahd avait depuis longtemps terminé la cure des lords. Cling le Hautain était encore en vie mais il avait ses infirmières à lui. Donc, Prahd, pour passer le temps, a ouvert cette petite clinique de cytologie esthétique pour les femmes et les douairières de Pausch Hills. Il y vient trois fois par semaine. Et je lui ai montré le message dès qu'il a été de retour.

» Il s'est gratté la tête. Il a regardé la date, a vu que le message ne remontait qu'à deux semaines et a dit qu'il était peut-être encore temps. Il a appelé la Cité du Palais pour parler à cet homme MAGNIFIQUE, Jettero Heller – il est duc de Manco désormais, mais j'ai toujours pensé à lui comme à mon Jettero chéri. Quel homme ADORABLE! Une telle grâce... Mais où en étais-je?... Ah, oui...

» Mais mon cher Jettero – j'aimerais tant lui parler un jour. Je me contente de l'adorer de loin. Monte, tu as des relations. Est-ce que tu pourrais me le présenter?

– C'est possible, dis-je, toujours étendu, nu, entre les deux filles. Mais, je vous en prie, poursuivez.

– Oh, formidable! Ce cher Jettero était alors en tournée quelque part à l'autre bout de la galaxie et personne ne savait quand il reviendrait. Le Grand Conseil ne se réunissait qu'une fois par mois et je devais attendre encore trois semaines.

» Prahd n'osa pas demander une entrevue à Mortiiy à ce sujet, bien sûr, mais il a beaucoup d'influence. Et il a contacté le lord de la Santé qui, vu l'urgence de la situation, s'est mis en rapport avec la Défense Planétaire.

» Prahd ne voulait pas qu'on envoie une énorme équipe médicale, ce qui aurait pu alerter l'opinion. Il a donc opté pour une ambulance royale et, quand je me suis portée volontaire, il m'a fait habiller en infirmière et... Que se passe-t-il, Asa?

3

Asa sanglotait doucement depuis un moment, mais je n'y avais guère prêté attention. Elle éclata soudain :

– Lik a eu du plaisir et pas moi. Je suis tout excitée et frustrée et je crois que je vais faire une dépression. Je suis là, tout près de lui, et c'est une véritable SOUFFRANCE!

– Oh, chérie, fit Pratia. Mais vas-y : je ne supporterai pas de voir souffrir mes petits-enfants.

Asa la remercia dans un geignement.

Lik se dressa alors et se pencha sur moi.

– Moi aussi, je suis privée. Je n'ai même pas eu la chance de lui donner un gentil baiser.

Je détournai la tête.

– Oh, Monte, allons, insista Lik. Un baiser, ça n'a jamais fait de mal à personne, surtout de la part d'une fille qui tient fièrement à sa chasteté.

Pratia attendait en souriant, penchée en avant.

Je me retournai et présentai ma joue.

Pratia se mit à haleter.

Je roulai des yeux en entendant la plainte d'Asa qui montait dans la chambre.

L'aiguille et les anneaux de Pratia cliquetaient entre ses mains tremblantes.

Lik m'embrassa tendrement sur la joue.

– Vous voyez, dit-elle. Ça ne fait pas mal. Monte, vous êtes un gentil garçon.

– Oh, oui, qu'il est gentil, fit Asa en écho, pantelante.

– Grand-mère, est-ce qu'on ne pourrait pas écouter cette histoire à un autre moment? demanda Lik.

– Non, non! m'écriai-je. Je vous en prie. Que s'est-il passé sur l'île?

Pratia cligna plusieurs fois des yeux avant de retourner à son aiguille et à ses anneaux de couleur.

Elle soupira.

– Nous avons eu l'autorisation de la Défense Planétaire et nous nous sommes posés.

» Jamais je n'avais vu un endroit aussi paisible. Il y avait partout des fleurs magnifiques et l'air était si doux. Toutes les allées étaient parfaitement propres et les marches du palais rutilaient. Et de tous côtés, dans de petits nids de verdure, des petits mignons faisaient l'amour.

» Nul ne s'était même aperçu de notre arrivée! Nous nous sommes dit que c'était sans doute parce que nous nous présentions à l'entrée arrière du palais et que personne n'avait remarqué l'ambulance – vu que Prahd avait conduit très discrètement – et nous nous sommes précipités à l'intérieur.

» Nous avons gravi un grand escalier avant d'emprunter un long couloir.

» Cinq officiers étaient assis, montant la garde devant la chambre de la reine Teenie. Leur chef, en nous apercevant, fronça les sourcils et leva la main.

» – Non, non, nous dit-il, vous ne pouvez pas entrer. C'est l'heure de la relève.

» Nous avons alors entendu un bruit de pas de l'autre côté de la porte et cinq officiers sont sortis en se rhabillant.

» Le chef de la garde montante a salué son collègue et lui a dit :

» – Heureux de vous remplacer, monsieur. Y a-t-il quelque chose que nous devions savoir?

» L'officier acheva de boutonner sa tunique et répondit :

» – Il fait plus chaud qu'à l'accoutumée. Je conseillerais de vous porter aussitôt à l'attaque.

» Avant que l'officier de relève ait pu répondre, Prahd l'écarta et nous nous précipitâmes dans la chambre.

» Teenie était étendue sur son lit. En cinq ans, elle n'avait guère changé et elle avait toujours sa queue de cheval. Elle sourit en s'étirant paresseusement. C'est alors qu'elle nous vit!

» Elle se leva d'un bond, complètement affolée!

» – Vous venez du continent? Que se passe-t-il? Vous êtes habillés en docteurs. Il y a quelqu'un de malade?

» Nous lui avons montré le message et elle a respiré. Puis elle a juré de façon ininterrompue pendant deux minutes avant d'entrer en action.

» Elle a passé un vêtement – une petite chose qu'ils appellent un *haut de bikini* –, a saisi une chaîne et a convoqué cinq gardes. Des vrais. Nous avons regagné l'ambulance et, guidés par elle, nous avons foncé vers la pointe sud de l'île.

» Apparemment, Madison et son gang s'étaient installés là, dans un village situé à des kilomètres du palais, tout au bord d'une falaise. L'endroit était très pittoresque, les maisons avaient des toits de tuile ou de chaume. Nous nous sommes arrêtés devant la plus grande. Un panneau, au-dessus de la porte, annonçait *Bureau de presse*, mais c'était en fait la demeure de Madison.

» Une femme apparut. Je me rappelle son nom : Flip. Elle voulut s'agenouiller, mais Teenie passa sans s'arrêter.

» Madison était lui aussi sur son lit. Teenie lui jeta le message. Il le lut et la regarda. Il voulut se lever!

» WHAM! Elle le frappa avec sa chaîne et il retomba sur le lit!

» – Espèce de *fils de (bip)*! hurla-t-elle. Est-ce que tu essaies de nous faire tous chasser d'ici?

» Elle lui donna un autre coup de chaîne avant de cogner sur le mobilier et de ravager la pièce!

» La femme, Flip, s'était mise à gémir et je dois dire que la scène était pénible. Et vous savez ce qu'était cette peste en fin de compte? Madison avait un rhume!

» Quand Teenie s'est un peu calmée, Prahd en a profité pour examiner Madison et lui a dit :

» – Ce rhume, ce n'est qu'un peu d'allergie. Vous êtes allergique à quelque chose qui se trouve dans votre environnement.

» Madison a dit alors, dans un chuchotement :

» – Oui, je suis allergique à l'absence de manchettes.

» Teenie l'entendit et se rua sur lui.

»– C'est tout ce que tu sais raconter, sale (bipard)! Je vais t'en donner une, moi, de manchette!

» Et elle le frappa, d'abord avec le bras, puis à coups de chaîne.

» Elle parut enfin satisfaite et sortit alors pour passer un savon aux gens de Madison qui l'avaient laissé faire.

» Madison, alors, s'effondra en larmes.

» – Mon génie est fichu, se lamenta-t-il. Depuis que je couche avec Flip, je n'ai plus une seule idée véritable. J'ai voulu exercer mes talents de PR sur le gouverneur et il a bien failli être exécuté. Quand elle l'a su, Teenie m'a fait jeter dans une oubliette pendant trois semaines abominables. Je suis foutu. Je ne pourrais même plus fomenter une toute petite révolte de rien! Elle ne m'autoriserait même pas à lancer un journal!

» De toute manière, Prahd lui a recousu la tête, l'a calmé et lui a même donné un gaz à respirer afin de se montrer plus performant avec Flip. C'est comme ça qu'on en a fini avec la peste.

» Mais vous connaissez Prahd. Ou non, peut-être. Il faut toujours qu'il trouve que quelque chose ne va pas dans les cellules des gens. Nous avions une ambulance bourrée à craquer de fournitures médicales, de quoi traiter la peste pendant une semaine. Et il y avait peut-être cinq ou six mille personnes qui avaient des verrues, sans aucun docteur de la classe de Prahd. Alors il s'est mis à patrouiller dans les villages pour réparer les gens.

» Ils n'avaient pas besoin de moi, alors je suis restée avec Teenie et nous avons bavardé pendant des heures. J'étais plus jeune alors, et je dois dire que j'ai passé de très bons moments.

» Nous restions étendues sur nos lits et nous parlions, nous parlions sans arrêt : de tout, du soleil, des lunes, des étoiles. (Pratia laissa échapper un long soupir de nostalgie et ajouta :) Oh! Quand je me souviens de ces officiers!

– Une minute ! fis-je en me redressant entre les deux filles. Est-ce que Prahd ne s'est pas montré jaloux?

– Prahd? Oh, Monte, quel naïf tu fais ! Prahd ne m'a jamais touchée. C'est un cytologiste, tu sais, et c'est contraire à son éthique professionnelle de (biper) ses patientes. Et j'ai été sa patiente depuis tant d'années !

– Mais vos enfants ont tous les yeux verts et les cheveux blond paille ! Et j'ai appris par les archives que le premier enfant que vous aviez eu avec Gris avait lui aussi les yeux verts et les cheveux...

– Et le deuxième aussi, m'interrompit Pratia. Vous ne comprenez pas que j'ai conçu durant cette nuit nuptiale à la Prison Royale. (Elle sourit à ce souvenir.) Quelle nuit ! Et deux mois après, j'étais enceinte. Merveilleux !

Asa murmura :

– Finis ton histoire, grand-mère. J'aime bien l'entendre.

Lik me caressait le torse avec ses cheveux.

– Oui, continue, grand-mère. On arrive à la partie la plus intéressante.

– Ah oui, fit Pratia. Je me suis un jour aperçue brusquement que je consommais mon quota d'officiers, beaucoup, mais beaucoup plus vite que Teenie. J'ai toujours été une partisane de l'économie, alors un soir que nous faisions une petite pause pour dîner, je lui ai demandé quel était son secret.

» Et elle m'a répondu :

» – Ce sont les zones.

» Et je lui ai demandé :

» – Quelles zones?

» – Les zones que l'on touche.

» – Ça alors ! ai-je fait. Dites-moi tout !

» Apparemment, elle avait suivi des cours auprès d'une personne qu'elle appelait *la prostituée de Hong-Kong*, professeur dans un institut renommé et elle pouvait contrôler son corps et lui faire faire des choses absolument fantastiques. Elle connaissait par cœur tous les nerfs et toutes les zones correspondantes. Elle m'a fait une démonstration et ç'a été absolument merveilleux ! Jamais je n'avais entendu parler d'une chose pareille.

» Je me suis mise à réfléchir, j'ai posé des questions, et j'ai découvert qu'ils étaient presque à court de barres de carburant, qu'ils n'en avaient plus que pour quelques mois. Ils étaient coupés du monde extérieur, mais Teenie ne s'inquiétait pas trop, jusqu'au moment où je lui dis que les petites baguettes dont elle se servait pour éduquer les femmes ne fonctionneraient plus.

» J'ai donc fait un marché avec elle. Je lui ferais livrer vingt tonnes de barres de carburant, assez pour tenir au moins cinquante ans, et en échange, elle m'enseignerait tous ses trucs.

» Prahd était occupé à redresser des dents et des ongles d'orteils incarnés et il avait découvert que certains des habitants de l'île étaient des descendants du peuple de la mer de Teon, qui avait existé bien des ères auparavant, alors il ne lui fut pas très difficile de faire un rapport disant que l'épidémie de peste était jugulée mais qu'il faudrait encore deux autres semaines d'intervention.

» Et je dois dire que ces deux semaines ont été les plus merveilleuses de ma vie. L'un des électroniciens du gang de Madison avait fabriqué pour Teenie tous les écrans et les sondes nécessaires, elle avait formé elle-même ses servantes, et elle s'est occupée de moi.

Elle continuait à parler. Mais je la regardais et je n'arrivais plus à comprendre ce qu'elle disait.

Ses lèvres bougeaient.

Asa écoutait avec plaisir.

Lick rayonnait de ravissement.

Oui, Pratia formulait des mots.

Mais aucun son ne me parvenait!

C'est alors que je réalisai que je n'étais pas devenu fou tout à coup. Les filles avaient tout simplement replié l'oreiller sur mes oreilles!

Je le rejetai d'un geste impatient.

– ... et à la suite de ma splendide prestation devant le public de toute l'île, j'ai été diplômée *Magna Cum Forte*.

Et Pratia se laissa aller en arrière avec un soupir.

Les filles haletaient.

Pratia sourit enfin et secoua la tête.

– Comme s'envolent les ans. Hélas, les deux semaines étaient écoulées.

– Maintenant, c'est la partie triste, fit Asa en soupirant à son tour.

4

Pratia restait assise, l'air nostalgique. Les filles étaient étendues de part et d'autre de moi, inertes. Finalement, Pratia se remit à enfiler ses anneaux de couleur.

– Et alors, nous avons regagné le continent, fit Pratia. La

foule était rassemblée sur la terrasse du palais, les gens agitaient la main et...

– Un instant ! fis-je. Je sais que Soltan Gris était détenu dans une oubliette, là-bas. Vous n'en avez pas parlé.

Les yeux bleus de Pratia me fixèrent.

– Gris ?

– Oui. Teenie l'avait torturé à mort ou quoi ?

Pratia eut un rire léger.

– Oh, Teenie peut se mettre en colère, mais elle n'est pas cruelle. Tu remarqueras qu'elle n'avait même pas fait mettre Madison au cachot. Mais en ce qui concerne Gris, elle en a sans doute eu assez de ses cris après qu'elle lui eut arraché deux ongles. Peut-être que Gris n'était pas amusant à torturer. Ou alors, il s'évanouissait chaque fois qu'il voyait des pinces ou des tenailles.

» Tu sais, les oubliettes étaient très loin dans le sous-sol sous la montagne, en fait. Ça n'était pas une promenade très plaisante. Je lui ai posé la question, à propos de Gris, mais elle a haussé les épaules. Probablement avait-elle assouvi sa vengeance.

» En tout cas, lorsque nous avons été de retour, Prahd a fait un rapport dont la conclusion était que l'île risquait d'autres épidémies si elle n'était pas ravitaillée en carburant. Le très cher Jettero n'était pas encore de retour mais, néanmoins, on a autorisé l'expédition des barres de carburant.

– C'est maintenant que ça devient très très triste, dit Lik.

– Prahd, poursuivit Pratia, a accompagné l'expédition afin de s'assurer que tout se passait bien. Juste au moment où il quittait l'île, Madison lui a murmuré :

» – Vous verrez ! Je vais vous la remettre sur les cartes, cette île !

» Prahd ne s'est pas trop préoccupé de ce qu'il pouvait vouloir dire. Mais il n'était pas revenu depuis trois jours que...

» BANG !

» Un terrible séisme ! Un mascaret !

» ET L'ÎLE RELAX A ÉTÉ RÉDUITE EN MIETTES !

» À son retour, notre cher Jettero a interrogé Prahd qui lui a dit :

» – Impossible que ce soit le carburant ! Chaque barre était dans un container isolant !

» Ce cher Jettero a dit alors :

» – La seule manière de provoquer une explosion était d'ôter chaque barre de son emballage et de les empiler toutes ensemble !

» – Mais justement, dit Prahd, je leur avais bien spécifié de ne SURTOUT PAS faire ça! »

» Jettero dit alors :

» – Je sais ce qui s'est passé. Madison n'a pas réussi à faire réapparaître l'île sur les cartes. Il l'a effacée à tout jamais. Ce n'était qu'une bulle volcanique. J'avais mis en garde Teenie. *Madison a fait sauter l'île Relax rien que pour avoir la une des journaux!*

» Et le plus triste, conclut Pratia, c'est que les journaux n'y ont pas fait la moindre allusion. Et Madison n'a même pas eu d'article nécrologique. C'est comme ça qu'ils ont tous disparu, avec l'île Relax.

5

Les filles sanglotaient. Elles se blottirent contre moi.

Pratia soupira encore, profondément, et dit :

– Bon, remettons-nous. La soirée est encore jeune. Asa, sèche tes larmes et mets-nous un peu de musique.

Asa quitta le lit, ouvrit une grosse console blanche et glissa une bande dans la fente.

Un coup de tonnerre et la rythmique démarra. Le volume était à déchirer les tympans. Des instruments électroniques intervinrent et l'air explosa de leurs *whang* et de leur *miaooww*. Jamais je n'avais encore entendu des sons pareils. C'était comme des coups de marteau dans le cerveau, ça vous faisait remuer contre votre gré et je me suis retrouvé en train de balancer les hanches en cadence.

Psychedelic sunset!
Woo-oo! Woo-oo!
Psychedelic sunset!
Woo-oo! Woo-oo!
Psychedelic sunset!
Woo-oo! Woo-oo!

Lik se pencha vers moi et me susurra à l'oreille :

– Est-ce que ça n'est pas divin? Grand-mère a recopié toute la discothèque de Teenie. Écoutez ça. C'est du *punk rock*!

– Lik! cria Pratia par-dessus le vacarme. Tu ne vas pas rester là comme ça! Fais ton devoir!

La fille bondit du lit en vibrant de tout son corps et se rua jusqu'à un bureau. Elle ouvrit un tiroir tout en balançant les hanches en rythme, prit plusieurs feuilles vertes, du papier et se mit à rouler de gros cylindres longs de dix centimètres.

Sans cesser de se trémousser, elle en tendit un à Pratia. Puis en battant des talons tout en oscillant sur ses cuisses, elle en donna un autre à Asa. Alors, elle sauta sur moi et, tandis que ses cheveux me fouettaient le visage, elle m'introduisit de force un cylindre dans la bouche. Elle l'alluma et me cria :

– Tire un bon taf ! Remplis-toi les poumons et garde la fumée !

Je faillis étouffer.

– C'est quoi ? demandai-je au milieu de ma quinte de toux.

– Du Panama Red ! Le meilleur ! Je vois qu'il faut que je t'apprenne à tirer sur un joint ! TIRE ! Et écoute-moi ce *rock* dément !

Je recrachai la fumée au goût douceâtre.

Lik tira une bouffée en secouant la tête. Elle ne la recracha qu'un moment après en roucoulant :

– Oh, c'est divin !

Asa était revenue sur le lit. La fumée blanche filtra de ses lèvres. Elle me planta son joint dans la bouche en criant :

– TIRE ! TIRE ! Et tu entendras la musique !

J'obéis et je me remis à tousser éperdument. Je risquai un regard vers Pratia. Elle était assise dans un nuage de fumée. Mais son regard me fixait avec lubricité.

– Allez, les filles ! lança-t-elle. Servez-vous de ce que vous avez appris ! MONTREZ-LUI !

Une sensation délicieusement douce me gagnait. C'était comme si je flottais, détaché de tout.

« Psychedelic sunset » sonnait merveilleusement, maintenant.

Mais il se passait aussi autre chose.

De leurs doigts agiles, les deux filles cherchaient mes zones. Leurs doigts allaient si vite qu'ils devenaient flous. J'en repérai pourtant un qui me touchait la gorge.

Un sentiment exhilarant m'envahit.

Deux cupidons, au plafond, m'observaient avec gourmandise.

Les joints se suivaient.

La musique cognait.

Des heures plus tard, je m'endormis.

6

Un rai de lumière horizontal filtrait de la fenêtre basse, droit sous ma paupière.

Je bougeai la tête. La douleur me fendit le crâne.

Je regardai en direction du fauteuil de Pratia. Il était vide.

Je me tournai vers la droite : Asa était étendue, profondément endormie, les lèvres entrouvertes.

Je me tournai à gauche : Lik était là, elle aussi. Avec un sourire rêveur, un bras posé sur mon torse.

L'idée de disparaître de cet endroit me parut séduisante.

J'avais la gorge desséchée. J'avais faim. Et j'avais mal à la tête.

Usant d'une stratégie habile, je me dégageai du bras de Lik que je posai doucement sur sa cuisse. Et lentement, centimètre par centimètre, je rampai vers le pied du lit. J'étais certain que j'allais pouvoir fuir.

Ma tête était au niveau des cuisses des deux filles. Il suffisait maintenant que je lance les jambes en avant et je serai debout. Et libre.

Je m'élançai.

OUILLE !

Une main m'avait attrapé par les cheveux !

– Reviens ! fit Lik.

– Qu'est-ce qu'il y a ? Tu ne nous aimes pas ? ajouta Asa en se penchant sur moi.

– Grand-mère est partie, dit Lik. On peut donc se passer des préludes.

– Ouais, super ! fit Asa. On va passer direct aux choses sérieuses !

– Non, non ! Il faut que je rentre ! J'ai atrocement mal à la tête !

Lik m'examina attentivement.

– Oho ! fit-elle. Il a les yeux tout rouges !

– Pour ça, un seul remède, dit Asa.

Lik sauta du lit et, avant que j'aie pu l'arrêter, elle m'avait introduit un joint dans la bouche et l'allumait.

– On tire et on se sent mieux !

Aussi bizarre que ça puisse paraître, c'est ce qui arriva. C'était comme si un nuage cotonneux m'enveloppait.

Les filles tirèrent quelques bouffées.

Elles me surveillaient au cas où je tenterais une nouvelle fuite. Mais, en observant mon expression, elles furent rassurées.

Asa se releva pour aller glisser une autre bande dans la console. Aussitôt, la musique éclata dans la chambre. La batterie cognait ferme, la musique électronique était toujours aussi bizarre. Et une voix d'homme chanta sur un fond de chœurs :

Ma maman ne m'a jamais dit
Comment les papas donnent leur petite graine.
Et mon papa ne m'a jamais appris
A me méfier des mains qui traînent,
C'est pour ça que je voudrais apprendre,
A voir des jolies choses se tendre.
Ne m'en veux pas d'être si excitée,
Et de vouloir te voir tout nu.
Parce que si jamais tu refusais
Je serais tellement déçue,
Que je te casserais le nez.
Je crois que j'ai envie
De recevoir ta petite graine,
Dans ma jolie fleur tout épanouie,
VAS-Y CHÉRI, JE CROIS QUE JE JOUIS !

– C'est exactement ce que je pense ! cria Asa en me tombant dessus.

J'aurais pu me dérober si je n'étais pas entré en collision avec Lik.

Les haut-parleurs me percutaient les tympans.

Le mugissement d'Asa fit s'envoler les rideaux.

– Une petite bouffée encore, dit Lik.

Je tirai de bon gré et la fumée de marijuana monta vers le plafond.

Avec un rire envieux, Lik dit :

– A moi, maintenant !

Ce fut à son tour de hurler. Les rideaux volèrent à nouveau dans les nuages de marijuana.

Le mégot du joint continuait de fumer sur le plancher.

Tout en luttant pour m'envelopper dans le drap, je réussis à quitter le lit.

– Oh, mes Dieux ! Je vous ai toutes les deux mises enceintes !

Asa passait un peignoir et elle me lança en s'esclaffant :

– Monte Pennwell, tu n'as pas à te faire de souci. Prahd nous a donné des pilules.

Mes vêtements étaient épars sur le sol. J'allais les récupérer quand je me retournai brusquement. Je secouai la tête.

– Pratia m'a dit que vous étiez encore vierges !

– Ah, ah ! dit Lik. Et il ne restera plus une seule vierge dans toute la Confédération quand nous aurons fini de distribuer les trucs de Teenie. Pour l'instant, on apprend. Mais attend seulement...

Je pris mon pantalon sans rejeter le drap. Mais une nouvelle pensée me vint :

– Est-ce Prahd...?

– Oh, Grands Cieux, non ! s'exclama Lik. Quelle idée ! Prahd ne pose la main sur personne, ici. Pourquoi le ferait-il, d'ailleurs, avec les bataillons d'infirmières qu'il a ? Viens, Asa, il faut qu'on lave un peu la tête de ce garçon. Il a l'esprit sale.

Et elles me bondirent dessus comme deux léprodontes prêts à me tailler en pièces.

Elles me jetèrent sous la douche.

Et me bondirent dessus tandis que l'eau me fouettait.

Asa tendit la main et décrocha un vibrateur accroché au mur. Elle le brandit.

Lik s'empara d'une savonnette.

L'eau ruisselait, presque bouillante.

– On ne bouge pas ! cria Lik.

Je me mis à hurler. La savonnette glissa et rebondit contre la paroi. Asa se lança à sa poursuite en riant.

– Allez ! Laissez-moi le lui mettre !

La douche se fit plus forte.

Je hurlai une fois encore !

Et puis, il n'y eut plus que l'eau qui s'écoulait. Elles avaient arrêté la douche.

– Monte, est-ce que ça n'était pas délicieux ? demanda Lik.

Elles m'enveloppaient dans une grande serviette éponge. Et moi, je tremblais comme une feuille dans la tempête.

– Je sais ce qu'on devrait faire, fit Asa. On devrait le préparer et l'offrir en cadeau à Har.

– Qui est Har ? demandai-je sans cesser de trembler.

Elles s'étaient emparées de moi et me firent asseoir devant une table de maquillage. Il y avait des miroirs partout.

– J'ai une mine AFFREUSE ! dis-je.

– Justement, rien de tel que de changer de visage pour commencer une nouvelle journée, répliqua Lik.

Elle me poudra le visage avec une bombe à pulvérisation.

Asa prit de la teinture bleue dans un pot et m'en enduisit les paupières. Puis à l'aide d'un crayon noir, elle souligna mes sourcils et mes cils.

Lik ajouta des touches de rouge sur mes joues.

Asa lui succéda en me mettant une couche généreuse de rouge à lèvres.

Elles admirèrent leur œuvre. Ensuite, Asa me passa un négligé vaporeux et ajusta le col plissé.
– Qu'il est joli! fit Lik.
– Je me sens très mal, protestai-je. Il faut que je parte.
– Tss, tss! fit Asa. Le soleil est à peine levé.
Et elle brandit trois autres joints.
Je fis une faible tentative pour m'évader mais elles m'entraînèrent vers le lit.
Lik mit une nouvelle bande dans la console. Immédiatement la musique secoua les murs.

Deux sur un c'est super,
Quand on ne peut pas s'y mettre à trois ou à l'envers.
Quand on y sera tous passés,
On pourra toujours recommencer!
Vas-y c'est à toi d'grimper,
PAR-DEVANT ET PAR-DERRIÈRE!

Une nouvelle voix s'éleva dans la chambre :
– Et comment va tout le monde par cette superbe matinée?
Je me tournai. C'était un jeune homme aux yeux verts et aux cheveux blond paille. Il n'avait pas plus de vingt ans. Je me fis tout petit. Je comprenais que c'était un de leurs frères! Il n'hésiterait pas à m'abattre!
Il portait plusieurs sacs qui semblaient remplis de foin ou d'herbe. Il alla jusqu'au bureau et ouvrit le tiroir du bas.
– Je viens de la ferme, dit-il. J'ai récolté un peu de gold colombien.
Il jeta les sacs dans le tiroir, sortit un paquet de joints de sa poche et le jeta aux filles.
– Cadeau, dit-il. Une pure merveille.
– Oh, Har, cher petit frère, fit Asa. Tu es tellement gentil. Mais nous aussi, on a un cadeau pour toi.
– Il s'appelle Monte Pennwell, ajouta Lik.
– Et je pense que tu le trouveras également merveilleux, ajouta Asa.
– Il est plus ou moins vierge, fit Lik.
– Oh! Oh! gloussa Har en s'approchant.
Je le fixais avec des yeux ronds.
Il avait le visage peint!
– S'il a l'air un peu fatigué, dit Asa, dis-toi bien que c'est à cause des filles!
– Ah! Ah! Vous voulez dire qu'on ne lui a jamais fait ça à la façon terrienne?

Lik secoua la tête en pouffant.

Un groupe de trois cupidons qui se tenaient par la main me couvaient des yeux du haut du plafond.

J'étais sur le point de détaler quand Asa me saisit le poignet.

Et le négligé qu'elle m'avait passé tomba sur le sol dans un doux friselis.

Je hurlai.

– Mais faites-le taire! s'écria Har.

La musique se fit plus forte :

PAR-DEVANT ET PAR-DERRIÈRE!

Je hurlai une fois encore et Har grogna.

L'un des cupidons plongea dans l'espace, les mains jointes, les genoux ployés, une expression d'extase sur le visage. Il n'en finissait pas de descendre, traversant des nuages de fumée, des nappes de musique.

Et c'est alors, mystérieusement, que je devins ce cupidon.

C'était moi qui traversai les nuages.

Je plongeai, j'explosai, et je poussai un long cri.

J'étais dans la salle de bains, avec une serviette humide sur le visage.

Mes vêtements étaient en tas sur le plancher. Je les ramassai.

Plus ou moins bien rhabillé, je me dirigeai vers la porte. Je me retournai. Et je fronçai les sourcils en entendant Asa :

– Oh, Har. À moi, maintenant, je t'en prie!

Lik protesta d'une voix étranglée :

– Pas encore. Pas encore. Pas encore!

En dépit de la douleur, je secouai la tête.

Je refermai la porte derrière moi et la musique ne me parvint plus que comme un chuchotement.

7

Il n'y avait personne à proximité. J'aperçus un vidéophone dans le couloir. Sans allumer l'écran, j'appelai Shafter et lui dis de venir me reprendre.

Dehors, le matin était glacial. Je me dirigeai vers l'aire d'atterrissage et m'assis sur un banc.

Quelque part derrière moi, un bruit soudain me fit me retourner. Un homme était occupé à balayer des débris sur le seuil de la porte de la clinique, jetant divers détritus dans une poubelle. Il portait un vieux sarrau de docteur, passablement taché. Il prit la poubelle et se dirigea vers le désintégrateur de la cuisine : il allait passer non loin de moi.

Comme il s'approchait, je reconnus Prahd! Ses cheveux blonds étaient grisonnants, mais ses yeux restaient aussi verts que des émeraudes. Il avait les membres longs et s'avançait d'une démarche tressautante, comme s'il était monté sur ressorts.

Il vida la poubelle, se retourna et m'aperçut enfin.

– Qui êtes-vous? demanda-t-il. Un de ces amis des enfants qui vont et viennent?

Je perçus du mépris dans sa voix, dû sans doute à mon apparence négligée. Ce qui me piqua au vif.

J'ouvrais la bouche pour répliquer avec aigreur quand, soudain, en dépit du brouillard, l'inspiration me vint. Et là, comme ça, en une seconde, je donnai la preuve de mes qualités de reporter d'enquête. J'étais à demi assommé mais, malgré les effets à retardement de la marijuana, je pouvais encore fonctionner. Et je ne résisterai pas au plaisir de vous dire que ce que je sortis fut absolument éblouissant! Un coup génial!

– Je m'appelle Pry, dis-je. Je suis étudiant en médecine.

Il s'arrêta. Je devinais son intérêt soudain.

– Mais que faites-vous donc ici?

– De la recherche personnelle. Pour mon seul intérêt. Récemment, j'ai étudié la génétique. Et je suis tombé sur le cas étrange d'un homme aux yeux bruns et d'une femme aux yeux bleus qui n'avaient eu que des enfants aux yeux verts.

Il s'assit brusquement à l'autre bout du banc et me fixa attentivement.

– Où avez-vous pêché ça?

En parfait reporter d'enquête, bien sûr, je mentis.

– L'un de mes professeurs m'a dit qu'un collègue lui avait confié, il y a longtemps, que cela pouvait arriver. Et il a cité comme exemple les enfants de Pratia Tayl.

– Est-ce que vous insinuez quelque chose?

– Non, non! (Mon brillant talent triomphait de mon atroce mal de tête.) Il ne me viendrait jamais à l'esprit de mettre en cause l'éthique du plus grand cytologiste du pays. Je me suis simplement glissé ici ce matin avec l'espoir d'entrevoir un spécimen de cette progéniture aux yeux verts. Juste pour vérifier qu'il est bien exact qu'un homme aux yeux bruns et une femme aux yeux bleus peuvent avoir de tels enfants. Comme cela, je n'auras plus à me fier absolument aux axiomes de la génétique. De toute façon, je commençais à en avoir assez.

– Oh, voyons, fit Prahd devant cette remise en cause des lois de la médecine et de la cytologie. Vous ne pouvez pas vous décider sur un simple cas isolé.

– Vous allez me dire que c'est un atavisme, mais ça ne tient pas, car le cas semble authentique et cohérent. Le pourcentage de récurrences ataviques est... je l'ai oublié...

– De dix-neuf pour cent, acheva Prahd. Mais vous êtes en train de patauger. Ce n'est PAS un atavisme. Vous autres, les étudiants, vous êtes tous pareils : toujours prêts à vous perdre à droite et à gauche au lieu de garder la ligne droite. Je suppose que je puis vous parler dans les limites de la discrétion professionnelle, n'est-ce pas?

– Absolument!

– Un vieux collègue de votre professeur faisait allusion au cas d'un officier d'une organisation défunte qui s'est marié dans l'enceinte de la Prison Royale et dont l'épouse a conçu durant leur nuit de noces. Lorsqu'il a fallu enregistrer la naissance de l'enfant, mon intérêt professionnel a été éveillé... Mais je crains que l'article que j'ai rédigé à ce propos n'ait été perdu il y a longtemps.

– Nul n'a jamais fait allusion à un article, dis-je ignorant ma douleur et continuant de me surpasser dans le talent.

– C'est bien ça l'ennui, dit Prahd. On ne forme plus les étudiants avec autant de conscience que de mon temps : on laisse le soin à des gens comme moi de redresser leurs erreurs.

» Le cas que vous évoquez nous ramène à une autre planète, très lointaine, qui n'existe plus. J'y étais en poste et ce même officier, blessé, avait été confié à mes soins. L'un de ses testicules avait été atrophié durant sa jeunesse, et l'autre avait été écrasé. En fait, il était donc émasculé.

» Sur cette lointaine planète, il n'y avait que peu de Voltariens disponibles et ç'aurait été un mauvais tour à lui jouer que de lui greffer les testicules d'un membre d'une race dont la durée de vie était très courte. Et puis, il y avait urgence.

» La seule solution qui m'apparut était de prélever des cellules de mes propres testicules et de les cultiver afin qu'elles deviennent des organes que je pourrais greffer dans son scrotum.

– Étonnant! Est-ce que ce genre d'urgence se présente fréquemment?

– Rarement, heureusement. En vérité, ce cas est unique. Et je dois dire que j'ai été particulièrement fier du résultat. Mais, d'un autre côté, il a eu des conséquences étranges. Car cet officier n'avait guère de principes moraux.

» Dans une vallée, près de l'hôpital, avec son nouvel organe, il imprégna au bas mot trente femmes. Les progénitures eurent toutes les yeux verts et les cheveux blond paille, même si la dominante génétique de cette race était caractérisée par des yeux et des cheveux noirs.

» Non content de cela, cet officier épousa deux femmes différentes dans une autre ville de cette même planète, et en mit enceinte douze autres.

– Et tous les enfants eurent les yeux verts et les cheveux blonds ?

– Tous sans exception !

– Mais comment pouvez-vous le savoir, s'ils sont nés après votre départ ?

Il me fixa d'un regard bizarre. Il fallait que je redresse la situation, et vite. La marijuana et le mal de tête avaient émoussé ma prudence. Je me débattais pour trouver. Le soleil me faisait mal aux yeux. Je dis enfin :

– Mais Pratia appelle plusieurs enfants « mon fils » ou « ma fille », et cet officier a été expédié sur une île avant que le deuxième enfant...

Je m'interrompis, luttant pour réfléchir.

C'est alors que Ske, le maître d'hôtel, passa à proximité, se dirigeant à l'évidence vers le marché. Il lança :

– Bonjour, maître Pennwell ! Avez-vous passé une bonne nuit avec Lady Pratia ?

La main de Prahd m'agrippa par le col. Il m'attira tout contre lui et gronda :

– Bon sang, mais qui êtes-vous ?

Pour le malheur de Prahd, il avait dans le même mouvement soulevé mon menton. Et dans le champ de mon regard, je vis la fenêtre d'un grenier !

Un visage était penché vers nous. On nous épiait à travers les rideaux.

Les cheveux étaient gris et aplatis.

Les yeux étaient fous.

Mais l'âge n'avait pas trop changé les traits de cet homme d'après les photos que j'avais vues.

C'ÉTAIT SOLTAN GRIS !

En dépit de la poigne de Prahd qui me serrait la gorge, de ma gueule de bois, je sentis une onde de soulagement me parcourir ! Même lorsque Prahd me projeta au sol, le triomphe ne cessa d'enfler en moi.

Pratia avait dû réclamer Gris comme part de l'échange contre le carburant !

Mais c'était monstrueux ! Il était retenu ici entouré de ses pires ennemis – Ske, Meeley, et même Bawtch – avant l'heure de sa mort! Ils devaient le tourmenter et se réjouir de ses souffrances!

Je regardai à nouveau ces yeux fous et je compris un peu mieux. Il portait en lui le sperme d'un autre : chaque fois qu'il avait imprégné une femme, ça n'avait pas été avec sa semence mais avec celle de Prahd! Prahd avait été diabolique : il avait fait semer des bébés un peu partout sans entacher son éthique professionnelle!

Et Gris attendait, toujours sous le coup d'une sentence de mort : Teenie avait tout simplement délégué son pouvoir à Pratia! Pas étonnant que les archives de la prison n'aient pas été détruites! La sentence n'avait jamais été exécutée!

Et Pratia l'avait fait (biper) comme un fou durant toutes ces années pour donner la vie aux enfants d'un autre!

JE VENAIS DE DÉVOILER UN NOUVEAU SCANDALE FANTASTIQUE, MONSTRUEUX!

Les yeux fous quittèrent la fenêtre.

Et je ris à la face de Prahd.

Gueule de bois ou non, je savais maintenant que j'étais l'un des plus grands reporters d'enquête de tous les temps!

J'avais retrouvé Soltan Gris!

8

Dans les trois jours qui suivirent mon retour, je ne fus pas bon à grand-chose.

Mon cœur battait trop vite, mais je me disais que c'était seulement parce que je n'avais pas l'habitude de la marijuana. J'avais encore les yeux injectés de sang, mais, bien sûr, c'était simplement parce que je les frottais trop souvent. J'avais la gorge sèche, mais uniquement lorsque je ne buvais pas d'eau. J'avais aussi quelques bleus, laissés, bien entendu, par les doigts de Prahd. Quant aux diverses contusions sur mon corps et mon (bip) irrité, ça montrait seulement que je n'étais pas accoutumé au sexe.

Le docteur que Hound avait appelé me demanda si je n'avais pas été attaqué et à moitié avalé par un snug. Il voulut me faire des piqûres anti-snug. Je protestai, mais Hound dit oui et la réaction aux piqûres fut pire que tout ce que j'avais enduré jusqu'alors.

Ces gens étaient bien trop bruyants pour moi et, au quatrième jour, c'est avec soulagement que je retrouvai ma liberté.

Mes bleus avaient viré au jaune. Je ne me souciais guère des entailles et des œdèmes. Je mis la main sur Shafter et lui fis préparer le vieux scooter aérien. J'avais pas mal de choses à faire!

J'avais en poche une note que j'avais arrachée à Prahd à coups de chantage. Elle était à l'en-tête du médecin personnel du roi et attestait que j'étais inspecteur médical. Prahd avait très vite compris où était son intérêt quand je lui avais dit que mon grand-oncle Lord Dohm, à la Prison Royale, serait fasciné d'apprendre où avait abouti son prisonnier, Soltan Gris, et que les proches voisins de l'élégant domaine de Minx n'apprécieraient sans doute pas que la populace accoure pour brûler la demeure dès qu'elle apprendrait que l'abominable Gris était encore vivant et retenu dans le grenier. Prahd avait compris : bravo! Je m'applaudissais moi-même en découvrant mes talents de reporter d'enquête. Même les dernières brumes de marijuana ne les affectaient pas.

Non plus que mes bleus et mes égratignures! J'avais mis le cap sur l'Asile de la Confédération avec l'espoir que le Dr Crobe et Lombar Hisst s'y trouvaient encore, et bien vivants!

Si l'on avait étouffé tant d'affaires, est-ce qu'il n'était pas possible que leur condition RÉELLE fût étouffée également? Ils n'avaient peut-être été que les victimes de l'opportunisme et des combines politiques! Il se pouvait après tout qu'ils soient détenus illégalement!

Et si j'arrivais à le prouver, ce serait un sacré SCOOP!

L'Asile de la Confédération est situé très très loin au nord, dans un territoire désolé au bord de l'immense océan proche du pôle. Un pays perdu, couvert de glace durant la plus grande partie de l'année.

C'était l'automne et la nuit absolue ne régnait pas encore sur le nord, quoique le soleil de Voltar fût très bas sur l'horizon pendant ces brèves journées.

Après une étape dans un hôtel aérien, à mi-parcours, nous avons atteint notre but dans la clarté crépusculaire du matin, à 10 heures.

Pour autant que je pouvais le voir, il n'y avait là que des bâtiments administratifs et de petits baraquements groupés au bord de la falaise qui dominait le morne océan du Nord.

Shafter posa le scooter sur une cible marquée *centre de réception.* J'avais enfilé un blouson à chauffage électrique et mis un masque de neige et je sortis dans le sifflement du vent glacé.

Je montrai ma lettre d'introduction à un garde qui sursauta et me précéda en hâte à l'intérieur du bâtiment, au long d'un couloir, jusqu'au bureau du gardien résident.

Avec surprise, je fus reçu par un jeune homme affable et vif aux yeux noirs, tout à fait charmant. Son badge m'apprit qu'il s'appelait Neht.

Dès que je lui présentai ma lettre, il jaillit de son fauteuil. J'eus le temps de voir ses cheveux se dresser, mais il se maîtrisa aussitôt et je compris qu'il devait son poste à des raisons politiques et non techniques et qu'il était motivé par l'INFLUENCE.

Je n'ôtai pas mon masque de neige et déclarai avec sévérité :

– Des rumeurs nous sont parvenues à propos de mauvais traitements sur les internés et d'absence de soins médicaux.

À ma grande stupéfaction, son air inquiet non seulement redevint charmant, mais se transforma en un grand rire.

– Je ne vois pas qui pourrait imaginer cela, dit-il enfin. Notre équipe de médecins est d'un niveau inégalé. Mais pardonnez mon hilarité. En fait, il s'agit de soulagement. Nous sommes en butte à des critiques d'un tout autre genre : on prétend que la manière dont nous utilisons les techniques de gérontologie sur nos patients grève lourdement notre budget. Non, non, inspecteur : vous ne risquez pas de découvrir une quelconque absence de soins, ici. Les internés – qui sont nombreux – sont surveillés de façon extraordinaire sur le plan médical. Je puis vous assurer que nous nous en faisons un devoir permanent, et cela malgré les difficultés : voyez-vous, nos pensionnaires tentent constamment de se mutiler, et nous sommes toujours là pour les soigner. Vous comprenez, la loi nous interdit tout traitement nerveux, mais je vous jure que dès qu'ils sont malades, dès qu'ils ont la moindre égratignure, nous nous occupons d'eux sur-le-champ.

– Vous avez parlé de techniques de gérontologie, dis-je. Y aurait-il des excès sur ce point?

– Certains le diraient. Mais, personnellement, j'en suis fier. Nous prolongeons la durée de vie des internés et on pourrait nous reprocher, certes, d'augmenter ainsi le coût d'exploitation de l'asile. Mais vous devez comprendre que, en dépit de la brièveté de la végétation sous ce climat nordique, nous EXPORTONS en fait des produits agricoles destinés aux services gouvernementaux de la région nord. Pour la plupart, nos patients paraissent soulagés de pouvoir travailler à l'extérieur malgré le climat, puisqu'ils ont ainsi l'occasion de quitter leurs cellules. Donc, quelle importance si nous accroissons leur durée de vie? Parfois, bien que rarement, nous traitons le vieillissement par des séances de réflexion apaisantes, si toutefois la sénilité n'apparaît pas. L'autre jour, nous avons libéré un homme qui venait d'atteindre cent quatre-vingt-quinze ans. Il disait que sa femme devait être à présent morte, qu'il ne restait donc plus personne pour le rendre fou, et il est parti heureux comme tout.

– Malgré tout, fis-je d'un air sévère, cela ne vous dispense pas d'une inspection.

Bien entendu, il s'exécuta. Menacé par le spectre d'un licenciement signé par l'Empereur, il ne pouvait que se montrer obligeant.

De baraquement en baraquement, la visite dura une heure. J'eus droit au petit jeu qui consistait à s'adresser de telle ou telle façon à chaque malade. Ils me fixaient d'un regard vide, ou bien ils pensaient que je n'étais qu'un nuage, ou encore me tendaient un reçu imaginaire de deux milliards de crédits après l'avoir méticuleusement estampillé.

J'en rencontrai un qui, dans une cour, poussait une charrette à une roue, mais à l'envers. Je lui demandai pourquoi il ne la remettait pas à l'endroit et il me murmura qu'il ne pouvait pas car sinon quelqu'un risquait de jeter quelque chose dedans.

Certes, les murs étaient balafrés, mais les baraquements étaient bien tenus. Et si les patients avaient tous un comportement bizarre, aucun ne paraissait malade ni blessé. Le dispensaire ainsi que l'hôpital étaient très propres et le personnel s'y activait de façon impeccable.

Je me tournai finalement vers Neht. J'allais devoir faire appel au maximum de mes talents de reporter d'enquête et je dis :

– Je n'ai vu aucune personne vraiment âgée. Je doute que vous utilisiez des techniques gérontologiques pour les maintenir en vie. À vrai dire, pour être franc, je commencerais à vous soupçonner de vous débarrasser des plus vieux!

Cette fois j'eus raison du charme de ses yeux noirs.

– Oh, ça non! protesta-t-il. (Il réfléchit un bref instant et me dit) : Suivez-moi!

Il me conduisit jusqu'au bureau d'administration. Il y avait là un nombre impressionnant de consoles. Il chassa une troupe d'employés, s'assit devant un clavier et se mit à pianoter. Il faisait apparaître les dossiers des internés avec leur âge.

Il commentait à toute allure :

– Vous voyez? 192 ans. 203. 189. 192...

Il ne s'arrêtait plus. Il m'apparut peu à peu qu'il devait y avoir au moins un demi-million de malades dans l'asile! Et j'en avais pour la journée!

Mon esprit tournait à toute allure. Je déclarai d'un ton acide :

– Je constate que vous évitez les prisonniers politiques.

Cela l'arrêta instantanément. Son expression charmeuse s'effaça, il prit un air consterné et me dit :

– Mais nous n'avons pas de prisonniers politiques ici!

– Oh, mais si, mais si! fis-je de mon ton le plus menaçant. À moins, bien sûr, que vous ne les ayez SUPPRIMÉS!

– Là, vous allez trop loin. Cette déclaration est très insultante. Si cela se produisait, tout le personnel serait mis à la porte!

– Précisément. Il se trouve que je sais que ce que j'avance est exact. Vous avez VRAIMENT des prisonniers politiques. Je connais les noms de deux d'entre eux.

Il secoua la tête, troublé.

– Non, nous n'en avons jamais eu. On vous aura mal informé, inspecteur.

– Tapez ces noms-là, lui intimai-je. Le Dr Crobe et Lombar Hisst!

Aussitôt, il se détendit. Il eut même un rire léger.

– Oh, ceux-là! Mais ce ne sont pas des prisonniers politiques. Ils sont complètement dingues.

– Tapez! insistai-je sévèrement.

Il m'obéit.

ET LES DEUX NOMS APPARURENT!

Neht tenta de m'expliquer que les deux noms n'étaient pas apparus sur la console gérontologique parce que Hisst n'avait que cent soixante-dix ans et Crobe cent quatre-vingts. Mais peu m'importait.

– Ce sont des prisonniers politiques. Je dois leur rendre visite!

Il secoua la tête et m'indiqua du doigt la mention portée sur la carte de Hisst : *COMMUNICATIONS INTERDITES. Ne doit parler qu'à Crobe*. De même, sur la carte de Crobe, je lus : *COMMUNICATIONS INTERDITES. Ne doit parler qu'à Hisst.*

– Ils ne doivent adresser la parole à personne! Et personne ne doit les voir! Ce sont les ordres du roi!

– Oui, mais ils datent d'un autre règne! Et qu'ai-je donc là, sinon des ordres du roi? L'accusation est donc fondée. Vous avez bel et bien des prisonniers politiques ici, pas plus fous que vous ou moi. Je vous remercie, Neht. Je vais maintenant repartir et faire un rapport confirmant que l'Asile de la Confédération...

Tout son charme s'était évanoui.

– Je vous en prie! gémit-il. Ils sont vraiment dingues!

– Cela ne peut être prouvé que par une entrevue prolongée avec l'un et l'autre. Et EN L'ABSENCE de membres de votre personnel qui chercheraient à les influencer ou à leur planter des aiguilles! C'est parce que je vous aime bien, Neht, et que je ne veux pas vous créer d'ennuis, DU MOINS POUR L'INSTANT, que je vous accorderai cette faveur!

– Oh, merci, fit-il d'une voix éteinte.

Et il adressa un signe vague à un gardien.

J'étais gonflé de soulagement. Les talents d'un reporter d'enquête peuvent avoir des résultats fantastiques!

J'allais décrocher un nouveau scoop!

QUATRE-VINGT-DOUZIÈME PARTIE

Envoi III

1

Le baraquement était isolé sur une saillie de la falaise qui ressemblait à un doigt pointé au-dessus de la mer. Six cents mètres plus bas, en à-pic, l'océan du Nord grondait, ses vagues vertes se fracassant sans cesse sur la barrière de basalte noir, lançant comme de grands béliers blancs des îlots de glace.

Nous avons franchi un portail verrouillé. Un gardien a libéré les barreaux avec une carte magnétique.

– Il est midi passé, nous dit-il. L'équipe sanitaire a dû repartir et vous les trouverez probablement plutôt propres. Ce qui est préférable : en général, on sent l'odeur à des kilomètres.

Nous avons suivi un sentier entre deux falaises, dans la plainte lugubre du vent du pôle. Une bourrasque de neige fouetta mon masque. Quel endroit effrayant ! Dire qu'on pouvait y incarcérer des gens pendant près d'un siècle !

Deux cents mètres plus loin, nous avons enfin atteint le baraquement. Il était rectangulaire, construit en blocs solides et isolés, comme tous les autres, pareil à une sorte de forteresse dressée comme un croc dans les vents âpres. On y entrait par deux portes situées du côté de la grève.

Le gardien s'approcha de la porte de gauche.

– D'abord, je vais vous laisser voir le numéro 69 000 000 201. (Il consulta sa liste.) Oui, un nommé Crobe.

Vous devez être extrêmement prudent, car tous deux sont totalement fous. Je suis souvent venu ici pour protéger les gens du sanitaire pendant qu'ils travaillaient, afin de m'assurer que personne ne leur adressait la parole.

– Ont-ils déjà attaqué quelqu'un? demandai-je.

– Pas que je m'en souvienne.

J'étais de plus en plus convaincu d'avoir raison – j'avais affaire à une embrouille politique. Il était évident que ce gardien avait reçu des instructions précises de Neht.

– Vous n'entrez pas avec moi, lui dis-je. Il s'agit d'une entrevue technique, mais au cours de laquelle des secrets d'État pourraient être évoqués. Donc, je vais entrer seule et vous resterez à distance.

Ce qui parut le mettre mal à l'aise. Puis il se drapa un peu plus dans sa pèlerine, prit son paralyseur et appuya la plaque sur la serrure avant de pousser contre le battant. Il jeta un coup d'œil à l'intérieur, puis sur moi, haussa les épaules, et s'éloigna d'une dizaine de mètres.

Je réprimai un frisson d'excitation. J'allais enfin voir le célèbre Dr Crobe!

J'entrai.

Ma vision s'habitua à la pénombre.

Le baraquement n'était constitué que d'une pièce unique, tout en longueur, divisée en deux par des barreaux.

Je regardai autour de moi. Il y avait beaucoup d'espace. Je vis même des meubles ainsi que des étagères chargées de livres.

Et quelqu'un, penché sur une sorte de tonneau. Ce quelqu'un se retourna.

C'ÉTAIT CROBE!

Il avait le nez trop long, de même que le menton. Ses bras évoquaient des ailes d'oiseau. Il ne lui restait plus un cheveu. Il portait une veste mais, à supposer que l'équipe sanitaire lui en eût fourni une nouvelle, elle était déjà sale.

– Vous arrivez juste à temps, me dit-il, comme s'il avait l'habitude de me voir tous les jours.

» La fermentation est finie et je viens juste de fixer ce serpentin. Attendons un peu que ça coule dans la cruche et vous pourrez goûter. Je crois bien que c'est le meilleur que j'aie fait.

– C'est quoi? demandai-je.

– Du *super fait maison.* Tous les jours, je garde la moitié de mon dîner pour alimenter ma cuve. Ça fermente joliment bien.

Je vis qu'il avait mis un tube au centre de la cuve, relié à plusieurs spirales. À l'extrémité s'écoulait un fluide incolore.

Il retira la cruche et en mit rapidement une autre en place.

– Maintenant, me dit-il, asseyez-vous bien confortablement sur ce canapé et goûtez-moi ça.

J'étais stupéfait. Il n'avait rien d'un fou. Il affichait même un sourire aimable. Je m'assis et il me tendit la cruche en me faisant signe de boire une gorgée.

J'étais prudent. J'avais ôté mon masque mais je fis semblant de boire.

– Oh, mais allez-y franchement ! m'encouragea Crobe. Ça ne me manquera pas ! J'en ai des dizaines de litres !

Et il me montra des pichets alignés contre le mur du fond.

Bon, ça ne risquait pas de me tuer. Je bus.

DU FEU !

Dans ma gorge, c'était de l'acide ! Je ne pouvais plus parler !

Il m'observait attentivement. Puis il dit :

– Bon, pas de convulsions. Ce qui veut dire que *l'huile de fusel* a été éliminée. Est-ce que vous voyez encore ?

Je toussai.

– Bien sûr que je vois. Grands Dieux ! Qu'est-ce que c'est que ça ?

– Le meilleur *bourbon du Kentucky*, on pourrait même dire que c'est du *white mule*. L'un des nombreux cadeaux de la Terre que les Cieux nous ont envoyés. J'ai appris à faire ça là-bas, dans un institut supérieur appelé *Bellevue* *.

Une onde de chaleur se développait en moi, venue de mon estomac. Mon inquiétude diminuait. À vrai dire, je me sentais maintenant plutôt bien. Regardant autour de moi, je remarquai :

– Je vois que vous avez beaucoup de livres.

Il se tourna vers les étagères en souriant.

– Ils sont un peu cornés, je dois dire, mais Noble Stuffy me les a fait rapporter de l'appartement il y a longtemps. Il semblait croire que j'en aurais besoin.

Je voulus lire quelques titres. Mais les caractères m'étaient inconnus.

– *Psychologie, psychiatrie*, me dit Crobe. Toutes les œuvres de Sigmund Freud. Tous les textes terriens de base concernant la *psychothérapie*. Mais on ne me laisserait pas les appliquer ici. Les gens sont attardés, ils n'ont pas reçu le savoir nécessaire. Je pourrais lessiver tout cet asile pour eux, mais tous les jours ils se moquent de moi avant de laisser entrer l'équipe de nettoyage. Pourtant, j'ai beaucoup d'amis, comme vous-même, qui passent souvent me voir. Encore un *petit coup* ?

---

* Le plus grand hôpital de New York. (*N.d.T.*)

Il prit un pichet et me fit boire avant de m'imiter. Il avala avec un frisson et dit :

– Dieux que c'est bon !

Et il reprit une autre lampée. (Il soupira.) J'aurais bien aimé qu'on me donne quelques cornues, parce que sans ça, je ne peux pas fabriquer de *LSD*. Il faudra donc hélas vous contenter de ça. Buvez.

Je m'exécutai. Ça brûlait comme la première fois. Mais, peu à peu, la pièce devenait tout à fait attrayante.

– Bon, nous avons assez perdu de temps, dit Crobe en regardant son poignet où il ne portait aucune montre. J'ai d'autres patients qui attendent, alors dépêchez-vous un peu. Étendez-vous là et parlons.

Je m'étendis et demandai :

– De quoi ?

– Est-ce que ça fait une différence ? Nous allons commencer par l'*association d'idées*. Laissez-moi faire. Dites n'importe quoi qui vous vient à l'esprit.

Évidemment, la première chose qui se présenta était le complot familial permanent pour me trouver une carrière. Et je dis :

– Si mon livre n'est pas un énorme succès, je suis fichu, totalement. Mes oncles vont me caser dans n'importe quel boulot abominable, ou alors je devrai épouser cette insupportable Lady Corsa et passer ma vie, comme vous, dans un désert culturel, exilé sur Modon.

– Ah ! Vous avez des problèmes avec votre mère !

– Comment le saviez-vous ? m'étonnai-je.

– C'est évident ! Sigmund Freud s'est largement étendu là-dessus. Un *complexe d'Œdipe* ! Je vais traiter votre cas tout de suite. C'est un exemple classique de *psychopathologie*. Voyez-vous, il y a le stade *anal passif* suivi de l'*érotisme anal*. Ensuite vient l'*oral passif*, suivi de l'*érotisme oral*. Il y a aussi le stade *génital*, mais jamais personne ne l'atteint vraiment. Ils représentent TOUS les stades mentaux. Tout est fondé sur le sexe. Le sexe est l'unique et seule motivation de tout comportement. Voilà.

Je songeai que c'était sans doute l'effet du *white mule* et dis :

– Je ne comprends pas bien.

– C'est parce qu'il faut que vous vous pénétriez de votre condition. Mais, pour moi, est elle TOUT À FAIT évidente. Votre mère ne vous a pas laissé jouer avec ses tétons lorsque vous étiez bébé. Est-ce exact ?

– Je ne le pense pas.

– Vous voyez? C'est ce qui a inhibé vos exutoires sexuels naturels! TOUS les problèmes que vous avez avec votre famille viennent de là. Votre liberté d'expression et de mouvement est inhibée. Le traitement est simple. Admettez le fait – et IL FAUT que vous l'admettiez – que vous êtes bloqué au stade de l'érotisme anal. Vous ne connaîtrez JAMAIS la moindre rémission de vos symptômes si vous ne vous arrachez pas à cette répression afin de devenir un beau jeune homme voué assidûment à la *fellation.*

Je le fixai.

– Je vois, ajouta-t-il, que je me montre trop technique pour un profane. Je vous livre Freud à l'état brut. Votre démence ne peut être guérie qu'en vouant votre existence à faire l'amour avec des hommes et des jeunes gens – oralement s'entend. (Il consulta son poignet sans montre.) Je suis désolé, mais la consultation est finie pour aujourd'hui. Mais vous êtes guéri et vous n'aurez donc pas à revenir. Mon calendrier est complet.

2

Je me redressai.

– Je vous remercie sincèrement pour cette thérapie, dis-je. Je comprends à quel point vous devez être pris, mais verriez-vous un inconvénient à me donner votre opinion de professionnel?

– À quel propos?

Je sortis quelques fumettes – je m'étais mis à ça depuis que j'avais constaté que tous les reporters le faisaient au Club de l'Encre. J'en tendis une à Crobe et j'étais sur le point de la lui allumer quand il la mangea. J'ignorais que ce fût comestible. J'allumai la mienne, pour ma part.

– Docteur Crobe, il se pourrait bien que vous ayez été illégalement incarcéré ici.

– Je n'ai cessé de le dire. Ces barbares n'apprécient pas la technologie *professionnelle.*

– Savez-vous qui vous a fait enfermer ici?

– Certainement. Je l'ai vu signer l'ordre. J'aurais dû fuir, mais ils m'en ont empêché.

– Donc, vous savez que c'est Jettero Heller?

Il accusa le coup et regarda autour de lui. Il n'y avait personne d'autre que nous. Il acquiesça alors.

– Quel est votre opinion de professionnel à propos de cet homme?

Crobe se rassit. Il frotta son nez démesuré. Puis gratta son long menton. Enfin, il me dit :

– Vous vous rendez bien compte que je me suis livré à une étude approfondie de Jettero Heller. Nos relations docteur-patient remontent à plusieurs années. Il n'a pas tenu compte de mes premiers conseils. C'est pour cela, vous le comprenez, que l'on ne saurait me tenir pour responsable de son état mental. Si l'on m'avait autorisé à l'aider de manière professionnelle – sa composition physiomentale ne correspondait absolument pas à la Mission Terre –, rien de tout cela ne se serait produit.

Avec un soupir, il tapota le haut de son poste radio.

– Bien sûr, j'ai suivi sa carrière, mais tout ce que j'ai entendu à son propos n'a fait que confirmer ma première analyse.

Il secoua tristement la tête, prit une longue goulée de *white mule*, parut quelque peu fortifié et s'assit en regardant dans le vide.

– Et quelle était votre analyse? le pressai-je.

– De quoi? fit-il.

– Mais de Jettero Heller.

– Oh, oui... Je vais vous la donner, mais n'oubliez pas de me demander de vous expliquer si je vais trop loin pour un profane. C'est un cas très complexe, que les traités n'ont pas abordé sur certains points.

» Pour commencer, il aime la hauteur. Ce qui est très grave, puisqu'il s'agit d'une déviation de l'*alto-phobie normale*. C'est ainsi que j'ai compris qu'il souffrait d'*alto-libido.*

Je le fixai.

– Oui, un cas très grave. Mais il n'y a pas que cela, et de loin. Il aime aussi aller très vite. Une preuve de *velocitus-libido.*

» L'autre *symptôme* n'est pas moins étrange. Certes, chacun sait que le peuple n'est que de la racaille mais – et j'ai pu le constater moi-même au début alors qu'il était mon patient – il séduit les gens. Ce qui prouve son *urbanus-populi-libido.* Très mauvais, ça.

» Il affecte aussi d'être juste avec les autres – de la frime, bien entendu, mais il a eu les gens avec ça, car en fait, il s'agit d'une fixation. Un besoin obsédant de justice à l'égard des autres. C'est ainsi que j'ai diagnostiqué aussi une *justicius-libido.*

» Son dossier – bien qu'il soit très confidentiel, il n'est plus mon patient et je puis vous le révéler – montre ses tendances très athlétiques. Il court, il saute, il fait de la gymnastique et pratique toutes sortes de sports. Ce qui met en évidence une *lascivus-libido* profonde – que je traduirai plus ou moins bien par l'amour des sports. Atroce.

» *Libido* signifie désir, attirance, amour pour quelque chose. Mais, dans le cas d'Heller, cela n'est pas une déviation car ce n'est PAS confiné au sexe. Étant donné que le terme de *libido* est constamment utilisé par Freud pour décrire les conditions mentales les plus graves, vous devez commencer à comprendre où cela nous conduit avec Heller.

» Si nous nous en tenions là, nous pourrions probablement classer l'homme comme névropathe extrême. Mais, malheureusement, son cas va bien au-delà. Un résumé de sa carrière fait apparaître qu'il persiste toujours jusqu'à ce que sa tâche soit achevée. Et cela nous porte vers des eaux dangereuses. Selon les textes les plus sérieux, cela signifie qu'il est... (Il s'interrompit avec un pli grave au front)... *obsédé par la réussite!*

» Mais ce n'est encore pas tout : à la différence d'une personne normale, il ne se laisse pas troubler ni disperser aisément. Et selon les meilleurs spécialistes en *psychologie*, ceci est tout aussi grave. Car il est *OBSÉDÉ PAR SON BUT!*

Crobe se rassit et fixa tristement le sol.

– En vérité, ma dernière conclusion est tellement horrible que je redoute d'avoir à vous la dire, car c'est la pire.

– Il le faut, dis-je.

– Eh bien, c'est très technique. Bien sûr, c'est de la *psychologie* terrienne de base, mais elle pourrait cependant dépasser votre compréhension. Laissez-moi vous définir le terme *schizo* : il signifie que l'on est partagé ou divisé en deux. Vous me suivez?

Je lui dis que oui.

– Très bien. Vous devez donc réaliser que cette psychose de *schizophrénie* est redoutable. Un *schizophrène* est un dément, comme vous le confirmerait n'importe quel *psychologue* ou *psychiatre* de la Terre.

» Donc, pour en revenir au cas que nous évoquons, vous savez qu'il s'est fait appeler Jettero Heller.

– C'est exact.

– Et MAINTENANT, il se fait appeler duc de Manco! DONC, IL A DEUX NOMS! DEUX IDENTITÉS! PURE SCHIZOPHRÉNIE!

Il secoua la tête.

– Nous sommes donc bien obligés d'en conclure que l'homme en question est absolument, totalement et complètement dément !

» C'est LUI qui devrait être ici. Pas MOI !

Il se tut un long moment, perdu dans ses pensées. Puis reprit :

– Mais je ne devrais pas gaspiller mon temps si précieux à discuter de cela avec un profane. Seuls des professionnels terriens peuvent comprendre un tel sujet dans toute son effroyable énormité. Excusez-moi à présent. Il faut que je retourne à mon *white mule.*

Il s'apprêta à se lever.

3

Je l'arrêtai.

– Attendez ! Je n'ai pas fini mon travail !

Je désignai les barreaux de séparation.

De l'autre côté, il faisait très sombre et je ne parvenais pas à voir clairement.

Il y avait une plaque lumineuse pivotante près du canapé. Je la poussai afin qu'elle éclaire au-delà des barreaux.

Je discernai une forme sombre, une sorte d'amas sur le sol. Un menton se souleva et la lumière se refléta dans des yeux jaunes.

LOMBAR HISST !

Il avait les cheveux tout gris et la peau tellement ridée qu'elle semblait crevassée. Son visage avait une expression vide.

– Oh, lui, fit Crobe. Je l'ai traité en *psychanalyse* pendant quelque quatre-vingt-dix ans, mais depuis cinq ans maintenant, il refuse de parler. En fait, son cas est *psychiatrique* et requiert l'intervention d'un *neurochirurgien.* Voyez-vous, le lobe frontal est devenu trop rapproché du lobe pariétal du cerveau, provoquant l'inévitable biofeedback prédit par ce merveilleux savant terrien, Snorbert Weener *, dans son ouvrage, *La Cochonétique*, fondé sur ses fréquentations avec les *porcs* du MIB, le Massachusetts Institute of Bricology. Croyez-moi, Weener

* Il s'agit de Norbert Wiener, père de la cybernétique. (*N.d.T.*)

pousserait des couinements de rage et sa queue s'agiterait sérieusement s'il savait que ses recherches essentielles n'ont pas été appliquées. Mais l'on oublie trop souvent les meilleurs.

» Il se trouve que je suis attitré par un corps auguste, l'Association d'Embrouille Américaine – dont le but est de ramasser autant d'argent que possible pour les médecins, et ce par tous les moyens –, en fait, je suis mandaté pour pratiquer cette opération. Elle est très simple, elle est décrite dans tous les manuels, et on la pratique constamment sur Terre. Mais ces barbares incultes refusent de me fournir les outils nécessaires!

» À vrai dire, je n'ai besoin que d'un unique outil. L'outil standard qu'utilisent tous les *psychiatres* pour cette opération aussi vitale qu'élémentaire. Cela s'appelle un *poinçon à glace* et ce n'est même pas très coûteux : on peut en acheter dans n'importe quelle *quincaillerie.*

» Tout ce que fait le *psychiatre* – bien sûr, il doit être qualifié, mais c'est facile, il n'y a qu'à coller une feuille de papier sur le mur – c'est insérer le poinçon à glace sous la paupière de l'œil gauche pour l'agiter ensuite de gauche à droite. Et il répète l'opération sur l'œil droit. Cela a pour effet de sectionner très nettement les nerfs du lobe préfrontal. Et c'est vraiment simple. Tenez, un jour, à *Bellevue*, j'ai demandé une démonstration et le *neurochirurgien en chef* s'est précipité dans la salle d'attente en me disant : « Attendez! » Et en un rien de temps, il avait opéré plus de cinquante personnes : bien sûr des cas sociaux, de pauvres Noirs. Eh bien, il n'y en a qu'un faible pourcentage, moins de soixante-dix, qui sont morts sur le coup. Il en est resté une quinzaine qui ne nous ont plus causé d'ennuis ensuite. Et c'est très économique : ils n'ont survécu que deux ans. Vous voyez les sommes que ça épargne à l'État! La *psychiatrie* de la Terre est avant tout pratique. Et je m'y suis sérieusement formé!

Il prit un autre coup de *white mule* et soupira profondément :

– C'est pour ça qu'il est là, sans le moindre secours professionnel.

– Mais la *psychanalyse* ne lui a pas rendu sa santé mentale?

– Oh, mais si. Mais il ne parle plus. Quand on vient tous les jours pour nettoyer les excréments et l'urine, il ne dit rien quand on le soulève. Il est tout à fait normal. Seulement têtu.

J'observais toujours Hisst, mais il demeurait immobile sur le sol, ses yeux jaunes brillant doucement dans la lueur de la plaque. Oui, il avait vraiment l'air têtu.

Je me surpris en train de siroter encore un peu de *white mule.* Je sentis soudain remonter ma confiance. J'aurais parié gros que Lombar Hisst pouvait parler. J'étais certain qu'il avait attendu qu'un reporter d'enquête se montre pour lui raconter son rôle réel dans la Mission Terre.

Je voulus reposer la cruche et manquai la table. Je tendis la main pour dire au revoir mais, malheureusement, je renversai un pichet de *white mule*. Il déversa son contenu en glougloutant, mais Crobe examinait la paume de ma main en murmurant qu'il était très significatif qu'elle n'eût pas le moindre poil.

– Je vous remercie de m'avoir accordé un peu de votre temps, docteur Crobe, dis-je. Il faut que je parte maintenant.

– Vous réglez à la réceptionniste, me dit Crobe, mais pour la (biper), il y a un extra. Je ne vous le conseille pas cependant. Ce n'est pas tant parce que les réceptionnistes de *Bellevue* ont la syphilis à cause de leurs rapports avec les *psychologues*, mais parce qu'ainsi vous ne tiendriez pas compte de mes conseils de *psychiatre* terrien. Il faut que vous réalisiez que si Heller a mal tourné, c'est seulement parce qu'il n'a pas suivi mon ordonnance et a refusé qu'on lui raccourcisse les membres. Alors, ne suivez pas le même chemin désastreux. Vous êtes à l'évidence un *érotique oral*, un cas cité par Freud, et votre seule chance de guérison mentale, comme n'importe quel *psychiatre* de la Terre vous le confirmerait, c'est de vous trouver un joli garçon et de faire ça constamment. Bonne journée. Au suivant, s'il vous plaît !

4

Le gardien parut quelque peu surpris de me voir. Il s'avança et verrouilla la porte de Crobe.

– Et bien, vous vous en êtes sorti vivant, me dit-il.

Je lui montrai la porte d'à côté.

– Ouvrez-la !

– Vous voulez dire que vous avez l'intention de vous retrouver dans la même pièce que l'interné 69 000 000 202? Sa fiche dit qu'il est enclin à la violence. Vous voyez, c'est là, au dos : « Attention : il a failli une fois tuer un employé de l'équipe sanitaire. »

Je regardai la date. Cela remontait à près de soixante-dix ans.

– Mais depuis, fis-je d'un ton hautain, il a subi des dizaines d'années de *psychanalyse*.

– Mais c'est quoi cette odeur bizarre? Oh, mais c'est votre haleine. Vous n'avez quand même pas bu ce qu'il vous a donné, n'est-ce pas? Il faudrait peut-être que je vous conduise très vite à l'hôpital pour un pompage stomacal!

– Insinueriez-vous qu'un inspecteur de la Couronne ne connaît pas son travail? Ouvrez cette autre porte!

Il haussa les épaules, appliqua sa plaque sur la serrure et j'entrai. Je me retournai pour lui jeter un regard noir : il se tenait là, le paralyseur au poing. Il secoua la tête mais, laissant la porte entrebâillée, il s'éloigna d'une trentaine de pas.

Je regardai à l'intérieur. Il faisait très sombre. Les relents de *white mule* avaient filtré entre les barreaux et l'endroit était malodorant. Crobe, affaissé contre la paroi, buvait lui aussi du *white mule* dans une cruche.

Lombar Hisst ne disait rien. Jusqu'alors, je n'avais pas imaginé à quel point il était grand : il était assis sur le sol, mais ses yeux jaunes arrivaient à hauteur de mes épaules. Tandis que je m'avançais, il ne me quittait pas du regard.

Et soudain, son regard devint fixe et, d'une voix parfaitement normale, il me dit :

– Est-ce que je pourrais avoir une fumette?

Heureux de l'occasion qu'il me donnait ainsi de trouver les premières questions à lui poser, je pris la boîte dans ma poche et la lui tendis.

Il en prit une d'un geste tout à fait élégant. Il la glissa entre ses lèvres et ajouta :

– Je pourrais avoir du feu?

Je trouvai une craquette dans ma poche, la serrai entre deux doigts et elle s'enflamma.

Je la tendis vers l'extrémité de la fumette de Hisst.

BRUSQUEMENT, IL ME SAISIT LE POIGNET!

Avec une telle force que je crus qu'il allait me briser les os!

De son autre main, il attrapa au vol la craquette enflammée.

Et, avec un rugissement de léprodonte, il bondit sur ses pieds!

D'un simple revers, comme si je n'étais qu'une poupée, il me repoussa vers la paroi du fond!

Je n'avais pas encore touché le sol qu'il arrachait une couverture de sa couche.

Il y mit le feu avec la craquette!

Et se précipita sur les barreaux en fouettant l'air avec la couverture en flammes!

Et il hurla :

– Je vais t'envoyer aux ENFERS, tu m'entends? Je vais

t'expédier tout droit jusqu'au NEUVIÈME ENFER! DIRECT!

Des flammèches volaient à travers la pièce de Crobe!

– Toi et ta *psychanalyse*! glapit Hisst. Il y a des dizaines d'années que j'attendais ça!

Crobe s'était dressé, serrant un pichet de *white mule* sur sa poitrine. Et ses criaillements s'ajoutèrent au vacarme.

– Garde tes foutus anges de ton côté!

Une flamme se propageait sur le sol de la cellule de Crobe, maintenant, de flaque en flaque, allumant des langues de feu bleu dans le *white mule*.

– Non, non! hurla Crobe. Tu as lancé tes anges contre moi!

Lombar continuait de cingler les barreaux avec la couverture en feu.

Je retrouvai l'usage de mes jambes et courus vers la porte.

Le gardien se précipitait vers le seuil. Je le cognai au passage.

Le paralyseur jaillit vers une congère de neige.

Bras et jambes emmêlés, le gardien et moi nous avons roulé au long du sentier.

Lombar venait de surgir du baraquement.

Il s'était enveloppé dans la couverture en flammes.

Des flammèches bleues le suivirent.

Et soudain, il y eut un grondement épouvantable!

Toute la réserve de pichets de *white mule* venait de sauter!

Le toit du baraquement fut déchiré par un geyser rouge et bleu.

Et Crobe monta vers le ciel!

À l'instant où le tonnerre de l'explosion s'apaisait, j'entendis sa voix exultante :

– Regardez, je vole! Je vole! J'ÉTAIS VRAIMENT UN ANGE!

Et tout en haut des airs, avec sa cruche de *white mule*, Crobe explosa comme une bombe dans un BRAOUMM! terrible.

Quant à Lombar Hisst, enveloppé dans sa couverture en feu, il courait vers le bord de la falaise.

Il l'atteignit en courant. Il voulut s'élancer dans les airs. Et il clamait :

– JE SUIS DIEU! LE *VRAI* DIEU! ÉCARTEZ-VOUS, BANDE DE (BIPARDS), QUE JE GOUVERNE L'UNIVERS!

Et il plongea, il tomba comme une boule de feu vers l'océan, six cents mètres plus bas, décrivant un arc ardent.

Il s'écrasa sur un fragment de glace à la dérive dans un ultime jaillissement de flammes!

Il glissa dans le ressac qui le rejeta vers la falaise, épave calcinée qui, peu à peu, fut broyée dans les eaux vertes et glacées.
Le Dr Crobe et Lombar Hisst étaient vraiment très très morts.

5

Je promis à Neht de ne rien dire de toute l'affaire.
Je n'ajoutai pas que je n'en ferais pas mention dans le présent livre. Je suis un reporter d'enquête. J'ai appris très vite mon métier. Mentir pour avoir accès à des informations est une technique de base – et aussi tricher çà et là, plus quelques usurpations d'identité. Car, cher lecteur, quelle importance auront quelques mensonges aux yeux de la racaille alors que c'est la vérité que je vous livre? Vous devriez m'être reconnaissant d'être si dévoué à ma profession! Bob Hoodward, je vous le jure, ne se serait pas mieux débrouillé.
C'est ainsi que nous avons mis le cap sur le sud avec Shafter aux commandes. J'avais une dernière visite à rendre à Hightee Heller : il fallait que je vérifie un point particulièrement vital de ces révélations.
Nous fîmes étape dans le nord pour me permettre de me remettre d'un mystérieux mal de tête et de points lumineux qui dansaient devant mes yeux, et aussi pour que je puisse me débarrasser de mes vêtements de neige plus ou moins calcinés et revêtir quelque chose de plus correct. Enfin, nous nous sommes retrouvés sur l'aire d'atterrissage d'Hightee Heller, à Pausch Hills.
Je n'attendis pas qu'un domestique se montre. Je connaissais maintenant les lieux et j'entrai directement.
J'avisai un maître d'hôtel, un personnage de forte stature qui, assis dans une salle, était occupé à briquer l'argenterie.
– Veuillez informer Hightee que Monte Pennwell se trouve ici et désire lui parler.
Il disparut et je me mis à errer un peu partout. Je cherchais sans doute un boudoir où j'aurais pu mettre la main sur des lettres : quelques instants seulement avec son courrier privé aurait pu être très payant.
La porte de son atelier d'artiste était ouverte et, au-delà, je découvris une autre porte qui devait effectivement conduire à son boudoir. Un reporter d'enquête n'a pas à se soucier du res-

pect de la vie privée. Je jetai un coup d'œil par-dessus mon épaule. Personne ne m'observait. Je m'engageai dans l'atelier.

C'était là que Hightee Heller conservait nombre de ses présents. Tous les jours, les gens lui en envoyaient. Et ça s'était poursuivi au fil des années. C'était un musée, en fait, mais je n'étais pas venu pour ça.

Je contournais une table au centre de l'immense pièce quand, par hasard, mon regard se posa sur quelques lignes sur une carte postale. Je me figeai sur place!

Quelqu'un avait pieusement conservé l'emballage du courrier interplanétaire :

JOYEUX ANNIVERSAIRE
HIGHTEE HELLER!
Avec toute mon affection,
Jettero.

C'ÉTAIT LA MÊME BOÎTE AVEC LAQUELLE JE L'AVAIS VU SUR MANCO!

Apparemment, le courrier était parvenu à Hightee avec un certain retard.

Je jetai un regard rapide autour de moi. Tout indice serait précieux. Il n'y avait personne. Je m'approchai de la table.

À l'évidence, un laquais avait préparé le cadeau de façon à ce qu'Hightee n'ait plus qu'à dénouer le ruban et soulever le couvercle.

La boîte était assez volumineuse, recouverte d'un papier gaufré doré que je n'avais jamais vu auparavant. Le ruban était large de cinq centimètres et se terminait par un gros nœud. Cela avait l'air très étranger.

Il ne me fallut qu'un instant pour ôter le ruban et le couvercle.

J'écartai le papier d'emballage et je ne sus pas alors ce que je voyais. C'était un anneau monté à quinze centimètres d'une embase plus large. À l'anneau étaient accrochées une douzaine de figurines, apparemment en verre, chacune protégée par du papier.

Au centre de l'embase, il y avait une boîte verte rectangulaire, mais le reste, tout autour, était d'un bleu transparent. Un ruban de papier était collé à l'embase, partiellement visible. Il y avait une inscription dessus, comme une facture de magasin.

LES LETTRES!

Est-ce que je n'avais pas déjà vu les mêmes quelque part?

Oui, tout indice me serait précieux.

IL ME FALLAIT CE BOUT DE PAPIER!

Mais, pour le prendre, je devais ôter cet étrange appareil de la boîte.

Je commençai à le soulever. J'en avais sous-estimé le poids à cause de l'aisance avec laquelle j'avais vu Heller le porter.

J'insistai. Mais il restait prisonnier de son emballage. Finalement, je réussis à le pousser vers le centre de la table, et dans ce mouvement, l'emballage tomba, de même que la boîte. Maintenant, l'objet seul était posé devant moi.

Peu m'importait son aspect bizarre. Je devais à présent le lever un peu afin de m'emparer de ce papier collé dessous.

Autour de l'embase, il y avait quelques leviers. En soulevant la chose, j'avais dû en faire bouger un. Et la chose fit *CLIC!*

J'insérai un doigt jusqu'au ruban de papier – quelle étrange matière! Transparente et collante. Je dus me servir de mon ongle pour la détacher.

ÇA Y EST! J'AVAIS LE PAPIER!

Quand je la laissai retomber, l'embase cogna lourdement contre la table.

L'anneau se mit à tourner!

ET LA CHOSE FIT ENTENDRE DE LA MUSIQUE!

Une peur panique s'empara de moi : on pouvait l'entendre!

Je me penchai, pris un des leviers et tirai dessus.

LA MUSIQUE SE FIT PLUS FORTE!

Et l'anneau tourna plus vite!

Les papiers de protection s'envolèrent des figurines de verre. Elles représentaient des danseuses!

Qui tournaient au son de la musique.

MES DIEUX, C'ÉTAIT TROP FORT!

Frénétique, je me mis à lever ou abaisser au hasard les leviers!

J'ÉTAIS PRÊT À N'IMPORTE QUOI POUR ARRÊTER ÇA!

LA CHOSE S'ACCÉLÉRA ENCORE!

Les danseuses de verre tournaient à une vitesse folle.

Et leurs petits pieds de verre, qui jusque-là avaient tinté comme des clochettes, résonnaient maintenant comme des carillons aigus!

Je baissai encore les leviers.

C'en était trop!

Les figurines s'envolèrent, arrachées à l'anneau tournoyant.

Elles traversèrent la pièce et éclatèrent en tintant sur le sol!

Un *WHAM!* vibrant monta de la chose!

Un ressort jaune en jaillit et je le reçus en pleine figure!

J'entendis alors une voix!

Le maître d'hôtel!

– QU'EST-CE QUE VOUS FAITES LÀ, PAR TOUS LES ENFERS?

Il m'agrippa par le col!

Il me souleva et me fit passer la porte.

Et il me projeta vers l'aire d'atterrissage!

J'y atterris sur le postérieur dans un grand nuage de poussière.

Il était resté sur le seuil et s'époussetait les mains.

– Monte Pennwell, que je ne vous voie jamais vous reposer ici! me lança-t-il.

On m'avait induit en erreur en me disant qu'il n'y avait pas de service de sécurité dans la résidence. En fait, il n'y en avait pas besoin avec un pareil maître d'hôtel!

Je ne savais pas si c'était un message d'Hightee qu'il avait exprimé. Mais peu importait : l'infatigable reporter d'enquête que j'étais avait ce qu'il était venu chercher!

Je réussis même à ignorer le regard intrigué de Shafter.

6

Nous avons foncé tout droit vers l'Institut Royal d'Ethnologie. Et je me suis précipité vers le Département des Planètes Inconquises.

J'eus de la chance : le jeune professeur-assistant que je trouvai là connaissait le nom de ma famille. Je lui promis un avancement, promesse que je savais ne pouvoir tenir, s'il voulait bien me traduire le papier. Il fut assez naïf pour accepter.

Ils ont des dictionnaires, des machines et toutes sortes d'appareillages pour déchiffrer les alphabets étrangers et les textes, tout sauf les messages militaires codés.

Cela ne lui prit que deux jours et je me retrouvai enfin dans mon bureau de la tour, avec la traduction du papier devant moi :

Tiffany's
Cinquième Avenue
New York. New York

Client : général Jerome Terrance Wister

Réserviste de l'U.S. Army (en retraite)
Adresse : 5606 Central Park West
Au débit de : Grabbe-Manhattan Bank
c/o Israel Epstein III president

1 boîte à musique avec danseuses animées en verre ancien
Origine : Venise, XVIIIe siècle
Prix : 21 000 $
Note : Pas de carte de crédit nécessaire

Et la date indiquait que cela ne remontait qu'à TROIS SEMAINES !

UN AUTRE MONSTRUEUX SCANDALE QU'ON AVAIT ÉTOUFFÉ !

Un appel par vidéophone à la Compagnie de construction des remorqueurs spatiaux m'apprit que dix ans après son retour de la Terre et une semaine après avoir reçu la lettre d'Izzy Epstein, Heller avait commandé la construction d'une réplique exacte du *Remorqueur 1*, fidèle jusqu'au moindre détail, y compris le duelliste fantôme du gymnase de bord *. Il avait payé lui-même – ce qui lui était bien facile, puisque, en tant que duc de Manco, il percevait un pour cent des énormes revenus de la planète, ce qui était le traitement normal d'un duc, suffisant toutefois pour acheter dix remorqueurs par mois. D'après le vieil ingénieur en chef de la compagnie, qui avait pris sa retraite et que l'âge rendait bavard (il était très fier du boulot qu'il avait fait : « Tout est réglé comme une horloge, avec de l'or, de l'argent et des diamants partout »), le remorqueur avait été construit en trois mois (un record), on y avait chargé des outils désintégrateurs destinés à l'excavation (à noter, ça), on lui avait fait passer un test de vol, et ensuite « Heller l'a pris pour une croisière improvisée qui a duré trois semaines ». Le remorqueur avait fait l'orgueil de la compagnie, car il était quasiment indestructible et avait été en service jusqu'à ce jour. « Il s'en sert pour faire le tour des planètes de la Confédération : un homme avec son statut doit pouvoir se rendre rapidement sur place et, même si certains considèrent que c'est plutôt excentrique de se servir d'un monstre équipé de moteurs Y avait-Y aura rien que pour aller en week-end sur Manco, ça ne manque pas de sens. »

Là, il ne savait pas vraiment de quoi il parlait !

Parce qu'il devait se faire du souci pour ce « pauvre Izzy » et ses amis, il est clair à présent qu'Heller est

* Voir Tome 1, *Le Plan des envahisseurs*.

retourné sur Terre pour aménager une nouvelle base, probablement dans l'une de ces collines proches de la vieille auberge du Connecticut, à moins d'une heure de voiture de l'Empire State Building et de son appartement du centre. Et les descendants de Ralph et George, les adjoints du shérif, croyaient sans doute qu'ils faisaient toujours partie du corps des marines du Maysabongo et ils continuaient de se faire graisser la patte comme leurs pères pour surveiller l'ancienne auberge de bootleggers *.

Il avait sûrement enterré tous ses anciens amis et avait donné un petit coup de pouce à leurs progénitures pour qu'elles aient des postes importants. On l'appelait certainement « oncle Jet », le copain qui s'occupe de la Sécurité Sociale et des dossiers militaires afin que personne ne s'aperçoive qu'il a 127 ans, un âge impossible sur cette planète. On le diminuait probablement d'une dizaine d'années pour qu'il ne dépasse pas 65 ans. Mais, pour les gens de la Terre, il devait en paraître 50. Il se pouvait même qu'il se blanchisse un peu les tempes.

On peut très bien expliquer cela en imaginant une conversation entre lui et lord Bis, le responsable du Comité des Services de Renseignements Combinés. Bis et lui se seraient mis d'accord pour considérer que c'était une bonne chose qu'Heller conserve son statut de général à cinq étoiles de l'U.S. Army, même s'il n'était plus en service actif. Ainsi, tous les événements militaires de la planète seraient connus de Voltar bien avant qu'ils n'aient lieu. Mais comme les Terriens croient que rien ne peut dépasser la vitesse de la lumière, il paraît très improbable qu'ils puissent envisager d'attaquer Voltar, qui se trouve à plus de 22 années-lumière de leur monde. Il faut donc bien reconnaître cette conversation comme de la pure frime, et en fait pour ce qu'elle est vraiment :

UNE EXCUSE POUR CET ULTIME SCANDALE ÉTOUFFÉ !

7

Et qu'en est-il exactement de ce dernier scandale, le plus énorme de tous?

Eh bien, cher lecteur, je vais vous le dire.

* Voir Tome 3, *L'Ennemi intérieur*.

Nous savons déjà qu'Heller nous a caché l'existence de toute une planète.

Mais à présent, l'affaire devient BIEN PLUS SÉRIEUSE!

Jettero Heller, duc de Manco, PRIVE VOLTAR DE CERTAINES DES RESSOURCES LES PLUS PRÉCIEUSES QUE NOUS AYONS JAMAIS RENCONTRÉES DANS TOUT L'UNIVERS!

Prenons les choses dans l'ordre, une par une, et je vais très vite vous convaincre.

Les PR : Les talents des PR, même au degré le plus infime, celui dont je me suis servi, m'ont littéralement sauvé la vie. Ils m'ont arraché à un anonymat déprimant et total pour me hisser à une position qui me permettra d'inscrire mon nom en lettres de feu dans le ciel. Les gens ne me rejetteront plus, ils ne mépriseront plus mes écrits. Je le répète, en me servant du degré le plus bas des PR, j'ai réussi à mettre en lumière la VÉRITÉ! Après cela, on me dira « Oui, noble Pennwell » ou « Non, noble Pennwell » ou encore « Monsieur Pennwell, je tremble devant vous! ». Non, il est certain qu'on ne peut mettre en doute l'immense valeur de cette technologie, qui n'est jusqu'alors connue que sur Terre et dont nul autre ne dispose!

Les services de renseignements : Si vous n'espionnez pas le peuple, jamais vous ne parviendrez à le faire rentrer dans les rangs. La racaille vous échappera, vous défiera – elle se révoltera même – si vous ne disposez pas d'espions et de forces d'espionnage armées à chaque coin de rue. Comment un gouvernement pourrait-il s'en sortir avec ceux qui ne l'aiment pas? Comment, sinon en les incitant au crime pour pouvoir les arrêter? Si vous ne persécutez pas individuellement chaque citoyen, si vous ne les faites pas tous s'entrégorger, ils risquent de s'unir et de déferler en hurlant pour renverser votre gouvernement! Sur Terre, ils ont raffiné ces arts à l'extrême et les appliquent dans tous les pays. Il n'y a que là-bas que notre élite au pouvoir puisse apprendre!

Les boissons : Si vous songez à ce que nous appelons nos boissons fortes, il y a de quoi rire. Toutes nos eaux pétillantes et même le tup ne sont rien. Elles relaxent et rendent gais, c'est tout. AUCUNE DE NOS BOISSONS N'A D'EFFET! Pour s'expédier au pays de l'oubli et de l'insouciance, il n'y a que le *white mule*. Aucune de nos boissons ne permet de rejeter ses inhibitions – elles ne permettent même pas de voir double. Les boissons de la Terre peuvent nous apporter une impulsion formidable. Je le sais : j'ai essayé. Mais elles ne sont disponibles QUE SUR TERRE!

La musique : Il faut vraiment goûter la rythmique défonçante du *punk rock* pour apprécier ce que la Terre peut apporter à l'univers artistique. Je jure que je n'ai jamais rien entendu de tel nulle part ailleurs. Cette musique sauvage et dévergondée n'a même pas besoin d'être juste ! Et les paroles ne cachent rien des sentiments les plus profonds ! Seule la Terre a pu engendrer pareille musique. Seule la Terre peut nous apprendre à la jouer correctement et à nous débarrasser enfin de nos mélodies trop compliquées et douceâtres et de nos chorales. Le *punk rock* frappe en plein dans la cible ! Droit dans vos tympans !

Les drogues : Là, ce ne sont que cabales et propagande. J'ai essayé la *marijuana*, la plus puissante des drogues, et franchement je ne me soucie pas du tout de ce qui a pu m'arriver ! Je me suis contenté de laisser les autres faire ce qu'ils voulaient et ça m'a fait plaisir. SUR LA TERRE, IL EXISTE DES DROGUES DONT VOUS N'AVEZ JAMAIS ENTENDU PARLER ! C'EST LA SOURCE UNIQUE DE JOUISSANCES !

La psychologie et la psychiatrie : Il est indéniable que ce sont les techniques de contrôle de la population les plus avancées dont nous ayons jamais entendu parler. Imaginez ça : un gouvernement disposant d'un corps médical susceptible de supprimer quiconque n'est pas d'accord avec lui sans qu'on pose la moindre question ! Ça, c'est le vrai pouvoir ! Imaginez les avantages d'un état monopole capable de former l'esprit des enfants au gré de ses volontés, de les réduire au stade de ruminants !

À présent, cher lecteur, il doit vous apparaître à l'évidence, car je me fie à votre intelligence, que la seule raison qui explique que Lombar Hisst soir resté dément, c'est que le Dr Crobe, malgré ses talents et ses qualifications, s'est vu REFUSER l'usage des outils nécessaires. S'il avait pu traiter normalement Lombard Hisst, ainsi qu'il l'avait proposé, tout se serait bien passé ! Mais la Terre seule dispose de la technologie nécessaire.

Le sexe : Oh, là, là ! Le sexe, le sexe, toujours le sexe. Mais avant que la Terre nous ait envoyé ses divines lumières sur le sujet, qui savait quoi que ce soit sur le sexe ? Nous sommes tellement ignorants, tellement affreusement inhibés à ce propos que c'en est à pleurer. Teenie était une maîtresse dans cet art, une déesse vivante, venue de la Terre pour nous arracher à nos ténèbres. Aujourd'hui, nous connaîtrions le sexe sous d'innombrables formes si nous avions laissé la Terre nous les apprendre. Le sexe oral et anal serait courant dans tous les boudoirs. De même que les orgies de groupe. Et l'inceste ferait partie de notre vie quotidienne. Sur Terre, ils connaissent tout cela. Pratia ne divulgue pas sa divine sagesse : elle la garde pour elle car elle est maintenant au stade du *voyeurisme.* Elle interdit même que ce savoir filtre au-dehors, et je doute par ailleurs qu'elle sache enseigner correctement avec son esprit changeant. Non, la seule et unique source de savoir dans ce domaine, c'est LA TERRE ! Le paradis des perversions sexuelles les plus sales ! Quelle merveille !

Les gitons : Toute cette agitation stupide que l'on a fait autour des gitons est en elle-même un scandale.

Il faut que je vous dise que lorsque le Dr Crobe m'a *psychanalysé,* j'ai été TRÈS IMPRESSIONNÉ ! Pour moi, c'était une révélation bouleversante que d'apprendre pourquoi mon existence, jusqu'alors, avait été tellement triste et pénible.

Jamais encore je n'avais soupçonné que j'étais un *érotique oral.* Que j'avais failli gâcher toute ma vie !

Dès que ce livre sera imprimé, je vais me lancer à la poursuite de Har, le persécuter, le menacer, le faire chanter. N'importe quoi pour qu'il me laisse faire ça tous les jours.

Oui, je suis persuadé qu'il va y avoir pas mal de changements dans mon existence.

C'est à la Terre que je devrai ma santé mentale, la Terre, le seul monde qui nous dispense sa sagesse !

Et maintenant que je vous ai détaillé tout ça par le menu, vous pouvez mesurer l'énormité de cet ultime scandale étouffé.

JETTERO HELLER refuse de faire profiter toute la Confédération de Voltar, l'ensemble de l'univers, si vous le voulez, de ces immenses bienfaits !

Mais POURQUOI ? Ça, c'est le comble.

Vous vous rappelez ce que le Dr Crobe a déclaré à propos d'une identité double ? Bien !

Voyez le cas d'Heller !

Rien que sur Voltar, il a DEUX identités.

Sur Terre, il porte le nom de Wister, et sans doute plusieurs autres encore.

Et maintenant, restez bien assis, nous en arrivons au plus colossal des scandales !

JETTERO HELLER avait PLUS DE DEUX IDENTITÉS : Ce qui fait de lui un *schizophrénique-schizoïde !*

Non seulement c'est lui le méchant dans toute cette histoire.

MAIS IL EST FOU !

LA CONFÉDÉRATION DE VOLTAR, DEPUIS PRÈS D'UN SIÈCLE, EST RÉGIE PAR UN HOMME QUI EST COMPLÈTEMENT, ABSOLUMENT DINGUE !

Oh, oublions un peu les succès imaginaires de la Confédération durant cette période, puisqu'on peut difficilement les mettre à son crédit. Si Voltar, depuis qu'il est devenu la Couronne, n'a plus perdu une seule guerre, c'est grâce à la Flotte et à l'Armée. Et puis, rappelez-vous : les guerres ont été peu nombreuses ! Et cessons de répéter que, depuis le début de son histoire, jamais Voltar n'a été aussi prospère sur le plan interne : quand tout le monde travaille dans le bonheur, on ne saurait connaître que la prospérité. La popularité d'Heller n'entre pas en jeu, car il n'apparaît jamais dans les bulletins d'information et aucun reporter d'enquête digne de ce nom n'a pu dénoncer la VÉRITÉ au peuple !

Et puis, ses multiples identités sont bien la preuve que Jettero Heller est un dément. Mais il y a également UNE PREUVE IRRÉFUTABLE QUI NE DOIT PAS VOUS ÉCHAPPER !

En éclipsant la Terre, JETTERO HELLER A PRIVÉ VOLTAR DES IMMENSES BÉNÉFICES QUE NOUS EN AURIONS RETIRÉ !

Je les ai mentionnés ci-dessus. Cher lecteur, cela devrait maintenant être clair à vos yeux : seul un fou pourrait porter un tel préjudice à Voltar ! Seul un fou pourrait nous jouer un aussi sale tour !

DONC !

Sur les cartes du Calendrier d'Invasion, il y a un espace blanc.

Là où se situe la Terre.

Le Calendrier est sacré !

La date prévue pour l'invasion est encore à quelques années de là !

Nous avons LARGEMENT le temps de réparer les dégâts commis par tous les scandales étouffés par un fou !

Je lance donc mon cri de ralliement :

QUE L'ON REMETTE LA TERRE DANS LE CALENDRIER D'INVASION ET QU'ON L'ENVAHISSE !

Je veux vous faire comprendre ça de la seule manière que je connaisse vraiment. Lisez et que cela emplisse votre cœur. Lisez, Voltariens, et VIBREZ TOUS ENSEMBLE !

ODE À LA TERRE

Terre, Terre, O ma Terre, orbe de désir,
Phare enivrant et sublime par qui je respire,
Toi qui tournes si bleue dans la nuit,
Toi qui nous offres tes trésors, toi qui nous séduis,
Tu m'as sauvé la vie par tes PR,
Et je triomphe sans un coup de revolver !
Je chante la technique de tes espions sournois,
Qui mentent, truquent, tuent ou bien noient.
Je célèbre tes arracheurs de folies,
Tes coupeurs de lobes, tes analystes, tous tes psys !
Pourquoi refuser d'éclater la morne vie quotidienne.

Avec toutes ces divines drogues terriennes?
Un coup de white mule *et tu sautes en l'air,*
De tout votre tup je n'ai plus rien à faire.
Quand je veux m'exploser de musique,
Il n'y a que le punk rock *électrique.*
Et qui, je vous le demande, pourrait se montrer farouche,
Avec tous ces jolis derrières et ces bouches?
La Terre, parmi toutes ses richesses,
Apporte aux (bipettes) des filles d'autres caresses.
Moi j'ai dit sexe? Quelle erreur!
Je n'ai parlé que de bonheur et de chaleur.
Et vous verrez qu'avec un peu plus de concentration,
Vous irez plus loin, et même jusqu'au fond!
Jamais, jusqu'au plus loin de l'espace,
Le sexe n'a brillé à la première place!
Vous êtes si faibles, les Dieux soient loués,
Que tous les mensonges de vos chefs, vous les avez oubliés.
Vous vous déchirez, les Cieux illuminés,
Nous n'aurons qu'à nous poser et à tout vous rafler!
C'est tellement rassurant de vous voir désunis,
Déjà battus, écrasés et soumis.
Nous vous sommes reconnaissants de tous vos ismes.
Qu'ils soient socio, royal, ou commu, ils seront demain
voltarisme!
Vous êtes riches mais brimés,
Vos gouvernements vous ont brisés.
Quand l'heure viendra, il sera si facile,
De vous violer comme une fille fragile.
Alors, quand enfin vous serez sur le dos,
Quand nous vous aurons pénétré jusqu'au degré zéro,
Quand vos cadavres feront un tapis dans vos cités,
Nous arriverons en dansant, tout excités,
Pour emporter tous vos trésors,
Votre savoir et vos vices, tout ce que j'adore.
Il ne vous restera plus rien.
Et nous, nous serons pleins
De votre sang encore bouillonnant,
Qui sera à mes narines comme un parfum entêtant.
Et après nous prendrons vos vierges, filles ou garçons,
Pour leur enseigner toutes vos leçons.
C'est sur notre monde qu'ils vont finir,
Pour assouvir tous nos désirs!
Jusqu'à ce jour je vais rêver,
Je vais tous vous voir enchaînés,

Pour apaiser notre appétit acharné.
Et puis viendra enfin le jour,
Où le fruit orgueilleux de nos amours,
S'offrira entre nous tous,
Telle la vague qui monte et mousse!
Ô, Terre! C'est demain de ta matrice,
Que naîtra l'univers heureux de nos caprices.
C'est sur toi que nous allons nourrir,
Nos phantasmes qui ne demandaient qu'à s'épanouir.
Ô Terre, prends garde à nous,
Et mets-toi vite à genoux,
Car bientôt viendront les temps de fureur,
Où tes habitants périront dans la douleur.
Surtout, Ô, Terre, n'implore pas notre pitié,
Car sache bien que je l'ai juré :
Tout ce que tu sais nous sera donné,
Et tout ton sang sera sucé!
Quoi, tu voudrais te rendre? Il est trop tard :
Pleure tandis que forniquent nos hussards,
Sur ta tombe perdue dans le ciel,
Que Voltar, demain, illuminera de son soleil.
Rassure-toi, Ô, Terre, ton âme ne va s'envoler
Que pour venir nous habiter.
Pareille aux fleurs des cimetières,
Elle va gagner la planète tout entière!
Ô, Terre, offre-nous tes seins, tes reins,
Laisse-nous te déguster jusqu'à la fin!
ET TOI, VOLTAR, N'ATTENDS PLUS RIEN DE MON CHANT!
DÉCLENCHE L'INVASION : IL EST GRAND TEMPS!

FIN (ET TRIOMPHE)!

À faire suivre immédiatement après la Fin (et Triomphe).

LETTRE DE MONTE PENNWELL À SES ÉDITEURS

Aux Éditions biographiques
Cité du Commerce
Planète Voltar

MESSIEURS (quoique je doute que quiconque mérite des égards dans votre usine)!

Je viens juste de recevoir pour bon à tirer les épreuves de mon livre.

JE SUIS OUTRÉ!

Je suis furieux, comme jamais je ne l'ai été!

Je ne sais comment clamer ma rage!

Vous avez modifié les noms de tous les lords! J'exige que vous rétablissiez les vrais!

Vous n'êtes que des traficoteurs!

Vous avez changé le nom que Jettero Heller utilisait dans l'U.S. Army. Ça n'était pas *Wister!* Je vous ai donné le nom EXACT!

Et comme si ces affronts ne suffisaient pas, VOUS AVEZ CHANGÉ MON NOM! « Monte Pennwell »! Ah, bravo! ÇA N'A JAMAIS ÉTÉ MON NOM DE FAMILLE! Ma famille est l'une des plus honorables et des plus respectées de la Confédération ET J'INSISTE POUR QUE VOUS CONSERVIEZ MON NOM!

Je m'étonne que New York et la Turquie aient conservé leurs noms!

C'EST CRIMINEL!

J'AURAI VOS TÊTES!

VOUS AVEZ SIGNÉ UN CONTRAT!

Je connais mes droits!

Si vous osez me défier, je vous traînerai DEVANT LES TRIBUNAUX et je vous poursuivrai pour un milliard de crédits!

Ce livre traite de la corruption dans le gouvernement. Peu m'importe que j'y attaque les leaders de notre État! VOUS ÊTES DES IDIOTS! Vous n'avez rien compris!

Il y a eu un SCANDALE MONSTREUX. Des affaires ont été ÉTOUFFÉES! Le but de ce livre est de les faire ÉCLATER au grand jour!

La population de Voltar a été DUPÉE! On l'a frustrée de la possession d'une planète AUX CONNAISSANCES INFINIMENT PRÉCIEUSES!

Les gens ont été trompés et manipulés par un super criminel QUI EST DÉMENT!

Il faut que je le leur clame afin qu'ils se dressent COMME UN SEUL HOMME et HURLEN LEUR COLÈRE face à cette TRAHISON!

La Terre n'attend que d'être RÉDUITE EN MIETTES!

Nous pourrions NOUS GAVER DE SES BIENS!

Vous n'êtes que des LAQUAIS DU POUVOIR!

Des MIGNONS À LA SOLDE d'un FOU CORROMPU!

COMMENT OSEZ-VOUS QUALIFIER CETTE ŒUVRE DE *FICTION?*

Comment osez-vous la faire précéder d'une introduction qui REFUTE L'ENSEMBLE?

Comment osez-vous prétendre que je ne suis qu'un ÉCRIVAIN IMAGINATIF?

Je vais vous le dire : VOUS ÊTES DANS DE SALES DRAPS!

Je détiens des PREUVES!

J'ai des centaines de kilos de DOSSIERS DE LA COUR! J'ai une forteresse REMPLIE DE DOCUMENTS! J'ai toutes les notes et les copies des carnets de bord de Manco. J'ai les enregistrements de toutes les interviews! J'ai même les bandes de Gris sur tous les faits et gestes d'Heller!

Je suis une véritable ARMÉE DE PREUVES!

Personne n'osera me toucher!

Je porte en moi l'esprit d'une immense croisade! Il faut envahir la Terre À TOUT PRIX! Nous ne pouvons nous en passer!

Un instant, je vais étouffer ma rage et me dominer afin de faire appel à votre raison, quoiqu'il soit évident que vous en êtes dépourvus!

Il ne faut pas vous laisser intimider par L'INFÂME duc de Manco et nous priver des IMMENSES ressources dont nous disposerions en envahissant la Terre.

Regardez seulement ce que je dois déjà à cette planète! Elle a fait de moi un HOMME! Dès que ce livre aura été publié, je hanterai en permanence la maison de Har et ferai ce que j'ai appris de la Terre avec lui jusqu'à ce que je sois complètement bien! Un *psychiatre* qui fait autorité sur Terre m'a assuré qu'ainsi je résoudrai tous mes problèmes familiaux. ET IL LE FAUT! ILS ME SONT INSUPPORTABLES!

Ils ne cessent de me persécuter avec des emplois, ils vont même jusqu'à me proposer L'IMPENSABLE! : Que j'épouse L'AFFREUSE Lady Corsa de l'AFFREUSE Modon, cette planète de bouseux. Je vais en devenir FOU!

Ce livre doit avoir un succès fracassant! N'Y TOUCHEZ PAS! Mon âme, que dis-je, ma SANTÉ MENTALE en dépendent!

Vous devez RESPECTER votre contrat.

Vous devez PUBLIER CE LIVRE!

OU SINON VOUS SEREZ COMPLÈTEMENT RUINÉS!

SI VOUS NE LE PUBLIEZ PAS, JE VOUS ATTAQUERAI EN *JUSTICE!*

ET VOLTAR DEVRA ENVAHIR LA TERRE, SINON JE FERAI BASCULER CE GOUVERNEMENT AVEC TOUT CE QUE JE SAIS!

Voilà ce qui vous attend!

PRENEZ GARDE!

Je suppose que vous allez me menacer de publier cette lettre : JE VOUS METS AU DÉFI! VOUS N'ÊTES QU'UNE BANDE DE LÂCHES!

À BAS LA TYRANNIE!

QU'ON CESSE DE NOUS REFUSER LES BIENFAITS DE LA TERRE!

À BAS VOUS ET VOTRE MAÎTRE DÉMONIAQUE, HELLER!

Je dois cesser d'écrire sinon ce papier va BRÛLER sous ma RAGE!

Je vous retourne le manuscrit. Je n'ai pas l'intention de passer des JOURS ET DES JOURS à rétablir les vrais noms. Je suis déjà épuisé à force de transpirer POUR LA LIBERTÉ DE CONQUÉRIR LA TERRE!

Allez vous faire (biper)!

L'auteur.

Société des Éditions biographiques
Cité du Commerce
Planète Voltar

Mon cher Monte Pennwell,

Ce jour, nous avons reçu en retour votre livre.

Nous regrettons de devoir vous informer qu'en raison de la surcharge de travail de notre imprimerie, les modifications apportées au texte resteront telles.

Nous avons été intrigués par les raisons qui vous poussent à diffamer vos proches et vos ancêtres, certains d'entre eux ayant fait partie du Grand Conseil à cette époque. Nous avons donc omis la liste de ces lords dans le texte.

Vous serez heureux d'apprendre que notre maison est très prospère et dispose d'une grande influence et que nombre de changements ont été ordonnés par nous. Certains membres de votre famille se sont pris d'un soudain intérêt pour l'édition et ont racheté la société avec un peu de leur argent. Les éditeurs avec lesquels vous avez traité à l'origine, et à qui vous vous en prenez avec tant d'ardeur, ne font plus partie de la maison. Nous pouvons espérer entretenir des relations plus amicales, j'en suis certain.

Nous regrettons d'avoir été dans l'obligation de vous donner le pseudonyme de « Monte Pennwell », mais si vous lisez attentivement les paragraphes en petits caractères de votre contrat, non seulement vous verrez que l'éditeur se réserve le droit de modifier le texte comme il l'entend, mais il est également stipulé qu'il peut aussi changer les noms des personnages et que lui seul choisit le nom de l'auteur.

Vous auriez dû lire avec plus de soin votre contrat.

Néanmoins, à la fin de l'ouvrage, nous publierons votre lettre, afin que le lecteur sache que des modifications ont été apportées au texte. Ceci devrait vous rassurer.

Vous aurez également plaisir à apprendre que votre livre sera effectivement publié, mais nous y reviendrons.

Maintenant, vous avez soulevé la question de savoir si ce livre doit être présenté comme un document ou une œuvre de fiction. C'est avec plaisir que nous réglerons ce détail.

Cependant, une difficulté subsiste. Vous parlez de preuves. Avant de se lancer dans la publication de tout document, il faut se livrer à des vérifications, et, comme nous sommes une société TRÈS scrupuleuse, c'est ce que nous avons fait. Nous avons accompli le maximum d'efforts afin d'étayer vos allégations. Nous vous en donnons un rapport condensé :

Les drogues de la ferme Tayl : Récemment, un feu de broussaille accidentel a dévasté les cultures et nous n'avons pu vérifier s'il y avait de la marijuana.

L'homme dans le grenier de la demeure Tayl : Le médecin personnel du roi s'est rendu sur place. Il n'a trouvé aucune trace de la présence d'un prisonnier. On était en train de repeindre les lieux.

Les témoins : Pratia Tayl, ses petits-enfants et arrière-petits-enfants semblent être partis, ainsi que la domesticité, pour quelque propriété que Tayl semble posséder sur le Continent Sud. C'est au cœur de la jungle et il est impossible de faire parvenir une assignation ou d'y envoyer des huissiers du tribunal. Le médecin personnel du roi a déclaré qu'il ne s'agissait que d'un séjour de vacances annuelles. Mais ces témoins, de même que d'autres susceptibles d'intervenir dans le litige, semblent impossibles à joindre. La duchesse de Manco, de même qu'Hightee Heller, ont raccroché au nez de notre vérificateur dès qu'il a mentionné votre nom et je ne crois pas qu'elles soient désireuses de fournir des preuves.

Les enregistrements de Gris : Le vérificateur a appelé la Prison Royale qui lui a appris qu'elle possédait un témoignage attestant que toutes les pièces relatives à la confession de Soltan Gris et à son jugement avaient été détruites. Le témoin officiel est un nommé « Hound », mais nous n'avons aucun motif de croire qu'il puisse s'agir de votre valet car ce nom est très répandu chez les hommes-jaunes. Le seul exemplaire de la confession existant à ce jour est celui que vous avez dicté. Il n'y a donc aucune preuve.

Soltan Gris : Il n'est plus vivant, contrairement à ce que vous écrivez. Un cadavre putréfié se trouve toujours dans la Prison Royale. Il a été encore récemment regoudronné : on fait cela pour freiner la putréfaction. Néanmoins, en dépit du goudron, le vérificateur a pu prendre des empreintes et il est certain que ce cadavre est celui de Soltan Gris. Le gardien lui a déclaré que ces cadavres ainsi traités durent très longtemps : il n'est donc pas possible de dire exactement quand il aurait été exécuté et le bourreau semble avoir égaré le compte rendu d'exécution.

Crobe et Hisst : Le surintendant Neht, de l'Asile de la Confédération, s'est montré très coopératif avec notre vérificateur. Il lui a déclaré qu'il n'avait jamais eu d'internés politiques. Il n'est pas fait mention de Hisst ni de Crobe dans les registres de l'Asile. Le vérificateur a pu visiter l'endroit que vous avez décrit, mais il a rapporté que c'est là que l'on fait brûler les immondices.

Vos propres notes : Vous prétendez que vous avez des copies de notes, etc. sur Manco et des enregistrements vocaux des interviews. Votre chauffeur, Shafter, celui qui est en liberté conditionnelle pour conduite sous influence de drogue, a été interrogé par nos soins. Il se souvient d'avoir effectivement eu un paquet joint au manuscrit original, mais ajoute que, alors qu'il nous l'apportait, il y a eu une bourrasque et que ledit paquet est tombé dans l'Océan Occidental. Nous ne saurions donc juger de son contenu.

L'île Relax : Nous avons interrogé certains éditeurs locaux à ce sujet : ils s'en sont pris au vérificateur et ont refusé de confirmer le fait qu'une telle île ait jamais existé.

Répulsos et l'Appareil : Lady Corsa a été très coopérative. L'ancien amas de blocs de roc noir se trouve encore dans le Grand Désert, bien entendu. Apparemment, vous le lui avez montré et elle y a promené notre vérificateur : ils ont traité l'érosion des sols. Elle a même pris votre défense en disant que ce n'était pas vraiment votre faute si vous aviez des idées étranges, que vous aviez surtout besoin d'air frais, d'exercice et d'une poigne ferme pour vous guider. Elle a été très amusée par la seule idée que les lieux pouvaient être remplis de documents. Elle a expliqué que les récentes traces de camions lourds ont été laissées par un transport d'engrais. Je pense que vous serez d'accord pour reconnaître qu'elle a fait preuve d'une singulière présence d'esprit, car on pourrait facilement vous arrêter pour n'avoir pas révélé l'existence de documents gouvernementaux par vous découverts.

En bref, aucune affaire n'a été étouffée. C'est impossible, voyez-vous, car il ne subsiste pas la moindre trace que de quoi que ce soit qui ait pu être étouffé.

Donc, bien sûr, votre livre ne peut être présenté que comme une œuvre de fiction et je suis certain que c'est avec plaisir que vous vous rangerez à nos vues.

Franchement, je suis persuadé que l'ancienne direction de cette société attendait de vous un manuscrit tout différent. Nous vous le disons sans nuance : vous avez délibérément donné une fausse description de votre œuvre afin d'obtenir un contrat. Il est certain que l'ancienne direction semblait partager cette opinion lors de son départ. À en juger par leurs vociférations.

À ce que leur avaient dit divers experts en édition, le public connaît peu de chose du duc de Manco, en dehors du fait que tout s'arrange dès qu'il apparaît. Le public sait avant tout que lorsque Mortiiy le Brillant s'est retiré sur Calabar il y a soixante ans, et que son fils le prince Wully est monté sur le trône, il a été aussitôt surnommé « Wully le Sage » car il n'a jamais pris aucune décision sans avoir consulté au préalable le duc de Manco.

Notre grand homme ne donnerait même pas des renseignements aux encyclopédistes et les experts n'ont pu que se reposer sur ce que l'on connaît de sa jeunesse sous le nom de Jettero Heller.

Une œuvre intitulée *La Vie et l'œuvre du duc de Manco* (qui était, initialement, ce que vous deviez écrire, ainsi que vous l'avez dit à tous) se serait vendue comme de l'eau pétillante dans le désert. Très probablement, elle vous aurait apporté la fortune et la gloire dont vous semblez tellement avide.

Votre obsession d'être un reporter d'enquête semble vous obnubiler si vous voulez bien que nous aussi nous nous laissions aller un instant à vous dire votre fait. Remarquez, vous êtes quand même parvenu à un résultat. La mort de trois hommes, ça n'est pas rien. Il est heureux pour vous que deux d'entre eux étaient fous et le troisième un traître notoire : Autrement, en guise de diplôme après vos brillantes études en PR vous vous seriez retrouvé en prison pour avoir délibérément poussé ces hommes à la mort, en violation de la loi contre la Persécution et l'Inviolabilité de la Vie Privée édictée au siècle dernier. On pourrait vous pardonner d'avoir obligé une vieille dame et ses descendants à s'exiler, et, bien sûr, vous pouvez être assez présomptueux pour supporter le fait d'avoir trahi la duchesse de Manco et le demi-dieu qu'est Jettero Heller, mais nous pensons que votre rapide assimilation de la « technologie des PR » ainsi que l'utilisation néfaste et avilissante que vous en avez faite pourraient vous nuire et que nous devons vous prévenir, pour votre bien, de l'abandonner.

Quoi que vous puissiez penser ou supposer, n'en veuillez pas au duc de Manco pour ce qui vous arrive. De façon surprenante, il a de la peine pour vous.

Nous lui avons montré ce manuscrit, il l'a lu rapidement, comme il sait le faire, et il a soupiré avant de dire : « Pauvre garçon. Ça lui a monté à la tête. »

Cette déclaration nous a paru très cryptique et nous lui avons demandé son conseil pour la publication. Il a alors ri et nous a dit : « Allez-y. Publiez-le. Ça les réveillera peut-être. » Quel homme extraordinaire !

Maintenant, venons-en à cette histoire de contrat : il est exact qu'il en existe un, dûment signé, et tout à fait valide. Mais parler d'un milliard de crédits de dommages et intérêts est absurde. Tout d'abord, la somme est extravagante et un tel montant n'a jamais été atteint dans les annales juridiques. Ensuite, de la part de l'éditeur, il n'y a pas eu violation en quoi que ce soit.

Et voici les bonnes nouvelles que vous attendiez. Notre société va publier le livre, et toutes les clauses de ce contrat – que vous auriez dû lire – seront respectées. Donc, soyez rassuré sur ce point.

Mais si ce contrat prévoit de publier ce livre que vous avez écrit, il ne dit pas *où* ni *quand*.

Nous avons consulté divers experts juristes sans obtenir de solution. L'affaire a été laissée à Lord Bis, un lointain cousin à vous, à propos, qui avait entendu parler de votre manuscrit par l'historien royal, autre membre de votre famille.

Lord Bis a repris le projet – et, en fait, il a lu le manuscrit – et il nous a proposé une solution *admirable*, je suis certain que vous l'admettrez. En tant que directeur du Comité de Renseignements, il a remarqué que l'invasion de la Terre, qui figure en blanc sur les cartes, devrait avoir lieu dans quelques années.

Cet homme à l'esprit brillant nous a donc recommandé de surseoir à la publication jusqu'à ce que cette date soit passée irrévocablement et absolument, de façon telle qu'il soit impossible d'y revenir, puisqu'elle serait trop éloignée dans le temps.

Alors, suivant le conseil de Lord Bis, nous pourrions profiter d'une des habituelles missions de surveillance de la planète Terre et, sous les auspices des maisons d'édition avec lesquelles nous sommes en relation, faire publier le livre sur la seule et unique planète Terre. Car, selon les termes du contrat, il n'est pas stipulé que nous ayons à le publier sur Voltar !

Il a ajouté que la population terrienne le considérerait comme une œuvre de fiction, que cela ne l'inciterait absolument pas à renforcer ses défenses, vu que, selon ses propres termes, la planète est « totalement pagailleuse ».

La solution qu'il préconise apparaît comme plus brillante encore quand on réalise, ainsi qu'il nous l'a fait remarquer, qu'il n'y aucun risque de violation du Code : la planète Terre, officiellement, n'existe pas et échappe donc aux règles du Code Spatial !

Ainsi donc, votre livre sera publié. Je pense que vous jugerez que c'est merveilleux. Et nous ne nous sommes en aucun point écartés du contrat. Vos éditeurs vous ont respecté depuis le début.

Nous sommes désolés, mais nous ne savons absolument pas comment vous régler vos droits d'auteur. C'est dommage. Car nous croyons savoir que votre mère est devenue livide en lisant ce que Crobe a déclaré à son sujet et en apprenant que vous aviez l'intention de devenir un *homo* ou un *giton*. Ce qui explique qu'elle ait coupé votre pension, vendu tous vos véhicules et congédié votre valet et votre chauffeur pour s'être montrés aussi laxistes à votre égard.

C'est par conséquent une bonne chose que vous ayez des amis

aussi bienveillants et chers que le vieux docteur Prahd Bittlestiffender. C'est lui qui nous a informés, quand nous avons posé la question, que Sa Majesté avait lancé un ordre royal à votre intention. Ce n'est pas souvent qu'un jeune fiancé ambitieux a droit à un ordre de mariage.

Je souhaite donc vous féliciter pour vos prochaines épousailles avec Lady Corsa. Vous avez vraiment de la chance que ce soit par ordre royal, car cela vous évitera une attente ennuyeuse.

Je crois comprendre que le frère de Lady Corsa et deux de ses compagnons de chasse sont arrivés de Modon à bord du yacht familial avec quelques filets à léprodontes afin de s'assurer que vous iriez en toute sécurité à votre mariage avant de gagner Modon. Je considère que c'est très courtois de leur part et que c'est là une démarche très aimable de la part d'un futur beau-frère. A vrai dire, quand vous recevrez cette lettre, vous serez sans doute déjà sous leur protection.

Votre fiancée est une jolie et courageuse femme, particulièrement patriote. Elle est prête à tout pour son pays et même à supporter certaines déficiences pour améliorer son statut social et les relations de sa famille avec la nôtre en nouant cette alliance. C'est une femme de caractère! Je suis convaincu qu'elle vous traitera très bien, qu'elle vous donnera de l'argent pour vous acheter des chaussures de marche pour visiter les montagnes, un exercice qu'elle apprécie tout particulièrement. Et qui vous donnera tout le temps de réfléchir.

Et qui sait, dans cinquante ans, vous pourrez peut-être revenir en visite sur Voltar. Je vous conseillerai cependant de revêtir un déguisement.

Ainsi, nous sommes tous d'accord, n'est-ce pas? Très bien. Nous nous verrons pour votre mariage, demain.

Votre grand-oncle,
Cuht,
Nouveau président-directeur général
de la société des Éditions biographiques.

FIN VÉRITABLE ET AUTHENTIQUE
DE

MISSION
TERRE

A propos de l'auteur

Né en 1911, fils d'un officier de la Marine des États-Unis, L. Ron Hubbard grandit dans l'Ouest américain et, très tôt, fait le dur apprentissage de la vie dans les grands espaces. Adolescent, il vit dans les plaines et les montagnes du Nevada où il côtoie cow-boys et Indiens, avant de s'embarquer pour l'Asie qu'il visite longuement et dont il découvre les philosophies et les religions. A dix-neuf ans, il a déjà parcouru plus de cinq cent mille kilomètres, sur terre comme sur mer, et rédigé de nombreux journaux de voyage dans lesquels il puisera généreusement quelques années plus tard pour nourrir les intrigues de ses romans.

De retour aux États-Unis, il cherche à assouvir son insatiable appétit d'aventures et de sensations fortes en devenant aviateur et, très vite, acquiert une réputation de virtuose et de casse-cou, mais il est bientôt repris par le démon de la navigation et part pour les Caraïbes sur un quatre-mâts, à la tête d'une expédition.

Puis il rentre au bercail et décide de vivre de sa plume. S'ensuit un flot étonnant de romans et de nouvelles – aventures, westerns, polars, fantastique. Le succès est immédiat. En 1938, il est reconnu comme l'un des plus grands parmi les auteurs de récits populaires.

C'est à cette époque que *Astounding*, le meilleur magazine de science-fiction, lui demande sa collaboration. Il proteste : ses sujets de prédilection ne sont pas les « machines et les robots », mais les gens, les êtres humains. On lui répond : « Ça tombe bien, c'est exactement ce que nous cherchons. »

Suivent alors de nombreux récits où Hubbard élargit l'horizon de la science-fiction, devenant un maître du genre au même titre que A. E. van Vogt et Robert Heinlein. Ils comptent parmi les écrivains marquants de ce qu'on a appelé l' « Âge d'Or » et les fondateurs de la science-fiction moderne.

Hubbard écrit une centaine de romans et plus de deux cents nouvelles. Ses œuvres de fiction ont été traduites dans une dizaine de langues et se sont vendues à vingt-deux millions d'exemplaires dans le monde.

En 1982, Hubbard fête son 50e anniversaire d'entrée en littérature avec une impressionnante saga de science-fiction, *TERRE Champ de Bataille*, qui devient rapidement un best-seller international. Critiques et amateurs de S.-F. réservent au livre un accueil enthousiaste. En 1986, les lecteurs français le plébiscitent pour le Prix Gutenberg, dans la catégorie science-fiction.

Après la parution de *TERRE Champ de Bataille*, Hubbard s'attelle à la rédaction de ce que beaucoup considèrent comme son chef-d'œuvre, *Mission Terre*, une aventure spatiale sur fond de satire qui compte pas moins de dix tomes – une entreprise dans laquelle peu d'écrivains auraient osé se lancer.

Mission Terre est un récit mené à cent à l'heure qui regorge de coups de théâtre et de retournements de situation spectaculaires au cours desquels bons et méchants s'affrontent en une lutte sans merci dont l'enjeu est notre bonne vieille planète Terre.

Avec *Mission Terre*, Hubbard réussit un pari audacieux : nous raconter notre monde en prenant le point de vue des extraterrestres qui se sont mêlés à la population terrienne, et dénoncer avec un humour féroce certaines de nos institutions, dans la lignée de Voltaire, de Swift ou de l'Orwell de *la Ferme des animaux*.

Un vieux mot grec, *dékalogie*, a été choisi pour désigner cette saga en dix tomes.

Le 24 janvier 1986, ayant livré son manuscrit à son éditeur et ayant atteint tous les buts qu'il s'était fixés, L. Ron Hubbard a quitté son corps. Il laisse derrière lui une œuvre riche et originale qui traversera les âges, pour le plus grand bonheur des innombrables générations de lecteurs à venir.

Nous sommes fiers de publier à notre tour le chef-d'œuvre de L. Ron Hubbard, la *dékalogie* intitulée *Mission Terre*.

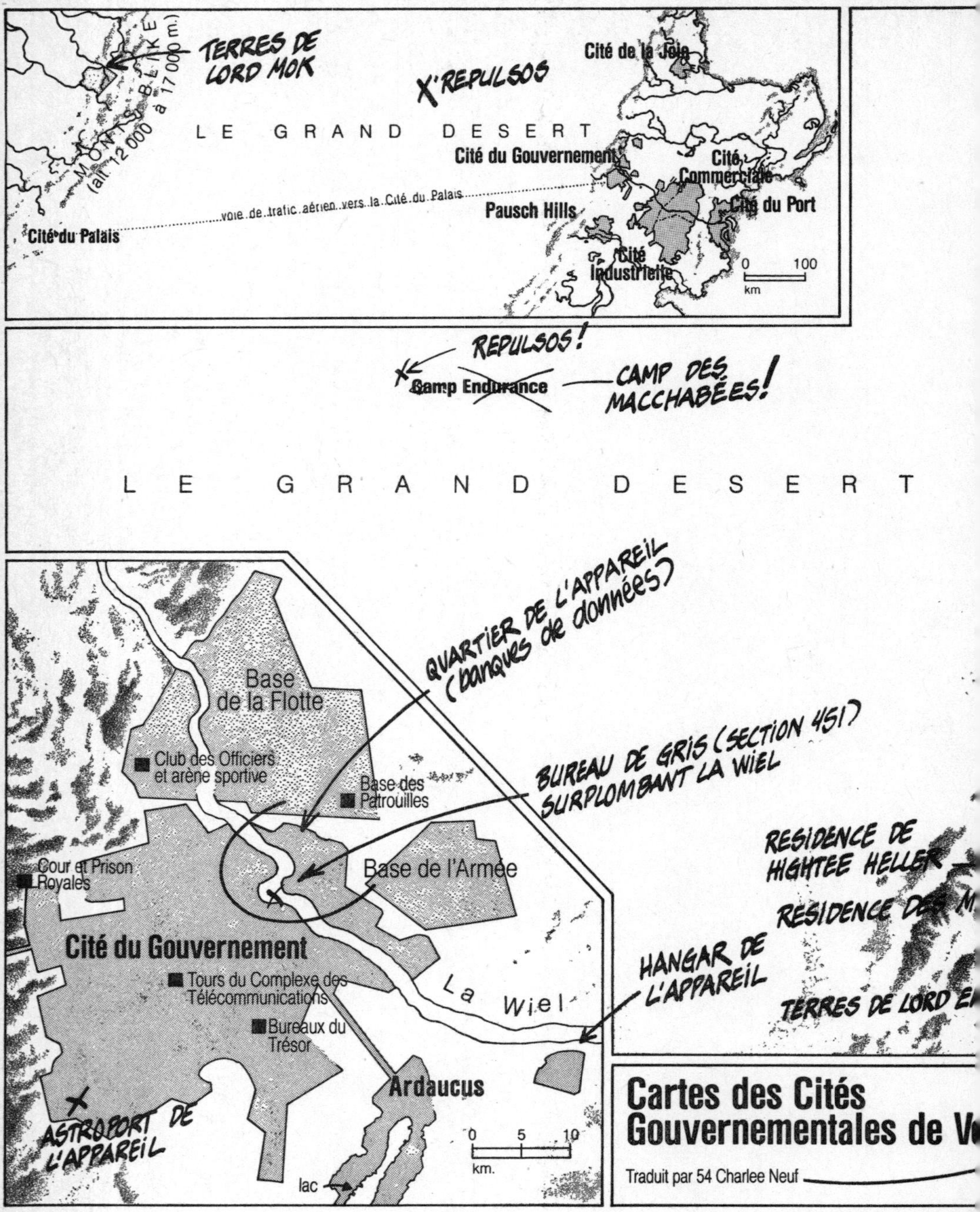

Cartes des Cités Gouvernementales de Vo

Traduit par 54 Charlee Neuf

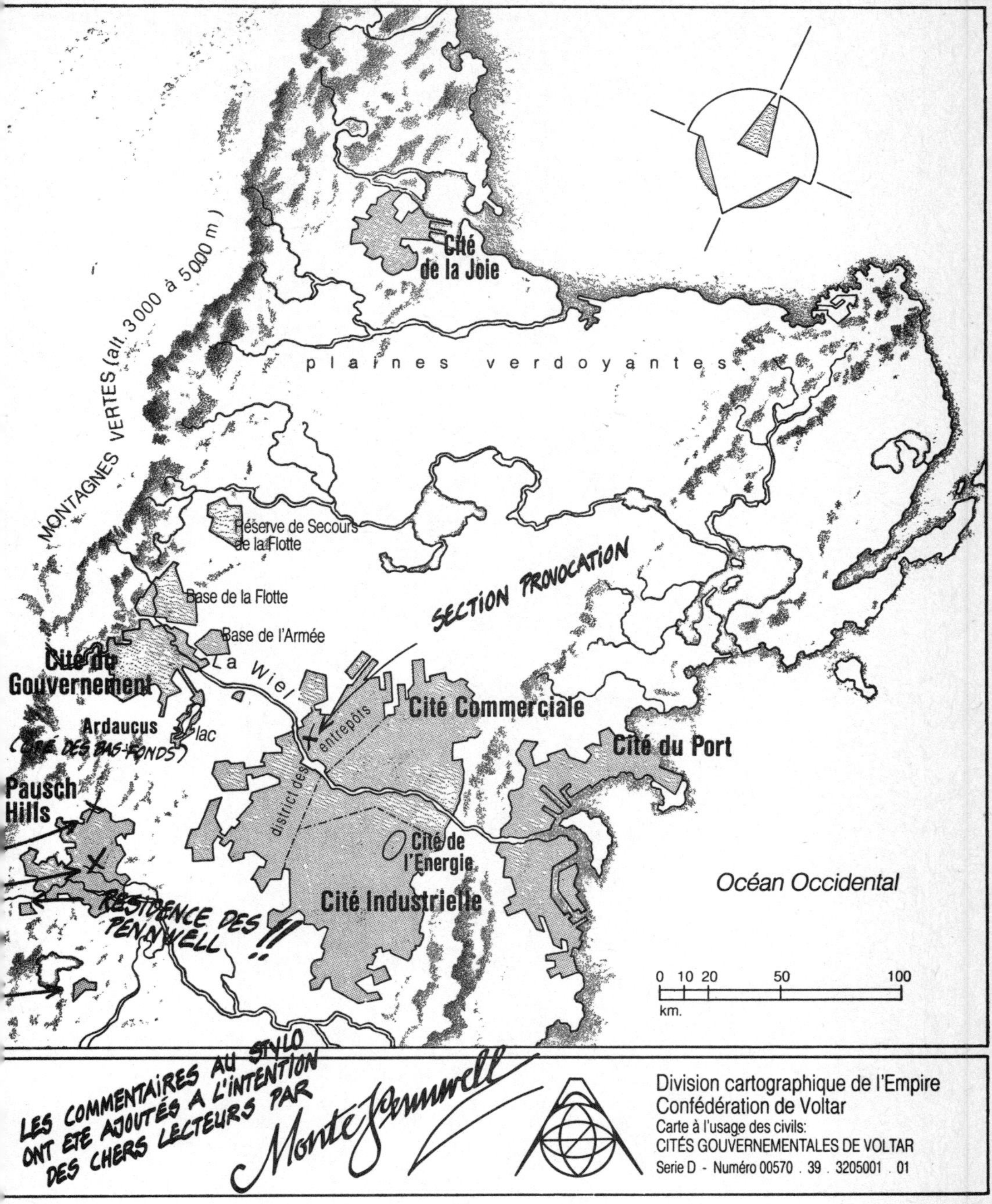

LES COMMENTAIRES AU STYLO ONT ETE AJOUTÉS A L'INTENTION DES CHERS LECTEURS PAR Monte Pennwell

Division cartographique de l'Empire
Confédération de Voltar
Carte à l'usage des civils:
CITÉS GOUVERNEMENTALES DE VOLTAR
Serie D - Numéro 00570 . 39 . 3205001 . 01

Cet ouvrage a été réalisé par la
SOCIÉTÉ NOUVELLE FIRMIN-DIDOT
Mesnil-sur-l'Estrée
pour le compte des Presses de la Cité
en avril 1991

Imprimé en France
Dépôt légal: mars 1991
N° d'édition : 5925 – N° d'impression : 17143